W0461714

1

— Pourquoi suis-je étonnée ? Ce sont des choses qui arrivent. Non ?

Comme parler toute seule, s'avoua Darcie Elizabeth Baxter, ou chercher un sens à sa vie. Ce sont des choses qui arrivent, surtout dans l'existence d'une fille de vingt-neuf ans qui s'interroge encore sur son avenir. Le bonheur. Les hommes. Le boulot. Vous voyez le tableau.

Donc, par ce lundi matin pluvieux de janvier, quand elle pénétra dans son bureau chez Wunderthings International, marque de lingerie dont les locaux surplombaient de six étages l'avenue des Amériques, elle ne fut pas surprise de découvrir Greta Hinckley occupée à fouiller dans ses tiroirs. Une fois de plus. Pourtant son cœur fit un bond. Même sa grand-mère lui reprochait sa confiance excessive et sa naïveté. Wunderthings n'avait pas la stature de Warner, Maidenform, ou Victoria's Secret – les superstars du secteur – mais n'en recelait pas moins un réel potentiel qu'elle comptait bien aider à développer. Un mauvais pressentiment l'étreignit soudain. N'aurait-elle pas laissé en évidence le brouillon de sa prochaine présentation ?

— Bonjour, Greta.

Greta sursauta – pas assez à son goût – avant de se retourner, un sourire factice plaqué sur ses lèvres minces. La bouche de Greta déclenchait chez elle l'impression d'être aussi pulpeuse que celles de ces présentatrices du JT gonflées au silicone. Tout chez Greta Hinckley semblait étriqué. Son visage chevalin, ses épaules, son corps étroit comme une lame… son esprit.

— Prends tout ce que tu veux.

Elle posa son gobelet de café, déterminée à ne pas céder à son syndrome prémenstruel latent et à ne pas perdre son calme.

— Ne te gêne pas pour moi. *Mi casa es su casa.*

Elle ignorait comment dire bureau en espagnol. Maison ferait l'affaire. Greta n'y verrait que du feu.

Les petites rides autour de ses yeux marron clair, les stries grises de ses cheveux châtains révélaient que Greta avait fêté son trentième anniversaire quelques années plus tôt. D'après le téléphone arabe du bureau, célibataire et sans homme dans sa vie, Greta vivait seule à Riverdale, se consacrant corps et âme à Wunderthings – et, chaque fois que c'était possible, à voler les idées créatrices de Darcie.

Dommage que Darcie fût la seule à le savoir.

Cette idée déprimante lui fit regretter de ne pas avoir un sac entier de réglisse rouge à sa disposition pour se consoler. Elle détestait les confrontations, surtout avec Greta. D'ordinaire les « emprunts » de Greta concernaient des sujets moins importants, tels que la présentation des soutiens-gorge ou bustiers de la future collection, le lancement de promotions hors Saint-Valentin ou le transfert d'un magasin peu rentable dans des locaux plus accessibles. Mais pas cette fois. Un coup d'œil à la pile de papiers sur son bureau lui confirma que son rapport manquait. Son projet global de développement.

Elle souleva le couvercle de son gobelet, avala une gorgée et se brûla la langue. *Merde.* Elle aimait à se considérer comme une femme maîtresse d'elle-même, mais aujourd'hui rien n'était moins sûr. Elle adoucit le ton. Avec difficulté.

— Si tu as besoin d'un éclaircissement, n'hésite pas.

— Un éclaircissement ?

Darcie se percha sur le bord de son bureau, envahissant l'espace personnel de Greta. Elle haïssait la situation. Et pour couronner ce désastre, sa mère était de passage à New York –

elle n'aurait pas pu choisir pire semaine pour une de ses visites surprises destinées à surveiller le mode de vie « décadent » de Darcie dans cette ville immense. Si seulement c'était vrai, ne fût-ce qu'un tout petit peu, pensa-t-elle, s'exhortant au calme. Peut-être que si elle expliquait sa stratégie à Greta…

— Comme l'a expliqué Walt Corwin lors de la réunion de la semaine dernière, Wunderthings obtient de si bons résultats aux Etats-Unis, en Europe, etc. que le conseil d'administration a voté – comme tu le sais – la décision de s'attaquer au marché de la zone Pacifique. La reprise imminente de l'économie japonaise – croisons les doigts – et le déclin des dollars australiens et néo-zélandais nous offrent l'opportunité d'une expansion à coût réduit. Je suggère donc…

Greta s'était raidie.

— Je n'ai pas la moindre idée de ce dont tu parles.

Darcie arqua un sourcil.

— Alors, que la meilleure gagne !

— Walter décidera…

Elle remarqua qu'à la simple mention du nom de leur patron l'expression de Greta s'était adoucie.

— … et quand le conseil d'administration se sera de nouveau réuni, nous saurons qui deviendra sa nouvelle assistante à la tête de cette opération d'expansion globale. Avec mon expérience…

— Ton génie ? suggéra Darcie, de plus en plus ébahie.

Etait-ce son imagination ? Dès que Greta évoquait Walter sa voix se faisait aussi sucrée qu'un loukoum ! Intéressant.

— Bonjour, mesdames.

Comme en réponse aux vœux de Darcie, l'assistante de Walt Corwin avait surgi dans l'allée, slalomant entre les bureaux paysagers pour distribuer son lot quotidien de bonjours et de notes de service. Greta s'illumina. On devait reconnaître à Greta qu'en matière de politique de bureau elle avait l'envergure d'un barracuda. Alors que Darcie, bouleversée par cette intrusion dans son espace personnel, dans ses pensées, ne réussit qu'à s'arracher un faible sourire. Et s'interroger sur les sentiments que Greta nourrissait à l'encontre de leur boss était en fait le moindre de ses soucis.

Ce qui rappela à Darcie la précarité de son propre état hormonal. Ce soir, elle avait rendez-vous avec l'homme qu'elle voyait en ce moment pour leur « tête-à-tête hebdomadaire » – expression vague à souhait. Avec un peu de chance, ces quelques heures entre les draps l'aideraient à oublier Greta et sa propre mère.

Passant devant le bureau de Greta, Nancy Braddock en effleura le bord. Un bac rempli de documents oscilla et une liasse de papiers glissa au sol. Nancy interrompit son défilé matinal.

— Pardon, Greta.

Elle se baissa pour ramasser les feuilles et ranger les pages avec soin – Nancy aimait mettre les choses en ordre, habitude que Darcie admirait – avant de les reposer sur le bureau. Mais elle suspendit son geste et leva les yeux sur Greta, les sourcils froncés, expression la plus virulente que se permette jamais l'imperturbable Nancy.

Après une brève vérification, elle tendit les papiers à Darcie avant de s'éloigner.

Darcie les fixa, incrédule. *Mon projet.* Combien de temps aurait-il fallu à Greta pour scanner les documents, changer le nom de l'auteur, puis imprimer une nouvelle copie à l'intention de Walter Corwin – et, plus important encore, du conseil d'administration ?

Elle obligea Greta à s'écarter de son burcau.

— Excuse-moi. Walter attend ce projet avant 10 heures ce matin et je dois retravailler certains points. Curieux qu'il ait atterri sur ton bureau, Hinckley.

Elle n'était pas satisfaite de ses paroles. Elle ne semblait capable de moucher Greta qu'en pensée. Se blindant mentalement, elle décida de laisser son projet parler pour lui-même. Pas question qu'elle se rende sans combattre.

***

— Si mes hormones n'étaient pas déchaînées, je donnerais ma démission.

Depuis l'incident matinal avec Greta, sa journée n'avait fait qu'empirer. Le soir venu, elle se retrouvait à l'hôtel Grand Hyatt, dans la chambre habituelle, en train de se parler à elle-même à voix basse. Elle fixa le miroir et frissonna devant son reflet. Elle vivait toujours mal ce moment du mois, donc rien d'étonnant. Une bonne douzaine de ses amies éprouvaient elles aussi, douze fois par an, la même sensation – celle de ressembler à une pauvre fille trop grosse dont personne ne voudrait. Darcie traversait sa phase poisson boursouflé : deux kilos de trop, les joues rebondies, les seins engorgés et douloureux, le ventre cherchant à s'échapper…

Bref, la folie prémenstruelle.

Malheureusement, elle avait aussi envie de faire l'amour.

Elle jeta un œil au reflet de Merrick Lowell et fronça les sourcils. Quelques minutes plus tôt encore, il l'avait cajolée de baisers, des baisers doux, d'autres plus exigeants, de caresses sur ses seins sensibles, avant de les abandonner, elle et les préliminaires, pour le téléphone.

— Pars, ma fille. Fiche le camp d'ici ! Qu'il se débrouille tout seul s'il y tient, c'est son problème.

Mais impossible de faire taire la question qui la taraudait. Quel était son problème à *elle* ? Pourquoi accepter de partager l'intimité d'un homme qui ne la désirait qu'une fois par semaine ? Elle envisagea de prendre la porte illico, puis l'ascenseur et de sortir sur la 42e Rue. Elle commençait à fantasmer sur un massacre à la tronçonneuse et la soirée ne recelait plus aucune promesse de passion. Autant attraper la navette pour le ferry et traverser l'Hudson pour rentrer à la maison. Merrick semblait plus intéressé par sa messagerie vocale – encore – que par la perspective de faire l'amour.

Quand elle s'arracha au miroir pour se tourner vers lui, il leva un doigt. *Attends une minute. On baise après.* La résolution de Darcie s'affermit.

Super. Elle devrait *vraiment* le quitter.

Son amie Claire le lui répétait sans cesse.

Laisse tomber, disait Claire. Selon elle, leur liaison – Darcie ne lui aurait même pas accordé cette appellation – ne mènerait nulle part. Et Darcie, qui se vantait de sa logique, commençait à partager son avis…

Comme s'il avait lu ses pensées, Merrick posa le téléphone avec un sourire à faire fondre un bloc de granit.

— Pardon.

Son humeur s'éclaira d'un coup. Fini de ruminer l'incident avec Greta Hinckley. Enterrés la tronçonneuse, le syndrome prémenstruel. Elle était redevenue une personne normale, enfin presque, dotée d'un caractère égal et non de ballonnements mensuels, un être humain au job menacé, il fallait le reconnaître, une femme qui avait besoin d'un homme. *Tout de suite.*

— Pas de problème murmura-t-elle.

Elle se rappela que Merrick aimait les horaires, tandis qu'elle – depuis son départ de Cincinnati – tentait de les mépriser, entrave mineure à leur quasi-liaison. Quelle importance ? Elle ne faisait pas du mariage une priorité – même si Merrick incarnait le gendre idéal tel que le rêvaient ses parents et était l'une des raisons de sa venue à New York.

Elle ne fantasmait pas sur une vaste maison face à un terrain de golf dans une banlieue chic, ni sur les 2,4 enfants des statistiques de Janet Baxter – comment faire 2,4 enfants ? – ni sur un minivan dévoreur d'essence flambant neuf dans son garage pour trois voitures. Ni sur un mari aux petits soins qui rentrerait chaque soir partager les tâches ménagères et parentales. Ah ! Le père de Darcie n'avait jamais levé le petit doigt à la maison et, en trente-quatre ans, Janet Baxter n'avait jamais travaillé hors de chez elle.

Darcie ne voulait pas de mari pour l'instant. Un jour peut-être, si elle finissait par conclure que le mariage améliorerait son existence. Jusque-là, Merrick Lowell satisfaisait ses désirs – tous les lundis soir. Bien sûr, les relations physiques n'étaient pas tout, mais pour l'instant leur arrangement pragmatique lui convenait, tout comme l'opportunité de grimper les échelons dans la boîte et de griller la politesse à Greta Hinckley.

Elle s'arracha même un sourire.

— Ça va.

Merrick déboutonna sa chemise sans la regarder. Elle, elle le regardait. A chaque bouton, chaque centimètre de peau mâle dénudée, son cœur accélérait. *Vite.*

— Qu'y a-t-il ? dit-il enfin.

Elle pencha la tête.

— J'admire la vue.

— Alors viens plus près. J'aime que tu exprimes ton admiration avec tes mains.

Bon, il se montrait souvent un peu égocentrique. Merrick avait des défauts, mais aussi un physique d'enfer qui poussait ses hormones en folie à lui pardonner beaucoup de choses. Non qu'elle soit superficielle. D'ailleurs, dans le fond, il n'était pas son type.

Les épais cheveux blond miel de Merrick, à l'opposé des siens, courts, bruns et indisciplinés, ne lui déplaisaient pas. Quelques poils clairs parsemaient le dos de ses mains, ce qui selon elle rachetait son apparence de trop beau garçon. Autre point important en sa faveur : ses mains puissantes étaient capables de la faire gémir. Bientôt, espéra-t-elle. Ses yeux bleu profond contrastaient avec son propre regard d'un noisette fade, et sa bouche sexy lui donnait des complexes et l'envie de se faire injecter du silicone. Et bien sûr il s'habillait comme un mannequin de *Vogue* version hommes – beurk – et portait un nom génial. Alors que son nom à elle était un simple nom. Merrick était issu d'une grande famille riche du Connecticut, elle de la classe moyenne de l'Ohio. A côté de lui, Darcie, pur produit de l'école publique, éprouvait la sensation de ne pas vraiment faire le poids. Les écoles qu'il avait fréquentées – Choate et Yale, le gratin, synonymes de haute société et privilèges – l'avaient mené tout naturellement à son job à Wall Street où, sans aucune

Greta Hinckley sur son chemin, il gagnait des tonnes d'argent… comme il ne cessait de le répéter à Darcie.

Bref, pas toujours très fin.

Souriant toujours, elle s'approcha. Merrick ne lui rendit pas son sourire et un éclair de désir la traversa. Il n'avait plus l'air distrait du tout. Il arborait maintenant le regard lourd du mâle qui ne plaisante plus. Une onde de chaleur la parcourut. On était passé aux choses sérieuses.

— Tu prends ton temps, dit-il.

— Je médite. Sur ta perfection physique.

— Seigneur, Darcie, vas-tu venir ici avant que je ne perde mon érection ?

Malgré son propre sens pratique, la déception ralentit le pas de Darcie.

— Quel romantisme ! murmura-t-elle.

Il fronça les sourcils.

— Je n'ai pas le temps d'être romantique. Nous n'en sommes pas à notre première rencontre, que je sache. Demain, je dois être debout à 5 heures du mat.

Vaguement irritée, elle l'aida à ôter les boutons de manchettes de sa chemise haut de gamme. Ces boutons en or et onyx avaient dû coûter une fortune. Bon, d'accord, il était à la tête d'une fortune. Une chose de plus qu'ils n'avaient pas en commun. Ils devraient se contenter du sexe. Elle fit glisser sa chemise, la laissa tomber sur la moquette, puis se rapprocha pour caresser le torse nu et chaud de Merrick, jusqu'à la boucle de sa ceinture. Elle ronronna dans son oreille.

— Je croyais que tu étais déjà debout…

Mon grand.

— Ha, ha ! Tu sais, au lit la dérision n'est pas l'aphrodisiaque idéal.

Elle fit la moue.

— Zut, maintenant c'est moi qui perds mon envie.

Merrick ne répondit pas, apparemment fatigué de parler. Il l'attira contre lui pour l'embrasser. Ses dents heurtèrent les lèvres de Darcie, puis sa langue pénétra sa bouche et elle s'abandonna à son étreinte. Ce soir elle représentait une proie tellement facile que c'en était pathétique.

Ses genoux faiblissaient, ses cuisses devenaient molles. Le plaisir ruisselait par tous les pores de sa peau.

La respiration de Merrick se précipita. La sienne suivit le rythme. Les mains de Merrick parcouraient maintenant son corps entier, soulevant son pull, puis, d'un doigt habile, il détacha son soutien-gorge. Ses seins jaillirent, libres. Du moins c'est ce qu'elle se plut à penser. En réalité ils n'étaient pas assez imposants pour jaillir ou frémir avec succès.

Il caressa ses seins et un éclair brûlant traversa Darcie, si vite qu'elle crut avoir avalé une trop grosse bouchée de *wasabi* – le raifort japonais. Efficace pour dégager les sinus, aucun doute là-dessus. Et maintenant ses mains, sa bouche provoquaient la même brûlure sur son corps frustré.

Elle luttait contre la ceinture de Merrick. Si seulement elle pouvait se libérer de toutes ces arrière-pensées. Elle les repoussa tant bien que mal, s'escrimant sans succès sur le pantalon de Merrick.

— Pousse-toi un peu, je n'arrive pas à ouvrir ton pantalon.

Il se recula.

— Fais vite.

La fermeture Eclair était coincée.

— Merrick…

— *Dépêche-toi.*

Il lui ôta sa jupe qui tomba à terre. Puis son slip vola à travers la pièce, atterrissant sur une chaise ressemblant à un couvre-théière de grand-mère. Sauf que sa grand-mère donnait plutôt dans le schnaps à la pêche ou la vodka-framboise. Elle fit glisser ses chaussures, Merrick l'imita, et ils se retrouvèrent nus. Pfff. Soudain elle trouva l'air conditionné trop froid et les pointes de ses seins durcirent – pas vraiment sous l'effet du désir, mais bon.

Jambes mêlées, ils vacillèrent vers l'immense lit. Elle tomba la première sur le matelas et Merrick roula à son côté. L'enlaçant de ses bras puissants, musclés en salle de gym, il l'embrassa, pointant le bout de sa langue. Pas désagréable. Peut-être lui pardonnerait-elle son manque d'attention précédent.

— Tu es prête, chérie ?

— Oui, haleta-t-elle.

— Alors passons à l'acte. Nous sommes venus pour ça.

Quelque chose manquait, le genre de choses qui peuplaient les rêves de sa mère – Janet n'aurait pas détesté que sa fille lui détaille sa vie amoureuse, ce qu'elle ne faisait jamais – mais au XXIe siècle, les chevaliers en armure chevauchant de blancs destriers se faisaient rares. Les hommes étaient… des hommes. En cette ère de post-révolution sexuelle, dans cette société en plein bouleversement regorgeant de femmes comme Greta, dépourvues de partenaires, Darcie prenait son plaisir où elle le pouvait.

— Prête ?

— Vas-y.

Merrick se hissa au-dessus d'elle. Elle ouvrit les jambes en silence, et sans un mot de plus il se glissa en elle.

— Mmm, grogna-t-il en signe d'appréciation.

— Mmm, l'imita-t-elle.

Elle aussi pouvait jouer les femmes de Cro-Magnon.

Il commença à se mouvoir en elle et elle cessa de se préoccuper des projets de Janet la concernant, de son avenir douteux chez Wunderthings et de ce bonheur insaisissable qui s'obstinait à lui échapper. Elle s'accorda à son rythme et l'orgasme les surprit, violent et rapide – Merrick d'abord, puis elle. Rien de nouveau là encore dans cette journée sans surprise. Merrick n'était pas l'homme de ses rêves. Malgré son optimiste naturel, elle n'avait jamais rencontré d'homme qu'elle puisse appeler ainsi – ni vécu un orgasme simultané. Merrick ferait l'affaire. Pour l'instant.

Jusqu'à ce que « le seul et unique » fasse son apparition.

Comme si cela risquait de se produire bientôt.

*
* *

— Il te ment, Darcie. Ne crois pas un mot de ce qu'il te raconte.

L'opinion de Claire Spencer, opinion pour laquelle elle était payée une fortune dans son boulot, était que Merrick Lowell représentait dans l'existence de Darcie un problème plus important que Greta Hinckley. Ce mardi soir, inquiète pour son amie, Claire l'observait arpenter le salon de sa grand-mère, chez qui elle habitait. Colocs ? Drôle de couple, pensa-t-elle. Le duplex, situé dans le même immeuble que celui où Claire vivait avec son mari deux étages plus bas, dominait l'Hudson depuis les rochers des Jersey Palisades. Mais Claire était trop fatiguée pour admirer la vue. Même ici, elle croyait entendre les pleurs de la minuscule Samantha en provenance de la nurserie toute neuve de son appartement.

— Pourquoi Merrick mentirait-il ? demanda Darcie, ramenant Claire à la réalité.

— Tu ne peux pas être naïve à ce point.

— Si, je peux. Je suis originaire de l'Ohio.

La grand-mère de Darcie regardait la télévision dans une pièce voisine, en compagnie de son chat démoniaque, et Claire appréciait sa discrétion. Ainsi que les célèbres cookies aux noix et au chocolat d'Eden Baxter. Claire en chipa encore un sur l'assiette en porcelaine Wedgwood posée sur la table basse. Peut-être Darcie devrait-elle en manger davantage, grossir de dix kilos, transformer ses jambes en hérissons géants et oublier les hommes, en particulier Merrick Lowell. Comment le supportait-elle ?

— A Cincinnati, on ne fait pas dans le sophistiqué. La vie y est plus simple. Les gens ont confiance en leur prochain. On ne verrouille pas les portes de sa voiture, du moins pas devant chez soi. Aux panneaux « Stop », on agite la main.

— Index levé ?

Elle soupira.

— Non, avec un sourire poli pour faire signe de passer.

— Tu plaisantes.

Pour Claire, New-Yorkaise bon teint, tendre l'index était une forme de dialecte. On parlait le Staten Island ou le Bronx.

— Les gens sont tellement polis qu'ils ralentissent au bout des bretelles d'accès à l'autoroute.

— J'imagine les carambolages.

Claire étouffa un bâillement – dû au manque de sommeil et non à l'ennui – et Darcie s'approcha des baies vitrées. Par-delà le balcon, identique à celui de Claire, le pont George Washington enjambait le fleuve. Habituée à la même vue, Claire croquait son biscuit en observant la chevelure à la texture riche et profonde de son amie. Lisses et soyeux, ses cheveux luisaient à la lumière, éclipsant les boucles décolorées de Claire. En ce moment, que n'aurait-elle donné en échange de la silhouette mince de Darcie, de ses yeux noisette, cerclés d'un anneau plus foncé et non de cernes noirs dus au manque de sommeil comme les yeux d'un bleu banal de Claire. Darcie avait-elle conscience de son image ?

— Entre ce dernier incident avec Greta et ton opinion de Merrick, j'ai presque envie de rentrer chez moi. Papa et maman seraient ravis. Si je rate cette chance à Wunderthings, s'il s'avère que Merrick me ment…

— Tu aimes cet imbécile ?

Elle fit machine arrière.

— Euh, non. Mais il n'est pas mal au lit.

Claire ne poserait aucune question sur la soirée précédente. Le récit n'aurait fait qu'attiser sa colère envers Merrick et sa tristesse pour Darcie. Mais avec seulement trois heures de sommeil la nuit précédente et des hormones en pleine furie post-natale, elle ne put retenir quelques larmes. Un court instant, elle envia Darcie. Sa silhouette. Sa vie de célibataire. Toutes les possibilités s'offrant à elle.

— Moi, je n'accepterais aucun compromis, seulement le top. L'extraordinaire même. Lumière, projecteurs, feux d'artifice.

De l'excitation. Darcie, le fameux 3-0 – nos trente ans – nous guette. Toi la première…

Elle ne pouvait s'empêcher de jubiler.

— … Six mois, ma belle. Passé trente ans, on ne se contente plus du second choix en ce qui concerne les mecs. Ni sa carrière, zut ! Et ne me jette pas mon mari à la figure.

— Peter ? Il est fou de toi.

Vraiment ? Ces jours-ci, Claire en doutait. Elle rejeta ses épaules en arrière afin d'accentuer ses courbes nouvelles dues à la maternité, cherchant à s'assurer qu'elle était toujours une femme. Une femme avec plus de rondeurs pour le moment mais…

— Depuis la naissance du bébé, il me considère comme une déesse. Du moins après une nuit de sommeil, ce qui est rare. Je ne t'ai pas dit ? Il adore ma nouvelle poitrine.

Darcie roula les yeux.

— Il l'a toujours adorée.

Ce n'était pas pour autant que Claire autorisait Peter à la toucher pour l'instant.

— Peter a un faible pour les seins, je dois l'admettre.

— Il est obsessionnel sur le sujet, oui.

— Il aime tout de moi, murmura Claire, cherchant à se convaincre elle-même.

Elle s'inquiétait parfois… c'est-à-dire tout le temps… à l'idée de reprendre bientôt son boulot, au sujet de son couple, de ses capacités en tant que mère – quelle différence avec la vie libre que Peter et elle avaient menée avant le bébé. Elle s'inquiétait aussi de son absence de désir envers son mari. A propos de comportement obsessionnel… « C'est stupide », se dit-elle. Ils recommenceraient à faire l'amour un jour… quand elle se sentirait prête…

— J'ai peine à croire que Peter et toi êtes réels…

Darcie hésita.

— … Un mari canon, un bébé magnifique, ton job prestigieux. Vice-Présidente chez Heritage Insurance, Inc., entonna-t-elle, arrachant un sourire à Claire. Une nouvelle silhouette qui va provoquer des accidents dans la rue…

Le sourire s'évanouit.

— Si on excepte mon ventre qui pend sur mes genoux.

— Tu personnifies l'idée que se fait ma mère de la Femme.

— Oh, oh !

Janet Baxter n'était pas toujours commode, Claire le savait, mais, comme elle, elle avait les intérêts de Darcie à cœur. Toutes deux ne désiraient que son bonheur. Claire reprit un cookie en s'interrogeant. Pourquoi, si elle avait tout pour être heureuse, pleurait-elle tout le temps ?

— Ton tour viendra.

— D'être enceinte et nauséeuse ? Merci. En ce moment une grossesse me conviendrait autant qu'une lettre de licenciement de Walter Corwin.

Claire fit la grimace. Quatre ans plus tôt, cette marque de lingerie féminine, petite mais haut de gamme, avait semblé une bonne opportunité, mais Darcie s'était retrouvée coincée derrière Greta Hinckley – pas naïve pour deux sous. Claire craignait que les sabotages incessants de Greta n'aient raison de l'énergie créatrice de Darcie. Elle repoussa ses propres problèmes et abandonna le sujet Merrick Lowell.

— Tu t'inquiètes vraiment pour ton job ?

Darcie s'éloigna de la fenêtre avec un reniflement. Claire se reprit. Elle savait tout de Greta.

— Darcie, Greta Hinckley est tellement absorbée par la mise au point de son soutien-gorge à armatures et coussinets de gel – le top de la collection, bien entendu – qu'elle n'entend pas ce qui se murmure derrière son dos de nageuse.

— Que murmure-t-on ? Qu'elle vole des sous-vêtements ou que c'est elle qui va obtenir le poste pour lequel nous sommes en compétition ?

— Elle ne l'obtiendra pas, ma belle.

— C'est un vrai requin.

Darcie raconta à Claire l'incident du projet volé la veille et la façon dont Nancy Braddock était venue à sa rescousse. Elle s'arracha un sourire.

— Demain je saurai si Nancy a averti d'autres personnes de l'incident. Quoi qu'il en soit, demain midi je déjeune avec Walt. Si c'est moi qu'il choisit, je serai trop occupée pour me soucier des mecs…

Claire gloussa.

— … J'ai besoin de faire l'amour, mais c'est tout. Du moins jusqu'à ce que j'aie mis de l'ordre dans ma vie.

Claire hocha la tête.

— Je vois. Donc, tu ne restes avec Merrick que pour le sexe. Quelle bonne affaire ! Il fait l'amour sans s'engager. Tu te laisses faire sans aucune considération…

— Si c'est le cas, c'est mon choix. Pour l'instant.

Elle envoya un coussin à la tête de Claire qui avalait ce qui restait de son cookie.

— Fin de la discussion.

Claire ramassa les miettes de noix de macadamia et de chocolat sur la moquette.

— Obtenir ce poste serait la moindre des choses, étant donné ton travail acharné, qui consiste entre autres à réécrire les rapports de Corwin afin qu'ils paraissent rédigés par un être doté d'un cerveau, et à travailler tard trois soirs sur quatre sur *ses* projets, ainsi que les week-ends. Si cette idiote de Hinckley obtient le job, je te jure que…

— Je me tue. Et je tue Walter ensuite.

— Passe-moi un coup de fil avant. Dans ce cas, devenir complice de meurtre ne me dérangerait pas.

— Nous nous entendons si bien. Nous partagerions la même cellule.

Claire sourit.

— Des rideaux, quelques tapis… des tableaux au mur… un vrai petit foyer douillet.

— Tu nous entends ? Nous finirons à l'asile.

Claire rit en chœur avec elle avant de reprendre :

— Mais en ce qui concerne Merrick…

— Il n'est pas si mal. Il m'invite au restaurant, m'ouvre la porte comme un gentleman…

— Une fois par mois. Le reste du temps il profite de toi, point.

Impossible de nier. Elle se contenta d'ajouter :

— Il est intelligent, a de la conversation…

— Quand il n'est pas allongé sur toi.

— … Et il adore son neveu.

Claire en oublia sa propre fatigue.

— C'est ça.

— Quoi ? Maintenant tu vas prétendre que son neveu n'existe pas ? Merrick trimballe sa photo dans son portefeuille. Pourquoi mentirait-il ? C'est un beau petit garçon blond qui a le sourire des Lowell…

Elle prit un cookie sur le plateau, imitée par Claire.

— Je te le dis, Darce. Ouvre les yeux. Ce mec est marié.

Le lendemain, à l'angle de la 54e Rue et de la Cinquième Avenue, Darcie avait tout autre chose que Merrick Lowell à l'esprit. Elle descendit du trottoir en récapitulant ses caractéristiques.

— Darcie Baxter. Vingt-neuf ans et peut-être sur le point d'être mise au rancart. Un mètre soixante-trois en collants, collants actuellement trempés – non pas par excès de désir mais, comme le reste de ma personne, par cette fichue pluie.

Elle traversa la rue et regagna le trottoir sous le déluge glacial de janvier.

— Je vis avec ma grand-mère, dont le chat me hait, couche avec un homme qui préfère son téléphone portable et de toute évidence…

Elle respira à fond.

— … je parle toute seule.

Un taxi la doubla et éclaboussa de neige boueuse son trench matelassé, manquant de la renverser.

— Pourtant j'ai décroché un diplôme universitaire, non ? Niveau capacités intellectuelles je m'en tire bien, même si certains le nient. Je me lave tous les jours, utilise du déodorant. Je m'épile avant que mes poils nécessitent l'intervention d'un fer à friser. Je ne mens pas, à part quelques broutilles destinées en général à épargner les susceptibilités. Et ce matin encore, j'ai aidé une petite vieille à traverser la rue.

Mais l'expédition quotidienne de mamie au supermarché du coin comptait-elle comme une bonne action ? Surtout qu'elle avait devancé Darcie de vingt mètres tout le long du trajet.

— Je ne peux pas être si nulle que ça. Oh ! et j'assure au boulot.

D'ailleurs, à son avis, la présentation de ce matin n'aurait pu mieux se dérouler. Elle ne s'était pas évanouie et n'avait été frappée d'aucune crise de mutisme.

Alors pourquoi offrir le poste à quelqu'un d'autre ?

Elle reprit sa marche en parlant tout bas. Personne ne lui prêtait attention. A Manhattan, en ce jour gris et sombre, sous ce vent coupant venu de l'East River qui s'engouffrait dans les canyons creusés par les gratte-ciel, gonflant les passants comme des voiles, personne ne lui prêterait attention. A New York, au contraire de Cincinnati, on courait de conférence en réunion, de restaurant chic en bar branché. On se battait dans la rue pour un taxi. Sauf circonstances exceptionnelles, on abandonnait son prochain à son destin.

Elle en concluait qu'elle avait un vrai problème.

Peut-être aurait-elle dû rester dans l'Ohio. « Tourne ta langue sept fois dans ta bouche avant de parler », dirait mamie.

A la moitié du pâté de maisons, elle pénétra dans le restaurant Grande Vitesse, dont seul l'auvent bordeaux semblait luxueux.

A l'intérieur, elle repéra immédiatement Walt Corwin. Sa maigre chevelure était plaquée sur son crâne, comme d'habitude, et il lisait – quoi d'autre ? – le *Wall Street Journal*.

Elle écarta d'un geste le serveur qui s'empressa de lui ôter son manteau mouillé et se laissa tomber sur le siège face à Walt. Posant son menton entre ses mains, elle lui sourit. Autant se montrer positive.

— Alors ?

— Alors quoi ?

Il n'avait pas interrompu sa lecture. Le cœur de Darcie se serra.

— A moins que tu ne lises un des charmants petits articles de la colonne 4, aurais-tu l'obligeance de poser ce journal ?

Elle respira à fond. Autant en finir. Ensuite elle pourrait rentrer chez elle, ôter son collant trempé, se verser un scotch bien tassé – encore qu'elle déteste les alcools forts – et pleurer.

— J'ai raté le coche ce matin ?

Le regard bleu et myope de Walt devint nébuleux.

— Qu'est-ce qui te fait penser ça ?

Elle déplia sa serviette. En lin véritable. Peut-être ce restaurant n'était-il pas si médiocre ? Et Walt pas si radin.

— Je n'ai pas échoué ?

— Darcie, aie davantage confiance en toi. Pourquoi supposer…

— Le désespoir.

Greta Hinckley plutôt.

— Ecoute mon conseil : dans la jungle professionnelle, ne laisse jamais paraître ta faiblesse.

— Walt, j'ai besoin d'une augmentation pour vivre et de cette promotion pour retarder la sclérose de mon cerveau.

Elle s'interrompit, n'osant espérer.

— Tu es mon boss. Dis-moi. La réunion du conseil…

— … est devenue infernale en moins de cinq minutes.

Il leva les yeux de son journal.

— … Quatre minutes après avoir statué sur ton projet. Commande ce que tu veux. Il paraît que le plat du jour – *le coq au vin* – est délicieux. C'est du poulet, ajouta-t-il devant son visage sans réaction.

Elle prit le menu qu'il lui tendait, sans le voir, incapable d'en déchiffrer un seul mot. Comme il était rédigé en français, même la traduction lui était incompréhensible. Son cerveau bourdonnait. Hier encore, Walt l'avait avertie que la direction risquait de ne pas approuver la nomination d'une employée embauchée relativement récemment. Et avec Greta Hinckley dans la course…

L'espoir s'insinua en elle. Elle parcourut le menu à la recherche du plat le plus cher, tâtant le terrain.

— Si je commandais le homard Newburg ?

— Vas-y.

Son pouls s'accéléra.

— Tu veux dire que…

Il posa son journal sur sa salade. Un tic nerveux agitait sa bouche.

— Commandons du vin. A moins que tu ne préfères du champagne ?

Sa bouche devint sèche.

— Je… je n'aime pas le champagne.

Etait-ce possible ? Gagner davantage… avoir un *avenir* ? Walt claqua des doigts, comme pour donner le départ de sa nouvelle vie. Le serveur surgit, portant une bouteille de chardonnay glacé. Walt goûta le vin et elle regarda le liquide d'un or pâle couler dans son verre. Son cœur palpitait plus vite que lorsque le chat persan de sa grand-mère l'attaquait par surprise. Le serveur parti, Walt leva son verre à pied.

— A ma nouvelle assistante à la direction de l'expansion de…

— Walt ! Je t'adore !

Elle avait crié au bénéfice de tout le restaurant.

— … Wunderthings International.

— Oh ! Oh, mon Dieu ! Mon Dieu ! Oh…

Elle avait renversé son vin.

— Je ne le crois pas.

Elle avait du talent, des capacités, des idées. Et elle ne craignait pas de dire ce qu'elle pensait (à part à Greta). Mais que cette chance inespérée lui soit offerte pour de bon ? Elle résista à l'envie de sourire jusqu'aux oreilles et parodia intérieurement une réplique célèbre. *Je jure que je n'aurai plus jamais faim. Scarlett O'Hara.*

Walt épongeait le vin avec sa serviette. Il détestait le gâchis. Ainsi que les démonstrations de sentiments pour lesquelles elle était, à juste titre, connue dans tout le service.

— Ne t'emballe pas, dit-il, grimaçant au contact de la serviette mouillée. Tu ne seras pas payée beaucoup plus.

Transportée de joie, elle s'en moquait. Elle s'arrangerait. L'opportunité, un titre...

— Un titre, Walt...

Elle souriait.

— ... Il sera affiché sur la porte de mon bureau ?

— Quel bureau ?

— Je n'ai pas droit à un bureau ?

— Mon petit, moi j'ai un bureau. Toi, tu restes dans l'anonymat des bureaux paysagers... jusqu'à l'année prochaine, quand la direction regardera comment tu t'en es sortie avec cette première mission.

— Je leur prouverai...

Elle agita la main en l'air.

— ... tout ce qu'ils veulent.

Ils avaient voté pour son projet. Incroyable !

— Je travaillerai vingt heures par jour.

— Il le faudra.

— Je peux le faire. Mon Dieu, je peux faire n'importe quoi.

Elle se redressa. Que disait mamie déjà ? « Ecoutez rugir une femme. »

Sa voix résonna dans la salle bondée. Des têtes se tournèrent – qui l'eût cru ? –, certains New-Yorkais n'étaient pas si blasés.

Walt couvrit la bouche de Darcie de sa main.

— Zut, un peu de discrétion. Je suis monté au créneau

pour que tu l'emportes sur Hinckley. J'attends de toi un travail forcené, que tu te donnes corps et âme.

Corps et âme ? Un instant elle crut avoir découvert le hic de cette sublime promotion. Il lui faisait des avances ? Elle repoussa une vision d'elle-même à genoux sous le bureau de Walt, le visage à hauteur de ses genoux enflés. Non, jamais. Greta fantasmait peut-être à son sujet, mais Darcie doutait que Walt, veuf, ait une vie sexuelle, que ce soit au boulot ou chez lui. Et s'il en avait une, elle ne souhaitait pas y participer.

— Tes désirs sont des ordres.

Walt réprima un sourire.

— Bonne réponse.

Quand le serveur eut pris leur commande, Walt versa du vin dans le verre à eau vide de Darcie. New York, pourtant en proie au déluge, souffrait aussi d'une pénurie d'eau potable. Elle n'en imaginait même pas la raison – un truc concernant les réservoirs – mais en obtenir relevait de l'exploit, même dans les restaurants cinq étoiles. Non qu'elle ait l'habitude de les fréquenter. Walt leva son verre.

— Félicitations, Darcie. Certains en doutent peut-être, mais *moi* je sais que tu t'en sortiras très bien. Et que tu me feras honneur. Prouve-moi que j'ai raison.

Puis il ajouta :

— J'espère que tu possèdes un passeport valide ?

— Un passeport ?

Il désigna du menton les baies vitrées sur lesquelles glissait une pluie glaciale.

— Il faut voir grand.

Il sourit.

— Ce n'est pas ce que tu désirais ? La zone Pacifique. Une échappatoire à l'enfer new-yorkais. Nancy m'a appris ce qui s'était passé – et a fait pencher la balance de ton côté. Hinckley reste parmi nous. Cette présentation était du tonnerre, Baxter – et elle t'a octroyé ton souhait le plus cher : l'ouverture de Wunderthings à Sydney, en Australie. Là-bas c'est l'été.

2

— Une douce brise de mer, assura-t-elle à mamie. Le soleil…

— C'est une honte.

De retour chez elle, en fin d'après-midi, Darcie observait Eden Baxter, sa grand-mère, tapoter un des coussins orientaux sur son sofa d'un blanc crémeux.

— Mais je doute que tu trouves le temps d'aller à la plage. Corwin s'attend à ce que tu te tues à la tâche.

Exact. Elle avait décroché le droit de faire ses preuves – à la barbe de Greta Hinckley – et n'avait pas l'intention de gâcher cette opportunité. Mais l'excitation coulait dans ses veines.

— D'après les guides que je me suis procurés, même en travaillant en ville de 9 heures à 17 heures, j'ai encore le temps d'aller me dorer au soleil à Manly, après un trajet en ferry de trente-cinq minutes.

« Ma spécialité, se dit-elle, pensant à sa traversée quotidienne de l'Hudson. Novice dans ce job, mais vraie pro des ferries. »

L'apparition de l'énorme chat persan gris de mamie la fit sursauter. Elle battit en retraite dans le fond de la pièce. Impossible de se détendre sans avoir localisé Sweet Baby Jane, et s'en être éloignée au maximum.

— A moins que je fasse le contraire : me précipiter à la plage tous les matins, me dorer cinq minutes…

— Si seulement je pouvais rajeunir !

Eden balaya de son plumeau un guéridon en noyer immaculé.

Autre avantage de la cohabitation avec mamie : elle évitait la corvée du ménage. Mamie aurait pu l'éviter aussi, mais inutile de le souligner. Tout comme le fait que la chevelure d'un auburn chatoyant, soigneusement apprêtée, de sa grand-mère révélait à la lumière de la lampe du guéridon des reflets abricot. Et que du blanc apparaissait aux racines. Sa couleur nécessitait une retouche.

— Tu seras toujours jeune, mamie.

Exilée pour échapper aux instincts prédateurs de Sweet Baby Jane, elle ne pouvait voir le sourire de sa grand-mère mais perçut son ton enjoué.

— Ce sont les hommes qui me maintiennent jeune.

— A quatre-vingt-deux ans, tu as plus d'amants que la population féminine et célibataire d'un immeuble de l'Upper East Side.

— C'est *vilain*, hein ?

Super, oui. Elle rejoignit sa grand-mère qui caressait de son doigt fin un cadre doré, à la recherche d'un grain de poussière. L'aigle qui illustrait la gravure de prix la contemplait du même regard désapprobateur que celui dont était coutumière la mère de Darcie.

— Tu es réputée pour tes liaisons, dans cet immeuble en tout cas.

mamie réfléchit un instant.

— Ce sacré portier a encore trop parlé ?

— Julio ? rétorqua Darcie en haussant un sourcil. Il est la discrétion même.

Eden renifla avec distinction.

— Tant qu'il touche son pourboire hebdomadaire quand il monte mes courses… et la liasse de billets que je lui glisse chaque Noël. Dans cet immeuble la liste du personnel méritant « une gratification » au moment des fêtes frôle la tentative d'extorsion.

— Julio apprécie simplement de sentir ta mignonne petite main se glisser dans sa poche.

— *Lui* en tout cas n'a rien de « mignon », dit Eden en se tournant vers elle. Myra Goldstein prétend qu'il a un instrument de la taille de Long Island. Elle doit le savoir.

— Jalouse ?

— Qui ça, moi ? Si je manifestais ne serait-ce qu'un soupçon d'intérêt pour cet homme, il lui faudrait un mois pour s'en remettre. Un an même. Myra ne m'arrive pas à la cheville.

Darcie sourit. Mamie ramassa une pile de journaux, quelques magazines. Elle était accro aux mots croisés du *New York Times* et à au moins une vingtaine de publications du monde de la finance. Depuis son veuvage, quinze ans plus tôt, Eden était devenue une légende du marché boursier. Et sa vie amoureuse également.

— Si tu continues à te dévergonder, je vais être obligée d'avertir maman.

Eden se signa d'un rapide signe de croix.

— Pitié, ingrate ! Mon fils aurait pu faire un beau mariage. Au lieu de ça, admire les dégâts. Mené par le bout du nez par cette virago en escarpins Via Spiga et, je ne sais pas si tu l'as déjà vue, veste de fausse fourrure. On dirait la dépouille d'un chien écrasé.

Elle admira ses propres sandales à fine bride de huit centimètres de haut. Sweet Baby Jane s'enroula autour des chevilles d'Eden puis s'éloigna.

— … Mais grâce à Janet Harrington Baxter, tu existes, Dieu merci.

Malgré elle – sa grand-mère prononçait ce genre de paroles environ cent fois par jour –, ses yeux se mouillèrent de larmes.

— Moi aussi je t'aime, mamie.

Eden repoussa l'émotion.

— Je t'aime, toi et tous les hommes habitant cet immeuble.

— Ce n'est pas tout à fait pareil, mamie.

— Dieu merci.

Les yeux bleu-vert d'Eden pétillèrent comme du vif-argent.

— … Tu vas me manquer, tu sais. Qui va repousser la meute qui campe sur mon paillasson ?

— Sous le panneau annonçant : « Vous qui entrez, abandonnez votre pantalon » ?

Tout en parlant, elle guettait du coin de l'œil la lente approche du chat en sa direction. Dès que Sweet Baby Jane en avait l'occasion, elle griffait Darcie à mort – exprès, c'était certain. Elle n'avait jamais rencontré un animal aussi viscéralement vicieux (*D'habitude les chiens m'aiment bien*) mais le loyer gratuit valait bien quelques blessures légères. Sans parler des embouteillages évités.

— Darcie Elizabeth Baxter, ce panneau n'existe pas.

— Il devrait, rétorqua-t-elle, juste au moment où les dents acérées de Sweet Baby Jane se plantaient dans son mollet.

Elle cria, mais Eden choisit de l'ignorer. Son chat bien-aimé était incapable de faire le mal.

— Moi, une femme facile ? A mon âge ?

Les ongles écarlates d'Eden s'étalèrent en éventail sur sa poitrine. A l'exception d'une vague crise cardiaque et de menace de récidive en cas de stress, Eden jouissait d'une santé excellente.

— … Ne sois pas ridicule. Si tu essaies jamais de répandre cette rumeur vicieuse, personne ne t'écoutera.

La jambe douloureuse, Darcie repoussait le chat tout en tentant de ne pas attirer l'attention d'Eden.

— Inutile qu'on m'écoute, se moqua-t-elle. On te connaît.

— En tout cas…

Eden haussa un sourcil dessiné à la perfection.

— … le dernier homme qui a dormi dans mon lit en est sorti avec un grand sourire aux lèvres.

— Norman ?

— Non, pas Norman. Jerome Langley.

Darcie frottait son mollet blessé.

— Le petit chauve qui ne tient jamais la porte de l'ascenseur ? Il se cure le nez, mamie. Tu me déçois.

— Et quand je parle du dernier homme – c'était peut-être Norman finalement –, je parle d'il y a six mois.

Eden la fit pivoter face à l'escalier menant au deuxième étage de l'appartement.

— C'est ça, une femme facile ?

— Non. Mais tu mens.

Sa grand-mère traversa la moquette beige pâle au pas de charge, Sweet Baby Jane sur ses talons comme un chien fidèle.

— Ça, tu ne le sauras jamais. Bon, tu vas me manquer mais il est temps de faire tes bagages au lieu d'épiloguer sur ma vie amoureuse.

— Tu as raison. Au fait, je t'ai dit ? Là-bas on peut bronzer seins nus.

Mamie ralentit le pas.

— Le soleil tape dur dans l'hémisphère Sud et le trou dans la couche d'ozone n'arrange rien. Alors fais attention, Darcie. Tu as une poitrine ravissante qu'un bel Australien ne peut qu'admirer. Avec un peu de « mise en scène », qui sait ce qui peut arriver ?

— Tu veux que je me trouve un mec ?

— Tu ne rajeunis pas toi non plus, ma chérie. Il est temps que tu penses à créer ton propre foyer et à avoir quelques enfants… Pas tout de suite… mais quand même, un homme près de toi tous les soirs… Tous les soirs, Darcie.

— Je vois Merrick deux fois cette semaine, maugréa-t-elle.

Une image traversa sa mémoire à la vitesse de l'éclair. Merrick, Palm Pilot en main, le lundi précédent. *Ma soirée de jeudi est libre. Même heure, même endroit.*

— Dans ce cas, ouvrons grand les portes de la terrasse et crions, assez fort pour que ces imbéciles occupés à s'entretuer dans la circulation puissent entendre…

Eden désigna le pont George Washington.

— … louons cet homme qui consent à te gratifier quelques heures de sa présence *et* de l'usage de ses attributs…

— Plus bas, mamie.

Darcie avait le rouge aux joues. Sweet Baby Jane lui adressa un rictus. Elle esquiva le chat. Pendant qu'Eden avait le dos tourné, elle botta légèrement le derrière de SBJ. L'animal fila avec un cri outragé et se tapit dans un coin, attendant son heure.

— Que se passe-t-il, mon roudoudou tout doux ? s'écria Eden.

Comme si mamie ne le savait pas.

Darcie toussota.

— Ce n'est pas seulement la faute de Merrick si nous nous voyons si peu. Il faut aussi compter le trajet pour traverser le fleuve.

— Des histoires, tout ça.

Eden rangea son plumeau dans un casier en teck à côté des marches menant à sa petite cheminée. Aucun nuage ne s'éleva du bouquet de plumes, ce qui sembla la satisfaire.

— Je sais que tu n'aimes pas que je me mêle de tes affaires. Mais à ta place, je botterais le cul bien ferme de Merrick, direction la cage d'ascenseur du Grand Hyatt. Tu mérites mieux. Ne commets pas la même erreur que ton père.

Mamie n'avait pas tort. Ses propos concernant Merrick faisaient écho à ceux de Claire.

— Merrick se chausse chez Via Spiga, admit-elle.

Eden sourit.

— Tu vas *vraiment* me manquer. Tu sais me faire rire.

Darcie ne pensait qu'à grimper les marches, monter dans sa chambre et en fermer la porte avant que le chat ne la trouve, mais Eden l'avait saisie par le bras.

— Encore un conseil, que je ne saurais trop t'encourager à suivre, ma chérie. Il s'agit d'une condition importante à ton bonheur futur. N'épouse jamais – au grand *jamais* – un homme incapable de te faire mourir de rire.

— A supposer que je tombe sur ce parangon de virilité pendant que je travaille à Sydney, désires-tu que j'en ramène un spécimen pour toi ?

— Ne t'arrête pas en si bon chemin. Deux seraient l'idéal. Coiffés de ces chapeaux Akubra si sexy.

*
* *

— Retourne-toi, chérie. Tu sais que cela te plaît.

Darcie se demandait ce qu'elle avait fait pour qu'on lui chuchote de telles douceurs à l'oreille – et que l'annonce de son départ pour l'Australie soit accueillie avec une telle indifférence par Merrick. Il avait à peine réagi. A l'aube du vendredi, elle s'éveilla au murmure de la voix masculine à son côté dans la chambre d'hôtel. Un bras musclé, couvert d'un duvet blond miel, enlaça sa taille et l'attira dans les draps chauds. Un membre durci jaillit contre son dos, se mouvant avec insistance à un rythme provocant. Qu'elle ne reconnaissait que trop bien, mais qui n'était pas le bienvenu.

La prestation de Merrick laissait à désirer. Son attitude surtout.

— Arrête, veux-tu ? Merrick, arrête.

Elle repoussa les cheveux qui tombaient dans ses yeux et se redressa dans le lit. Les yeux rouges de sommeil, elle lui jeta un coup d'œil avant de loucher sur le réveil de la table de nuit. Pourquoi avait-elle dormi si tard ?

— Il est presque 5 heures du matin. Je dois passer chez moi me changer avant d'aller au bureau. Tu sais que mamie s'inquiète quand je ne rentre pas de la nuit.

— C'est l'inconvénient de vivre avec une femme de quatre-vingt-deux ans.

Darcie lui envoya un coup de poing dans les côtes et le rire de Merrick se mua en grognement douloureux.

— Aïe ! Je parie qu'elle n'a pas fait l'amour depuis quarante ans.

— Tu te trompes…

A un point qu'il ne pouvait imaginer.

— … et tes paroles sont déplacées.

— Je plaisantais. J'ai bien vu que le soir où nous avons dîné chez elle elle me dévorait du regard.

Il caressa l'un de ses seins de sa main aux longs doigts mais elle glissa hors de sa portée.

— Tu ne vas pas laisser un homme dans le besoin, n'est-ce pas ?

— Claire pense que tu es marié.

Ces mots lui avaient échappé.

Merrick se redressa.

— Claire devrait se mêler de ses affaires.

— Tu es marié ?

— Si je l'étais, je ne le dirais pas à Claire.

— Et à moi non plus ?

Il tiqua.

— Que se passe-t-il, Darce ? Nous avons dîné ensemble, ensuite on s'est éclatés au lit. Exactement comme d'habitude. Pas vrai ?

— Pas vrai ?

Elle ne savait plus trop.

— Pour l'amour du ciel…

Il roula hors du lit dont les draps étaient empreints de sueur.

— Si tu as décidé d'aborder le sujet « Où mène notre relation ? », je préfère partir.

— Où mène notre relation ?

— Tu sais bien. « Il est temps que notre relation débouche sur un engagement véritable » Alliances. Lune de miel à Maui ou Saint Kitts, dit-il avec une grimace. Des bébés.

— Qu'y a-t-il de mal à désirer des bébés ? Tu m'as toujours dit que tu adorais les enfants.

— Absolument. Ceux des autres.

Il lui planta un baiser sur la bouche. Des images de l'adorable visage de son neveu, puis du bébé de Claire traversèrent l'esprit de Darcie.

— As-tu vraiment envie de te métamorphoser en baleine parce que tu portes le mouflet d'un mec quelconque ?

— Je n'en ai pas envie. Pas pour l'instant. Mais un jour…

Un jour elle rencontrerait quelqu'un qui lui en donnerait l'envie, pensa-t-elle.

Il effleura son épaule d'un nouveau baiser.

— Tu m'imagines faisant les cent pas, un gosse hurlant sous le bras ?

Hum. Cette image en déclencha une autre. Le souvenir de Merrick à la lumière tamisée d'un bar, le soir de leur rencontre. Merrick avec ses cheveux blonds et soyeux, ses yeux d'un bleu sombre, son sourire distingué, la convainquant dès ce premier soir de coucher avec lui. Puis une nouvelle image se superposa à l'ancienne : celle de Merrick poussant un landau. Fantasme qu'il ne partageait apparemment pas.

— Non, pas vraiment.

Une déception inattendue la submergeait.

— J'imagine que le goûter d'anniversaire de ton neveu suffit à combler un homme de ta trempe…

— C'est ironique ?

Darcie glissa du lit et lui fit face, les doigts de pied enfoncés dans la moquette.

— Non. Tu l'étais toi ?

— Quel neveu d'abord ?

Elle fronça les sourcils.

— Le petit garçon dont tu m'as parlé. Tu te souviens ? Celui qui roulait en tricycle avant ses deux ans. Ton neveu préféré, qui lançait les balles de base-ball à cinq ans et nageait à six. Tu m'en as beaucoup parlé un jour.

— Oh. Ce neveu-là.

Darcie cilla.

— Merrick, comment as-tu pu l'oublier ?

— Je ne l'ai pas oublié, zut. Je dors encore à moitié.

Il se dirigea vers la salle de bains.

— Puisque nous sommes tous deux à la verticale…

Il désigna les cheveux ébouriffés de Darcie et la bosse saillant de son propre caleçon.

— … mais qu'il semble que je n'aie rien à espérer, je crois

que je vais partir. Plus tôt j'arriverai au boulot, plus je gagnerai d'argent – si les marchés boursiers sont en forme eux aussi.

Les paroles de Claire, ainsi que celles de mamie, s'incrustaient dans son esprit. *Tu mérites mieux. N'épouse jamais (ni ne couche avec ?) un homme incapable de te faire mourir de rire.*

Elle *aurait* dû rester dans l'Ohio. Elle n'aurait jamais rencontré Merrick.

Mais non. Elle s'attendait toujours à ce que ses relations amoureuses échouent, parce que tel avait toujours été le cas. Voilà son problème. Mais un jour cela changerait... En attendant, la logique commandait de ne pas renoncer aux relations sexuelles régulières avec Merrick, même s'il se montrait peu sympathique en dehors.

Ce matin par exemple, il ne lui plaisait pas. Qu'elle l'imagine dans un bar tamisé, un lit d'hôtel, ou n'importe où ailleurs – en particulier au goûter d'anniversaire d'un petit garçon dont il prétendait ne pas se souvenir.

L'Australie l'attirait de plus en plus.

Le jour suivant, assise à la table minuscule d'un café bondé sur Broadway, Darcie avalait un analgésique, suivi d'une grande gorgée d'eau, priant pour qu'il la débarrasse de ses crampes. Encore énervée de son dernier rendez-vous avec Merrick, elle observa sa mère glisser un doigt manucuré entre son pied et son escarpin noir. Dieu merci, les jours précédents, Darcie avait été occupée à faire ses bagages. Elle n'était pas du tout d'humeur à supporter Janet.

— J'ai fait la queue plus d'une heure au kiosque de Times Square, racontait Janet Baxter.

Une des raisons pour lesquelles elles s'étaient donné rendez-vous ici.

— Ce quartier me paraît douteux. J'espère que je ne regretterai pas mon billet, même à moitié prix. La plupart de ces spectacles se révèlent souvent superficiels.

— Le public aussi. C'est souvent le cas lors des matinées du mercredi et du samedi.

Seuls touristes et banlieusards du Connecticut et du New Jersey remplissaient alors la salle. Venue de Cincinnati, Janet Baxter appartenait à la première catégorie. Elle était accompagnée d'amis de l'Ohio, mais une autre raison devait motiver sa visite, se dit Darcie – une raison autre même que ce rendez-vous avec sa fille aînée. Sa mère fronça brièvement ses sourcils clairs, avant de se souvenir que cette mimique risquait de provoquer des rides. Et, à cinquante-cinq ans, des rides permanentes. L'expression de son visage se lissa instantanément.

— Je suis très inquiète à propos de ta grand-mère.

C'était apparemment la vraie raison de cette rencontre autour de tasses de thé (pour Janet) et de café noir (pour Darcie). Autour d'elles l'atmosphère s'alourdissait de l'odeur de cigarettes bon marché, de transpiration et de parfums de supermarché. Et des conversations des autres tables. Darcie dut élever la voix.

— A propos de mamie ? Pourquoi ?

Elle pensait connaître la réponse, mais avait envie d'entendre sa mère se débattre avec un sujet qu'elle devait considérer de mauvais goût et gênant.

— Ton père et moi t'avons envoyée vivre avec Eden pour deux raisons.

— Loyer bon marché. Pas de charges.

— Et…

Janet semblait souhaiter qu'elle récite le discours habituel, parlant de sécurité, de domicile dépourvu de danger pour leur fille aînée, discours qui agaçait Darcie, persuadée qu'elle était d'être capable d'assumer sa propre sécurité.

— Il y a une troisième raison ? Vas-y, maman.

Janet se trémoussa sur sa chaise, pinça les lèvres, puis, s'arracha un sourire afin de détendre l'atmosphère. Elle tritura sa tasse de darjeeling, évitant le regard narquois de Darcie. Darcie laissa s'installer le silence – et échapper toute chance d'anéantir sa mauvaise humeur. Jusqu'à ce que sa mère la prenne par surprise.

— Nous voulions que tu…

Janet s'éclaircit la voix.

— … que tu gardes un œil sur elle.

— C'est nouveau. Je suis supposée baby-sitter ma grand-mère de quatre-vingt-deux ans ?

Elle se tut un instant avant de reprendre :

— Maman, elle est sorti avec plus de mecs en un mois que toi et moi durant nos vies entières réunies. Tu devrais voir les types qu'elle décroche.

Janet pâlit.

— Tu plaisantes, n'est-ce pas ?

Evidemment, mais pourquoi l'autoriser à s'en tirer si facilement ?

— Cette cohorte de mecs a déjà creusé un sillon dans la moquette toute neuve qu'elle a fait poser en décembre – un chemin qui va de la porte d'entrée à sa chambre.

Et attends qu'elle te parle du contenu des poches de Julio.

Janet épousseta les pellicules de son tailleur bleu marine, en provenance directe du Kenwood Mall de Cincinnati.

— Tu cherches à me bouleverser.

— Vérifie par toi-même.

Janet inspecta du regard le minuscule café et ses consommateurs new-yorkais, d'une variété infinie, comme si elle découvrait leur présence, et fronça le nez.

— Je ne vais pas traverser l'Hudson pour dormir chez elle. Je ne serais pas la bienvenue, Eden m'a toujours haïe.

— *Haïe* est un terme un peu fort.

Elle-même ne l'avait pas utilisé à propos de Merrick hier.

— Je regrette d'avoir suggéré que tu cohabites avec elle quelques mois.

Cette remarque, en apparence banale, la mit sur le qui-vive. Oh, oh ! Janet n'était pas venue surveiller Darcie, ni enquêter sur la vie sexuelle d'Eden. Depuis son arrivée à New York, quatre ans plus tôt, elle avait vécu à Fort Lee, avec mamie. L'arrangement leur convenait à toutes deux. Darcie avait toujours entretenu le vague projet de louer son propre appartement, mais elles cohabitaient sans peine, si on exceptait Sweet Baby Jane. Mamie se montrait aussi tolérante du style de vie de Darcie que Darcie du sien. Elle aimait penser que la vie amoureuse d'Eden relevait de la fiction (il s'agit de ma *grand-mère,* bon sang). Mais apparemment, elle avait raté un épisode.

Janet poursuivait son idée.

— Tu devrais te trouver ton propre appartement. Avec ton augmentation…

— Pas si importante que ça.

L'argument sembla se transformer en atout pour sa mère.

— Tu pourrais partager le loyer. Prendre une coloc. Une vraie.

Hum.

Darcie se souvenait, étudiante, avoir dormi avec la lumière parce que sa coloc, étudiante en art, devait terminer un projet. Toute la nuit. Avoir trébuché sur les vêtements de quelqu'un d'autre, ou plutôt du petit ami de quelqu'un d'autre…

— Je ne préfère pas. Chez mamie, je dispose de ma propre chambre et personne ne me dérange.

Janet resta de marbre.

— Nous verrons lorsque tu reviendras d'Australie.

— Nous verrons quoi ? dit-elle en secouant la tête. Maman, je n'ai pas besoin d'aide…

En tout cas, pas de ses parents, habitants du Midwest.

— … Quel est le vrai problème ?

— Ta sœur, finit par murmurer sa mère.

Ses sens entrèrent de nouveau en alerte. Janet, elle, contemplait ses genoux.

— Elle est sortie diplômée de l'université de Smith en juin dernier. Il y a sept mois.

— En voilà une tragédie… !

UC – l'université locale – une des universités les plus prestigieuses pour sa petite sœur.

— … Je te rappelle que j'ai assisté à la cérémonie. Qu'arrive-t-il à Annie ?

Elle sourit pour adoucir ses paroles. Ainsi il s'agissait d'Annie. Annie qui se fichait de ce que pensaient les autres. Qu'elle crée des problèmes, pour la première fois de sa vie, n'aurait pas dérangé Darcie. Pas des problèmes sérieux, évidemment.

— Excès de vitesse ? dit-elle. Elle ne s'est pas inscrite pour voter républicain ?

Janet agita la main.

— C'est une forte tête, tu la connais. Elle a décidé de venir à New York.

Sa mère avait lâché ces mots comme si Annie envisageait une carrière de prostituée – encore qu'elle aurait plutôt employé le terme « créature de la nuit ». Janet repoussa sa tasse et un effluve âcre de darjeeling s'éleva.

— Sincèrement, je ne l'imagine pas vivre avec ta grand-mère.

— Qui la corromprait.

— Oh, tu peux sourire, mais c'est vrai. Eden a une mauvaise influence.

Elle reprit sa tasse et avala une nouvelle gorgée. Un frisson d'appréhension parcourut Darcie.

— Ton père et moi sommes résolument opposés au désir d'Annie – à moins que toi, sa grande sœur, ne veille sur elle. Si vous partagiez un appartement…

— Maman, Annie est une souillon.

L'espace d'une seconde, Janet accusa durement la défaite. Puis elle se leva de table, mais gâcha sa sortie en trébuchant sur ses Via Spiga.

— Je vais être en retard au spectacle. S'il te plaît, réfléchis à mes paroles.

Retrouvant l'équilibre, elle dédia un sourire pincé à Darcie.

— … Je suis heureuse de t'avoir vue. Je t'appelle demain.

Peut-être pourrons-nous faire quelque chose ensemble avant ton départ.

— Je pars demain soir.

— Un brunch dominical alors. Nous reparlerons d'Annie.

Darcie se leva à son tour, déterminée à ne prendre aucune décision avant son retour de Sydney. Mais son mauvais génie l'emporta.

— Et moi je pourrai tout te raconter au sujet de Julio.

Elle souriait encore en poussant les portes tournantes de FAO Schwarz, le célèbre magasin de jouets, malgré le chaos habituel du samedi après-midi. Elle s'aventurait rarement dans ce genre de magasins – car, comme ne manquerait pas de le souligner Janet, elle n'avait pas d'enfants – mais avant de quitter les Etats-Unis, elle voulait offrir un cadeau à la fille de Claire, sa filleule.

Un léger frisson la parcourut. Elle n'avait vu le bébé qu'une seule fois, mais adorait déjà la minuscule petite fille. Et la promesse qu'elle symbolisait. Peut-être que ce petit être humain à l'odeur discutable aurait un parcours impeccable. Pas d'erreurs, pas de sorties de route. Rien qu'un tir bien ajusté, droit dans les buts.

Darcie n'était pas une fana de sport.

— C'est moi qu'on choisit en dernier pour l'équipe de softball, murmura-t-elle devant le rayon ballons de basket et protège-tibias. Tu aurais dû assister à mes leçons d'équitation. Tu as déjà vu quelqu'un à l'envers sur sa selle ? Et les leçons de natation… Je coulais comme une pierre !

— Je peux vous aider, mademoiselle ?

Un vendeur avait surgi dans l'allée, le regard curieux.

— Non merci.

Elle lui sourit, d'un air vague et inexpressif.

— Je vous ai entendue parler…

— Vraiment ? Oh ! j'ai encore dû oublier de prendre mes médicaments.

Elle fila dans l'Escalator menant au deuxième étage, saluant au passage une pyramide de figurines *Bob the Builder*.

— Fais attention, Darcie. Même à New York…

Elle sourit.

— … enfin bon… il m'a remarquée.

Elle erra au rayon jeux vidéo, s'arrêtant devant deux gamins jouant sur le clavier géant mis à la mode des années auparavant par le film *Big*, l'un des films préférés de mamie. Cette vision puérile de l'existence correspondait bien à mamie. Quand elle repéra enfin le rayon bébé, elle avait déjà presque oublié son thé avec Janet. *Un appartement avec Annie ?* Cette simple pensée lui faisait dresser les cheveux sur la tête.

Elle s'attarda devant un étalage d'animaux en peluche, s'amusant à s'imaginer avec un nourrisson ressemblant à la fille de Claire dans les bras, debout devant l'autel pour le baptême. A son côté se tiendrait son mari, séduisant, élégant, une expression d'absolue dévotion pour sa famille toute neuve sur le visage. Mais cette image était le fantasme de sa mère, pas le sien, pas pour l'instant… Mais était-ce Merrick qu'elle imaginait à son côté ?

Le fantasme s'évanouit au souvenir des paroles évasives de Merrick concernant son neveu. D'ailleurs elle devait d'abord se préoccuper de son propre avenir. Elle fouilla dans la pile de peluches, écartant nounours et lapins trop ordinaires. Elle finissait de payer un zèbre affligé d'un strabisme et d'un énorme nœud rouge quand elle distingua une silhouette familière, de l'autre côté de l'allée, au rayon poupées.

Que ferait-il ici ? Dans un magasin de jouets ?

Le lieu ne lui correspondait pas. Mais elle contourna tout de même une poussette afin de mieux voir. Cheveux blond foncé, sans une mèche de travers et ce look *Vogue Homme*, même en pantalon de toile et pull irlandais, reconnaissable entre mille. Son cœur battait trois fois plus vite. Depuis qu'elle avait quitté Janet, elle ne s'était même pas passé un coup de peigne. Et inutile d'espérer qu'il reste la moindre trace de son rouge à lèvres. Son eye-liner vert foncé, qui coulait dès qu'elle avait chaud, devait strier son visage. La température de ce magasin était trop élevée. Elle devait avoir une mine atroce.

Quelle importance ? Tu es toi, avec ou sans maquillage.

Il changea d'étalage et elle le suivit. Elle entraperçut son profil – nez droit, aucune trace de bosse ou de déviation – son mouvement de tête, un peu impérieux, très autoritaire, arrogant même, nota la position des épaules. Et ne reconnaîtrait-elle pas ces mains n'importe où ? Ses mains qui s'étaient posées sur son propre corps. Il ne pouvait s'agir que de…

— Merrick, appela-t-elle doucement, juste au moment où il tendait la main vers quelqu'un – pas elle.

Lui en voulait-il ? Il était de mauvaise humeur lorsqu'ils s'étaient quittés la veille au matin. Elle aussi. Lorsqu'il l'aurait vue, ils discuteraient… Elle ne voulait pas partir pour l'Australie en restant sur une dispute. Claire avait tort à son sujet, se répéta-t-elle. Mamie aussi.

Quand une petite fille blonde courut vers lui, Darcie ne réagit pas. Une enfant inconnue percutant un étranger – rien d'inhabituel ici. Sauf qu'il semblait la connaître. Merrick saisit ses frêles épaules en riant et prononça quelques mots avant de la regarder s'éloigner. Son visage arborait une expression étrange… proche de l'adoration.

Le pouls de Darcie s'accéléra (le zèbre pointait la tête hors du sac comme pour marquer lui aussi sa suspicion). Elle traversa l'allée en direction du rayon poupées, baignant dans les teintes de rose. Des centaines – des milliers – de poupées Barbie envahissaient les étalages. Barbie dentiste, Barbie mariée, Barbie championne olympique, Barbie du monde entier. Un peu trop bondé pour son goût. A Sydney, elle ne commettrait pas cette erreur. « Son » magasin serait net, clair, sophistiqué.

— Merrick.

Planté devant des vêtements miniatures, il lui tournait le dos, mais elle le vit se raidir. Il lui fit face, avec un sourire figé.

— Il me semblait avoir entendu ta voix.

Elle haussa les épaules.

— Je parlais toute seule, une fois de plus. A moins que ce ne soit à Buster.

Elle brandit le sac avec le zèbre puis parcourut la distance qui les séparait. Etrange que cette rencontre de hasard, dans cette ville où ils vivaient tous les deux, ne la réjouisse pas davantage.

— Tu choisis un cadeau pour ton neveu ?

De nouveau ce regard inexpressif. Mieux travaillé cette fois.

— … peut-être pas pour ton neveu, reprit-elle, contemplant la profusion de rose qui les entourait.

Depuis leurs boîtes aux vitrines de plastique, une armée de Barbie leur souriaient à tous deux.

— Que pourrait désirer un garçon de huit ans dans ce rayon ?

— Que fais-tu ici, Darcie ?

Sa voix, comme son regard, s'était durcie.

— Je parle avec toi, dit-elle d'un ton léger. Je me demandais si… avant mon départ… nous pourrions…

Nous réconcilier sur l'oreiller ?

— Papa !

La petite fille de tout à l'heure s'était jetée de plein fouet dans les jambes de Merrick.

Il l'écarta, lissant sa robe – de chez Saks, Laura Ashley… ? –, caressa ses longs cheveux, blonds et brillants. Presque identiques à ceux de Merrick. Un ruban bleu écossais les retenait en arrière. Elle avait aussi ses yeux.

Le café qu'elle s'était forcée à avaler remonta dans son estomac. Il s'agissait bien d'un spectacle. Un spectacle de cirque. Le Colisée, avec ses lions, ses gladiateurs, ses victimes.

Papa. Elle s'accroupit jusqu'à ce que son regard soit au même niveau que celui de l'enfant.

— Bonjour.

Merrick se glissa entre elles deux.

— Euh… si tu allais te promener par là-bas, ma puce.

Il désignait une pyramide de poupées sur une table toute proche.

— Choisis celle qui te plaît.

Supposant qu'il s'adressait à l'enfant et non à elle, Darcie se redressa.

— Je peux ? *Je peux ?*

— Oui. Tu peux.

L'autorisation confirmée, la gamine décampa. Un lourd silence s'installa.

Claire avait raison. *Il ment, Darcie.*

Ses doigts raidis étreignaient son sac, asphyxiant le zèbre. Buster fixait Merrick avec des yeux exorbités, tout comme elle, sauf qu'elle ne louchait pas. La foule les bousculait. Un bébé, ressemblant à celui de Claire, pleurait. Dans les haut-parleurs une voix masculine annonçait des soldes au rayon jeux électroniques.

Elle se sentait mal.

— Eh bien maintenant, je suis fixée.

— Darcie, n'en fais pas toute une histoire.

Son ton agacé acheva Darcie.

— En faire une histoire ? Excuse ma naïveté…

A sa grande horreur, sa voix s'étranglait. Elle n'aurait jamais cru que, même si la supposition de Claire s'avérait, elle y attacherait une telle importance.

— Ce n'est pas ce que tu crois.

— Quelle réponse banale ! C'est trop nul.

Elle déglutit péniblement. Elle percevait le parfum de son après-rasage de luxe, à l'odeur boisée. Une odeur de pop-corn s'était répandue dans l'air. Et un parfum plus âcre… celui de la trahison.

— Veux-tu dire que tu n'es *pas* marié ?

Il se détourna. Darcie l'attrapa par le bras.

— Merrick, tu me dois une explication.

Comme il restait silencieux, elle ajouta :

— Pas étonnant que tu oublies parfois ton « neveu ». Es-tu plus habitué à l'appeler ton *fils* ?

Elle glissa un regard vers l'étalage voisin.

— Ta fille te ressemble. Lui aussi ? Quel âge a-t-il ?

— Six ans. Oui, je suis marié.

Il avait parlé trop fort et tenta de baisser la voix. Ses joues s'étaient colorées, comme si elle l'avait giflé. Pas une mauvaise idée d'ailleurs.

— Je suis marié depuis dix ans. C'est ce que tu voulais savoir ?

— Non, je veux savoir pourquoi tu couches avec moi au lieu de coucher avec ta femme !

Son emploi du temps serré. Sa seule et unique nuit hebdomadaire disponible. Deux nuits cette semaine, chanceuse que tu es. *Tu ne vas pas laisser un homme dans cet état, n'est-ce pas ?*

— Ça ne marche pas, dit-il.

— Qu'est-ce qui ne marche pas ? Le sexe entre elle et toi ? Toi et moi ? *Quoi ?*

Elle ne s'était jamais senti si mortifiée, si blessée, de sa vie. Ce qui en disait long.

Il tenta de l'entraîner dans un coin à l'écart mais elle campait sur ses talons. Elle brandit le zèbre entre eux comme un bouclier.

— Dis ce que tu as à dire ici.

S'il existait un endroit plus absurde, plus public pour cette scène que le rayon poupées de FAO Schwarz, elle n'imaginait pas lequel. Aucune importance. Mais Merrick trouva le moyen de la laisser sans voix.

— Je t'aime, Darcie.

— Oh. Espèce de salaud !

Une première, pensa-t-elle. Incroyable qu'il ne s'étrangle pas.

— Je le pense réellement. Il n'y a plus rien entre Jacqueline et moi. Apprendre notre liaison lui serait tout à fait égal.

— Elle s'appelle Jacqueline ?

Il acquiesça, les yeux fixés au sol. La bouche de Darcie se plissa, comme un pruneau. Sa femme avait dû fréquenter l'université de Smith, comme Annie.

Il leva les yeux et la contempla à travers son épais rideau de cils.

— Tu me détestes ?

— Là, ici, maintenant je répondrai oui sans hésiter.

Ils se turent un long moment. Elle étreignait le zèbre, écoutant sa propre respiration qui lui semblait apte à surmonter le vacarme ambiant, à rugir comme un métro entrant en station. Elle aurait pu tomber raide morte sur le sol. *Attention, s'il vous plaît. Urgence. Barbie Docteur, rendez vous allée 4…*

— Quand pars-tu ? demanda-t-il.

— Je te l'ai dit, demain.

— Je ne peux pas te voir avant ?

— Je ne veux pas te voir.

Il semblait malheureux comme tout.

— Combien de temps seras-tu partie ?

— Je ne sais pas. Des jours, des semaines.

Ça aussi elle le lui avait déjà dit. Il n'*écoutait* donc rien ?

— … Aussi longtemps qu'il le faudra pour trouver et négocier un espace pour le nouveau magasin.

Aussi longtemps qu'il le faudrait, à Sydney ou ailleurs, pour cicatriser son cœur brisé. *Pour toujours.*

Elle se força à regarder ailleurs. Quand son adorable petite fille surgit de l'étalage voisin pour se jeter droit dans ses bras, Darcie sursauta.

— Tu m'achètes celle-ci, papa ?

Elle lui agita sous le nez une Barbie Internationale dans sa boîte rose Poupées du Monde. Parfaitement appropriée.

Merrick s'empara de la boîte, soutenant toujours le regard de Darcie.

— Bien sûr, ma puce.

La petite fille lui dédia un sourire faussement timide.

— Tu en veux une toi aussi ?

Merrick s'arracha un petit rire.

— Pas mal tenté. Aujourd'hui nous nous contenterons de celle-ci.

Darcie plongea dans le regard bleu foncé de Merrick, par-dessus la tête de sa fille. Puis, resserrant son étreinte sur Buster le zèbre, elle marcha vers l'Escalator.

— Darcie. Attends!

Elle continua son chemin. Sans regarder en arrière. Evidemment, elle s'était dirigée vers l'Escalator qui montait. Mais elle ne désirait qu'une porte de sortie. Soudain l'endroit, le bruit, les jouets lui semblèrent l'endroit rêvé pour cette scène. Pour une fois, elle aurait le dernier mot.

— Papa s'est déjà offert une poupée, dit-elle, du moins c'est ce qu'il a cru.

Merrick n'avait plus qu'à se rendre au service réclamation exiger un échange. Quant à elle...

Barbie en Australie.

Merrick Lowell ne la reverrait – elle, Darcie Elizabeth Baxter – jamais.

3

— « En faisant danser Matilda… »

Darcie fredonnait pour elle-même la célèbre chanson australienne :

— « … un jour un joyeux vagabond… »

Elle avait oublié la suite et se contenta de chantonner quelques notes.

— « lalala… au *billabong*… posa son *tucker*. »

Sans raison, ses yeux se remplirent de larmes.

Le décalage horaire, se dit-elle, renversant la tête en arrière. Elle ignorait que cela serait si difficile. La vaste structure de chrome, verre et bois du nouvel hôtel Westin de Sydney s'ouvrait sur l'extérieur. Elle s'absorba dans la contemplation de l'horizon. Une profusion d'étoiles, scintillantes mais impossibles à identifier, piquetaient la nuit noire. Tout récemment arrivée dans l'hémisphère Sud, elle prit place au bar de l'hôtel afin de digérer le filet de bœuf *en croûte* dégusté plus tôt avec Walt dans l'un des restaurants chic, à l'étage inférieur, et de siroter un verre du chardonnay local pour se remettre.

Vêtue d'un tailleur à fines rayures, elle n'avait aucune raison de se sentir aussi déplacée, même seule au bar. A New York aussi – à treize mille kilomètres à l'est, comme en attestait sa longue nuit sans sommeil à bord d'un Boeing 747 parti de San Francisco – les femmes portaient du noir, en particulier après 17 heures. Avec un joli collier de perles, aurait conseillé sa mère. Dans la plupart des grandes villes du monde, une femme ne pouvait pas se tromper en portant des couleurs sombres. Pourtant elle fit la grimace, le nez dans son verre. Elle ne portait pas de perles et, si on en croyait les vitrines croisées sur son chemin ce soir, les opales semblaient la pierre précieuse de mise en Australie. Tout comme, si on se fiait au groupe de cadres dans la trentaine attablés un peu plus loin, la bière supplantait le vin.

Darcie les observa, mine de rien.

Elle avait du mal à se concentrer. Des crampes sourdes dans le ventre l'avaient poussée à commander un verre de vin dont elle n'avait ni envie ni besoin.

— Heureusement, je ne suis pas enceinte de lui, dit-elle en pensant à Merrick.

Salaud.

Qu'il soit marié n'était pas le plus grave. Elle se montrait parfois naïve, mais n'était pas une ingénue sans cervelle. Femme du nouveau millénaire, libre et à la sexualité libérée, elle pouvait accepter qu'il soit marié, même si ce léger détail titillait un reste de tradition enfoui au fond d'elle-même. *Merci, papa et maman.* Mais que Merrick lui ait caché la vérité, cela, elle ne l'acceptait pas.

Elle haïssait le mensonge. Les menteurs surtout.

Elle se redressa sur son siège et cligna des yeux. Son verre tinta sur la table de marbre. Et si elle avait attrapé une MST ? Idéal pour ne jamais oublier Merrick Lowell – un herpès génital ou des condylomes. Histoire d'améliorer sa vie sexuelle trépidante.

Elle porta la main à son cœur qui s'était emballé. Non, ils avaient utilisé des préservatifs. Chaque fois. « Souviens-toi, l'idée d'avoir des enfants ne réjouissait pas Merrick. » Elle fit la grimace. Alors pourquoi en avait-il deux ? Peut-être refusait-il seulement les enfants qu'*elle* lui aurait donnés. Elle, avec ses gènes de la classe moyenne.

Elle se laissa retomber dans le profond fauteuil avec un soupir.

Elle fit tourner son verre entre ses doigts, parcourant du regard la pièce aux lumières tamisées – hé ! regardez-moi ça. Miam.

Comme si une fanfare venait d'entonner l'hymne australien, un homme seul s'était levé pour parler au barman, autre spécimen australien mâle qu'elle avait remarqué plus tôt. Maintenant, elle ne le voyait même plus. Le nouveau venu éclipsait tous les autres hommes présents dans la pièce. Au contraire de Merrick (un bon point en sa faveur), il arborait des cheveux sombres, plus épais et plus longs, des cheveux dans lesquels les doigts d'une femme pouvaient jouer, leur contact soyeux éveillant le désir au fin fond de son corps affamé.

Les larges épaules de l'homme cachaient le barman derrière le bar. Il se pencha, lui offrant son profil de trois quart. Un profil fabuleux. Plus beau que celui de Merrick. L'eau à la bouche, elle s'empressa de détailler la longue silhouette, depuis ses épaules incroyables aux deltoïdes musclés, noueux mais agréablement dessinés sous sa chemise de chambray, jusqu'à ses abdos en tablettes de chocolat, puis ses jambes musclées campées dans son jean et enfin ses pieds. Chaussés de bottes. Pas n'importe lesquelles, d'après ce qu'elle pouvait en juger malgré la distance. Les doigts de l'homme, minces et gracieux, s'enroulaient autour de sa bouteille de bière. Il la leva pour avaler une longue gorgée et elle observa à loisir le mouvement de sa pomme d'Adam dans sa gorge puissante et attirante. Ainsi c'était vrai. Les hommes australiens étaient incroyables.

Celui-ci aurait-il pu être encore plus parfait ? Fantasme devenu réalité, même le chapeau Akubra souhaité par mamie était posé à côté de lui sur le bar. Darcie décida qu'elle n'avait pas le choix.

— Hello, joyeux vagabond, murmura-t-elle en lui adressant un sourire séducteur.

Zut, pourquoi pas ? Elle était seule, du moins pour ce soir, dans un pays étranger – pour une fois dans sa vie. Personne ne lui prêtait attention, en tout cas pas les cadres de la table voisine qui riaient bruyamment de leurs propres plaisanteries. La fumée de leurs cigarettes dressait un rideau garantissant l'anonymat, évoquant les fameuses *Blue Mountains* et leur brume d'eucalyptus.

Ni sa mère ni son père n'étaient en vue. Cincinnati, bien que plus proche que New York, pouvait être ignoré l'espace d'une nuit. Non qu'elle ait à s'en soucier d'habitude. Pour faire bonne mesure, portée au défi depuis ses déboires avec Merrick, elle salua l'homme d'un mouvement de son verre.

Aucune réaction, ni à son sourire ni à son toast, mais le regard du destinataire affecta dangereusement son équilibre. Ainsi que son bas-ventre. Elle déglutit avec peine. Elle lui adressa un signe de tête et la bouteille de bière se figea à mi-chemin – *trois essais, pas plus.* L'homme la fixa, puis jeta un coup d'œil par-dessus son épaule, comme pour vérifier qu'elle n'avait pas appelé le barman mais le draguait, lui. Il ramassa son chapeau. Quel choix avait-il ? Elle baissa le nez dans son verre à moitié plein et attendit. Le pouls affolé. Le ventre serré.

Allait-il approcher ?

Quand une ombre imposante se dessina sur la table, elle comprit qu'elle avait retenu son souffle. Elle leva les yeux. En le voyant de près, elle dut lutter pour ne pas se liquéfier en une flaque de désir.

— Si vous étiez un mec…

Il avait prononcé « meiiiiiiiic »

— … ce que de toute évidence vous n'êtes pas, je dirais « G'day », mais nous autres Australiens n'utilisons cette expression typique qu'avec une personne de notre sexe.

Le dernier mot resta suspendu entre eux.

— Vous êtes une fraîcheur, hein ? Bienvenue à Sydney.

— Une fraîcheur ?

— C'est de l'australuche, pour dire nouveau venu. *Auchtrien* si vous préférez.

Australuche ?

— Un étranger se dit un *Auchtrien* ?

— Non, sourit-il. C'est notre façon de dire Aus-tra-lien.

Il avait avalé les syllabes.

Darcie sourit à son tour.

— Moi qui croyais qu'on parlait anglais ici.

Elle avait entendu plus drôle, et il la traitait en touriste, mais il avait une voix à réchauffer la calotte polaire – d'ailleurs pas si éloignée d'ici. Darcie s'agrippa à son siège des deux mains. Tout en lui, depuis le chapeau gris-vert penché avec désinvolture sur un côté, sa légère veste de sport suspendue à un doigt par-dessus son épaule, criait : *Prends-moi. Je suis à toi.*

Elle ne put se retenir et fredonna les premières mesures de *Matilda*, à son intention cette fois. Il rit.

— Je peux m'asseoir ?

Elle lui désigna le fauteuil en face.

— Posez votre *tucker* ici.

Son sourire – renversant – s'agrandit.

— J'ai fini mon *tucker*, merci.

Elle n'avait aucune idée de ce que signifiait *tucker*. Tout ce qu'elle savait, c'était que le mot se trouvait dans la chanson et qu'une vague de chaleur l'envahissait du ventre jusqu'aux cuisses.

Il se renversa sur sa chaise, souriant de plus belle.

— … Puffaloons, yabbies, Vegemite, un bon morceau de Pavlova… Qu'est-ce que vous buvez ?

De quoi parlait-il ?

— Euh, du chardonnay. N'importe quoi de… *auchtrien.*

— On dit aussi aus-tra-lien. Comme vous vous donnez un mal fou pour faire couleur locale, je vous le signale.

Il parlait de façon charmante, prononçant bizarrement les voyelles, et haussait sa voix profonde en fin de phrase, comme s'il quêtait une approbation. D'un geste, il arrêta un serveur qui apportait des bières à la table voisine, et elle ne s'en offusqua pas comme elle s'en était offusquée lorsque Merrick avait fait de même au Hyatt. La dernière plaisanterie d'un des convives déclencha un éclat de voix.

— « Tucker » signifie nourriture, expliqua-t-il.

— Vous parliez de nourriture ?

— Les Puffaloons sont des scones frits, les yabbies de petites écrevisses, le Vegemite est un trésor national – de l'extrait de levure – et la Pavlova un dessert. Meringue, crème fouettée, fruit…

— Vous vous moquiez de moi…

Il acquiesça.

— De plus, le *tucker* se transporte normalement dans un sac à dos.

— Porté par un vagabond dans votre genre ?

Il examina sa chemise bleue, puis son jean.

— J'ai si pauvre mine ?

Darcie rougit.

— C'est seulement à cause des paroles de la chanson.

— Je suis arrivé cet après-midi, en ligne directe de l'élevage. Je n'ai pas pris le temps de me changer.

Il tourna le regard vers la table de jeunes cadres, tous vêtus avec autant de soin que Merrick.

— J'ai laissé mon sac à patates en haut.

Aveuglée par son sourire, Darcie caressait du doigt le bord de son verre. Le regard de l'homme suivait son mouvement.

— Vous êtes un cow-boy ?

Son regard se faisait de plus en plus profond. Tout comme le sang dans les veines de Darcie.

— Oui. J'élève des moutons. Dans ce que vous appelleriez un ranch.

Surprise, elle chercha sa respiration. L'air s'était épaissi de fumée et… de désir.

— Sac à patates ? répéta-t-elle, se souvenant de ses paroles.

— Argot australien. Pour costume.

— Loin de moi l'idée de vous insulter. Je vous trouve très bien ainsi.

Le plus bel euphémisme de toute l'histoire de l'humanité, Darcie. Elle aurait été ravie de le mettre en vitrine – Oh ! que oui ! –, un corps pareil en guise de présentoir pour de la lingerie ? Combien de sous-vêtements ferait-il vendre ? Ou alors elle pourrait le faire défiler sur un podium, un mannequin quasiment dénudé à chaque bras.

— Et ce chapeau…

Comme s'il se souvenait soudain des bonnes manières, il ôta son chapeau et le planta avec espièglerie sur les cheveux de Darcie. Sa main effleura sa joue et une onde de désir se déchaîna en elle.

— Voilà, dit-il.

Le désir grandissait dans son corps, insistant, se répandait dans ses veines. Elle ne pouvait arracher son regard à sa contemplation. Une chevalière en or brillait à son petit doigt et ce simple détail la fit fondre. Sa main s'attardait, son ton s'adoucissait.

— Maintenant vous ressemblez à une Australienne…

Il lui adressa un long regard indéchiffrable.

— … il suffirait que je vous apprenne un truc ou deux.

La libido de Darcie s'emballa.

— A charge de revanche.

Il soutint son regard.

— D'accord. Je vous enseigne l'australuche. Ma langue – la langue d'un peuple d'anciens forçats, de rebelles. En échange de quoi ? De… votre langue trop honnête gorgée de grammaire anglaise ? dit-il en riant.

Il lui tendit la main, avec un regard chaud et presque trop direct de ses yeux sombres. Et s'il détectait dans le sien davantage que des fantasmes d'amitié ? Impossible de le savoir. Jusqu'à ce qu'il reprenne la parole.

— A moins de conclure un marché différent. Un truc plus intéressant.

Elle serra la main qu'il lui tendait et il s'interrompit.

— Enchanté de faire votre connaissance. Je m'appelle…

Darcie réagit avant qu'il n'ait fini de se présenter. Sa poigne ferme, ses doigts enserrant les siens, son pouce effleurant sa paume menaçaient de la faire fondre comme du beurre. Une délicieuse crème au beurre. Son corps entier se raidit. C'était trop parfait.

— Non, dit-elle.

— Non quoi ?

— Pas de noms.

Elle inclina le chapeau d'un air canaille sur un œil. Terminé Merrick Lowell et ses mensonges. Si elle passait la nuit avec ce canon australien – Oh, mamie, si tu le voyais ! –, elle ne le regretterait pas demain matin.

— Gardons… le mystère.

Il se figea sur sa chaise et attendit que le serveur disparaisse après avoir servi leurs nouvelles consommations. Son regard s'était refroidi. Considérablement.

— Vous ne travaillez pas ici, n'est-ce pas ?

Travailler ?

— Pas ce soir.

Pourquoi cette question ?

Il contempla Darcie d'un air soupçonneux.

— Aujourd'hui j'ai terminé à 17 heures, reprit-elle. Heure locale, j'ignore l'appellation exacte ici.

— Heure de la Nouvelle-Galles du Sud. Pour obtenir l'heure de Greenwich, on ajoute dix heures.

A New York il était donc… hier. Sous le coup du décalage horaire, subjuguée par son interlocuteur, troublée par son regard, elle était bien incapable de calculer l'heure. Pourquoi semblait-il… déçu ?

Elle s'empressa d'ajouter :

— Mon boss m'a dit de rentrer. Mais mon horloge interne s'est déréglée. J'hésite entre bâiller et faire ma gymnastique matinale.

Elle eut soudain une illumination. Choquée, elle avala de travers. *Vous travaillez ici ?*

— Vous croyez que je suis…

Une créature de la nuit ?

— Chérie, je n'ai jamais rencontré quelqu'un de plus adorable, mais je ne couche pas avec les prostituées.

— Heureuse de vous l'entendre dire.

Darcie espérait l'avoir convaincu de sa relative innocence. Elle appela un ascenseur parmi la multitude alignée face à la boutique de l'hôtel, maintenant fermée. Durant l'heure qui venait de s'écouler, le niveau sonore des rires et démonstrations d'amitié des jeunes cadres voisins avait grimpé de plusieurs décibels. Quelques femmes en tailleurs stricts, mais chic, les avaient rejoints. Sa conversation avec le cow-boy aussi avait enclenché la vitesse supérieure. Quand il fut établi que Walt Corwin n'était pas son souteneur, ils passèrent illico aux préliminaires… verbaux. L'ascenseur arriva, ses portes s'ouvrirent. Darcie et l'éleveur de moutons s'y engouffrèrent.

En gros, il la fit décoller. Il enserra les poignets de Darcie d'une seule main et la plaqua contre la rampe courant le long de la paroi. Sa chevalière en or cliquetait contre le bois. Quand il posa ses lèvres sur son cou, elle portait toujours l'Akubra. Le souffle de son haleine provoqua un frisson de désir dans son corps, depuis la racine de ses cheveux jusqu'à la pointe de ses chaussures aux talons trop hauts. Ses orteils à l'étroit semblèrent soudain aussi douloureux que son ventre.

Il couvrit son cou et ses oreilles de baisers, les mordillant du bout des dents. Dents ravissantes, se souvint-elle. Puis sa main s'égara.

— Ainsi tu es dans la vente, murmura-t-il.

Elle avait bien été obligée de lui apprendre un détail quelconque sur elle-même. Sa méfiance avait manqué de gâcher leur soirée. Elle était restée vague, mais il savait qu'elle était descendue dans cet hôtel. C'est pourquoi ils se trouvaient dans un ascenseur filant à toute vitesse vers les étages supérieurs, et non dans la rue en train de se faire leurs adieux. Elle éprouvait un sentiment grandissant de *déjà-vu*. Les lundis soir avec Merrick au Grand Hyatt…

— On vient de me confier un nouveau poste, dit-elle, mais je ne suis pas certaine d'en être capable.

La voix de son interlocuteur acheva de lui mettre les nerfs à vif.

— Je t'imagine capable de n'importe quoi si tu en as décidé ainsi.

Elle se tut un instant, pensant à Walt.

— Mon patron dort.

— Avec toi ?

— Non. Dans sa propre chambre. La porte à côté.

Il se redressa avec un sourire.

— Tu es *drongo*. Ça veut dire marrante.

A moins que ce ne soit le mot argot pour « idiote » ? Son estomac se noua. Rencontrer des hommes dans des chambres d'hôtel devenait une habitude. Et est-ce que « marrante » était un compliment ? L'Australien allait se moquer d'elle, lui tapoter le sommet du crâne – écrasant l'Akubra – avant de la renvoyer dans sa chambre. La nuit d'enfer de Darcie à Sydney allait tourner court.

— Marrante dans le bon sens du terme, ajouta-t-il.

— Voyons ça.

Ses lèvres reprirent leur mouvement, courant sur son cou, jusqu'au premier bouton de son chemisier de soie blanche.

— Je suis mignonne, tordante, et...

— Tu es...

Une plaisanterie ambulante souffrant de décalage horaire, de syndrome prémenstruel et sans aucune chance de s'envoyer en l'air ce soir.

— ... sexy en diable, acheva-t-il.

Sa voix sourde et le compliment inattendu achevèrent de faire mollir ses genoux. Elle renversa la tête en arrière pour lui offrir sa gorge. La langue du cow-boy glissa sur le creux au milieu, descendit vers ses seins, dans son étroit décolleté – hélas, elle ne portait pas le soutien-gorge adéquat.

Un instant, sa délicatesse faillit l'emporter. Là-haut, Walt dormait. Ils étaient venus à Sydney pour des raisons professionnelles. En aucun cas elle n'était censée ramener un étranger dans sa chambre. Elle était dingue ou quoi ? Oublions Merrick Lowell, même si les chambres d'hôtel semblaient devenir la résidence secondaire de Darcie, une mauvaise habitude. Mais l'affaire semblait risquée. Peut-être même dangereuse. Ce comportement imprudent démontrait une absence de bon sens de sa part. Elle interrogea l'inconnu.

— Tu n'es pas un tueur en série, n'est-ce pas ?

Il enfouit sa langue entre ses seins.

— Comme si j'allais te l'avouer.

Elle sentait son sourire contre sa peau. Il releva la tête pour la regarder de ses yeux sombres.

— A quel étage se trouve ta chambre ?

— Au trente-troisième.

Il prit sa bouche, y glissa sa langue. Et sa voix rauque.

— Je suis au trente et unième. Allons-y. C'est plus près.

Son pouls décolla en même temps que l'ascenseur et elle cessa de résister. « Zut, prends le risque, comme le ferait Annie. » Quand les portes s'ouvrirent sur le couloir silencieux, l'Akubra avait glissé sur son œil gauche. Le personnel de sécurité de l'hôtel devait avoir eu son content de préliminaires, verbaux et physiques, sur les caméras de contrôle. Il la prit par la main pour la mener vers la chambre, à l'angle du corridor, et, l'embrassant de nouveau, glissa la clé magnétique dans la fente chromée à côté de la porte. Si le visiteur n'était pas souhaité, une lumière rouge se déclenchait. La lumière vira au vert – *fonce, Darcie* – et ils titubèrent à l'intérieur.

Darcie entrevit brièvement du bois clair, des murs beurre frais, la porte vitrée vert céladon de la salle de bains – identiques à sa propre chambre. Elle n'avait pas repris son souffle qu'il l'avait plaquée contre le miroir de l'entrée. Sans cesser de l'embrasser, il saisit ses hanches à pleines mains et se pressa contre elle. Encore plus agréable que les récits de mamie.

Elle enlaça son cou robuste et renversa la tête. L'Akubra s'écrasa contre le verre. Elle s'agrippa de toutes ses forces. Oh ! mon Dieu ! comme il savait embrasser ! Comme il pouvait…

Sa main ouvrit d'une pichenette les boutons de son chemisier, puis ceux de sa propre chemise de chambray (de toute évidence, il avait de l'entraînement). Darcie ne trouvait même plus sa respiration.

Il défit la boucle de sa ceinture qui tomba, tintant contre le sol de marbre. A l'autre bout de la chambre, les étoiles – ces constellations non identifiées – brillaient à travers la vitre dans la nuit noire. Plus loin, à Darling Harbour, qu'elle ne pouvait apercevoir, au bout de King Street, d'autres dansaient et buvaient. Peu importait. Chemisier déboutonné, chemise ouverte, il pressait son torse contre ses seins. Le désir avait gagné son bas-ventre et elle gémit. Ils n'atteignirent jamais le lit.

— C'est bon ?

Il avait ouvert sa fermeture Eclair. Avant qu'il ne se protège, elle reconnut le son d'un papier métallique qu'on déchire.

— … Ce sera encore mieux, je le promets.

— Ne me laisse pas tomber, dit-elle, accrochée à lui.

Il fit si vite glisser le slip de Darcie qu'elle ne le sentit même pas. Il la souleva de ses deux mains sous ses fesses. Plus bas dans son corps, le désir avait acquis une telle intensité qu'il l'empêchait de parler. Elle n'avait plus rien d'autre en tête – le membre raidi se pressa contre son corps qui ne demandait qu'à l'accueillir. L'inconnu leva la tête.

— Tu es saine, n'est-ce pas ?

Elle eut un hoquet.

— Oui.

— Moi aussi, murmura-t-il. Alors laisse moi… t'emmener… surfer.

Il se glissa en elle. Loin. Profondément. Totalement. Le paradis. Sa respiration se précipita.

— Ohhhh.

— Mmmm.

Les étoiles étincelaient. La lune brillait. Au contact froid du sol de marbre, ses orteils se soulevèrent – à moins que ce ne fût à son contact à lui, chaud et velouté ? Ses fesses nues pressaient le miroir lisse et froid. Elle craignait qu'il n'ouvre les yeux et ne découvre ses fesses contre le miroir, encore plus aplati que son chapeau Mais une sensation de chaleur l'envahit. Elle ne se soucia plus de son derrière exposé, ni des chambres d'hôtel partagées avec des hommes qui ne l'aimaient pas.

Il accéléra le tempo, jusqu'à ce que le rythme menace de leur faire perdre la tête à tous deux, comme la cadence de la chanson dont elle ne se souvenait qu'à demi.

— … Matilda…, haleta-t-il.

— … Vagabond…

Combien de temps s'écoula ? Des secondes. Des minutes. Des heures. Pas assez longtemps. La lune brillait encore, les étoiles scintillaient toujours et elle était toujours coiffée de l'Akubra lorsque le plaisir culmina, fugitif et bouleversant.

Sur un dernier coup de reins, il jouit lui aussi dans un râle de plaisir.

Quand il cessa de frissonner et elle de trembler, Darcie laissa retomber sa tête contre le miroir. Elle se fichait maintenant qu'il voie son derrière, plaqué contre le verre, se reflétant dans toute sa gloire, nu et informe. Il posa sa tête sur le cou de Darcie, embrassant sa peau humide de ses lèvres chaudes. Elle s'arracha au miroir et l'Akubra frappa le sol de marbre. Impossible de trancher lequel de leurs deux souffles respirait au rythme le plus fou. Ou sans aucun rythme.

Le cœur de Darcie battait à la folie. Son pouls à lui, plus sourd, plus puissant résonnait contre sa poitrine.

Il lui murmura un mot érotique et Darcie poussa un cri, prête à reprendre depuis le début ce qu'ils venaient juste de terminer… Il l'embrassa, d'un long baiser, doux et soyeux, et elle souhaita que cette nuit ne finisse jamais.

— *En faisant danser Matilda*…, souffla Darcie contre sa bouche, comme une prière.

— Encore une bière ?

Quelques heures plus tard, il se dressait, tel un dieu païen, devant le minibar. A la lumière du frigo qui éclairait ses reins et remontait le long de son ventre plat, de son torse musclé et de ses épaules jusqu'à ses yeux foncés où dansait une petite lueur, il paraissait parfait. Elle eut de nouveau envie de lui.

Blottie dans le vaste lit, sous la couette de coton blanc au milieu des gros coussins de plume d'oie, elle lui sourit. Elle n'aimait pas la bière mais accepta tout de même.

— Et ensuite… ? demanda-t-elle, pleine d'espoir.

— On se réhydrate d'abord, puis on négocie.

Comme Scarlett O'Hara au lendemain de sa nuit avec Rhett Butler. Elle ne put retenir un sourire.

Ce sera encore mieux, je te le promets.

— Je ne protesterai pas.

— J'espérais bien que non.

— Je dois dire que j'apprécie un homme qui tient ses promesses.

Avec ce sourire de loup dont il avait le secret, il ferma la porte du frigo d'un coup sec et traversa la pièce pour la rejoindre – exhibant sa splendide virilité. Darcie le soupçonna de le faire exprès. Elle souleva la couette en guise d'invitation. Les lumières de la ville qui filtraient par les baies vitrées l'illuminaient maintenant lui aussi, irisant sa peau bronzée, creusant les rides séduisantes de ses joues, celles au coin de sa bouche.

— Quel âge as-tu ? demanda-t-elle négligemment en s'emparant de la bière qu'il lui tendait.

— Trente-quatre.

Il ne lui retourna pas la question.

— Pourquoi ?

— Tu es bien conservé.

Elle laissa courir sa main sur son épaule.

— J'en ai vingt-neuf.

— Merci du compliment. Nous avons tous les deux l'âge.

L'âge de quoi, il ne précisa pas. Il frotta son torse nu.

— La plupart des femmes n'aiment pas dire leur âge.

— Tu es toujours aussi poli ?

— Ma mère l'espère.

Mon Dieu ! Une épine dans la vallée du plaisir. Sa mère. Il avait une mère. Peut-être une exactement comme Janet. Il se laissa tomber dans le lit, écarta sa canette de bière et se pencha pour embrasser sa bouche ouverte.

— Mais... non, mademoiselle, je ne suis pas toujours *aussi* poli. Pas en ce moment en tout cas.

— Heureuse de te l'entendre dire, dit-elle, répétant ses propres paroles prononcées plus tôt dans la soirée.

Il fronça les sourcils.

— Hé, je n'ai pas cru pour de bon que tu étais une prostituée.

— Si.

Il semblait prendre toutes ses paroles au pied de la lettre. Elle s'efforça de ne pas y attacher d'importance. Avec Merrick, elle s'était fiée aux apparences. Or, il y avait une leçon à en tirer, mais elle y réfléchirait plus tard.

— Enfin, je ne voulais pas le penser, dit-il.

— Pourquoi ? A part le fait que tu refuses de payer pour faire l'amour ?

— Je n'accepterais *jamais* de payer pour faire l'amour ! Même si j'étais laid comme un singe.

Darcie le détailla.

— Crois-moi, tu n'as pas à t'inquiéter.

— Merci, chérie.

— De rien.

Darcie l'enroula dans les draps pour l'attirer contre elle. *Chérie.*

— A la réflexion, ce sujet n'est-il pas un peu trop personnel pour un premier rendez-vous ?

— Quel sujet ? Les rapports sexuels ? Prends une autre bière, tu y verras plus clair.

Il resta silencieux un instant.

— C'est ainsi que tu appellerais notre rencontre...

Son regard erra sur la couette, les coussins, Darcie.

— ... *Un premier rendez-vous ?*

— En fait non, murmura-t-elle. Nous avons dit : pas d'attaches.

Ils s'étendirent sous les couvertures, goûtant la chaleur de l'autre et le parfum d'après l'amour tout en buvant des canettes de Foster. Une, puis encore une autre. Finalement, passé la troisième canette, la bière n'avait pas si mauvais goût. Ou était-ce la quatrième ? Une fois pillé le contenu du minibar, il appela la réception pour qu'on le remplisse.

— Pour une femme qui n'aime pas la bière, tu ne t'en sors pas si mal.

La pièce tournait un peu.

— C'est moins cher que les alcools forts.

Il l'embrassa de nouveau, un baiser qui sentait l'homme et la bière.

— Tu vis où ?

Elle ne le lui avait pas dit.

— New York.

— New York *City* ?

Il semblait horrifié. Elle avala une nouvelle gorgée.

— Oui. Tout près de Manhattan. Tu sais, l'île que les Indiens ont vendue aux Hollandais.

— Toute seule ?

Non, avec ma grand-mère. Impossible de donner cette réponse. Elle ne désirait pas lui en apprendre trop à son sujet. D'ailleurs elle préférait bannir toute pensée concernant son quotidien, même toute pensée de mamie, qui pourtant aurait apprécié mieux que quiconque ce dernier rebondissement, et, bien sûr, de sa mère. Cette nuit, elle vivait l'instant. Une histoire sans lendemain, sa seule et unique. Demain serait…

— Non. Je partage un appartement.

— Avec un homme ou une femme ?

— Euh… Une femme.

Deux en fait. Eden Baxter et Sweet Baby Jane, suppôt du diable. Presque une semaine plus tard, le mollet entamé de

Darcie était toujours douloureux. Elle tenta de se rappeler la date de son dernier rappel de tétanos. Sans succès.

Il fronça de nouveau les sourcils. Ce qui le rendait totalement adorable, même s'il montrait des signes – des signes sérieux – d'une ressemblance un peu trop prononcée avec ses parents.

— Si j'étais ton père, dit-il, renforçant ses craintes, je ne t'autoriserais pas à vivre dans une si grande ville. Trop dangereux.

— M'autoriser ? D'ailleurs tu n'es pas mon père.

Elle caressa son ventre du doigt, puis descendit plus bas.

— C'est *ça* qui est trop dangereux.

Il abandonna le sujet. Totalement. Et, comme elle l'espérait, il se saisit d'une nouvelle pochette sur la table de nuit.

— Que ferons-nous lorsque je serai à court de préservatifs ?

— Nous… renégocierons.

Elle le prit dans sa main. Soie et velours. Force et vulnérabilité.

— Nous improviserons.

— C'est bien.

Son accent avait doté sa voix d'un ton interrogateur. Intérieurement, Darcie répondit oui. Elle ne s'autorisait qu'une seule pensée : faire l'amour, longuement et paresseusement, être comblée, comme elle ne l'avait jamais été auparavant – et toc pour Merrick ! – et ne le serait peut-être plus jamais. Ils se partagèrent les dernières bières… la cinquième, la sixième ? Pour le reste de la nuit elle s'autorisait le plaisir jusqu'à plus soif, ses fantasmes et la tyrannie du désir.

Dans ses bras, elle souhaita que l'aube n'arrive jamais et ignora les signes annonciateurs de la nausée.

Jusqu'à ce que les faibles lueurs du jour pénètrent les baies vitrées de la chambre 3101 du Westin Sydney, hôtel haut de gamme. Alors, Darcie Elizabeth Baxter se dressa tout éveillée, la gorge emplie de bile brûlante… et se précipita dans la salle de bains.

*
* *

Après un dernier hoquet, elle déglutit deux fois avant de se redresser. Accroupie sur le sol de marbre devant la cuvette des WC, elle passa un linge mouillé sur son visage et ses lèvres desséchées, puis respira longuement dans l'espoir de calmer son estomac.

Voilà. Elle survivrait. Manque de bol.

Elle se rendit compte alors qu'elle n'était plus seule.

Sans lever les yeux, elle savait qu'il se tenait là, appuyé d'une épaule – large, solide et dénuée de chemise – au verre dépoli céladon de la porte de la salle de bains. Un rapide coup d'œil dans le miroir du lavabo confirma son torse nu. Elle frissonna et son cœur entama un numéro de claquettes. Sa peau tannée par le soleil couvrant ces muscles lisses… Sa chaleur et sa douceur sous ses doigts durant cette nuit insouciante dont elle ne se souvenait qu'à demi… Ses cheveux sombres et soyeux caressant ses seins… Ce torse viril, musclé et bronzé…

— Hello ! Ça va ? demanda-t-il.

Une pointe d'amusement courait dans sa voix profonde et rauque.

— Pas franchement.

Il rit. D'un rire qui soulignait le ridicule de sa situation – c'était nul, tellement nul de se mettre dans cet état en compagnie d'un inconnu, enfin plus tout à fait un inconnu – mais lui rappela aussi les moments intimes partagés plus tôt. Et maintenant ça… Elle reconnut le son familier d'une canette tintant sur la chevalière de son petit doigt et une odeur caractéristique qui lui fit froncer le nez.

Mon Dieu, il buvait une bière.

— Quelle heure est-il ? demanda-t-elle, médusée.

— Presque 6 heures.

— 6 heures *du matin* ?

— En Australie, oui. Aux Etats-Unis, je ne sais pas. Tu as trop bu.

— J'ai trop fait l'amour, marmonna-t-elle.

— La bière, le décalage horaire… Je n'ai pas pu m'empêcher d'entendre « tomber le morceau ».

Son estomac se souleva de nouveau.

— « Tomber le morceau » ?

— Une expression locale, synonyme de vomir ses tripes. C'est le style australien.

Il prit une nouvelle gorgée.

— « Le morceau tombe dans la Paramatta, » reprit-il d'un air rêveur. Voilà un bon titre pour un film.

— La Paramatta ?

— Le fleuve qui se jette dans le port de Sydney. Je sais, cela n'a aucun sens.

Sa nausée ne semblait pas l'émouvoir outre mesure. Pour avaler une bière à cette heure de la journée, il devait avoir un estomac en béton. D'ailleurs elle pouvait témoigner de ses tablettes de chocolat. Du moins elle le pouvait jusqu'à ce qu'elle jaillisse brusquement du lit.

— J'échangerais volontiers ma place.

— Pas moi.

Elle entendait le sourire dans sa voix, la sollicitude aussi, mais elle ne pouvait pas encore se résoudre à lui faire face.

— Je vais te laisser tranquille. Tu es sûre que ça va ?

Elle s'éclaircit la gorge.

— Ça va, répondit-elle d'une voix mal assurée.

— Tu as le teint gris, du gris d'un sous-marin.

— Merci pour le compliment.

Oublié le miroir de la nuit dernière. Dans cette position, son large postérieur devait s'étaler sur la moitié du sol. Elle lança un regard vers la porte. Vue plus agréable, c'était certain. Torse nu, ventre plat, jean fermé mais pas trop serré et… Le visage de Darcie s'enflamma à certains souvenirs. Toute la nuit elle n'avait cessé de… *le*… toucher. Un souvenir brumeux valait-il mieux que pas de souvenir du tout ? Parce qu'elle ne se souvenait pas de grand-chose d'autre. Mais peut-être n'était-ce pas nécessaire.

Elle gémit en silence et ses cuisses devinrent molles. Depuis qu'elle avait traversé le Pacifique, un jour plus tôt – à moins que ce ne soit trois ? –, elle avait sombré dans une dépravation dont la profondeur ne cessait de l'épater. Treize heures de vol dans le sens du vent, à bord d'un Boeing en provenance de San Francisco, et elle se transformait en traînée. Une… quel était ce terme australien qu'il lui avait appris à un moment de la nuit ?… une *égarée d'un claque* ivre morte. Bref, la cata.

Après cet intermède, comment pouvait-elle encore éprouver du désir, même pour un dieu du bush australien musclé et bronzé ? Un cow-boy, pas moins. Soudain l'image de son Akubra vert-de-gris – *que diable n'avaient-ils pas fait avec durant leurs ébats ?* – traversa son esprit. Elle n'avait même pas franchi les limites de la ville de Sydney que cet homme l'avait déjà ensorcelée.

Mais impossible qu'il conserve le moindre intérêt envers elle. Elle l'avait draguée au bar du Westin… puis pratiquement traîné dans sa propre chambre. Elle sentait son regard sur elle. Il devait s'interroger sur la nécessité d'appeler ou non la version locale des infirmiers psychiatriques. Ou la brigade des mœurs. Un médecin… mais il posa son propre diagnostic.

— Ce doit être la bière. Tu n'es pas enceinte, n'est-ce pas ?

— Enceinte ? *Moi ?*

Elle braqua le regard sur lui. Ses yeux foncés arboraient un regard net et direct – pas de gueule de bois pour lui, malgré la quantité de bières ingurgitée. Un soleil de début de journée filtrait par la fenêtre de la chambre et traversait le mur de verre de la salle de bains, baignant son compagnon d'une douce lumière rose-doré.

— Je ne veux pas dire enceinte de cette nuit, chérie…

Dans le miroir, ses sourcils, plus sombres que ses cheveux, se haussèrent.

— … mais d'avant… ?

— Pas de soucis, je n'avais pas fait l'amour depuis 1985.

Quand elle osa enfin lui faire face, il avait l'air renfrogné et perplexe. Elle se dit qu'elle lui rendait la monnaie de sa pièce pour ses plaisanteries durant sa nausée.

— Comment est-ce possible ? Tu m'as dit être restée vierge jusqu'à l'âge de vingt-trois ans. Tu en as maintenant vingt-neuf…

— C'était une blague.

— Qu'est-ce qui était une blague ?

— Les deux.

Il semblait sceptique. Il ne brillait pas par sa vivacité d'esprit, mais jouissait d'un physique à tomber. Peut-être qu'après Merrick c'était ce qu'il lui fallait. Sa nausée oubliée, elle le fixa, incapable de détourner le regard.

Un désir pur et dur s'insinua en elle. Il suivait son inspection du regard.

— La vue te plaît toujours ? demanda-t-il.

Elle se rendit. Zut après tout. Un petit rinçage de bouche et elle serait comme neuve.

Enfin presque.

Elle se leva, se rinça la bouche puis traversa la pièce sur ses jambes tremblantes. *Tu appartiens au passé, Merrick Lowell.* Si elle risquait de ne plus faire l'amour de toute la deuxième partie du XXIe siècle, autant se créer des souvenirs avec cet éleveur de moutons australien. Elle l'enlaça par le cou et murmura à son oreille :

— Hello ! Je m'appelle Darcie Baxter. Et toi ?

4

— Dylan Rafferty.

Darcie avoua l'identité de son amant de la veille avec un gros soupir, avant de s'affaler avec soulagement sur un banc de Hyde Park. Elle parcourut du regard l'allée d'eucalyptus par-delà la fontaine centrale, sans réellement voir leurs troncs argentés ni leurs branches feuillues. De même que lui échappaient leur arôme entêtant chaque fois qu'une brise légère agitait leurs branches, le clapotis de l'eau et le chant des oiseaux. Même le nom que Walt Corwin venait de lui arracher ne la faisait pas réagir.

— Il élève des moutons ?

Il l'avait harcelée toute la journée. Hank Baxter lui-même.

— Oui, Comme un million d'Australiens.

La moue de Walt s'accentua.

— Et tu étais obligée de coucher avec lui dès ta première nuit à Sydney ?

— Oh ! la, la ! je ne savais que je t'avais tant manqué.

— Très drôle.

— Mes horaires de travail étaient terminés. Le décalage horaire t'avait mis KO, tu dormais déjà. De 17 heures hier soir à 9 heures ce matin, je ne devais rien à Wunderthings.

9 heures, heure à laquelle Walt et elle s'étaient retrouvés pour un rapide petit déjeuner dans les salons du Westin, avant leur rendez-vous matinal avec un groupe d'hommes d'affaires australiens et de représentants de la ville de Sydney. Tous semblaient

très inquiets qu'une marque de lingerie américaine ne s'implante en Nouvelle-Galles du Sud.

— Nous tentons de développer l'industrie *australienne,* expliquèrent-ils.

— L'Australie est décidée à devenir une puissance financière mondiale.

Walt avait approuvé.

— Nous pouvons y contribuer en établissant une entreprise américaine de vêtements féminins sur ce continent. Une entreprise très connue, ayant pignon sur rue.

L'expression *fond de robe* ne cessait d'émailler la discussion. Tout comme *culotte* et *panty.*

Perturbant. Darcie regrettait l'absence de Dylan Rafferty. Peut-être allait-elle l'embaucher comme traducteur.

— Notre souci, monsieur Corwin, déclara l'homme d'affaires vêtu avec soin qui semblait diriger le groupe, est de préserver et créer des emplois *australiens.*

— Wunderthings créera des emplois sur place, répliqua Walt, fouillant dans son attaché-case.

Darcie vola à sa rescousse et, en un clin d'œil, des documents circulaient autour de la table.

— Je pense que vous conviendrez que ces projections annoncent des retombées lucratives pour la ville de Sydney.

Walt lui décocha un regard de pure gratitude.

— … et nos preuves faites dans cette ville, le reste du pays en bénéficiera. Canberra, Adélaide, Melbourne…

Mais la remarque ne s'avéra pas des plus judicieuses. Apparemment une rivalité de taille régnait entre les villes de Melbourne et Sydney. Pour la haute société de Melbourne, Sydney était peuplé d'un ramassis de descendants de bagnards, comme l'avait sous-entendu Dylan. Des parvenus en quelque sorte.

La réunion avait épuisé Darcie qui n'était pas encore remise.

Pire, ses pieds la faisaient atrocement souffrir.

A 16 heures, elle rêvait déjà d'ôter ses chaussures et de masser ses orteils criblés de crampes. Pitié. Les femmes ne cessaient donc de souffrir d'une crampe que pour écoper d'une autre. Homme typique, Walt l'avait traînée par monts et par vaux toute la journée, inconscient des escarpins à talons de Darcie. Sacrés talons, en plus. Elle souffrait à chaque pas. Grâce aux rues en pente de Sydney, elle était passée des frissons post-amoureux, cadeau de Dylan Rafferty, à une lente agonie. Du moins portait-elle une robe de coton. L'été en janvier en guise de consolation.

— Combien de locaux commerciaux avons-nous visités aujourd'hui ? demanda-t-elle.

— Pas assez.

— Walt, je crois que tu n'abordes pas le problème de la bonne façon.

Il la fusilla du regard et elle s'empressa d'ajouter :

— *Nous* n'abordons pas le problème de la bonne façon, voulais-je dire.

Surtout, ne pas le vexer. « Darcie, équipière de rêve, à votre service, monsieur Corwin. Chef. » Mais elle se trouvait à des kilomètres de chez elle et Walt, lui au moins, parlait un anglais normal. Il n'assassinait pas ses voyelles et ne haussait pas le ton en fin de phrase.

Encore que, chez Dylan Rafferty, l'effet ne soit pas désagréable. Tout comme celui de ses « leçons de langue étrangère ».

Walt lui en voulait-il tant que ça de ses frasques nocturnes ?

Quelle histoire, pensa-t-elle. Je ne me trouvais que deux étages plus bas, pratiquement en dessous de toi.

Imaginer Walt sous elle la fit frémir. Imaginer Dylan Rafferty, c'était autre chose…

Dommage qu'elle ne le revoie jamais.

— Vas-y, dit Walt.

— Quoi ?

— Dis ce que tu as envie de dire.

Je voudrais passer chaque nuit des deux semaines à venir avec un éleveur de moutons.

Pourtant c'était bien elle qui avait fixé les règles du jeu. Pas de noms. Puis elle avait accepté les noms, mais aucune allusion au futur... même pour ce soir. « Voyons ce que la journée nous apporte », avait-elle dit. Qu'est-ce que ça voulait dire d'ailleurs ? Elle était trop fatiguée pour se pencher sur la signification de ces mots. Tout comme sur celle du reste de sa vie.

— Tu ne crois pas que nous devrions visiter ce magasin sur Gloucester Walk ? demanda Walt.

— C'est un endroit en vogue...

— Les *Rocks* sont l'un des quartiers les plus recherchés de la ville. Auparavant c'était un coupe-gorge, mais les temps ont changé. L'endroit est maintenant peuplé de parvenus avides de revanche. Impossible de se tromper, Darcie. Il y a énormément de passage...

— Pas en semaine, et passé 17 heures, seuls les restaurants ont des clients.

— Tu proposerais plutôt...

Une pointe d'agacement perçait dans la voix de Walt. Il laissa errer son regard sur l'allée d'eucalyptus, vers Park Street et le Anzac Memorial. Des ibis passèrent, déambulant à la recherche d'un buisson de soucis à picorer.

Attention, Darcie ! Avance sur des œufs, mais armée d'un gourdin.

Un spasme de douleur transperça son pied.

— Zut, j'abandonne.

Elle arracha sa chaussure et se massa le pied en gémissant de soulagement.

— Bon sang, c'est encore meilleur que faire l'amour.

Oups.

— Ta nuit avec l'éleveur de moutons a dû se révéler torride.

— Exact. Mais pour l'instant, je ne rêvais que d'un massage de pieds.

Walt se leva, impatient. Il ne boitait pas, *lui*, et n'avait pas filé son collant. Elle se redressa sur le banc et décida de lui ficher la paix. Walt était un patron sympa, un mentor digne de confiance qui travaillait pour Wunderthings depuis sa création. Mais cinq ans dans la boîte ne l'avaient pas métamorphosé en femme – une femme au temps précieux et jonglant avec moult obligations.

— Mes recherches montrent, expliqua-t-elle, que les femmes australiennes sont en train de rejoindre la population active. C'est devenu une nécessité économique. La majorité d'entre elles étaient auparavant femmes au foyer mais, tout comme aux Etats-Unis, deux salaires par foyer sont devenus nécessaires pour payer les factures. Même dans les *Rocks*, plus personne n'a le temps de courir la ville à la recherche de sous-vêtements.

— Où veux-tu en venir ?

— Où se situent nos magasins les plus rentables aux Etats-Unis – la majorité de nos succursales ?

Elle estimait avisé de lui laisser le crédit de l'idée.

— Dans les centres commerciaux, répondit Walt, comme s'il entendait le mot pour la première fois.

— Exact. Comme Barrack Street, ou Pitt Street ici.

Elle fit une pause.

— Les centres commerciaux se situent aux points stratégiques. Grâce à eux, le shopping devient aisé, rapide et agréable. Cherchons de ce côté.

Il maugréa.

— J'ai le dos en compote. Allez, dit-il, visitons encore un magasin aujourd'hui. Ensuite je t'autorise à m'inviter à dîner, et demain nous essaierons ton idée.

— Mais toi tu disposes de notes de frais.

— En ce moment, toi aussi. C'est ton tour.

Darcie hésitait.

— Tu tiens à me surveiller, à t'assurer que je ne prends pas du bon temps.

Non, ce n'était pas une chose à dire.

— Je veux dire : t'assurer que je ne fais pas de bêtises.

— Avec Dylan Rafferty, acheva Walt.

— Il doit être irlandais. Tu sais ce qu'on dit des Irlandais.

Il lui lança un drôle de regard.

— Ne crois pas tout ce que tu lis. Il est aussi australien.

« Et la combinaison est *magnifique.* »

Mais ça, elle l'avait ajouté silencieusement.

Elle avait commis une folie en le suivant dans sa chambre. Et une pire folie en le perdant de vue après leur rencontre d'un soir.

« Résumé de ma vie, pensa-t-elle. Les bateaux qui quittent le port au matin... et tutti quanti. » Elle le revit au moment où elle l'avait quitté, non plus vêtu d'un jean mais d'un costume bien coupé. L'eau lui monta à la bouche. Sa chemise blanche contrastait avec sa peau bronzée, recouvrant ses muscles...

La moue de Walter réapparut.

— Tu vas le revoir ?

— J'en doute.

— C'est aussi bien, rétorqua-t-il. Nous avons beaucoup à faire en deux semaines.

Il la pilota à travers le parc, jusqu'à Elizabeth Street.

— Je te le répète, déclara-t-elle. Nous perdons notre temps avec ces magasins.

— Savoir, c'est pouvoir.

— Walt, as-tu une *vie* en dehors du boulot ?

Et elle, en avait-elle une ?

Greta aimait arriver de bonne heure au bureau. Elle aimait l'aube dans Manhattan et les beignets achetés en chemin vers le bureau, un gobelet de café noir et chaud à la main. Elle aimait être seule, sans personne alentour, dans les ascenseurs, les allées et les bureaux paysagers vides. Elle adorait la possibilité, chaque matin, de fouiller le bureau d'un collègue. Elle se faufila devant l'énorme photocopieuse, au bout de l'allée, pour s'aventurer dans l'espace réservé à Nancy Braddock. Situé à la porte du bureau de Walter Corwin, il ne s'agissait pas vraiment d'une pièce en soi, mais presque. Au contraire du box ouvert à tous vents de Greta.

Avec un soupir de soulagement, elle se débarrassa de son lourd manteau noir, le lança sur la chaise de Nancy Braddock et retroussa les manches de son pull. Un pull en acrylique. Greta ne pouvait pas s'offrir du cachemire. Ni même les mélanges laine et soie de Darcie. Greta savait qu'il s'agissait de mélanges laine et soie parce qu'elle lisait les étiquettes des vêtements de Darcie Baxter dès que l'occasion se présentait. Elle déposa son café et son beignet sur le bureau et se mit au travail. Nancy méritait d'être espionnée. Walter aussi.

Evoquer Walter suffisait à faire battre plus vite le cœur de Greta.

Quant à Darcie… Soudain très motivée, Greta s'attaqua à sa tâche.

Chez Wunderthings, personne ne fermait ses tiroirs à clé. Greta avait travaillé dans des entreprises où secret et sécurité relevaient de la paranoïa. Pas ici. Dieu merci. Elle en était la première surprise mais, en cinq ans – Walt et elle avaient débuté le même jour –, c'était fou ce que ses incursions matinales lui avaient appris.

Si seulement Nancy ne l'avait pas surprise avec le projet de Darcie en main.

Ce matin les bureaux semblaient plus vides que d'habitude – et la solitude soulignait sa défaite.

Grâce à Nancy, Darcie Baxter se trouvait maintenant à Sydney. Avec Walter.

Elle ne supporterait pas cette double insulte.

Après une brève inspection des tiroirs du bureau, Greta s'empara du bac où Nancy stockait les documents destinés à Walter. Elle parcourut rapports mensuels, justificatifs de notes de frais, messages téléphoniques… sans rien trouver d'intéressant. Mais bon, on ne savait jamais.

La naïveté de Darcie causerait sa perte – si on s'en remettait à Greta. Il suffisait de guetter la prochaine opportunité et de continuer de chercher. Pas question que cette petite sorcière de l'Ohio, avec ses cheveux noirs, ses yeux noisette et sa silhouette mince, ne l'emporte. Avec l'aide de Nancy évidemment.

Elle feuilleta une liasse de factures, dont le relevé American Express de Walter concernant ses billets pour l'Australie. Une vague de désir la fit tressaillir. *Walter…*

Il ne l'avait jamais remarquée. Pas pour de bon. Mais ça aussi allait changer.

Au bout du couloir, les portes de l'ascenseur s'ouvrirent. Greta s'accroupit vivement derrière le bureau de Nancy. Quel gêneur était si pressé ce matin ? Pas Nancy, espéra-t-elle. En tout cas pas Walter, ni Darcie, probablement enroulée autour de lui en ce moment même dans une chambre d'hôtel de Sydney. Pourquoi Darcie ne se contentait-elle pas de sa promotion ? Ça ne lui suffisait pas ? Il lui fallait aussi Walter Corwin ?

La colère bouillonnait dans ses veines.

Greta tendit l'oreille un moment, mais celui ou celle qui était sorti de l'ascenseur remontait un couloir adjacent. Les pas s'évanouirent. Peut-être une des huiles de la direction… dont aucune n'avait jamais reconnu la contribution de Greta à Wunderthings International.

Elle les enfoncerait tous.

Un jour prochain, Walter reconnaîtrait sa valeur. Il réfuterait les médisances des aigris tentant de lui faire payer à elle leur propre manque de créativité. Darcie Baxter comptait parmi eux.

La main de Greta se figea sur l'avant-dernier papier de la pile.

Ah, ah ! Ainsi Nancy ne se montrait pas plus intelligente que Darcie. Pas plus maligne.

Seule Greta Hinckley assurait. Un jour, Walter la remercierait.

La feuille jaune de taille moyenne avait presque échappé à son attention.

Comme Walter, la direction et tout le monde chez Wunderthings refusaient de reconnaître ses talents. « Oh ! Nancy, pensa-t-elle. Tu n'aurais pas dû faire ça. »

« Walt, disait le message. Je viens de découvrir le projet de Darcie – ci-joint - sur le bureau de Greta Hinckley. Cette idée appartient à Darcie Baxter. Peut-être devrais-tu reconsidérer les "suggestions" de Greta concernant l'expansion dans la zone pacifique. »

Comment avait-elle osé ?

Furieuse, Greta déchira la note en morceaux, de plus en plus petits, jusqu'à ce que plus un seul mot n'en soit lisible. Darcie Baxter était déjà sur sa liste. Nancy Braddock l'y avait rejointe.

Greta fourra les morceaux de papier dans la poche de son pantalon gris, arracha son manteau de la chaise, et remonta le couloir au pas de charge en direction de son propre box, son gobelet de café et le sac graisseux contenant le beignet dans sa main libre. Personne n'aurait pu confondre son box avec l'espace de Nancy, et encore moins avec un vrai bureau.

Mais un jour…

Elle triompherait.

Darcie ignorait à qui elle avait affaire. Aucune idée. Nancy non plus.

Les garces.

Elle les réduirait en miettes toutes les deux. Et elle rirait bien.

Dans le tunnel d'acrylique, noir comme la nuit, de l'aquarium de Sydney, Darcie leva un regard émerveillé. Au-dessus, comme de chaque côté de l'allée serpentant d'un aquarium à l'autre, des raies mantas, des requins et des anguilles plongeaient, glissaient, flottaient autour d'elle avec grâce. L'admiration serra sa gorge. Toute cette beauté l'émerveillait. Tout comme son compagnon.

Elle avait peine à croire qu'elle avait retrouvé… jour après jour… Dylan Rafferty. Il semblait trop beau pour être vrai – la plupart du temps. Tout comme cet endroit splendide.

— Que ne donnerais-je pas pour capturer ces couleurs, déclara-t-elle à Dylan.

En fait, elle voulait dire : *pour t'emporter dans mes bagages et te garder pour moi.*

Dans les ténèbres, la main de Dylan serra la sienne et la chevalière en or laissa son empreinte dans sa peau. Peut-être restait-il étranger à sa réaction devant le déploiement de couleurs, mais sa présence améliorait nettement son excursion de ce samedi. Elle venait de vivre plusieurs jours exceptionnels.

— J'aimerais reproduire ces nuances dans le magasin, sur les écharpes, la lingerie. Wunderthings éblouirait par ces teintes spectaculaires, toutes en ombres et lumières, comme ces magnifiques créatures…

Dylan glissa un bras autour d'elle.

— Ne me dis pas que je suis *drongo*, murmura-t-elle. C'est mon job de penser ainsi.

Mais Dylan déclara :

— Walt Corwin ne m'aime pas.

Surprise, elle rétorqua :

— Walt n'aime personne.

Ce n'était pas tout à fait vrai, mais elle ne voulait pas vexer Dylan. Il s'était montré plutôt silencieux durant leur visite de l'aquarium, suggérée par Darcie. Au début, elle l'avait cru, lui aussi, médusé par la beauté du spectacle. Mais apparemment il ruminait.

— Il m'a jeté un seul regard, puis t'a entraînée dans ta chambre. Sans moi.

— Dylan, nous l'avons croisé une minute dans le hall de l'hôtel. Pas de quoi en faire une histoire.

Vraiment ? Elle employait les mêmes mots que Merrick Lowell à propos de son mariage.

— Et Walt n'est pas mon père non plus.

Elle ignorait qui se révélerait pire, de lui ou Hank Baxter.

— Tu es vexé ?

— Non, dit-il, le front plissé.

— Tu sembles vexé.

La foule grouillait autour d'eux. Dylan l'entraîna un peu à l'écart. Il lui désigna un poisson-tigre rayé jaune et noir.

— Ravissant, ce slip, suggéra-t-il. Non, je ne suis pas vexé.

— Juste parce que ce ne serait pas digne d'un mec ou tu n'es vraiment pas vexé.

— Je ne le suis vraiment pas.

Il embrassa la naissance de sa nuque. Elle frissonna tout entière.

— Oh, regarde !

Elle refusait de gâcher leur sortie et le traîna par la main vers une autre partie de la vitre, où un lumineux bouquet couleur fuchsia ondoyait dans l'eau.

— Qu'est-ce que c'est ?

— Une anémone ?

A son tour, il pointa un doigt.

— Tu vois la violette ? Et la bleue ?

— Pas bleu, ardoise.

— Pour moi, c'est bleu.

Dylan se campa près d'elle en riant tandis qu'elle dénombrait les couleurs avec ravissement.

— Ces couleurs sont magnifiques.

Il enfouit son visage dans son cou.

— Comme toi.

Elle se tourna pour lui faire face, manquant de donner un coup de tête dans le menton de Dylan. Ses joues la brûlaient. Est-ce qu'il plaisantait ? *Elle,* magnifique ? Dylan exprimait toujours sa pensée sans détour et ne prenait pas la peine de dissimuler ses impressions – qu'il s'agisse de Darcie ou pas. Ce trait de caractère lui plaisait – vraiment – mais souvent la prenait par surprise. Darcie était habituée à des hommes comme Merrick qui cachaient leurs émotions, ou en étaient carrément dépourvus, elle ne savait pas trop. Des hommes comme son père, par exemple.

— Mes yeux sont trop écartés, protesta-t-elle, mes doigts boudinés, et je…

Dylan vérifia d'un coup d'œil qu'ils étaient seuls à cet endroit du tunnel et l'attira contre lui.

— La nuit dernière, la nuit entière, tu m'as semblé me convenir à la perfection.

L'évocation de leur nuit torride laissa Darcie sans voix.

— Tu es un charmeur, Dylan Rafferty.

Comment ai-je pu avoir autant de chance, pour une fois ?

Alors autant oublier les petits différends découverts ces derniers jours. Comme les convictions affichées de Dylan concernant les hommes, les femmes et leur rôle respectif… opinion qui datait, pour parler poliment. Il était persuadé qu'avoir des enfants, et rapidement, constituait une priorité pour un couple. Et ne cessait de chanter les louanges de sa mère. Darcie partageait son amour des enfants, mais réalisa bientôt qu'il avait trente ans de retard. Et était entêté. Quant à son opinion concernant les femmes choisissant de faire carrière, comme elle-même…

— Je suis bien plus charmé que je ne charme. Charmé par toi, dit-il, enlaçant ses doigts de sa main puissante.

Il l'entraîna vers la vitrine suivante où un banc de poissons, aux couleurs encore plus vibrantes, nageaient, viraient et virevoltaient dans l'eau. Illuminés par le soleil, ils étincelaient.

— Tu veux partir bientôt ? Rentrer à l'hôtel ?

Le ton suggestif de Dylan anéantit ses bonnes résolutions.

— Bientôt. Visitons d'abord le reste.

S'ennuyait-il ? Elle espérait que non. Peut-être que son intérêt pour elle se limitait au lit. Elle allait tenter de n'y attacher aucune importance. Trois jours plus tôt, ses recherches de locaux dans les *Rocks* avec Walt achevées, elle était rentrée à l'hôtel où elle avait trouvé Dylan au bar. Ne pas en conclure pour autant qu'elle se soit rendue au bar dans l'espoir qu'il s'y trouve… ni qu'elle ait couru en bas à la seconde où Walt s'était écroulé pour une courte sieste avant le dîner. Elle avait à peine eu besoin de l'ascenseur.

Quand elle avait réapparu le lendemain matin, Walt n'avait pas caché son mécontentement. Difficile de le blâmer depuis pour sa mauvaise humeur permanente, comme pour la froideur de son accueil lorsqu'il avait rencontré Dylan. Mais passer ses nuits avec Dylan équivalait à recevoir un grand sac de ses réglisses rouges préférées alors qu'elle ne s'y attendait pas. Chaque jour, elle attendait la venue du soir, fiévreuse.

Elle arpenta les tunnels sombres, la main dans la sienne, écoutant battre son propre cœur. A moins qu'il ne s'agisse du cœur de Dylan ? Puisque, malgré son désir de « voir ce que la journée leur réservait », une seconde chance lui avait été offerte, elle ne commettrait pas deux fois la même erreur. Elle comptait bien passer le reste de son séjour en compagnie de Dylan.

Aujourd'hui à l'aquarium. Et plus tard dans son lit.

Le tunnel dessinait un coude. De la musique classique flottait dans l'air, en accord avec le bruissement de l'eau autour d'eux. Des larmes brouillèrent ses yeux. Le tunnel magique s'achevait devant un énorme aquarium où évoluait une variété infinie de coraux, anémones et poissons. Elle repéra une volée de marches recouvertes de moquette et entraîna Dylan s'y asseoir. Elle tendit l'oreille, saisie d'un besoin inexplicable de pleurer devant la beauté de ces tunnels sombres et la vie spectaculaire qu'ils recelaient… à moins que ce ne soit parce qu'elle s'était trouvé ce beau mec pour elle toute seule ?

Pour l'instant.

Dylan la prit dans ses bras et elle nicha sa tête au creux de son épaule. Les cheveux de Darcie effleurèrent Dylan, juste à la naissance de la nuque, et il frissonna, avant de l'attirer encore plus près. Un peu plus loin, un couple d'ados s'embrassait dans le noir. Deux bambins chahuteurs faisaient la course dans l'escalier, leurs parents épuisés sur leurs talons. Immobile, elle goûtait la chaleur et la puissance de l'étreinte de Dylan. Il l'embrassa, embrasant la moindre cellule de son corps.

Darcie lui caressa le visage.

— C'est le plus beau rendez-vous que j'aie jamais vécu.

— Ah. Ainsi c'est un rendez-vous maintenant ?

— Absolument.

Dylan releva la tête.

— Et si ce rendez-vous se prolongeait ?

— Se prolongeait dans la chambre ? murmura-t-elle.

— Non, dans ma vie. Et dans la tienne.

Darcie s'écarta un peu.

— Tu vas vite.

Elle avait parlé d'un ton assuré mais, soudain, elle tremblait.

— Tu me plais, Darcie.

Je t'aime, avait dit Merrick.

— Et de toute évidence nous… nous entendons bien.

Le sourire de Dylan s'élargit et il s'empara de nouveau de sa bouche. Elle en oublia ce qu'il disait.

— Je te connais depuis moins de quatre jours mais j'ai l'impression de te connaître depuis… toujours.

— Ce serait une bêtise.

— Qu'est-ce qui serait une bêtise ?

— Que toi et moi nous lancions dans…

— Dans une liaison sérieuse.

— C'est toi qui l'as dit, pas moi.

Les liaisons, ce n'était pas pour elle. Comme celle qu'elle avait entretenue avec Merrick, elles ne duraient jamais. Elle devait aussi penser à Wunderthings – Walt avait raison. New York, mamie et même Sweet Baby Jane, voilà sa vie.

Dylan prit sa main entre les siennes, fortes, longues et calleuses.

— De quoi as-tu peur ?

— Je n'ai pas peur. Mais je te connais à peine.

Il lui sourit lentement.

— Tu me connais plutôt bien, tu ne trouves pas ?

Darcie déglutit.

— Trois nuits au lit, une journée à l'aquarium…

Elle désigna un banc de poissons zébrés derrière la vitre.

— … petit déjeuner ce matin à l'hôtel…

— N'oublie pas le dîner hier soir.

— C'était au lit aussi. Nous ne l'avons même pas terminé.

— Alors ça ne compte pas ? dit-il avec une grimace, ou est-ce que tu n'y vois pas la même signification que moi ?

— La signification de quoi ? De notre superentente sexuelle ? Des leçons d'australien ?

Il détourna le regard.

— Si tu préfères te moquer, je ne peux t'en empêcher.

— Dylan…

Elle ôta sa main de la sienne.

— … Je ne veux pas te blesser, mais dès que mon boss et moi aurons trouvé les locaux désirés, je regagnerai New York. Tu as idée de la distance qui va nous séparer ?

— Celle d'un immense océan.

— Exact. Quelle serait même l'utilité de rester en contact ?

— Tu reviendras. N'est-ce pas ?

— Peut-être, mais…

Elle n'avait aucune idée de quand. Peut-être même que – suite à ses errances nocturnes en Australie – Walt déciderait d'offrir son poste à Greta. D'ailleurs, que désirait-elle vivre avec Dylan ?

— Se contenter de vivre l'instant présent te semble peut-être superficiel…

Il se redressa sur les coudes, le visage durci.

— Tu représentes plus pour moi qu'une aventure d'une nuit, dit-il.

— Je suis d'accord. Mais où… où cela peut-il nous mener ?

— Où nous le désirons.

Bon sang, il allait la métamorphoser en une flaque de guimauve fondue. Cette voix, ces yeux, ces mains, même cette dureté nouvelle chez lui…

— De plus, reprit-elle, tu désires des choses que je ne désire pas. Pas encore en tout cas.

Elle hésita.

— Je ne veux pas devenir comme ma mère.

— Qu'est-ce qui cloche chez ta mère ?

— Rien. A part qu'elle mène une vie très différente de celle que j'ai choisie.

— Ne me dis pas que tu dragues des inconnus dans tous les bars ?

Elle rougit.

— Non, bien sûr que non. Tu es le premier.

Et dernier. Elle tenta de s'expliquer.

— Ecoute. Ma mère m'a baptisée Darcie. Darcie Elizabeth Baxter. Tu sais ce que signifient mes initiales ?

L'expression perplexe de Dylan la fit fondre.

— D.E.B., expliqua-t-elle. Aux Etats-Unis une DEB est une fille éduquée pour être apte à évoluer dans la haute société et « faire ses débuts » à dix-huit ans dans un bal, gantée et tout de blanc vêtue, afin de rencontrer l'homme idéal qui la mettra en position…

Euh… elle avait mal choisi ses mots.

— … je veux dire portera son statut social à un niveau plus élevé que celui de ses propres parents et…

Dylan devina la suite.

— Tu as refusé d'être une deb.

— C'est un système rétrograde ! Je voulais être moi ! D'ailleurs nous n'étions pas assez riches pour que je fasse mes débuts dans le monde. Je veux prouver que je suis capable de me prendre en charge, d'être indépendante et choisir l'homme que j'épouserai un jour, quand ma carrière sera lancée.

— C'est un truc de féministe ?

Attention à ne pas tout gâcher.

— Il y a des années, des femmes – pas ma mère – se sont battues pour que la génération suivante bénéficie d'opportunités nouvelles. Aujourd'hui, je peux choisir ma vie. Ce voyage à Sydney constitue ma première chance de faire mes preuves.

— Et je fais partie du tableau. Temporairement.

Il marqua un silence.

— C'est la raison pour laquelle tu m'as dragué au bar ? tu t'es lâchée cette première nuit ? As bu à t'en rendre malade ? Tu essayais de prouver que tu étais *indépendante*, aussi sexuellement libérée qu'un homme ? Ce n'est même pas possible, Darcie. Les femmes tombent enceintes, pas les hommes. Voulais-tu prouver à ta mère que tu ne lui ressemblais en rien ?

La conversation s'enclenchait mal.

— Tu sais, continua Dylan, ma mère ressemble probablement à la tienne. Sauf qu'elle a grandi dans une ferme et pas à Cincinnati. Elle a épousé mon père, donné naissance à trois enfants – j'ai deux sœurs – et est restée à la maison pour les élever.

Sa grimace s'accentua.

— Elle s'est occupée de nous. Et de lui. Il a pris soin d'elle, Je ne comprends pas ce qu'il y a de mal là-dedans.

— Rien. Mais cette conversation n'est-elle pas plus que prématurée ?

— Nous échangeons des idées.

Il l'observait dans le noir. Les bambins turbulents dévalaient de nouveau le tunnel, leurs parents à la remorque. Les deux ados continuaient de se peloter dans un coin.

— Crois-tu qu'une telle vie dure éternellement ?

Pourquoi pas ? A part cette histoire d'horloge biologique, déjà mentionnée par Claire. Elle n'était pas prête à affronter ce problème, et encore moins à envisager avec Dylan une « liaison » qui avait très peu de chances de marcher. D'un côté comme de l'autre.

— A quoi bon poursuivre cette conversation ? Nous étions censés prendre du bon temps.

Elle voulut se lever mais Dylan la força à se rasseoir.

Il l'attira dans ses bras et elle ne put – ou ne voulut – résister. Son cœur battait furieusement, excité ou alarmé, impossible de décider. Il l'enlaça plus étroitement, couvrant ses lèvres entrouvertes des siennes.

— Dylan.

S'il ne cessait pas, elle allait fondre totalement.

Mais que faire d'un homme persuadé que la place d'une femme était à la maison ? Une relation avec le clone d'un macho de Cincinnati – un habitant du désert australien en lieu et place d'un banlieusard de l'Ohio – était le dernier de ses souhaits. Quant à Dylan, la dernière chose qu'il cherchait était une citadine dotée d'idées bien à elle. Non ?

— Il s'agit de nous, reprit-il, pas de ta mère ou de la mienne. Pas d'un rendez-vous quelconque, pas de quelques nuits en passant…

Le baiser qui suivit lui mit la tête à l'envers. Sa langue s'enroula autour de la sienne et elle perdit la notion du monde alentour. Elle s'accrocha à lui, tandis que la musique classique, poignante, glissait autour d'eux, à travers eux, tel un banc de gracieux poissons.

— Tu ne comprends pas ce qui se passe entre nous ?

Elle n'eut pas le temps de protester. La main de Dylan s'insinua dans sa veste et captura un sein qu'il pétrit avec douceur, en pinçant l'extrémité jusqu'à la transformer en un nœud durci de désir. Elle ne se contrôlait plus et gémit. Dans leur coin, les deux adolescents sursautèrent.

Dans le noir, Dylan, le visage éclairé par la lumière artificielle de l'aquarium, sourit. Elle cessa de lutter – peu importait leurs différences d'opinions. Elle définirait les termes de son existence – et de son bonheur – plus tard.

— Ta chambre ? dit-il contre sa bouche. Ou la mienne ?

5

Claire Spencer arpentait la nurserie, sa fille de quatre semaines dans les bras. A ce rythme, elle serait bientôt en meilleure forme physique qu'elle ne l'avait jamais été de sa vie. Combien de kilomètres ce soir ? Quatre, six ? Pour l'instant, à minuit, la pièce respirait le calme, le sérénité. Le silence pur – une première depuis 17 heures – résonnait presque comme un cri. La petite tête brune de Samantha se nicha contre le sein de Claire qui sentit suinter un filet de lait. « Trop tôt pour allaiter, gémit-elle intérieurement. Par pitié ne te réveille pas encore. »

Peter avait déclaré forfait une heure plus tôt. Avec un regard voilé de fatigue, il avait disparu dans leur chambre voisine et ses ronflements lui parvenaient à travers la porte ouverte.

Les hommes. Présents à la conception, présents à la naissance.

Claire haussa un sourcil. Ensuite, Peter – comme la majorité des maris ou compagnons de ses amies – semblait considérer que sa tâche était accomplie. Oh, Peter aimait Samantha. La vénérait même. La petite fille à son papa. Mais peu importaient révolution sexuelle et égalité des rôles, son amour n'incluait pas plus d'une couche changée par jour, et encore, pas la grosse commission, non merci bien, et un biberon de substitution les rares fois où Claire échappait à une tétée. Depuis qu'elle avait accouché, elle n'avait pas quitté l'appartement plus de deux heures d'affilée.

La maternité était un lien privilégié avec son enfant. Un

ciment. Ou plutôt de la Super Glu, qui avait soudé ensemble tous les doigts de sa main.

Claire s'en voulut immédiatement. Comment pouvait-elle avoir pareilles pensées ? Non seulement elle aimait Samantha, mais elle aurait donné sa vie pour elle – d'ailleurs, à un stade atroce de l'accouchement, au moment où elle avait eu l'impression de pousser ses entrailles à l'extérieur en même temps que son enfant à naître, Claire avait craint d'être sur le point de mourir pour la bonne cause.

Folie due au manque de sommeil.

Samantha bougea et le sourire de Claire s'adoucit.

— On ne le dira à personne, n'est-ce pas, ma chérie ?

Après tout, elle était vivante. En bonne santé même. Son corps se remettait doucement. Et un jour – dans un an ou deux – elle supporterait de nouveau l'idée d'un rapport sexuel. Et une partie de sa graisse ne commençait-elle pas à se raffermir ?

Claire passait une main sur sa taille afin d'en vérifier la fermeté quand Samantha renifla contre sa poitrine, puis se mit à geindre. Une seconde plus tard elle poussait un hurlement de première catégorie auquel Claire fut tentée de se joindre.

— Ecoute, mon bébé chéri. C'est l'heure de dormir. Compris ?

J'ai assez dormi, semblait dire Samantha. Elle gigotait dans les bras de Claire dont l'étreinte se crispa, arrachant un nouveau cri au bébé. Dieu du ciel, venait-elle de manquer lâcher sa propre fille ? La force dont pouvait faire preuve un bébé de quatre kilos ne cessait d'épater Claire.

— Peter, appela-t-elle dans un accès de panique.

Pas de réponse. A part ses gargouillis habituels. Claire était toujours étonnée par la variété infinie et la quantité de bruits qu'un homme pouvait produire durant son sommeil.

— Ai-je réellement désiré tout ceci ? murmura-t-elle pour elle-même.

Elle pensait à son couple et à son bébé.

Elle n'en était pas certaine.

Samantha pleura plus fort.

Où est ma mère lorsque j'ai besoin d'elle ? Mais Claire approchait la trentaine, gérait un appartement, un mari, une carrière et un bébé – et la carte de sa mère, postée des Fidji, était arrivée ce matin. Ses parents ignoraient encore la naissance de Samantha. Circulant d'île paradisiaque en centre de vacances exotique depuis six semaines, ils n'avaient pas téléphoné depuis plus de un mois. En proie à une désorganisation totale, Claire avait égaré leur itinéraire.

— Qu'est-ce qui ne va pas chez moi ? demanda-t-elle à Samantha, les larmes aux yeux.

Malgré la puissance de ses cris, Samantha ne verserait pas une larme avant encore plusieurs semaines, avait prévenu le médecin. Claire les versait pour elle. Sans compter.

Elle fit sauter le bébé dans ses bras, lui murmurant de doux « chut » afin de ne pas réveiller Peter, et se dirigea vers la table à langer. Evidemment. Pourquoi n'y avait-elle pas pensé plus tôt ? Un enfant avait des besoins fondamentaux. La dernière couche avait été changée… elle calcula comme une folle… une heure plus tôt, juste avant que Peter n'aille se coucher. Il avait senti une « mauvaise odeur », avait-il déclaré. Il n'en fallait pas plus pour qu'il se réfugie dans la pièce voisine.

Lorsqu'il s'était furtivement éloigné sur la moquette, Claire n'avait même pas jeté un regard à ses pieds nus. Elle aimait ses pieds, longs et élégants. Ses doux yeux bruns, ses cheveux blond cendré. Elle aimait tout chez lui, sincèrement. Sauf que son image ne collait pas à celle de père d'un nouveau-né. Ils n'avaient pas prévu que les choses se passent ainsi. Clignant des yeux, Claire étendit Samantha sur la table molletonnée et se débattit avec les pressions de sa grenouillère jaune.

Samantha hurla.

« Je m'étais toujours considérée comme quelqu'un de plutôt adroit », marmonna Claire. Encore heureux que je ne sois pas une de ces écolos pures et dures – branchées couches en tissu et épingles pointues.

Elle aurait probablement embroché Samantha.

Et zut, voilà maintenant qu'elle imitait l'habitude de Darcie. Eh bien, pourquoi pas ? Telle une femme célibataire vivant seule, Claire n'avait personne à qui parler. L'espace d'une seconde, elle détesta Darcie. Là-bas en Australie, à boire du vin et manger de la viande – sans crainte d'attraper la maladie de la vache folle – et rencontrer des escouades de mecs australiens ayant apparemment réquisitionné tous les gènes disponibles sur la planète d'un physique hors du commun. Exception faite de Peter, bien sûr. Des images de Bryan Brown à son apogée, et de Mel Gibson à n'importe quel moment, traversèrent son cerveau épuisé. Ses larmes redoublèrent. Même la pensée de Russel Crowe ne suffit pas à les arrêter.

— Je suis nulle. Moi, Claire Kimberly Spencer, vice-présidente, je suis nulle.

Reniflant, marmonnant pour elle-même autant que pour Samantha, les mains tremblantes, elle parvint à venir à bout de la couche mouillée, imprimée de personnages de dessins animés, et à déplier l'amas de papier sali. Beurk. « Encore », pensa-t-elle, ravie que les larmes engorgeant ses voies nasales amenuisent son odorat.

— Encore un caca, chérie ?

Elle déglutit, retint sa respiration et nettoya le derrière de Samantha avant de l'enduire de crème. Mais l'odeur, plus légère, ne pénétra pas les narines de Claire.

Samantha pleurait toujours. Comment pouvait-elle sangloter si fort sans cesser de se trémousser comme un ver de terre pris de folie ? A ce rythme, elle roulerait sur elle-même avant ses quatre mois, marcherait à quatre pattes à six, se mettrait debout à sept et marcherait à huit. Et alors attention les parents ! En un rien de temps elle mettrait l'appartement à feu et à sang, tomberait dans l'escalier, jetterait à terre les objets des étagères, écorcherait ses joues sur la table basse…

L'enfer.

Mais elle vivait déjà un enfer. Du moins c'est ce qu'il lui

semblait, à minuit après quatre semaines sans sommeil. Elle enviait la liberté de Darcie et méprisait les hommes. En particulier, à cet instant précis, le sien. L'instigateur de son malheur.

— Que se passe-t-il ici ?

Comme par magie, Peter venait d'apparaître sur le seuil de la nurserie, en pantalon de pyjama, caressant les poils de son torse.

Claire le fusilla du regard. Les décibels des pleurs aigus de Samantha augmentèrent encore.

— C'était une idée à toi ?

— Quelle idée ?

— Avoir un…

Elle se reprit.

— … un B-E-B-E. Parce que je vais te dire…

— Hé, coucou, Sammie.

Peter traversa la pièce, réveillé en un clin d'œil, comme un pompier de garde. Ses doux yeux bruns exprimaient un tel amour pour leur enfant que Claire détourna le regard. Voir cette expression chez Peter – destinée à une autre – l'embarrassait. *Voilà qu'en plus je me conduis comme une sorcière jalouse,* pensa Claire. Il se pencha sur la table à langer pour planter un baiser humide sur le ventre nu de Samantha.

— Tu vas battre un record, bébé. Jusqu'ici tu as tenu ta mère éveillée chaque nuit de ta vie.

— Très drôle !

La gorge de Claire se serra de nouveau.

Quand le silence régna soudain sur la pièce, les oreilles de Claire bourdonnèrent. Elle risqua un œil sur le bébé. Samantha contemplait Peter, le même regard adorateur dans ses yeux bleus. Il se redressa avec un sourire ravi.

— Elle est folle de moi. Qu'y puis-je ?

— C'est le premier bébé au monde qui n'aime pas sa mère.

Sa voix chevrotait.

— Je croyais que les bébés ne souriaient pas avant six semaines.

Peter souleva Samantha et la cala contre lui, la berçant comme un pro. Claire tenta d'oublier qu'un moment plus tôt elle avait manqué de laisser tomber Samantha. Peter avait tiré bénéfice de leurs cours de préparation à la naissance. Claire, elle, restait empotée. Elle laissa libre cours à sa frustration.

— Comment fais-tu ?

Elle le suivit, telle une assistante inutile, jusqu'au fauteuil à bascule en bois. Peter y prit place avec le bébé et Claire resta à les observer, les mains sur les hanches. Des hanches en cellulite pure. Elles évoquaient de la gelée.

— Comment je fais ?

Peter fixa Samantha qui lui rendit son regard.

— L'entraînement !

— *L'entraînement ?* Tu passes ta journée au bureau. Tu rentres, prends Sam dans tes bras, lui fais guili-guili, puis tu regardes les infos sur Fox News. Alors que je suis enfermée ici toute la journée à changer des couches dégoûtantes toutes les cinq minutes – comment un être aussi petit peut-il faire autant pipi ? – et à allaiter à chaque seconde.

Peter fixa ses seins et son regard se fit plus lourd.

— J'aime quand tu dis des choses coquines.

Elle tourna les talons.

— Je vous laisse en tête à tête.

— Claire, dit-il, l'air sincèrement désolé.

— Je me demandais comment je pourrais reprendre le boulot en dormant une demi-heure par nuit, et encore, seulement si tu restes chaque nuit une demi-heure ici à la bercer…

— Ce serait avec plaisir.

— … comment je parviendrais à tirer assez de lait pour Samantha, chaque matin, avant de partir travailler…

Elle se dirigea vers la chambre.

— … Mais maintenant je me demande comment je me persuaderais, chaque soir, de rentrer à la maison.

Elle se retourna sur le seuil, clignant des paupières.

— Peter, je ne suis pas faite pour être mère.

— Tu es fatiguée, chérie, répondit-il en bâillant, plus fatiguée que moi.

Claire se réfugia dans la chambre avant que les larmes ne jaillissent. Samantha était le plus parfait, le plus adorable des bébés du monde. Une part d'elle-même mêlée à une part de Peter. Mais jamais elle n'aurait imaginé que la tâche serait si difficile.

— Peut-être est-il temps d'embaucher une nounou.

Trouver les locaux de la première succursale australienne de Wunderthings se révélait aussi frustrant que dégoter le bon mec. Mais, dans un cas comme dans l'autre, elle refusait de renoncer. Le jeudi suivant, Walt sur ses talons, Darcie remontait d'un pas décidé la pente abrupte de King Street, jusqu'à l'entrée du Queen Victoria Building.

— J'ai des doutes, se plaignit Walt, que l'ascension faisait haleter. La fille de l'agence doit être folle.

— Non, elle a toute sa tête. C'est pourquoi elle est actuellement assise dans son bureau en train de répondre à ses messages au lieu de nous accompagner.

— Tu as raison. Je parie qu'elle ne va même pas nous rejoindre sur place…

Grimaçant, il poussa la lourde porte d'accès au centre commercial.

— … Elle sait mieux que moi que c'est peine perdue.

— Ne juge pas si vite.

Walt avait ronchonné toute la journée et Darcie mourait d'envie de répliquer. Mais *elle* savait qu'il ne valait mieux pas. Leur deuxième semaine de séjour à Sydney venue, elle était parvenue à le convaincre que ses soirées en compagnie de Dylan constituaient un loisir innocent, nécessaire à la fin de leurs longues journées de travail. Elle avait plaidé qu'un dîner, quelques verres – elle avait omis de préciser la teneur exacte de ses « loisirs » avec Dylan – lui permettaient d'avoir la forme le lendemain. Elle ne tenait pas à anéantir les progrès obtenus.

Parvenus au niveau principal, ils se frayèrent un chemin parmi la foule. Les femmes étaient vêtues avec élégance, les hommes portaient costumes et cravates. Darcie en prit note et en fit part à Walt. Elle avançait ses arguments car elle soupçonnait qu'il accepterait avec difficulté le montant du loyer.

— Tu vois ? Des cadres pressés, hommes et femmes, des jeunes mamans promenant des poussettes de luxe.

Elle repoussa le souvenir de sa rencontre avec Merrick chez FAO Schwarz.

— Nous devrions nous cantonner ici au haut de gamme de la collection. Ces gens recherchent du style et de la qualité, pas les promotions.

— Hum, maugréa Walter, évitant de peu un passant pressé.

Il détailla le costume gris de l'homme, sa cravate de soie imprimée.

— Tu as peut-être bien raison.

Elle ne lui laissa pas le temps d'en douter.

— Pas de soutiens-gorge en solde dans ce magasin. A la Saint-Valentin, ces hommes-là offrent des bustiers en dentelle. Des strings de soie.

Walt lui fit signe de se taire.

— Inutile de le crier sur les toits.

Il regardait autour de lui, l'air embarrassé.

— Parfois je me demande pourquoi tu as accepté un job dans une entreprise de sous-vêtements.

Walter était prude.

Il lui jeta un regard noir.

— Le local disponible se trouve où ?

— Deuxième niveau. En plein milieu. Parfait.

— Pour Victoria's Secret, peut-être. Pour nous, c'est une autre histoire.

— Nous, nous sommes jeunes, enthousiastes, dynamiques…

Elle lança les bras en l'air.

— … comme Wunderthings !

— C'est pas vrai !

Tout sourires, Darcie le traîna le long des autres boutiques – robes du soir, maillots de bain, vêtements chic et décontractés, bijoux et opales à gogo – jusqu'à l'Escalator. Ils croisèrent des devantures en vitrail, des éléments de bois sombre, des sols incrustés de motifs entremêlés. Des vitrines innovantes.

— C'est un bâtiment magnifique. J'aime l'image qu'il conférerait à nos produits.

— Je savais que j'aurais dû venir avec Greta Hinckley au lieu de toi.

Darcie lui sourit par-dessus son épaule.

— Greta t'aurait persuadé de louer un boui-boui dans les *Rocks*, sur le Strand ou dans Pitt Street Mall – tu te souviens, cet endroit bourré de magasins de jeans et de T-shirts ? – et tu aurais maudit ce jour durant trois ans, jusqu'à l'expiration du bail.

Darcie croisa les doigts en cachette de Walt avant d'ajouter :

— Je crois que le Queen Victoria Building va t'impressionner.

— Moi peut-être, mais pas la comptabilité, ni le service juridique…

— On s'occupera d'eux.

En haut de l'Escalator, elle s'immobilisa, bouche bée. Juste en face, de l'autre côté de l'ouverture ovale servant d'écrin aux autres niveaux – et permettant d'observer les allées et venues des gens – se dressait une boutique vide, à la vitrine étincelante, à l'entrée attirante…

Elle saisit la main de Walt. De l'autre, elle serrait la clé de la boutique.

— Jetons un coup d'œil.

Mais elle n'en avait pas besoin, déjà convaincue.

Cinq minutes plus tard, Walt l'était aussi.

— Nous pouvons toujours essayer de négocier le montant du loyer à la baisse, dit-elle.

Elle tournoya au milieu de la pièce vide avant de visiter le minuscule bureau attenant et la remise. Ses talons cliquetaient sur le plancher de bois.

— Le parquet a besoin d'être rénové, mais, pour ce prix, la gérance pourrait fournir une partie du papier de verre et du polyuréthane, tu ne crois pas ?

— Seulement s'ils ont envie de notre magasin dans leurs murs. Les officiels de la ville, par exemple, n'y tiennent pas.

— Il n'existe aucune autre boutique de lingerie comme la nôtre. Ils seraient fous de ne pas sauter sur Wunderthings.

Depuis le fond du magasin, elle observa la vitrine. Les passants jetaient un œil, une femme avec un enfant en bas âge regarda à l'intérieur, l'air curieux. Darcie chercha une carte de visite dans son sac et l'agita en direction de la jeune femme.

— Prenez, je vous en prie, dit-elle en la lui tendant par la porte ouverte. Passez nous voir lorsque nous aurons ouvert.

— Avec plaisir, merci.

Walt l'avait suivie.

— Nous n'avons même pas entrevu le bail, Darcie.

— Détails, détails.

Elle jeta un coup d'œil à l'extérieur.

— Nous sommes entourés d'une boutique d'opales et d'un magasin de tailleurs chic. Impossible de faire erreur. Trois arrêts au même étage pour s'offrir une tenue complète. Quoi de plus pratique ?

Elle était convaincue de la perfection de l'emplacement.

— Et juste en dessous, au premier niveau, une multitude de points de restauration. Que demander de plus ?

— Quelques centaines de mille sur notre compte bancaire, maugréa Walt.

— Tu es d'un radin.

La fille de l'agence immobilière fit son entrée, sourire aux lèvres. Elle avait anticipé la réaction de Darcie et leur avait laissé le temps de tomber amoureux de l'endroit.

— Merveilleux, n'est-ce pas ?

— Nous le prenons.

— Une minute…, protesta Walt.

— Tu sais que j'ai raison.

Du moins avait-elle besoin qu'il le croie.

Il se faufila à son côté.

— Comment ton Australien te supporte-t-il ? Je suis censé être le patron.

— Tu es le patron…

Elle battit innocemment des cils, avant de désigner l'agent immobilier patientant sur le seuil.

— … Alors s'il te plaît, fais le nécessaire avec cette gentille petite dame.

Le lundi suivant, alors qu'ils déambulaient le long de Circular Quay, elle interrogea Dylan.

— Comment achète-t-on un mouton ?

Il lui décocha un sourire paresseux qui réussit presque à lui faire oublier leur séparation imminente. Un sourire accompagné d'un regard sombre, et sexy.

— C'est très différent de l'achat d'un Bikini.

— Non, je ne crois pas.

Elle rougit mais s'obstina. Elle ne s'imaginait pas vivre au milieu de nulle part, comme lui, mais son élevage de moutons la fascinait. De même que le fait qu'il soit encore présent à ses côtés. Officiellement, Dylan prolongeait son séjour à Sydney pour acheter des moutons, ce dont elle était ravie, mais il restait aussi pour elle. Niveau temps, il était très flexible, lui avait-il assuré.

— Tu as besoin d'un nouveau bélier pour tes bovins, c'est ça ? Un reproducteur ?

— Mes ovins, pas mes bovins. Bovins, c'est pour les vaches.

— Ici aussi il existe une rivalité vaches-moutons ? C'est la guerre entre les éleveurs comme au Far West ?

— Où vas-tu pêcher tes informations ? demanda-t-il en souriant.

Darcie se frappa le front.

— Ici.

Dylan replaça une mèche folle derrière l'oreille de Darcie. Elle frémit jusqu'au bout des orteils.

— Ton cerveau est un endroit effrayant, ma chérie.

— Un endroit très actif. Créatif. Ma mère l'a toujours dit, mais pas comme un compliment.

— Dans ce cas, je m'étonne que tu ne te sois pas assagie, juste pour lui prouver qu'elle avait tort.

Oh, oh ! Terrain miné. Elle refusait de s'y aventurer. Pas maintenant.

— Fêtons la fête nationale australienne et laissons nos mères où elles sont.

Se rappelant peut-être leur conversation de l'aquarium, Dylan ne protesta pas. Il la guida jusqu'au catamaran qui embarquait des passagers avant de reprendre son excursion dans la baie de Darling Harbour. Le soleil brillait, le vent restait léger, la journée s'annonçait parfaite, vraiment, comme le Queen Victoria Building. Elle était bien décidée à en profiter. Tout comme de la présence de Dylan. Elle vivait sa dernière journée en Australie, idée sur laquelle elle préférait ne pas s'attarder. Hier, Dylan lui avait fait visiter une boutique de Crown Street présentant d'étonnantes œuvres d'art aborigènes. Il se comportait comme s'ils disposaient de l'éternité, mais elle soupçonnait que, malgré ses dénégations, il aurait dû rentrer chez lui. Demain, Walt et elle embarqueraient sur un vol United à destination de Los Angeles et Dylan Rafferty appartiendrait au passé. Impossible d'échapper à cette réalité.

— Qu'est-ce que j'ai dit ? demanda-t-il. Tu fronces les sourcils.

— Rien. Je… comptais les moutons.

— Tu as envie de dormir ? Nous pouvons rentrer si tu veux.

Dans sa chambre ? Il semblait toujours pressé d'abréger leurs visites touristiques. Une partie d'elle-même ne désirait rien d'autre que passer cette précieuse journée dans son lit. Mais peut-être ne reviendrait-elle jamais ici – peu importait la séduction qu'il avait déployée pour le lui demander – et elle était montée à bord du bateau baptisé l'*Australien n° 1*. Tout Dylan.

A bord, elle s'efforça d'oublier ses sentiments mitigés concernant son retour aux US. Le catamaran glissa dans le port, passant devant l'opéra de Sydney qu'elle remarqua à peine. Pourrait-elle séjourner un moment ici ? Superviser les rénovations nécessaires du nouveau magasin Wunderthings, à supposer que le contrat soit approuvé ? Représenter Walt sur place ? Imprimer sa propre griffe à la vitrine, au design intérieur ?

Tandis qu'un vent léger jouait dans ses cheveux, elle se remémora son fantasme de Dylan en modèle dans sa vitrine. La même brise soulevait les mèches, soyeuses et sombres, de Dylan. Elle inspira l'air de l'océan, guettant le sourire sur ses lèvres et dans ses yeux. Aujourd'hui, elle ne serait jamais assez proche de lui. Elle se blottit contre lui et il l'étreignit.

— Regarde.

Il désignait du menton l'opéra dont la vue se rapprochait, Elle retint son souffle.

Ce monument, l'un des plus faciles au monde à reconnaître du premier coup d'œil, l'avait déçue à première vue. Dans le lointain, il semblait plus petit et moins imposant qu'on l'imaginait. Le blanc lumineux auquel elle s'était attendue paraissait fade, presque trouble. Mais en le voyant de plus près, en distinguant les tuiles qui composaient la célèbre toiture en forme de « voiles », les larmes lui montèrent aux yeux.

— C'est immense.

— Des tonnes et des tonnes de béton, de céramique…

Dylan maintenait son visage en direction de l'opéra.

— Continue de regarder.

C'est ce qu'elle fit, et faillit ne pas en croire ses yeux. A l'autre bout de la baie, dans les jeux d'ombre et de lumière, le toit changeait de couleur – son marron neutre devint beige, puis crème, et enfin d'un blanc pur et éblouissant. Après une métamorphose de quelques secondes, le bâtiment s'élevait magnifique, merveilleux, surprenant, plein de grâce. Elle cligna des yeux.

La faute aux hormones, peut-être. Mais ses hormones s'étaient manifestées dès le deuxième jour de son arrivée à Sydney (Dieu merci, cela n'avait pas dérangé Dylan) et, depuis une semaine, elle n'était plus indisposée. Alors pourquoi ce cafard ?

Autour d'elle retentissaient les sirènes des bateaux, les vivats des plaisanciers, l'eau résonnant des cris de la fête. Les Australiens savaient célébrer leur fête nationale. Aussi joyeusement, pensa-t-elle, que Dylan la célébrait, elle.

— Magnifique, murmura-t-elle malgré la boule dans sa gorge.

Dylan l'embrassa et le mot magnifique s'imposa de nouveau.

Elle se tourna une dernière fois vers l'opéra s'éloignant dans le lointain, étincelant de toute sa splendeur dans le coucher de soleil. Elle regretta l'absence d'appareil photo. Elle devrait se contenter de cartes postales. Et du souvenir de ces deux semaines avec Dylan Rafferty.

— Que veux-tu faire ensuite ?

— Déjeuner.

— Et ensuite ?

— Feu d'artifice !

Darcie sous-entendait un feu d'artifice dans le lit de Dylan, cette nuit. Leur dernière nuit. Mais elle lui ferait plaisir. Comme tous les Australiens, lui avait-il dit, il adorait le feu d'artifice qui allait embraser le port.

— Toutes les excuses sont bonnes, dit-il.

Et il l'embrassa encore.

Sur la plage de Manly, leur étape suivante, elle sentit sa température grimper d'une dizaine de degrés. Dans le bleu du ciel australien, le soleil chauffait davantage. Vêtue de son nouveau Bikini, elle s'abandonna à sa chaleur, et à celle, brûlante, qu'elle lisait dans le regard de Dylan.

Elle avait déjà éprouvé la sensation d'être nue, mais ici elle avait l'impression de s'exhiber. Le croissant de plage, situé à une demi-heure de ferry au nord de Sydney, était bondé de fans du bronzage, dont la moitié déambulaient sur le sable ou s'offraient aux rayons du soleil quasiment nus. Ici les femmes enlevaient le haut, et Darcie serait bien rentrée sous terre. *Tu as de beaux seins,* avait dit Eden. Mais oh ! là, là ! Regardez ceux-ci. Et ceux-ci. Et ceux-là.

Comparés à ceux des femmes d'ici, ses seins paraissaient maigrichons. Barbie à la plage victime de la famine. Autour d'elle, des douzaines – des centaines ? – d'Australiennes, minces, très bronzées et très déshabillées, s'étalaient sur le moindre centimètre carré de sable doré, depuis l'eau léchant la plage jusqu'aux pins bordant la rue voisine. Les Bikini, comme les opales, semblaient être le choix de la majorité.

— Mon Dieu !

Mais Dylan paraissait peu impressionné.

Il posa sa bouche sur son oreille et elle frémit.

— Enlève ton haut.

Darcie protesta.

— Timide, chérie ?

— Non. Mais je... Ça ne se fait pas aux Etats-Unis.

Et à Cincinnati ? Sa mère, son père, et peut-être bien Annie mourraient sur place s'ils apprenaient que Darcie avait ne fût-ce qu'envisager de se mettre nue au soleil, aux yeux de la foule et de Dylan. Encore que *lui* eût déjà vu ses « attributs ».

Il se hissa sur un coude pour la regarder en face.

— Poule mouillée.

— Mouton de Panurge, rétorqua-t-elle.

Elle souligna son sourire de son index.

— Tu crois que je devrais suivre le troupeau ? Quand les hommes alentour enlèveront leurs maillots, et toi avec eux, j'envisagerai la question.

— Je crois que t'es pas cap.

Il sourit derrière ses lunettes de soleil, puis caressa sa hanche d'un doigt. Sa hanche pratiquement nue.

— Je crois que tu en as envie… presque autant que moi. Mais t'es pas cap.

— Je ne joue pas.

Dylan soupira, déçu.

— Tu vois cette fille là-bas ?

Il se tordait le cou pour apercevoir une serviette toute proche. Une femme y était étendue sur le dos, seule.

— Elle fait à peu près la même taille que toi, mais les siens tombent. Et ses mame…

Elle lui donna une tape sur la main.

— Pervers. Voyeur.

— Je préférerais te regarder toi. Je préférerais…

Il se tut, sourcils froncés, et se retourna sur l'une des serviettes de plage qu'ils venaient d'acheter dans une boutique de souvenirs.

— Zut…

Il murmurait presque.

— Je ne peux pas supporter l'idée que tu partes demain.

Alarmée, Darcie lui ferma doucement la bouche de sa main.

— Non. Ne parlons pas de ça.

Elle ne pouvait le supporter.

Il se dégagea.

— Je regrette que nous vivions si loin l'un de l'autre.

— Moi aussi.

C'était vrai. Elle croyait avoir presque dominé son chagrin concernant son départ, le lendemain, à des milliers de kilomètres, et elle n'avait pas envie de s'attarder sur le sujet. Parce que quitter Dylan…

Sentant son regain de tristesse, il se hissa sur un coude pour lui sourire, une lueur coquine dans les yeux. Du moins le supposa-t-elle puisque les verres teintés les lui cachaient. Une invite sans équivoque étira les lèvres de Dylan.

— Je sais comment tu pourrais me faire oublier.

Il se rapprocha et sa hanche s'emboîta dans la sienne. Darcie frissonna au contact de sa cuisse. Le désir la saisit, ici, sur la plage, le long de la rue, là où la circulation allait et venait devant les hôtels, où les Klaxon retentissaient et les boombox vibraient dans l'air chaud de l'été, où déambulaient piétons, cyclistes et adeptes du skate-board. Question intimité…

— Enlève le haut, Matilda. S'il te plaît.

— Pervers.

Comme pour lui donner raison, il tira la bretelle nouée autour du cou de Darcie. Avant qu'elle n'ait pu réagir, son haut de maillot de bain était tombé. Dylan dénoua le cordon dans son dos et une sensation délicieuse glissa sur sa peau.

Elle tenta de se tourner mais il plaqua une main sur son ventre.

Elle était nue, offerte à la chaleur du soleil et au regard de Dylan. Comme à celui de n'importe qui passant par là.

— Etale ta main sur ta poitrine.

Elle le regarda, incrédule. Mais la sensation lui plaisait. C'était comme se baigner nue. Si Janet avait assisté à la scène, elle serait passée par une bonne dizaine de teintes de rouge, et pas pour cause de coup de soleil. Darcie commença à apprécier la chaleur se répandant sur sa peau, dans tout son corps. Comme elle ne bougeait pas, Dylan plaça lui-même les mains de Darcie sur ses seins, laissant les mamelons pointer entre ses doigts comme des diamants. Et non des opales.

Il plissa les yeux, le regard trouble.

Il glissa sur la serviette à son côté, jusqu'à ce que sa bouche atteigne ses seins. Il la fit pivoter légèrement, juste afin de pouvoir…

Mon Dieu, il avait aspiré son mamelon durci dans sa bouche. Sa langue heurta les doigts de Darcie qui gémit.

— On prend une chambre ici ? murmura-t-il.

— Non.

Malgré la multitude d'hôtels alentour, elle doutait qu'ils trouvent une chambre aujourd'hui. Et elle avait envie qu'il continue de l'embrasser, toujours, ici, sur la plage de Manly, là où le monde entier pouvait les voir – ou du moins les habitants de Sydney venus célébrer la fête nationale.

— Non…, répéta Darcie tandis que le plaisir l'envahissait et que Dylan durcissait contre sa cuisse.

— … J'attends… le feu d'artifice.

— Ça va ? demanda Dylan, tard dans la nuit.

— Très… bien, gémit Darcie.

Ils étaient maintenant étendus dans le lit de Dylan, dans sa chambre du Westin. Quelques heures plus tôt, le feu d'artifice le plus somptueux qu'elle ait jamais admiré avait illuminé Sydney. Mais ce n'était rien comparé à maintenant. Sous l'effet des doigts inspirés de Dylan, elle se transformait en produit hautement inflammable.

— Dans une minute, deux au maximum je…

Il bougea contre elle, en elle. Soie, velours et chaleur.

— Laisse-moi te rejoindre.

Ne te contente pas du second choix, Darcie. Tu mérites les lumières et le show laser, avait dit Claire. *Le feu d'artifice.*

Peut-être ne parviendrait-elle jamais à expliquer ce qu'elle avait vécu ces deux dernières semaines à Claire, à mamie… à personne.

Elle remerciait le ciel – ainsi que les fusées et les pétards – que Walter Corwin ait à peine sourcillé quand elle avait demandé à passer la journée, toute la journée, avec Dylan. Walt avait rendez-vous pour un brunch avec la fille de l'agence immobilière, afin de discuter les derniers détails du bail. Ensuite il « s'occuperait » en se baladant dans le quartier du port, mangerait un morceau et irait se coucher de bonne heure – s'il parvenait à dormir dans cette ville en proie à une folie pyrotechnique.

Dylan posa ses mains sur ses hanches.

— Ne bouge pas, murmura-t-il. Ou je vais jouir trop tôt.

Comment pouvait-il encore ? Les hommes étaient censés devoir récupérer. Après avoir assisté au show laser et lumières, ils étaient rentrés à l'hôtel à pied, s'arrêtant pour s'embrasser, se caresser, s'arrêtant ici ou là pour prendre un verre. Arrivés dans la chambre de Dylan, ils étaient tombés dans le lit pour leur dernière nuit ensemble et avaient fait l'amour. Une fois, trois fois… et maintenant quatre.

— Quelle endurance !

— Avec toi seulement.

Vrais ou faux, les mots déclenchèrent chez elle une nouvelle onde de désir. A demi soulevé sur ses coudes, il la regarda dans les yeux.

— Je te désire tant. Je ne cesse de te désirer. Je ne cesse de penser…

Il l'embrassa.

— Penser quoi ? souffla-t-elle.

— A quoi tu ressemblerais…

Il pressa une main sur son ventre.

— … avec un gros ventre, mûr à point, un bébé à l'intérieur de toi…

Ses mains remontèrent vers ses côtes.

— … le teint éclatant, radieux…

Puis sur ses seins.

— … tes mamelons élargis, plus sombres…

Il les embrassa l'un après l'autre.

— … où perlerait le lait…

— Dylan, gémit-elle.

Dans le genre rétrograde et primaire…

— Tu aurais si bon goût.

L'idée la choquait.

— Non…

— C'est ainsi que tu devrais être. Un jour.

Il ne s'agissait que d'un fantasme. Innocent, érotique. Elle décida de le lui accorder et de s'autoriser le frisson qui envahissait son propre corps. Cela n'irait pas plus loin, exactement comme ces deux dernières semaines.

Il lécha et mordilla ses seins, sa gorge, le lobe de son oreille, ses joues, ses paupières… avant de revenir à sa bouche et elle hoqueta de désir. Il ne cessa de bouger en elle, tour à tour lentement, légèrement… puis de nouveau vite et fort. Elle s'accrochait à lui, ses bras autour de son cou, ses jambes autour de sa taille, son cœur près du sien, quand une frayeur soudaine la frappa en plein plexus solaire. Et si pour lui il s'agissait de davantage qu'un fantasme ?

— Tu as mis un préservatif ?

— Tu tiens à une double protection ? maugréa Dylan.

L'orgasme les surprit tous les deux – tous les deux en même temps.

— Je m'y habituerais facilement, murmura Darcie dans le noir, reprenant son souffle. Je n'avais jamais connu d'orgasme simultané auparavant.

— On n'est pas obligés de s'arrêter.

Une drôle d'intonation flottait dans sa voix. Elle l'entendit se débattre avec le dernier préservatif, puis il s'étendit dans le lit et remonta la couette blanche sur eux. Mais elle resta glacée.

— Ne nous disputons pas, d'accord ?

— Tu pourrais rester.

— Non, Dylan, je ne peux pas.

Elle caressa sa joue, sa barbe de trois jours… non, vingt-quatre heures.

— J'ai mon job, tu as ta ferme.

— Mon élevage, corrigea-t-il, la mâchoire crispée.

— Tu vis dans le désert australien, moi à New York.

Il avait laissé sa mère, veuve, seule à l'élevage. Mais cette semaine, elle avait téléphoné souvent. Dylan inventait des prétextes pour ne pas rentrer, Darcie le savait. Hier, il avait enfin sélectionné un bélier qui devait lui être expédié d'Angleterre. Il avait des devoirs, des responsabilités. Sans compter ses convictions quant à la place d'une femme dans la vie d'un homme… La cuisine, le lit, la nurserie. Mon Dieu, la nurserie. Elle se remémora son petit jeu érotique. Si elle s'attardait ici, elle finirait par se laisser tenter.

— Appelle-moi quand tu rentres, dit-il. Ou bien je t'appellerai.

Incapable de répondre, elle s'accrocha à lui le reste de cette dernière nuit. Il ne lui restait plus qu'à rentrer chez elle – et tenter d'assembler les bribes de son existence en un puzzle cohérent. En forçant un peu les pièces si nécessaire.

Le visage dans son cou, elle inspira son odeur à pleins poumons. Savon, bière, homme.

Elle-même s'était abstenue de boire ce soir. Pour cette dernière fois, elle ne voulait pas être malade.

Elle n'avait pas non plus envie de dormir.

Longtemps après que Dylan eut sombré dans une somnolence agitée, elle resta éveillée à le regarder, le toucher. Pourquoi les types biens s'avéraient toujours être ceux avec qui rien n'était possible ? Pour Darcie Elizabeth Baxter, ils se révélaient toujours ceux qu'il ne fallait pas.

Un feu d'artifice.

Elle éprouvait la sensation d'avoir armé une flotte de barges chargées de tous les explosifs concevables.

Dire au revoir était trop dur.

Alors elle ne le dirait pas.

Lorsque la lumière du jour filtra par les fenêtres, elle ne jaillit pas du lit, elle se dégagea de la main posée toute la nuit sur sa hanche, déposa un baiser léger sur son front et, absolument sobre, quitta la chambre, quitta Dylan.

6

Darcie venait de s'assoupir – enfin – quand un corps léger rebondit sur son estomac. Des griffes acérées pétrirent sa peau tendre à travers son pyjama de coton Wunderthings, le plus gros succès de la collection vêtements de la saison dernière. Elle se réveilla en sursautant. Et poussa un juron.

Sweet Baby Jane cligna des yeux, ses yeux de chat féroce qui brillaient dans le noir.

— N'y pense même pas.

Si ces griffes dignes de talons aiguilles s'enfonçaient plus profondément en elle, Darcie renoncerait à tout semblant de traitement politiquement correct des animaux. Elle ne commit pas l'erreur de bondir dans son lit, mais s'assit lentement, avec précaution, dans l'espoir de chasser cet animal diabolique de son abdomen, de sa chambre, et si possible de son existence. Elle se décala, espérant déloger SBJ sans la toucher. Elle n'aurait pas cette chance.

— D'accord. C'est la guerre.

Elle souleva Jane de son ventre – un ventre que seulement quelques nuits plus tôt Dylan Rafferty embrassait – et la lâcha sur le sol. Sweet Baby Jane siffla.

— Arrière ! la prévint Darcie.

Sans effet.

Si elle retournait au lit maintenant, Jane prendrait l'avantage et lui sauterait dessus dès qu'elle retomberait dans un sommeil agité. Totalement réveillée, elle avança à pas feutrés dans le couloir. Echappant à Sweet Baby Jane, elle s'engouffra à cloche-pied dans la salle de bains. Quand elle en sortit, le chat bondit instantanément.

Darcie cria. Sautant d'un pied sur l'autre, elle marcha sans le faire exprès sur la queue du chat. SBJ miaula de rage. Une seconde plus tard, mamie ouvrait la porte de sa chambre pour passer la tête dans le couloir.

— Jane, ma chérie ?

— Elle est là. Avec moi.

— Darcie ? Pour quelle raison ne dors-tu pas ?

— A part le fait que je souffre du décalage horaire ? C'est pire dans ce sens-là, en allant vers l'est.

Elle évita Sweet Baby Jane qu'Eden souleva en la rassurant.

— Sinon, c'est à cause d'elle, lança Darcie.

— La vilaine fille t'a-t-elle fait mal, Sweet Baby ? Ah ! mon pauvre agneau.

Agneaux, *moutons…* ce n'était pas le sujet de conversation préféré de Darcie cette semaine.

— Je ne l'ai pas touchée… mais, mamie, cette chatte est diabolique.

— N'importe quoi ! Julio disait encore la nuit dernière – non, la nuit d'avant, juste avant que tu ne reviennes – qu'il n'avait jamais rencontré un chat comme elle.

Le portier ?

— Ça, j'en suis sûre.

— Il le disait dans un sens positif, Darcie.

Eden se dirigea vers sa chambre.

— Je suis ravie de t'accueillir à la maison, ma chérie, mais j'espère vraiment que ton humeur va s'améliorer. Rapidement.

— Mon humeur va très bien, s'énerva Darcie. Mais ce… ce *félin* a besoin d'une muselière.

— Ne dis pas de bêtises. Elle aime tout le monde.

Darcie suivit Eden dans sa chambre, maintenant sans danger. Lovée dans les bras de mamie, la chatte ronronnait, assez fort pour réveiller Claire, Peter, et le bébé deux étages plus bas. Un ange. En apparence.

— Cet animal devrait jouer dans le prochain épisode de *L'Exorciste*. Il serait dans son élément.

— Ma Baby Jane, un personnage maléfique ? N'importe quoi !

— Tourne-lui le dos un jour, et tu verras !

— Elle ne ferait pas de mal à une mouche. Julio dit que…

Deuxième mention de ce prénom. Darcie jeta un coup d'œil sur le téléphone de la table de nuit. Puis sur le livre ouvert sur le lit d'Eden.

— *Comment faire l'amour à un homme ?* lut Darcie sur la couverture. Vraiment, mamie, tu couches avec *lui* maintenant ?

Eden rougit.

— Nous ne sommes pas allés si loin. Il est espagnol, il a le sang chaud, mais c'est un gentleman. Exquise combinaison.

Comme la nonchalance décontractée de Dylan alliée à sa classe.

— Tu sors avec lui ?

— Plus ou moins. Son service de nuit interfère avec nos rencontres.

— Installe-toi dans le hall et aide-le à ouvrir les portes.

— Darcie !

Le regard désapprobateur de mamie était sans équivoque.

— … Cette remarque te ressemble si peu que je ne peux que la mettre sur le compte de ton propre manque de… satisfaction ces jours-ci.

— Non, j'aime bien Julio. Il est sympa, très agréable.

Très… jeune.

— Continue, murmura Eden.

— C'est tout ce que je sais de lui.

— Alors s'il te plaît, ne porte pas de jugement sur notre relation.

Eden emporta Sweet Baby Jane – qui lança à Darcie un regard de triomphe – dans son lit. Blottie sous les couvertures, Eden fit bouffer son léger peignoir. Où avait-elle dégoté ce modèle ? Bergdof Goodman, supposa Darcie. Aux environs de 1954. Mamie suivit son regard en direction du téléphone.

— Il n'a toujours pas appelé ?

Elle joua l'innocente.

— Qui ?

— Dylan Rafferty. Ce nom me plaît. Sonore, masculin. Ça fait rêver. Raconte-moi encore. Comment était-ce au pays des merveilles ?

— Agréable.

— Mais encore ? pressa sa grand-mère.

— Torride.

— Hmmmm. C'est mieux. Quoi d'autre ?

— Chaud. Très chaud, répondit Darcie en souriant malgré elle.

Elle s'assit au pied du lit, assez loin de SBJ pour ne pas risquer de griffures. La chatte lui décocha ce qui pouvait passer pour un immense sourire, comme si elle attendait le récit de ses aventures avec Dylan Rafferty. Peut-être avaient-elles quelque chose en commun, finalement.

— Tu ne peux pas imaginer, mamie. Jamais je n'avais éprouvé de telles sensations. C'était comme une drogue… enfin je suppose.

Elle n'aurait rien juré concernant sa sœur Annie, mais elle n'était pas portée sur l'expérimentation des substances illicites.

— Ses yeux sombres, ce sourire ensorceleur. Et sa bouche…

— Il embrasse bien ?

— Entre autres qualités, oui.

— Veinarde !

Désir et anxiété envahirent tour à tour Darcie. Elle n'aurait jamais dû commencer ce petit jeu, que ce soit pour distraire Eden ou pour tuer le temps durant ses nuits sans sommeil. Depuis son retour, quelques jours plus tôt, le téléphone s'obstinait à rester silencieux. Une multitude de sentiments contradictoires peuplaient ses nuits – qui à Sydney étaient ses jours. Entre le manque de sommeil, l'inversion du jour et de la nuit et ses émotions en dents de scie, elle se comportait en virago. Comme sa mère. Mais pour des raisons très différentes. Sa grand-mère avait raison. Une virago frustrée. Elle ne regrettait pas d'avoir quitté la chambre de Dylan, le dernier matin. C'était la meilleure alternative à des adieux interminables, plus difficiles à oublier. Comme Dylan lui-même. Mais…

— Raconte-moi encore l'Akubra.

— Dans l'ascenseur, ou dans sa chambre ?

— Les deux.

L'histoire terminée, elles riaient toutes deux. Même Sweet Baby Jane semblait apprécier ces récits qui allégeaient le cœur décalé de Darcie, mais la replongeaient en même temps dans le désespoir.

— Tu devrais l'appeler, dit Eden, feuilletant son livre.

Etendue sur son coussin, la chatte ronronnait, sombrant dans le sommeil.

— Il a dû être blessé… en colère même, quand il s'est réveillé et a compris que tu étais partie. Sans un mot, dois-je ajouter. Comment as-tu pu, Darcie ?

— C'est mieux ainsi.

Du moins essayait-elle de s'en convaincre.

— La distance, vos activités, aucun de ces obstacles n'est insurmontable. Toute relation exige des compromis. Regarde Julio et moi. Ce petit homme séduisant a inversé mon rythme biologique – comme Dylan avec toi – parce que je ne supporte pas l'idée de m'endormir dans un lit bien chaud tandis qu'il est coincé dans ce hall glacial et que le vent transperce sa veste chaque fois que la porte s'ouvre sur un locataire désagréable. Quel mal y aurait-il à téléphoner à Dylan afin de discuter de votre situation ?

— Il ne fera pas de compromis. J'ai vite compris son entêtement.

— Et alors ? Ton grand-père aussi était un entêté, pourtant

nous avons vécu ensemble quarante-cinq ans. Quarante-six si tu comptes le nid d'amour dans le Village où nous avons vécu avant notre mariage.

— Papy et toi avez vécu ensemble sans être mariés ?

— Et pourquoi pas ? On ne pouvait s'empêcher de rester collés l'un à l'autre. On dirait qu'il en va de même pour toi et ton Australien.

— Qu'il en allait de même, corrigea Darcie. Je ne vais pas consacrer mon existence à un homme persuadé que l'état naturel d'une femme est d'être pieds nus et enceinte.

— Il n'a pas dit ça. Impossible.

— Pas en ces termes, mais c'est ce qu'il voulait dire…

— Ce pourrait être pire.

Darcie épousseta des peluches imaginaires sur la couette.

Epousseta Dylan Rafferty de sa vie. De ses rêves.

— Il ne t'a pas appelée. Tu ne l'appelleras pas.

Eden avait souligné ces deux points de ses doigts manucurés à la perfection.

— … donc ça s'arrête là. Dommage.

— C'est mieux ainsi, mamie. Vraiment, ajouta-t-elle quand Eden arqua un sourcil parfait, comme elle seule savait si bien le faire.

— Deux entêtés. Seuls.

— Ainsi va la vie au deuxième millénaire. Tu ne le savais pas ?

Mais pourquoi tant de tristesse à cette pensée alors ? Et devant ce téléphone trop silencieux.

Elle se leva. Elle avait des obligations à prendre en compte – celles qui payaient ses factures. Il était temps qu'elle se concentre sur son job, sur le nouveau magasin.

— Je travaille demain. Walt va soumettre le bail du magasin de Sydney au conseil d'administration. Je dois arriver tôt.

Sans compter Greta Hinckley qui en son absence avait juré de prendre sa revanche.

— A ta place, reprit Eden, je convaincrais Walter Corwin que

Darcie Elizabeth Baxter est la seule et unique personne capable de gérer tout le processus du lancement de Wunderthings en Australie. Où il se trouve que vit Dylan Rafferty. Si tu vois où je veux en venir…

Darcie s'arracha un demi-sourire.

— Il vit dans le désert.

Avant de quitter la chambre, elle lança un dernier regard résigné au téléphone silencieux, puis à Sweet Baby Jane, avant de se répéter :

— Et moi je vis ici, avec une vue imprenable sur New York.

Le soir suivant, assise à son bureau au sixième étage de Wunderthings, Darcie s'efforçait de cacher sa jubilation. Alléluia.

— Pourquoi ne m'as-tu pas avertie cet après-midi ? reprocha-t-elle à Walt.

— Le conseil s'est réuni à 16 heures.

— Il est 19 h 30.

Et son téléphone n'avait pas sonné depuis une heure. Etrange, étant donné qu'elle avait reçu des appels mystérieux toute la journée, mais chaque fois on raccrochait dès qu'elle décrochait. Elle se força à ne pas fixer l'appareil. Peut-être s'agissait-il de Dylan Rafferty. Elle s'efforçait de contenir son excitation croissante.

— Tu veux dire que la réunion du conseil vient de s'achever ?

— Elle s'est terminée à 17 h 15.

— Il me semblait bien avoir aperçu quelques huiles du côté des ascenseurs.

Elle lui jeta un coup d'œil.

— Alors l'affaire est conclue ?

Wunderthings Sydney avait reçu le feu vert. Et disposait d'un budget. Le cœur de Darcie s'accéléra.

— Qu'est-ce que cela signifie à mon niveau ?

Le conseil d'Eden lui revint à l'esprit. Se rendre indispensable, afin de retourner en Australie, et à Dylan Rafferty. Avec qui Darcie ne désirait pas avoir une relation.

Par contre, elle désirait ce job. Jamais elle n'était arrivée à son bureau le matin sans craindre d'y trouver posé un avis de licenciement. *Fini pour vous, mademoiselle Baxter. Hors jeu. Ne repassez pas par la case départ. Ne récoltez pas deux cents dollars. Rendez-vous directement à la case ANPE.* C'était l'une des raisons pour lesquelles elle travaillait tard ce soir.

Avec ce voyage, elle avait pris du retard sur d'autres projets. Une mise à jour s'imposait. Elle ne s'attardait absolument pas parce qu'elle espérait un coup de fil, se rassura-t-elle.

— Nous pouvons gérer le projet Sydney d'ici, l'informa Walt.

Le moral de Darcie s'effondra. Pourtant elle n'avait absolument pas eu l'intention de suivre le conseil de mamie et de partir à la recherche de Dylan dès qu'elle aurait posé le pied sur le sol australien.

— Nous sommes un peu justes – le budget n'atteint pas des sommets. J'ai assuré au conseil que nous fonctionnerions par fax, téléphone, tout ce qu'on veut, et que l'agent immobilier sur place superviserait les entrepreneurs sélectionnés avant notre départ.

Elle déglutit.

— Walt, on ne lance pas un nouveau magasin par procuration. Quelqu'un doit superviser l'opération. Tu sais comment ça se passe : au moment où tu crois que tout se passe comme sur des roulettes, un grain de sable enraye la machine. Ce magasin va déterminer la suite de notre implantation dans la zone Pacifique.

— Tu crois que je n'ai jamais réfléchi à la question ? rétorqua-t-il d'un ton sec.

Abattue, Darcie se laissa glisser sur sa chaise.

— Je ne voulais pas dire que tu n'avais pas conscience des problèmes…

— Non, tu voulais dire : « Walter, mets-moi dans le premier avion pour Sydney. »

Il chercha son regard.

— Tu crois que je n'ai pas remarqué comment tu te traînes au bureau depuis notre retour ? Que tu arrives tard chaque matin ?

— Je suis décalée.

— Moi aussi. Mais j'arrive à l'heure.

Elle se raidit.

— Greta a de nouveau fait son rapport ?

Il écarta la remarque d'un geste de la main.

— Disons qu'elle a remarqué les mêmes choses que moi. Comment faire autrement ? Nous entendons circuler les mêmes potins à la cafétéria et aux toilettes. Ta petite « aventure » frôle le statut de légende. Alors, Darcie, pour l'instant, nous nous contenterons du téléphone et du fax. Si quelqu'un doit se rendre à Sydney, ce sera moi.

Walt descendit du bord de son bureau. Avant de quitter son box, il lui lança, le dos tourné :

— Fais attention. Greta est sur le sentier de la guerre. Nancy n'en peut plus, j'ai été obligé de la renvoyer chez elle plus tôt. En larmes.

— Greta a besoin d'un mec, murmura Darcie. Son humeur s'améliorerait. Occupée par sa propre existence, elle cesserait de se préoccuper de celle des autres.

Trop fatiguée pour se mordre la langue, Darcie continua en souriant.

— Tu devrais l'inviter à dîner, Walt. *Tu* n'as pas entendu les derniers potins ? Elle en pince vraiment pour toi !

Walt fit volte-face, blême, apparemment sous le choc.

— Greta Hinckley ? Moi ?

— Greta Hinckley. Et toi.

Il secoua la tête.

— Mince, je dois baisser. C'est une vraie hyène.

— Félicitations, sourit Darcie. Pour le projet Sydney.

— Il s'agissait de ton idée.

— Félicitations à moi alors.

Walter avait oublié de la féliciter, ce qui la contrariait Avait-elle perdu toute crédibilité durant le séjour en Australie ? A cause de sa liaison avec Dylan Rafferty ? Au moins s'était-elle créé des souvenirs, ainsi qu'une série d'appels anonymes aujourd'hui.

Elle évaluait encore la situation quand Walt sortit à reculons en lui faisant au revoir, avant de disparaître entre deux box.

— Apporte-moi d'autres bonnes idées lundi matin, lança-t-il.

Ce n'est que lorsque le bruit de ses pas se fut évanoui que Darcie comprit pourquoi il avait reculé le moment de lui apprendre le résultat de la réunion, et l'attribution d'un budget au projet Sydney.

A part Walter Corwin, qui connaissait l'existence de Dylan Rafferty ?

— Tu te rends compte ?

L'ascenseur atteignait à peine le rez-de-chaussée de l'immeuble Wunderthings que Darcie tapait sur les portes closes, bouillant encore de colère de l'indiscrétion de Walter. Elle avait hâte de sortir. Elle ne faisait plus confiance à personne, en particulier à Walt Corwin. Paranoïa totale. Quant à Greta… Elle s'éloigna des portes et s'avança dans le hall.

Ses talons résonnèrent sur le sol dallé.

A 20 heures, le hall était désert. Même le garde de la sécurité avait quitté son poste, probablement pour inspecter le niveau principal.

C'est alors qu'elle aperçut l'homme patientant près des ascenseurs, appuyé d'une épaule contre le mur de marbre.

Un instant, elle espéra qu'il s'agissait de Dylan Rafferty, l'auteur des coups de fil d'aujourd'hui.

Son cœur cessa de battre dans sa poitrine. L'aurait-il suivie jusqu'à New York ? Envoûté par leurs deux semaines ensemble, n'avait-il pu résister au besoin de la retrouver ? Elle imagina les agneaux abandonnés dans ses champs, le nouveau bélier privé de brebis, sa mère en larmes lui faisant ses adieux. *J'espère qu'elle en vaut la peine, Dylan.*

« Bien sûr que j'en vaux la peine. N'est-ce pas ? »

Son moral grimpa en flèche.

Dylan n'était peut-être pas l'homme idéal à long terme, mais le revoir ce soir la transportait de plaisir. De toute façon, elle ne dormait pas. Alors autant passer la nuit entre les draps avec son canon australien. Elle avança encore de deux pas, avant de réaliser que l'homme ne portait pas d'Akubra.

Tête nue, il passa une main dans ses cheveux blonds – et non bruns.

Darcie se pétrifia sur place.

Merrick Lowell tenta un sourire désabusé qui, à une époque, avant qu'il ne la trahisse, faisait couler plus vite le sang de Darcie dans ses veines. Le lundi soir. Elle s'arrêta, le fixant jusqu'à ce que son sourire s'évanouisse.

— Que fais-tu ici ?

— Je t'ai téléphoné toute la journée. Mais dès que tu décrochais, je ne pouvais me résoudre à parler. Bon retour, Darcie.

La déception l'envahit. Dylan n'avait pas appelé.

— Va au diable, dit-elle faiblement.

Il eut un hoquet.

— J'espérais qu'après ton voyage en Australie tu serais calmée. Tu souffres encore du décalage, hein ?

Elle passa devant lui sans un mot. Elle n'avait pas atteint la sortie que Merrick surgissait devant elle.

— Allez, Darcie.

— Allez quoi ? Sois sympa ? Oublie Jacqueline et mes deux enfants ? Prétends que ta totale humiliation au rayon poupées de FAO Schwarz ne s'est jamais produite ?

— Oublie Jacqueline, murmura-t-il.

— Elle serait certainement aussi ravie que moi de t'entendre prononcer ces mots.

— Nous sommes séparés.

Barbie me renverserait d'un coup de boa en plume.

Darcie resta bouche bée, une main sur la porte à tambour. « Séparés. » Elle pinça les lèvres.

— Séparés pour la soirée, je suppose. Votre fille a une réunion de scouts ce soir ? Elle passe prendre ton fils à son entraînement de hockey ? Tu es libre ?

— Elle est chez ses parents à Greenwich.

— Ah.

— Pas pour dîner, dit-il, avant que Darcie ne le suggère. De façon permanente. Je vois les enfants le week-end Nous n'avons pas encore négocié le droit de garde, ni la pension alimentaire…

On négocie, avait dit Dylan. C'était devenu un jeu entre eux, un code érotique. Une vague de tristesse l'envahit. Elle détesta presque Merrick de lui voler le souvenir de Dylan. De ne pas être lui.

— Je ne te retiens pas, murmura-t-elle.

Elle poussa la porte.

— Tu vas devoir vendre quelques actions pour couvrir tous ces frais. Penses-y la prochaine fois que tu t'offres une petite amie. J'espère que tes clients vont coopérer. Le marché n'est pas en très bonne forme, Eden me dit que…

Avec un soupir résigné – Ah ! les femmes ! –, Merrick la suivit dehors, sur la 6e Avenue.

Des taxis filaient à toute vitesse, les Klaxon retentissaient, les enseignes au néon clignotaient. Darcie inspira les odeurs familières des tuyaux d'échappement, des gaz du métro, et du fleuve. Elle aimait ces odeurs, mais ce soir elle n'y trouvait aucun réconfort.

Une soudaine risée la fit frissonner et elle resserra son manteau autour de son cou.

— Darcie.

Merrick l'avait attrapée par le bras.

— Prends un verre avec moi.

— J'ai faim.

— Viens dîner alors. Nous parlerons.
— Je ne pourrai rien avaler.
— S'il te plaît, murmura-t-il. Je me suis conduit comme un con. Un vrai salaud. Mais c'est le passé. Tu m'as manqué. Pourquoi ne pas me donner une autre chance ?

Elle se souvint de son air misérable dans le magasin de jouets. Quelques semaines plus tôt, elle aurait pu être tentée. Dans un sens, leurs lundis soir au Hyatt lui manquaient. Son sourire aussi, ses yeux d'un bleu profond, ses cheveux blonds et soyeux. Mais elle pouvait faire sans son style *Vogue Homme*, son accent de Yale, sa… *famille.*

Et puis elle avait rencontré Dylan. Après avoir connu un homme comme lui…

— J'ai rencontré un homme en Australie. Un homme difficile à remplacer.
— Tu es à New York maintenant…

Il l'avait suivie au coin de la rue, les mains enfoncées dans les poches de son manteau en poil de chameau, la tête baissée contre le vent – ou contre les rebuffades de Darcie ?

— … Et moi aussi, dit-il. Laisse-moi essayer.

7

Incroyable. Merrick Lowell la suppliait de lui revenir.

Sur le ferry qui traversait l'Hudson, elle s'enfonça dans son siège, les yeux fermés, imaginant les eaux sombres que fendait la proue du bateau. L'image ne la calma pas. Elle visualisa les hautes falaises des Jersey Palisades – comme un symbole des obstacles dressés sur son chemin par Greta Hinckley. Aucun résultat. Alors elle rêva éveillée du jour de la fête nationale en Australie, au côté de Dylan, gommant le souvenir de sa rencontre avec Merrick.

A la pensée de Dylan – qui n'avait pas appelé –, elle se redressa et fixa les lumières de l'autre côté du fleuve. Brillaient-elles pour l'attirer ? Ou lui rappeler qu'elle était Darcie Elizabeth Baxter, employée modèle de Wunderthings, célibataire habitant chez sa grand-mère ?

Le temps d'arriver chez elle, dans son esprit, Dylan avait rejoint le passé. Véritable exploit pour un souvenir datant de quatre jours. Et quatre nuits solitaires.

— C'est bien ce que tu désirais, Baxter ?

Flash-info : après Dylan, après Merrick, elle ne savait plus ce qu'elle voulait.

Elle glissa sa clé dans la serrure et pénétra dans le duplex, juste à temps pour trouver mamie blottie dans son canapé crème avec Julio Perez. Darcie grinça des dents. Les bras entrelacés, comme des jeunes mariés, chacun buvait dans le verre de l'autre. Leurs yeux brillaient, les prunelles bleu-vert de mamie, comme celles de Julio, d'un marron foncé et voilées d'un désir évident. Surpris, ils s'écartèrent l'un de l'autre.

— Tu veux dîner, Darcie ?

Eden avait bondi hors du sofa.

— Tu dois mourir de faim.

Avec son sixième sens habituel, elle avait perçu à la seconde que : a) Julio et elle n'étaient plus seuls et b) quelque chose clochait. Eden rangea le manteau et l'attaché-case de Darcie dans le placard.

— Je n'ai pas faim, mamie.

— J'ai cuisiné un rôti de bœuf…

Le ton d'Eden la tenta, ce qui était exactement le but.

— … avec des carottes nouvelles, des petites pommes de terre bien dorées, des oignons cuits exactement comme tu les aimes.

— Tu ne cuisines jamais de rôti pour moi.

Darcie fit un geste vague vers le sofa.

— B'soir, Julio. En congé ce soir ?

— *Si.*

— Mamie est une supercuisinière. N'est-ce pas ?

— *Muy bueno, señorita* Darcie.

Le portier, de petite taille, portait un jean moulant et un polo vert évoquant les séducteurs latins de cinéma. Ses cheveux noirs plaqués sur son crâne évoquaient plutôt le pelage d'une loutre.

— Ça va ?

— Non.

— Que se passe-t-il, chérie ?

Mamie s'était précipitée pour tâter son front.

— Je n'ai pas de fièvre.

Elle se dégagea, balayant comme d'habitude la pièce d'un rapide coup d'œil. Pas de Sweet Baby Jane en vue. « Remercions le ciel de ses moindres bienfaits. »

Julio but une gorgée de son verre qui, si on se fiait au liquide transparent et à la tranche de citron vert, contenait un gin tonic.

Il se tordait le cou pour boire à côté du citron. Darcie se dit qu'elle avalerait bien un gin tonic elle aussi.

— J'ai rencontré Merrick aujourd'hui.

Le visage de mamie afficha une inquiétude immédiate.

— Cet homme ferait aussi bien de ne pas se présenter chez moi, dit-elle avec un regard en direction de Julio. Je le ferais jeter à la rue. Avec un peu de chance, un taxi lui roulerait dessus.

— C'est un méchant homme ? se renseigna Julio.

— Oui.

Mamie lui sourit.

— Pas du tout un gentleman comme toi, *mi corazón.*

Elle tapota ses cheveux, toujours abricot selon Darcie. Hmm. Peut-être était-elle trop occupée par Julio pour prendre le temps de se rendre chez le coiffeur.

— Merrick Lowell a brisé le cœur de ma pauvre Darcie. Et maintenant il a le culot de se montrer ? Et il voulait… il voulait quoi ?

— Se réconcilier, soupira Darcie.

— C'est pourquoi tu es tellement en retard. Je commençais à m'inquiéter.

Pas assez, pensa Darcie, pour gâcher ton petit rendez-vous avec Julio et tes simagrées de jeune mariée.

Eden fronça les sourcils.

— J'espère que tu n'as pas…

— Non, je suis rentrée. Il voulait m'inviter à dîner, prendre un verre.

— Il voulait t'attirer dans son lit. J'ai bien envie d'appeler sa femme.

Darcie sourit à demi.

— Il dit qu'ils se sont séparés. Je me demande si je dois le croire.

— C'est un menteur qui trompe sa femme. De mon temps, ton grand-père Harold lui aurait rendu visite, muni d'un revolver. Ou, au minimum, aurait magouillé avec les actions de ses clients afin de ruiner sa réputation à Wall Street. Maintenant que j'y pense, un peu de chevrotine dans son derrière compléterait à merveille le tableau.

Darcie ne put retenir un rire.

— Merci, mamie. J'apprécie ton soutien.

— Maintenant qu'Harold n'est plus, je peux te proposer Julio.

— Je ferai tout ce que vous désirez, approuva ce dernier.

Mamie lui adressa un sourire reconnaissant – ou lascif ?

— Nous verrons, murmura-t-elle. En attendant, aide-moi à faire avaler un peu du rôti à Darcie. Que ferais-je des restes ?

— Tu les resserviras, comme d'habitude, sourit-elle.

— Je préférerais que tu les finisses ce soir. Tu me sembles bien maigre. Le décalage, le manque de sommeil et, maintenant, Merrick Lowell. Sans parler de Dylan Rafferty.

Ouille.

— Une femme n'est jamais trop mince.

— Foutaises. Je n'accepterai aucun trouble du comportement alimentaire chez moi.

Elle désigna la table du dîner.

— Assieds-toi. Je t'apporte une assiette.

— Mamie…

— Je ne t'ai pas entendue.

Eden s'affaira dans la cuisine, balançant ses hanches moulées dans un pantalon en Stretch, probablement à l'intention de Julio. Mamie avait toujours été avantagée de ce côté-là, reconnut Darcie. Mais Julio Perez et elle formaient un couple inattendu. Non, le plus inattendu des couples.

— Tu préfères un gin tonic ou du vin ?

— Les deux. Tu n'as qu'à les mélanger.

Elle plaisantait, mais la combinaison lui paraissait presque séduisante.

Elle ne parvenait pas à oublier la douleur dans les yeux bleu profond de Merrick. Cette mèche puérile de cheveux blonds tombant sur son front quand il baissait la tête. Quand ils faisaient l'amour par exemple. Jusqu'à sa trahison.

— Suis mon conseil, Darcie, cria Eden depuis la cuisine où elle entendait les portes claquer, les plats heurter le comptoir, les assiettes tinter dans le lave-vaisselle. La prochaine fois que tu rencontres ce pauvre petit garçon riche, donne-lui un coup de pied là où ça fait mal.

Mais Darcie ne cessait de penser à Dylan et au téléphone resté silencieux.

Et à sa grand-mère qui, dès que Darcie aurait rejoint son lit trop tranquille pour dormir, se glisserait sur la silhouette fragile de Julio, tel un marine débarquant à Iwo Jima.

Séducteur latin ?

Personne n'était parfait.

Peut-être que Merrick n'était pas un vrai salaud.

— Peut-être devrais-je lui donner une autre chance.

— Lui donner une autre chance ? Même le chat diabolique d'Eden ne dispose que de neuf vies.

Claire Spencer passa de la nurserie à la chambre, parlant à voix basse pour ne pas réveiller le bébé. La nuit précédente, Samantha avait dormi toute la nuit et Claire nourrissait l'espoir que cela se reproduirait. Elle survivrait donc peut-être. Par contre, elle avait moins confiance en Tildy Lewis, la nouvelle nounou.

— Laisse-lui le temps de s'adapter, dit Peter.

Etendu sur leur lit, les mains derrière la tête, il semblait totalement détendu.

— … Elle est jeune.

— Samantha aussi. Nous devons lui procurer les soins de la meilleure qualité, Peter.

Le voir aussi détendu alors que le bien-être de leur fille était en jeu la rendait furieuse.

— Le premier jour, Tildy a laissé Samantha avec une couche sale pendant des heures.

— Oui. Je sais. Le lendemain, elle a fait bouillir le lait maternisé du biberon de substitution, mais elle n'a pas fait de mal à Sam, chérie. Elle a eu le bon sens de laisser le lait refroidir.

— Et de le vider de toute valeur nutritionnelle.

Aujourd'hui, rentrant tôt du bureau, Claire avait trouvé la nounou en larmes, plongée dans le dernier livre recommandé par la star de télévision, Oprah Winfrey. Certainement le récit déprimant et sordide d'un individu au comportement dysfonctionnel. Claire n'avait pas besoin de ça sous son toit.

— J'ai envie de rappeler l'agence.

— Et de refaire passer une tonne d'entretiens ? Samantha est trop jeune pour être traumatisée par les larmes de sa baby-sitter en train de lire une quelconque fiction. Fiche la paix à Tildy, Claire.

Un vilain soupçon naquit chez Claire.

— Pourquoi tu l'aimes tant ?

— Samantha ?

— Non. Tildy.

Claire devait reconnaître que, dans son genre, Tildy était séduisante. Quelques kilos de trop – et un goût horrible en matière vestimentaire – mais elle arborait une épaisse crinière rousse, de magnifiques yeux verts, et Claire n'était pas certaine d'être ravie de sa présence dans le secteur.

— Ne me dis pas que tu n'as pas remarqué ?

— Remarqué quoi ?

Claire agita la main.

— Son… apparence.

— Elle est assez mignonne. Comme un personnage de Walt Disney.

Dommage que Mary Poppins et Mme Doubtfire aient déserté… mais ces baby-sitters hors concours existaient-elles vraiment ? Claire tenta de se détendre. L'appartement respirait le calme. Pour la première fois depuis des semaines, Peter et elle avaient partagé un dîner civilisé. Dans la nurserie de rêve décorée par Claire, Samantha dormait au creux de son petit lit, entourée d'animaux en peluche, au son du mobile avec des dauphins fredonnant doucement dans le lointain.

— C'est ça le problème ?

Claire lui lança un regard déconcerté.

— Mon attirance présumée pour Tildy. Que se passe-t-il, Claire ? Trop de travail au bureau, trop tôt après ton congé maternité ?

Claire réprima un geste d'humeur. De retour depuis moins d'une semaine, elle affrontait la pile de dossiers sur son bureau, un écran envahi de mails et une messagerie comble dont elle risquait de ne jamais venir à bout. Puis, chaque soir, elle rentrait pour découvrir la nouvelle catastrophe due à Tildy Lewis.

Elle se mordit la lèvre.

— Je m'inquiète, avoua-t-elle. Je m'inquiète de tout en ce moment.

— Raconte. Tu es la reine des angoissées…

Peter désigna le lit du menton.

— … Viens ici, chérie. Laisse-moi te rafraîchir la mémoire quant à notre passé commun…

— Quelle partie de notre passé commun ?

— La partie excitante, répondit-il avec un grand sourire.

Un début de panique s'abattit sur Claire.

— Peter, le moment n'est pas bien choisi.

La bouche de Peter se durcit.

— Qu'y a-t-il encore ? Tu n'es pas indisposée ? Je croyais que tant que tu allaitais…

— Ce n'est pas toujours vrai. Mais non, je n'ai pas mes règles.

Et elle ne regorgeait pas de lait non plus. Son corps demeurait chamboulé. Comme sa vie. Et Claire ignorait comment se remettre sur les rails. Qu'était-il advenu de son emploi du temps si précis, de son appartement organisé et de sa libido ?

— Je suis fatiguée.

— Migraine ?

— Je n'ai jamais la migraine.

Il gardait un ton calme.

— Je te posais la question parce que les femmes qui cherchent à éviter de faire l'amour avec leur mari prétendent en général avoir la migraine. Le jour où tu auras la migraine, je saurai que tu as entamé une nouvelle phase de ton existence, dans laquelle ma présence ne s'imposera plus.

— C'est idiot.

— Autant que ton obsession à propos de Tildy, ta crainte de laisser Samantha toute la journée aux soins d'une autre et celle de ne pas venir à bout de ton travail.

Plus du tout détendu, Peter avait croisé les bras sur son torse nu et sa bouche prit un pli amer.

— Je fais ce que je peux, Claire. Mais un fossé se creuse entre nous et je ne sais pas comment l'empêcher.

Le sang battant à ses tempes, Claire se glissa à son côté dans le lit. Elle essaya de faire le vide dans son esprit, de se débarrasser de son sentiment de culpabilité. A son tour de rassurer Peter. L'arrivée de ce minuscule être humain dans leur foyer ne se révélait pas aussi facile qu'elle l'aurait cru. Reprendre son boulot non plus… et comment faire l'amour quand on éprouvait la sensation d'être si peu désirable ?

— Tout va s'arranger, Peter.

Si elle avait jamais eu besoin d'un mantra, décida Claire, c'était bien de celui-là.

Elle avait aussi besoin de parler à Darcie. Elle ne l'avait pas revue depuis son départ pour l'Australie.

— Si tu veux que je t'en dise davantage, tu vas devoir me tordre le bras, murmura Darcie, s'amusant ce samedi-là pour la première fois depuis son retour à New York.

— Comme tu es cruelle, répliqua Claire, assise face à elle à leur table du Phantasmagoria, leur endroit préféré pour déjeuner. Situé sur Lexington, près de Bloomingdale's, ce restaurant de plain-pied servait des salades craquantes assaisonnées de vinaigre balsamique, et les paninis branchés que Darcie adorait. Mordant dans son sandwich grillé jambon-fromage, elle retint un sourire.

Quoi de mieux qu'un déjeuner avec une amie qui vous comprend ?

— Il n'y a rien à ajouter, assura-t-elle.

— L'étincelle dans ton regard – polissonne – prouve le contraire. Apparemment, il était séduisant. Ainsi il a les cheveux foncés, les yeux foncés… et ressemble à un cow-boy ?

— Version australienne. Grand, large d'épaules.

— Mouais.

Claire mordit dans son bacon-salade.

— Et tu as passé la majorité de ton séjour à Sydney au lit avec lui au Westin.

— La majorité de mon temps libre…

Cette précision était importante aux yeux de Darcie. Elle ne voulait pas décevoir l'opinion que Claire avait d'elle.

— … et seulement pour m'adonner à de bons moments, sains et récréatifs.

— Tu me donnes envie de retrouver « le bon vieux temps », avant notre mariage. Avant l'arrivée du bébé.

Le panini de Darcie se figea à mi-chemin de sa bouche.

— Tu essaies de me dire quelque chose ?

Claire s'absorba dans la contemplation d'un morceau de bacon échappé de son sandwich.

— Ne me lance pas sur le sujet. La maternité se révèle bien plus complexe que je ne m'y attendais.

Darcie remua son café d'un air pensif.

— J'ai lu – dans *Glamour*, ou bien *Cosmo* ? – qu'après l'accouchement les rapports sexuels peuvent s'avérer traumatisants pour une jeune mère. C'est ton cas ?

— Nous n'avons pas de rapports sexuels.

Darcie resta bouche bée.

— Toi et Peter ? Arrête ! Ce type – comme Dylan – a reçu

le double de la dose prescrite de testostérone. Tu m'as dit qu'il adorait ta nouvelle silhouette, tes seins…

Claire lui fit signe de se taire, bien que la clientèle soit, comme elles, trop absorbée par ses problèmes personnels pour espionner les conversations.

— Il n'est plus obsédé ?

— Hier soir, il a voulu faire l'amour. Mais je ne ressens aucun désir. J'aurais l'impression d'un acte purement hygiénique.

Elle repoussa son sandwich.

— Zut, il y a six semaines à peine, je me trouvais en salle d'accouchement et maintenant je suis censée trouver l'idée d'un rapport sexuel réjouissante ?

Elle frissonna.

— Tu devrais en parler à ton médecin, Claire.

Claire releva la tête avec brusquerie.

— Tu crois que je suis névrosée ?

— Non, je crois que tu éprouves des émotions « conflictuelles ».

— Peut-être, mais *pourquoi ?* J'ai cicatrisé, je suis en bonne santé. Samantha fait même ses nuits, une fois de temps en temps.

— Vraiment ?

Darcie s'illumina à l'évocation de sa filleule.

— Je lui ai rapporté un cadeau d'Australie.

— Un nouveau cadeau ? Elle adore son zèbre qui louche.

Buster. Des souvenirs de FAO Schwarz dansèrent dans l'esprit de Darcie. Elle fronça les sourcils.

— Tant mieux. Mais j'aurais dû le rendre. Après que Merrick…

— Ce salaud.

— Un sacré salaud. Je t'ai dit que je l'avais revu ?

— Non !

Se souvenant de la réaction de mamie, Darcie inspira avant de relater sa rencontre avec Merrick et d'informer Claire de son nouveau statut de célibataire, s'il ne mentait pas.

— Et il a le culot de te demander de sortir avec lui ? J'espère que tu l'as envoyé paître et que tu as hurlé assez fort pour que la sécurité t'entende… et le jette dehors à coups de bâton.

— Mamie a suggéré la même chose.

Darcie remua sa cuiller dans son café qui refroidissait.

— Il avait l'air tellement malheureux, Claire. Je crois qu'il regrette vraiment.

— Je parie que sa femme aussi.

Claire fixa Darcie.

— Il ment peut-être. Il est doué pour ça.

— Et je suis d'une telle naïveté que je me laisserais avoir une seconde fois ?

Elle avala une gorgée de café et fit la moue.

— Et s'il *disait* la vérité ?

— J'aurais préféré me tromper la première fois. Mais à quoi penses-tu ? interrogea Claire, la regardant dans les yeux.

— Je pense que l'Australie est loin. Rêver à Dylan n'a aucun sens.

— Comment t'en empêcher ? dit Claire en haussant un sourcil. Tu n'as pas inventé tous ces trucs au sujet de l'Akubra, de l'endurance de ce mec, n'est-ce pas ?

Darcie secoua la tête.

— Non, impossible que tu aies inventé vos ébats au milieu des poissons et des raies mantas.

— Je suis très créative, sourit Darcie. Mais pas à ce point.

Elle soupira.

— Claire, je ne le reverrai jamais. Je ne lui ai laissé aucunes coordonnées. Et il n'a pas essayé de m'appeler chez Wunderthings dont le numéro est pourtant facile à trouver.

— Il doit vraiment t'en vouloir.

— C'est ce que pense mamie.

Elle s'interrompit.

— De toute façon, reprit-elle, il professe des idées ineptes concernant les femmes.

— C'est peut-être une simple plaisanterie, ou sa façon d'éviter de s'engager.

Darcie n'en était pas si certaine.

— Pourtant ça marchait entre nous, dit-elle. Si bien.

— La plupart des hommes ont encore un pied dans une caverne, grimaça Claire. Même Peter. Son insistance pour faire l'amour… son refus de changer les couches de Sam. Il fait son choix parmi les tâches parentales, alors que moi je n'ai pas le choix.

— Et la nounou ?

Claire frissonna.

— N'en parlons pas. Hier, Tildy a emmené Samantha à l'épicerie… et l'a laissée dehors dans sa poussette « juste une minute ».

Darcie fronça les sourcils.

— C'est dangereux. N'importe qui aurait pu l'enlever.

— Exactement ma pensée. Pourquoi Peter ne comprend pas que je ne puisse accepter ce genre de comportement ?

— Je dois admettre que Peter me déçoit, murmura Darcie en tapotant la main de Claire.

— *Je* me déçois, dit Claire, les yeux trop brillants. Je devrais être capable de gérer le bébé, mon boulot, l'appartement, mon couple. Tildy.

Elle frissonna une fois de plus.

— Peut-être que je deviens folle. En tout cas, ma libido s'est envolée, ça c'est certain. Je devrais laisser tomber, demander l'aide sociale. Je suis incapable d'assurer au boulot, comme d'élever mon enfant.

— Claire, Claire.

Claire cligna des yeux.

— Excuse-moi. Je suis dans un tel état. Je m'inquiétais d'avoir perdu ma séduction aux yeux de Peter. Maintenant que je sais qu'il me désire, je crains de ne plus avoir envie de passer à l'acte. Plus jamais.

— Tes hormones doivent être hors contrôle. Cela arrive.

— Tu parles d'expérience ?

Claire roula les yeux.

— J'ai l'impression d'être une échappée de l'asile. Avec des seins énormes. Je dois m'asperger de Passion chaque matin afin d'être présentable au boulot. Passion… quelle dérision !

Darcie la laissa reprendre ses esprits. Comme toutes les conversations féminines, leurs échanges couvraient un vaste territoire, tout en tournant en rond. Elles étaient revenues à Peter, Claire et la maternité. Sans expérience en la matière, Darcie ne savait que dire. Mais Claire, elle, savait à quoi s'en tenir concernant Darcie et les hommes en général.

— Alors, dit Claire se raidissant dans son siège en rotin.

Son doigt erra sur la nappe imprimée cachemire, puis elle déplaça la salière et le poivrier.

— Que vas-tu faire au sujet de Dylan Rafferty ?

— Rien.

— De Merrick Lowell ?

— Je vais réfléchir.

— Je te préviens, ma fille, Lowell reste un serpent.

— Un serpent borgne qu'on trouve dans les pantalons.

Elles pouffèrent en cœur.

— Mamie et moi avons entendu ça dans un film des Monty Python, avoua Darcie.

— Elle est bonne.

Quand Darcie quitta le bureau le lundi, le serpent en personne l'attendait. Elle ne fut pas surprise de le trouver adossé près des ascenseurs, mais, cette fois, il arborait son sourire chagrin depuis le sixième étage, et non l'entrée. Un traquenard, impossible à éviter. La détermination de Merrick avait dû passer au niveau supérieur. Il ne voulait pas risquer de la manquer dans la foule de 17 heures.

— Nous avons rendez-vous ? demanda-t-elle.

Merrick s'arracha au mur de marbre et son sourire s'évanouit.

— Je t'invite à dîner.

La foule autour les bousculait. Une secrétaire du marketing examina Merrick d'un rapide coup d'œil avant d'adresser à Darcie un clin d'œil approbateur. Si seulement elle savait !

— Une femme préfère les propositions aux embuscades.

Il s'approcha, la voix sourde.

— Ne m'envoie pas promener.

Elle sourit, trop tendrement.

— Mauvaise journée, Darcie ?

— S'il te plaît, ne me pose même pas la question.

Ces derniers temps, Greta Hinckley avait changé de tactique. Telle une ombre maléfique, elle collait aux basques de Darcie.

— Accepte, je suis certain que tu meurs de faim.

Merrick la prit par le coude pour la guider vers l'ascenseur dont les portes s'ouvraient. Il était vide, ce qui évoqua à Darcie l'ascenseur du Westin et Dylan Rafferty. Son Akubra. Ses mains, ses baisers. Quand Merrick tenta la même manœuvre, mais sans le chapeau, elle le repoussa.

Blessé, il s'adossa contre le mur chromé.

— Bon. Ça va durer combien de temps ?

— Merrick, tu ne peux pas croire pour de bon que nous allons reprendre là où nous nous sommes arrêtés. Tu m'as menti. Comment puis-je l'oublier ?

— Tu es une femme de cœur.

Darcie le contempla.

— Tu penses que je suis une idiote, n'est-ce pas ?

— Je pense que tu es hypersexy. C'est une raison suffisante pour prendre quelques verres ensemble. Cette semaine, Chez Zoé a mis la truite de mer à son menu…

— Le restaurant de SoHo ?

— Qui propose ton plat préféré.

Coup bas.

Son estomac gargouillait. A l'idée de la succulente concoction de tomate, basilic, ail et crème, relevée d'une pointe de citron, ses papilles frissonnaient. Merrick porta l'estocade.

— Nous prendrons un taxi.

— D'accord. Invite-moi à dîner. Je déciderai ensuite si je t'envoie un mauvais sort ou non.

Le sourire de Merrick s'élargit. Il devait s'imaginer que l'affaire était dans le sac. Il irradiait la confiance en lui-même. Rien d'inhabituel. Mais l'autre jour, il avait paru abattu, comme chez FAO Schwarz. Il devrait envisager de l'être en permanence parce que, en dépit de la résolution de Darcie de le haïr à jamais, le voir ainsi adoucissait ses sentiments à son égard.

Fais attention, se dit-elle.

Changer n'était pas dans la nature de Merrick Lowell. Ni peut-être dans celle d'aucun homme.

A leur table, dans un angle de Chez Zoé, elle resta silencieuse, jusqu'à son second verre de chardonnay. Il s'agissait du restaurant préféré de Merrick, bien sûr, pas du sien. Elle y appréciait la nourriture et le service chaleureux, mais, ce soir, le tintamarre émanant de la cuisine ouverte sur la salle, comme c'était la mode, tapait sur ses nerfs à vif. La journée avec Greta serait venue à bout des nerfs de toute personne saine d'esprit. Egalement inquiète au sujet de Claire, Darcie jouait avec son verre. Mais elle se sentait mieux, au point d'être capable de faire la conversation à Merrick.

— Raconte-moi votre séparation.

Il tiqua. « Bien visé », pensa-t-elle.

— Ce samedi-là, après t'avoir rencontrée chez FAO, je suis rentré chez moi. Sara, ma fille, avait déjà appris à Jacqueline qu'elle avait rencontré une gentille dame dans le magasin. Je le lui aurais dit de toute façon, Darcie…

Il haussa les épaules.

— … Mais Jackie l'a appris d'abord. Il était temps. Je te l'ai dit, ça ne marchait plus entre nous depuis un moment.

— A cause de moi ?

— Je n'ai pas parlé de toi.

— Ciel, je ne sais pas si je dois me sentir flattée de ta discrétion… ou la dernière des nulles parce que je ne représentais qu'une passade sans importance.

— C'est ainsi que tu considères notre relation ?

— Notre ex-relation.

Il soupira.

— Jackie et moi n'étions pas faits l'un pour l'autre. Nos familles sont amies et nos mères… Bref, notre mariage fut l'événement de la saison dans la haute société. As-tu déjà vu *Un mariage* ?

— J'en ai vu des douzaines.

Elle possédait un placard entier de robes de demoiselle d'honneur atroces. Ses cousines, quand il ne s'agissait pas de ses amies, se mariaient à une régularité effrayante.

— Je parle du film de Robert Altman. Un casting de stars. Un grand mariage dans la haute société où tout va de travers.

— Oh ! oui. La grand-mère, si je me souviens bien, meurt dans son lit. Personne ne veut l'admettre et gâcher ainsi la fête.

Mamie lui avait montré ce film-là aussi.

Darcie préférait *Quatre mariages et un enterrement.* Mais Merrick ne s'était jamais confié ainsi à elle et cette franchise nouvelle l'impressionnait. A supposer qu'elle soit sincère.

— Le mariage a atteint des sommets, continua-t-il. Du vrai Fellini, vraiment. La robe de Jackie a coûté dix mille dollars. Dans tout Greenwich les gens se poignardaient dans le dos pour décrocher une invitation. A peine échangées les traditionnelles bouchées de gâteau de mariage, en montant dans la limousine pour attraper notre avion pour Aruba…

— Pauvres petits, murmura Darcie.

— … j'avais déjà compris que nous ne nous aimions pas. Bon sang, on ne s'appréciait même pas plus que ça. Au début, au lit, ça allait…

— En éteignant la lumière.

— Jackie est une belle femme. Et une femme bien. Mais elle n'est pas pour moi.

— Tu cherches autre chose.

Darcie Baxter par exemple.

— Une fille du Midwest, crédule à l'excès…

Elle l'observait.

— … Une célibataire naïve…

Elle se souvint de Dylan au bar du Westin.

— … dans le bon sens du terme : une fille qui te regarderait avec adoration au fond de tes magnifiques yeux bleus, te répéterait combien tu es génial au lit, et ne te questionnerait jamais sur ton engagement – ou absence d'engagement – envers elle.

— Tu tiens à rester en colère, n'est-ce pas ?

— Je tiens à ne plus souffrir.

Merrick soupira.

— Darcie, nous ne nous sommes jamais rien promis.

— C'est un autre problème.

— Qu'attends-tu de moi ?

Il se tortillait sur sa chaise. Fixant la nappe blanche, il fit rouler son verre de scotch entre ses mains.

— *Le mariage ?*

— A moins que tu ne sois porté sur la bigamie, non.

— Nous allons divorcer. Jackie a entamé la procédure lundi.

On était lundi. Peut-être était-il venu tout droit du tribunal, ou de chez son avocat, pour la retrouver.

— Lundi de la semaine dernière, ajouta-t-il quand il remarqua son regard suspicieux.

— Je suis triste pour tes enfants, Merrick. Mais cela ne me concerne pas.

Il avala une gorgée de scotch.

— Tu prétends ne pas être prête à t'engager, toi non plus.

— Mais l'idée ne me déplaît pas. Un jour.

Elle repoussa son verre de vin et se leva.

— Je crois que je devrais partir. Quand tu auras remis de l'ordre dans ta vie, ne m'appelle pas.

Il l'attrapa par le poignet. Elle résista.

— Assieds-toi. S'il te plaît. Ne fais pas de scène, Darcie. Tu n'as donc pas de cœur ?

— J'en avais un. Tu l'as réduit en miettes.

— D'accord, d'accord. Nous ne parlerons pas de Jackie. Mais c'est toi qui as commencé.

Elle se laissa glisser sur sa chaise. Le serveur s'affaira, déposant devant eux deux assiettes fumantes et fleurant bon les épices. Son estomac gargouilla de nouveau. Elle cédait trop facilement, se dit-elle.

— Comme avec Greta Hinckley…, murmura-t-elle.

— Elle te crée encore des ennuis ?

Il jouait maintenant les pères confesseurs. Et remontait Darcie dans ses filets comme l'avait été le poisson dans leur assiette. Elle baissa le nez dans son plat. Manger, ou s'enfuir ?

Elle souleva sa fourchette.

— Elle s'acharne sur moi. Je ne lui fais pas confiance.

— Sage décision.

Du temps de leur félicité non-conjugale, Merrick avait tout entendu – avait-il réellement *entendu* ? – de Greta. Elle pouvait lui faire confiance pour ne pas répéter ses paroles.

— Peu avant 17 heures, j'ai surpris Greta en train de travailler sur un croquis. C'est pourquoi j'ai quitté le bureau tôt.

— Tant mieux. Je n'étais pas ravi à l'idée de t'attendre jusqu'à 19 heures.

Elle haussa les épaules.

— Elle travaillait sur ce… ce projet étrange. Un collant pour jambes fines.

Merrick éclata de rire, renversant la tête en arrière.

Ce qui déclencha des rires en chaîne dans la salle. Les tables voisines s'esclaffèrent, le son grimpa, rebondit sur le plafond métallique et ricocha dans les oreilles de Darcie. Elle ne put s'empêcher de sourire.

— Ridicule, n'est-ce pas ?

— Totalement absurde. Est-ce que Walt va marcher ?

— J'en doute, mais il m'est déjà arrivé de me tromper. Tant qu'elle n'associe pas mon nom au projet, je m'en fiche.

— A moins qu'elle ne travaille sur autre chose – son vrai projet – en cachette.

Elle n'avait pas pensé à ça.

— Tu as raison. Ce serait possible.

Darcie prit une bouchée de truite. Elle mourait de faim. C'était bon de rire, bon de partager avec Merrick les détails de sa vie. Sa vie professionnelle en tout cas.

— Darcie, reviens-moi. J'ai besoin de toi.

La fourchette de Darcie tomba sur le sol avec un tintement qui résonna comme la cloche d'une église. Ou une sirène d'alarme ? *Il reste un serpent*, avait dit Claire. « Je suis coincée dans l'ascenseur, pensa Darcie, mais sans Dylan. » *Merrick avait besoin d'elle ?* Alors *ça,* c'était nouveau. Et elle avait besoin de croire qu'après Sydney sa vie continuait. Elle envisagerait de lui pardonner. Plus tard.

Merrick se pencha pour lui prendre la main.

Quand il l'attira vers lui et que sa bouche parcourut les quelques centimètres la séparant de celle de Darcie, elle ne résista pas.

Peut-être mentait-il encore, peut-être était-elle naïve, mais elle avait besoin de tendresse.

L'Australie lui parut soudain encore plus lointaine.

— D'accord, murmura-t-elle lorsque les lèvres de Merrick touchèrent les siennes. Un baiser amical. Mais pas de sexe.

— Nous verrons.

8

— Allô ! Matilda ?

La main sur le téléphone, Darcie resta pétrifiée au son de la voix sourde et profonde.

— *Dylan ?*

— Qui d'autre t'appelle Matilda ?

Elle commença à haleter. Oh ! mon Dieu. Oh ! mon Dieu.

Elle pensait ne jamais le revoir, avait laissé Merrick l'embrasser – juste une fois – la nuit dernière seulement. Elle était passée de zéro homme dans sa vie à deux en même temps.

— Je ne pensais pas que tu appellerais.

— Chérie, il est difficile d'appeler quelqu'un qui a oublié de laisser son numéro avant de partir.

Oh, oh ! Il ne semblait pas content. Dans l'annuaire, son numéro était au nom de mamie. Une vague de culpabilité la submergea.

— Heureusement que je connaissais le nom de ton entreprise. Internet est un superoutil de recherche. Tu ne trouves pas ?

— Tu as trouvé ce numéro sur le Web ?

— Grâce à un site recensant les annuaires du monde entier. Je l'utilise pour mon élevage.

— Retrouver ma trace a dû te prendre une bonne minute.

Silence. Donc il n'avait pas tenté de la retrouver, pas avant maintenant.

— Qu'est-ce qui t'a fait changer d'avis, après tout ce temps ? demanda Darcie.

La voix de Dylan s'assourdit.

— Tu te souviens de nous… au milieu de la nuit… dans ma chambre, mon lit… quand tu t'es mise sur moi… t'es rejetée en arrière et…

— Dylan. Je suis au bureau. Je ne peux pas parler de ça.

— Je parle. Tu écoutes.

Elle s'agita sur sa chaise. De l'autre côté de l'allée, Greta se retourna pour la regarder, le regard acéré, comme celui d'un aigle prêt à fondre sur sa proie. Darcie se déplaça. Zut. Elle avait prononcé tout haut le nom de Dylan. Plus d'une fois. Il était à parier que Greta n'avait pas raté ça. Elle allait comprendre que la rumeur – lancée par Walt – était vraie. Et en vouloir encore davantage à Darcie.

— Je ne suis pas sur haut-parleur, n'est-ce pas ? demanda Dylan.

— Non, mais si tu tiens vraiment à tenir ce langage…

Mais ce n'était pas ce qu'il avait en tête. Son ton se durcit.

— En fait, non. Tu m'as mis très en colère.

— je m'en doutais un peu.

Claire et mamie avaient suggéré cette possibilité, mais le moral de Darcie grimpa en flèche. Ce n'était *pas* parce qu'il ne l'aimait pas qu'il n'avait pas appelé, mais parce qu'il était en colère.

— Pourquoi es-tu partie ainsi ?

— Nous nous sommes bien amusés, Dylan. Durant deux semaines. Mais je t'avais prévenu que…

— Balance le second uppercut. Plaque-moi. Je te défie de le faire.

— Comment pourrais-je te…

Elle en avait déjà trop dit et préférait éviter de prononcer le mot *plaquer* alors que, en face, Greta ouvrait grand ses oreilles.

— … Alors que je me trouve à New York et toi…

— … à la bergerie.

— Tu prends tout au pied de la lettre, Dylan.

Baissant la voix d'un ton supplémentaire chaque fois qu'elle prononçait son nom, elle avait presque murmuré.

— Tu comprends ce que je veux dire.

Mais Dylan la prit au dépourvu, comme lui seul savait le faire.

— Il est plus de minuit ici. Je viens de soigner un agneau malade. Je l'ai baptisé Darcie.

Surprise, touchée, elle sentit les larmes lui monter aux yeux.

— C'est… merci.

— Je t'en prie. J'ai pensé que tu aimerais le savoir. Alors, j'ai décroché le chien et l'os.

— Encore de l'argot australien ?

— Pour téléphone.

— A quoi ressemble-t-elle, Darcie II ?

Il eut un petit rire.

— A un mouton. Un mérinos. De première qualité bien entendu.

— Tu pourrais m'envoyer une photo. Par Internet.

— Je pourrais. Peut-être le ferai-je.

La voix de Dylan redevenait plus chaleureuse. La colère, la peine évidente qu'elle lui avait causées diminuaient… comme son propre sentiment de culpabilité. Elle fit pivoter sa chaise et sourit.

— Elle a tes yeux, ta… détermination, reprit-il. Elle s'est accrochée pour s'en sortir.

— Oh ! Dylan…

— J'aime vraiment tes yeux. Comme tes cheveux. Et ta bouche, tes s…

Elle se racla la gorge. Walt Corwin venait d'apparaître à l'entrée de son box. Greta bondit de son siège pour se tenir à son côté et Darcie approcha un doigt du bouton coupant la communication.

— Mon… euh, mon patron vient d'arriver. Je dois te laisser.

— Donne-moi ton numéro personnel, vite.

Elle l'ânonna d'une voix aiguë, tout en se répétant qu'elle

commettait une erreur, comme à Sydney, le matin où elle avait quitté la chambre de Dylan, l'abandonnant dans son lit, totalement nu.

Son cœur battait trois fois plus vite et ses mains avaient laissé des empreintes de sueur sur le téléphone. Dylan Rafferty avait appelé. Il avait donné son nom à une brebis qui avait du cran. Personne… absolument personne… n'avait jamais fait *cela* pour elle.

— Je savais que tu serais dur à remplacer, murmura-t-elle.

— Sois-en persuadée, chérie.

Il s'interrompit un instant.

— Tu as déjà fait l'amour au téléphone ?

Elle rougit.

— Euh…

— Ce soir, dit-il.

Elle entendait son sourire.

— A moins que Darcie II ne me pose encore un problème. Dans ce cas, demain.

— Je… j'en serais ravie.

Etrange. Elle cédait plus facilement à Dylan au téléphone qu'à Merrick dans la réalité. Elle n'était pas prête – si elle l'était jamais un jour – à céder à Merrick, mais la question demeurait. Elle la creuserait plus tard.

— Chose promise, chose due, murmura Dylan.

Elle cacha son sourire derrière sa main.

— Chose promise, chose due, répéta-t-elle.

— Darcie…

Walt réclamait son attention *immédiatement*.

— Je dois vraiment raccrocher, dit-elle.

— Ne pète pas un boyau.

— Quoi ?

Elle était de nouveau perdue. Elle avait accumulé un sacré retard dans ses leçons d'australuche.

Dylan rit.

— Ne te tue pas à la tâche, Matilda.

Il raccrocha en fredonnant l'air de la chanson devenue la leur.

— Tu rougis, l'avertit Walt.

Darcie évita son regard. Ainsi que celui de Greta. Tous deux se tenaient sur le seuil de son box. Darcie évitait Walt depuis vendredi. Quant à Greta, elle l'avait toujours évitée autant que possible. Pour se réconforter, elle piocha une réglisse rouge dans le tiroir de son bureau.

— Ainsi c'est vrai, dit Greta. Tu as bien rencontré un Australien.

— Donne-lui les détails, Walt, murmura Darcie, encore irritée de son indiscrétion.

— Un Australien costaud, baraqué, coiffé d'un – comment tu appelles ça ?

— Un Akubra ? proposa Greta.

Dans sa bouche, le mot devenait pornographique. Ses yeux rétrécirent encore en deux fentes venimeuses.

Darcie ne put résister.

— Tu n'imagines pas ce qu'on peut faire avec un Akubra.

Greta croisa les bras sur sa poitrine maigrichonne. Quand elle regarda Walt, son regard se fit plus chaleureux.

— Je suis une femme à l'imagination au-dessus de la moyenne…

Le ton sous-entendait « au contraire de Darcie », et évoquait sans équivoque le penchant de Greta à son égard. Walt lança à Darcie un regard effaré.

— Pouvons-nous parler dans mon bureau ? J'ai besoin des dernières nouvelles concernant Sydney.

Il disparut avant qu'elle n'ait le temps de répondre.

Bon sang ! Entre le décalage horaire, la réapparition de Merrick et ses rêveries nocturnes à propos de Dylan, elle n'avait rien préparé.

— Puis-je venir aussi, Walter ?

La voix de Greta le poursuivait, comme un chien de chasse suit une piste.

— … je voudrais discuter d'une idée…

— Plus tard, murmura Darcie.

Elle n'avait aucune envie de rivaliser maintenant.

— Si mon projet de collant part à la production dès aujourd'hui et que nous entamons la campagne marketing, Walt pourra le lancer sur le marché à Sydney.

— Etudie les statistiques, suggéra Darcie. Avec les problèmes de poids croissants qui sévissent dans le pays, je réfléchirais à la notion de collant pour cuisses fines.

Greta parut alarmée.

— Les femmes minces sont légion. Regarde à Hollywood.

— Des cas d'anorexie, de boulimie…

Darcie fila dans le couloir.

— … Nous en reparlerons si tu veux. Walt m'attend.

Les sens encore embrasés par le coup de fil de Dylan, elle dévala l'allée jusqu'au bureau de Nancy Braddock qui sirotait une tasse de café.

— Greta est encore à tes trousses ?

Darcie leva les yeux au ciel et pénétra dans le bureau de Walt, en mâchouillant toujours sa réglisse rouge.

L'inauguration du magasin de Sydney aurait pu l'aider à gérer son désir pour Dylan, ses sentiments confus envers Merrick, et même à supporter l'idée des petits yeux perçants de Greta dans son dos. Dommage qu'elle ne dispose d'aucune idée nouvelle à proposer à Walt Corwin.

Une fois dans son bureau, elle ferma la porte et prit appui dessus.

— Cette femme veut ma peau.

— Nancy et toi devriez former une milice d'autodéfense.

Il plaisantait. Pas Darcie.

— On ne pourrait pas trouver un poste à Greta au marketing ?

Les locaux du marketing se situaient deux étages plus bas et

Darcie croisait rarement quiconque y travaillant. Surtout parce qu'elle appréciait peu le département marketing. L'endroit rêvé pour Greta.

— J'aimerais bien.

Le regard ardent décoché par Greta ne lui avait pas échappé. Darcie l'avait prévenu. Il maugréa.

— Elle a laissé des dessins délirants sur mon bureau avant mon arrivée ce matin.

— Probablement quand elle est venue lire tes fichiers. Et fouiller dans tes tiroirs à la recherche d'informations pour te faire chanter.

— Elle ne ferait pas ça.

— Regarde les choses en face, Walt, elle ferait ça et bien pire. Planque tes capotes.

Il fronça les sourcils.

— Je croyais que Nancy me menait en bateau.

— Greta aimerait te mener ailleurs, dans un endroit moins public. Voir chapitre précédent.

Il rougit.

— Où es-tu allée pêcher un esprit aussi mal placé ?

— Dans le menu enfant de chez McDo.

Un peu inquiète, elle se laissa choir sur la chaise face au bureau. Il s'agissait d'un vrai bureau, pensa-t-elle, admirant les tableaux au mur – des aquarelles médiocres mais joliment encadrées. Bois ou plastique ? Impossible de deviner. Comparé au sien, le bureau de noyer affichait la surface d'un océan, et, comme celui de tout supérieur digne de ce nom, la surface en était pratiquement nue. Comme si Walt se tournait les pouces tandis que les esclaves comme Darcie exécutaient la besogne. C'était d'ailleurs la réalité. A ce sujet également, Claire avait eu raison. Walt tira d'un tiroir un cigare entamé et le planta entre ses dents.

Darcie soupira après un ruban de réglisse rouge, comme un gamin après son doudou.

— L'agent immobilier de Sydney m'a contacté. L'entrepreneur

va casser le Placoplâtre cette semaine, l'électricien est programmé ensuite. Nous devons décider où nous désirons de nouvelles prises électriques, etc.

Le défi requinqua Darcie qui mentit allègrement.

— J'ai travaillé là-dessus.

— Vraiment ?

Elle devait le rassurer quant à sa compétence. A n'importe quel prix.

— Je suis douée de l'esprit d'initiative, Walt. Dès que le bail a été approuvé, j'ai compris que les événements allaient s'accélérer. Tant mieux. Le temps, c'est de l'argent.

Il eut un sourire approbateur.

— Qu'as-tu à me proposer ?

Elle perçut son soulagement. Rien de nouveau. Depuis quatre ans qu'elle travaillait pour lui – comme Claire l'avait souligné –, Darcie avait souvent anticipé ses besoins, plus souvent que le contraire, et les avait fait passer avant les siens. Exactement comme avec Merrick. Elle faisait des heures supplémentaires. Réécrivait les rapports de Walt. Le mettait en valeur. En fait, il lui était redevable.

Elle espérait s'assurer son poste à Wunderthings-Sydney. Si elle jouait bien les cartes qu'elle avait en main, elle reverrait Dylan, possibilité qui depuis une heure la séduisait.

Elle repoussa les images s'imposant à elle… ses larges épaules, ce superbe sourire. Elle croyait entendre sa voix. Et ces baisers…

— Greta m'a perturbée. J'ai oublié mes notes sur mon bureau. Je vais les chercher.

— Après. Raconte-moi tout maintenant.

— Eh bien…

Elle s'éclaircit la voix, fit tourner son cerveau à plein régime, et s'empara d'un presse-papiers en bronze sur le bureau.

— Nous avons élu un quartier très huppé.

— C'est nouveau, ça ? Apprends-moi du neuf.

— Un quartier bardé de grands hôtels, avec Darling Harbour

à cinq minutes – si on descend la colline, pas si on la remonte – d'autres centres commerciaux et restaurants.

— Va au but, Darcie.

— Oui.

« Vite, trouve un truc. » Elle souleva le presse-papiers. Moins bon que de la réglisse rouge, mais réconfortant.

— Hum… avec le Queen Victoria Building, nous jouissons d'une situation de premier ordre. Il suffit de la mettre en valeur, afin qu'en comparaison les magasins voisins semblent être équipés d'ampoules grillées. Il faut qu'à la seconde où un consommateur pose le pied au second niveau son regard soit attiré par Wunderthings.

— Bien, approuva-t-il, semblant intéressé par son concept improvisé à la hâte.

— Homme ou femme, ajouta-t-elle, continuant d'improviser au fur et à mesure. Jeunes mamans, amants, jeune mariés, carriéristes endurcis…

— Darcie, *la suite ?*

Son cerveau enclencha la vitesse supérieure. La nécessité est mère de la créativité.

— L'intérieur de la boutique devrait, je pense, offrir une apparence sophistiquée à l'extrême et la vitrine une décoration hors du commun.

— Définis « sophistiqué ».

Hum.

— Des murs crème, peut-être tapissés de papier de soie, des planchers de bois rutilants, semés de tapis d'Orient… authentiques. Des rayons de riche acajou, très foncé, avec des tringles assorties pour les articles sur cintres. Le tout coordonné. Luxe. Sensualité…

Cette fois, elle était lancée.

— … Une fête des sens, visuelle et tactile. Des parfums de luxe flotteront dans l'atmosphère. Nous devrions créer le nôtre.

— Tu perds la tête ? Nous avons lancé Brume de fleurs au printemps dernier.

Un instant désarçonnée, Darcie se reprit.

— Trop sucré. Trop juvénile. Pas assez sexy.

— Les clientes l'adorent.

Le presse-papiers tomba sur ses pieds, mais elle ne frémit pas d'un poil. La douleur résonna à travers son corps.

— Elles adoreront encore davantage la nouvelle fragrance. Nous la baptiserons… Australove. Non, Austrastar.

Elle-même avait eu du mal à le dire. Elle agita la main, en écartant provisoirement l'idée.

— Je trouverai quelque chose. Ou le marketing trouvera. Mais saisis-tu le concept ?

Elle n'osait dire « mon concept » et irriter Walt encore davantage.

— Très différent de nos autres magasins.

— Exactement. Comme l'est le marché de la zone Pacifique. Parions sur l'Orient, Walt, un mélange de cultures, de modes de vie… la diversité. Pourquoi pas des mannequins japonais ou chinois pour l'inauguration ? Non, une Eurasienne. C'est ça. Exquise, classe, sensuelle.

— Nous n'avons pas le budget pour engager un mannequin.

— Des mannequins de cire alors…

Elle reprit sa respiration.

— … ou un angle multiethnique ? Une multitude de mannequins : irlandais, anglais, écossais, italiens, allemands… En plus de l'angle asiatique. Pour souligner la diversité ethnique qui tisse l'Australie.

Walt s'absorba dans la contemplation de la surface vide de son bureau, puis d'une aquarelle du port de New York dans la brume, avant de glisser sur la photo posée sur son bureau. Une photo de sa femme avant que la maladie ne l'emporte, sujet qu'il n'évoquait jamais. Darcie oubliait parfois qu'il était veuf.

— Quoi d'autre ? dit-il en levant le regard sur elle.

Rien. Le suicide ?

— Euh, hum…

— Tu n'as rien rédigé, n'est-ce pas ?
— Non, je pense mieux debout, dit-elle en se levant.
— Rédige ton projet avant 17 heures. Et que ce soit super.
— Tu n'aimes pas mes idées ?
— J'adore.

Darcie s'esquiva. Greta Hinckley : oubliée. Merrick Lowell : temporairement éclipsé. Dylan Rafferty : … Elle lui parlerait ce soir.

L'amour au téléphone. Ce ne devait pas être si mal.

Elle se tapa mentalement dans le dos pour s'encourager et regagna son bureau d'un pas léger.

— Bon sang, j'assure !

Elle travailla tard et rentra par le ferry de 22 h 15. Ensuite, impossible de trouver un taxi. Il était près de minuit lorsqu'elle atteignit l'immeuble d'Eden. Epuisée, elle traversa le hall, remarquant à peine l'absence de Julio.

Elle se souvenait à peine du jour de la semaine et appuya sur le bouton de l'ascenseur en bâillant. Mardi, on était mardi. Une semaine s'était écoulée depuis son retour de Sydney. Walt allait-il apprécier ses idées ? Elle avait consacré l'après-midi à les coucher sur le papier. Puis, après les commentaires de Walt, elle avait bossé comme une folle, dînant de soupe et de nouilles frites livrées par le chinois du coin de la rue – afin de peaufiner le projet, jusqu'à environ 22 heures, seule au sixième étage.

Si elle avait retrouvé Merrick ce soir, une décision se serait peut-être imposée concernant leur nouvelle « relation ». Mais depuis le coup de fil de Dylan, elle ne l'avait pas revu, ainsi elle ne se haïrait pas demain matin.

Oh ! mon Dieu. Dylan.

Prise d'une hâte soudaine, elle farfouilla dans la serrure avec sa clé et pénétra dans le duplex pour se précipiter sur le répondeur. En haut des marches du foyer Sweet Baby Jane se réveilla en clignant des yeux.

— Bonsoir, SBJ.

La chatte découvrit ses dents dans un rictus.

— Si tu veux jouer à ça…

Depuis des jours, elle tentait d'amadouer cette chatte, lui tapotant le crâne, lui chatouillant le menton… Rien ne faisait effet sur ce chat diabolique. Pas même la boîte entière de dinde et abats qu'elle lui avait glissée en guise de dîner. Baby Jane avait rendu la nourriture trop riche sur la moquette et Darcie n'était pas certaine d'avoir réussi à effacer la tâche sur la dernière acquisition de sa grand-mère.

« Regarde les choses en face », pensa-t-elle.

— Tu me hais. N'est-ce pas ?

Des bruits étouffés à l'étage supérieur éveillèrent l'attention de SBJ – et celle de Darcie. Mamie apparut sur le palier et sourit. D'un air coupable. Coupable de quoi ?

— Te voilà, ma chérie. Il me semblait bien t'avoir entendue rentrer.

Les joues d'Eden virèrent au rose. Elle portait un peignoir de soie – Bonwit Teller, environ 1972, devina Darcie – sur une nuisette transparente et du vernis à ongles écarlate sur les ongles des orteils… D'ordinaire ils étaient nus. Et Eden aussi qui préférait dormir sans vêtement.

— De la compagnie ? murmura Darcie.

— Petite coquine.

— Moi ?

— Ta vue détournerait l'attention de mon visiteur. Nous ne te dérangerons pas.

Eden virevolta et fit demi-tour dans l'escalier.

— Tu trouveras de la crème à la noix de coco dans le frigo.

Elle s'immobilisa.

— Oh, ton mec à l'Akubra a appelé.

— Dylan ?

— Qui d'autre ?

Flûte. Plongée dans le boulot, elle l'avait oublié un instant

– comment avait-elle pu ? – et l'avait manqué. Allait-il croire qu'elle l'évitait ?

— Qu'a-t-il dit ?

Le ton d'Eden s'adoucit.

— « Son petit agneau va bien. »

— Moi ? demanda Darcie.

— Non, *ton* petit agneau. Je crois qu'il parlait d'un vrai mouton.

— Oh. Darcie II.

— Il a une voix merveilleuse, ma chérie.

Darcie acquiesça. Tout était merveilleux chez lui. Peut-être avait-elle jugé trop vite qu'ils étaient incompatibles.

— Je vais peut-être retourner en Australie, mamie.

— Je crois que tu devrais.

Là-dessus, Eden disparut dans sa chambre. Quand Darcie passa devant ladite chambre, sautillant pour éviter les griffes de Sweet Baby Jane, elle entendit s'en échapper les sons sans équivoque de… c'était bien ça… de personnes en train de faire l'amour.

— Julio ? tenta-t-elle, incapable de résister.

— *Si,* haleta-t-il. *Señorita.*

— Bienvenue au club.

Eden s'en mêla.

— Petite coquine.

— *Moi ?* gloussa Darcie avant de gagner sa chambre.

Elle claqua la porte au nez de Sweet Baby Jane – manquant de lui coincer la queue. « Ma grand-mère, pensa-t-elle. Quatre-vingt-deux ans. Sexy comme une showgirl de Las Vegas aux seins siliconés. » Seule dans son lit, sans même la voix de Dylan pour la réchauffer, Darcie ressentit un éclair de jalousie presque aussi puissante que celle qui motivait Greta Hinckley.

— Je ne crois pas à la jalousie, murmura-t-elle pour elle-même.

*
* *

Elle ne croyait pas à la jalousie, mais manquait de sommeil. Ce n'était pas à cause de mamie qu'elle restait éveillée la nuit, s'avoua-t-elle. Elle n'avait pas dormi depuis trois nuits et ne pouvait plus accuser le décalage horaire de ses matins ensommeillés.

Le vendredi, Dylan n'avait toujours pas rappelé.

Occupée au boulot, elle avait raté le rendez-vous téléphonique de Dylan mardi soir. Et passé les nuits de mercredi et jeudi étendue sur son lit, à écouter Eden et Julio dans la chambre voisine. Elle envisageait les boules Quiès. Pour la quatrième nuit d'affilée, elle gisait en travers du lit à souhaiter que le téléphone mette fin à son supplice.

Peut-être le faisait-il exprès. Elle lui avait posé un lapin téléphonique l'autre soir. Après l'avoir « plaqué » à Sydney.

Niveau expériences amoureuses, elle ne s'améliorait pas.

Merrick Lowell non plus. Depuis qu'il était séparé d'avec Jacqueline, Darcie et lui n'étaient plus obligés de ne se voir que le lundi. Mais elle avait refusé de le retrouver au Hyatt. Dorénavant, ils avaient rendez-vous en public.

Pourquoi aller plus loin avec lui ?

Elle ne savait que faire du nouveau Merrick, ce Merrick plus fragile. Mais au moins maintenant ils parlaient. Un peu. Et cela changeait tout.

Quant à Dylan… elle repoussa son image.

L'homme idéal ne s'était pas encore matérialisé.

Darcie chassa une autre image, celle d'Eden avec Julio.

Elle parvint même à ne pas penser à Claire et Peter. Ou Claire sans Peter.

Fini d'attendre près du téléphone comme une ado en transe, pensa-t-elle. Fini d'envier sa propre grand-mère. Elle avait retrouvé son état habituel. Pour l'instant…

Le soir suivant, sa sœur Annie l'interrogea au téléphone.

— Tu le revois ?

— Ne le dis pas à maman.

— Tu sais ce qu'elle pense de New York. Tant que Merrick ne te glissera pas la bague au doigt, elle pensera la même chose de lui.

— Annie, pas un mot, plaida Darcie au téléphone. Promis ?

— Il assure ?

Elle ne répondit pas. *Comment savoir?* Elle ne se souvenait pas. Une baisse récente du marché boursier – toujours en train de monter et descendre, pensait Darcie, pourquoi s'exciter sur le sujet ? – avait stressé Merrick et son divorce avait empiré les choses. Et si elle avait imaginé les changements survenus chez lui ?

Pourquoi se sentait-elle si mal aujourd'hui ?

Annie n'améliorait pas son état.

— Dis à maman que tu veux bien habiter avec moi.

Mais je ne veux pas.

— Elle ne permettra jamais que tu cohabites avec mamie.

Annie rit.

— Non, avec toi. Dans ton propre appartement.

— Annie, je suis très occupée au boulot – débordée même. Walt me demande de raffiner le projet de décor du magasin de Sydney, qu'il modifie tous les jours. Je n'ai pas le temps de chercher un appartement et je suis heureuse là où je me trouve.

N'est-ce pas ?

— Même en entendant Julio et mamie tous les soirs ?

— Pas tous les soirs. Julio travaille.

— Quelle vie mènes-tu, Darcie ? Entre tes navettes à Manhattan par le ferry et ta cohabitation avec ta *grand-mère* ? Ce serait génial de partager un appart. Je trouverais un job – n'importe quoi – et on ferait la fête tous les soirs.

— Annie, je n'ai aucun goût pour la vie d'étudiante.

A l'université, sa sœur avait été élue « reine de la bringue »quatre années de suite.

— Tu as habité trop longtemps avec mamie.

Darcie sourit.

— Elle a plus la pêche que je ne l'aurai jamais, crois-moi.

— Et ça te déprime, je le vois bien. Tu as besoin de fréquenter des jeunes – comme moi –, de vivre libre et sans entraves à New York.

— Parle comme ça devant maman et tu ne quitteras jamais Cincinnati.

— Oh ! que si ! Je l'aurai à l'usure. Papa aussi. Tout ce dont j'ai besoin, c'est que tu...

— ... contribues à la débauche de ma petite sœur ? Je ne supporterais jamais une telle honte. Papa et maman...

— ... seront rassurés si je vis avec toi. Je ne te causerai aucun ennui.

— Pas plus qu'un éléphant pris de folie meurtrière, c'est ça ? Je n'ai pas le temps d'en discuter, Annie, je suis pressée.

— Tu retrouves Merrick au Hyatt ?

— Pas ce soir.

— Ton Australien va appeler ?

Merci de le rappeler à mon souvenir.

— J'en doute.

— L'amour au téléphone, soupira Annie d'une voix nostalgique avant de raccrocher.

Nostalgique elle aussi, Darcie s'étendit sur son lit et fit exactement ce qu'elle s'était promis de ne pas faire : guetter la sonnerie du téléphone.

Comme si elle s'était transformée en Greta Hinckley. A la vie privée inexistante.

9

— Encore une soirée avec Merrick, chérie ?

Le ton sec de mamie surprit Darcie dans le couloir menant à l'escalier.

— Je vous laisse l'appartement, à Julio et à toi.

— Je préférerais te savoir à la maison.

« Oh, oh ! pensa Darcie. Nous y voilà une fois de plus. » Autre signe que cette soirée du mercredi allait mal finir, Sweet Baby Jane slaloma entre les minces chevilles d'Eden, pour venir s'entortiller entre ses pieds, manquant d'un cheveu de faire tomber Darcie dans l'escalier – pas par accident, elle l'aurait juré.

Evitant les griffes de Jane, Darcie descendit les marches à la rencontre de mamie.

— Merrick t'emmène dîner ?

— Puis au cinéma. La semaine dernière, nous sommes allés au spectacle.

— Le spectacle présenté par la classe de CE2 de son fils ? Ce n'est pas franchement Broadway, chérie.

— Non. Une pièce à Broadway, mais d'avant-garde. Mais j'ai vu la photo de son fils dans le spectacle, adorable, déguisé en navette.

Au milieu de la pièce, Eden pivota sur ses talons.

— Comment est-il possible de se déguiser en navet ? Et plus encore en navet adorable.

De toute évidence, elle cherchait la bagarre.

— Julio s'habille en soldat d'opérette… et tu sembles trouver ça attirant. Cet uniforme marron foncé, avec ses brandebourgs de pacotille, ses épaulettes qui pointent.

— Ce n'est pas ce que je préfère voir pointer chez Julio.

Darcie haussa un sourcil.

— Enfin, pointer n'est peut-être pas le terme juste, reprit mamie.

Distinguait-on un faible rougissement sur les joues poudrées d'Eden ? Mamie tapota ses cheveux à la teinture récente. Pas d'abricot ce soir. Plutôt nuance pomme. Une marigold.

Darcie choisit d'ignorer l'allusion d'Eden.

— Je ne rentrerai pas tard, dit-elle.

— Je vois. Merrick n'est pas un coureur de fond, je le savais.

— Mamie !

— Je te choque ?

— Seulement quand tu ouvres la bouche. Que dirait maman ?

Mamie se hérissa.

— Si elle tient à rester en vie, qu'elle ne prononce plus le mot colocation jusqu'à Noël prochain. Sais-tu combien de coups de fil elle m'a passés cette semaine ?

Darcie émit un grognement silencieux. Annie.

— Quatre, tenta-t-elle.

— Dix. Dont trois hier soir. Elle nous a interrompus, Julio et moi, au milieu du plus *délicieux*…

— J'ai compris, mamie.

Elle réprima un frisson. Comme Merrick, Julio était loin de son idée de l'homme idéal.

— Qu'a dit maman ?

— Elle m'a menacée. Si je ne savais pas la chose impossible, je jurerais que cette femme possède la faculté de voir par les fils téléphoniques, depuis Cincinnati jusqu'à Fort Lee. Elle a assuré que si je ne m'amendais pas, elle m'enverrait ton père. Elle s'est toujours mêlée de ce qui ne la regardait pas, mais là, j'avais l'impression qu'elle était dans mon lit en même temps que Julio et moi…

— Par pitié, ne me dis pas qu'elle nous expédie Annie.

— Si j'en juge par les sanglots sonores en guise de bruit de fond, non. Ta sœur bataille, mais elle n'a pas encore gagné.

— Tu ne voudrais pas de nous deux chez toi, n'est-ce pas, mamie ?

— Nous n'en arriverons pas là.

Darcie ne comprit pas très bien la signification de ces paroles. Rien d'étonnant en ce moment – que ce soit à la maison ou au boulot. Elle réunit son manteau, ses gants et son sac et se dirigea vers l'entrée, Baby Jane sifflant sur ses talons. En se dépêchant, elle attraperait le prochain ferry pour Manhattan.

— Quand le divorce de Merrick sera-t-il prononcé ?

La question d'Eden la figea sur place. Ce soir, comme la plupart des autres soirs ces temps-ci, elle ne s'échapperait pas sans avoir entendu la totalité du sermon de mamie.

— Ce n'est pas un sujet que nous abordons.

— Vous devriez. Vis ta vie à fond, pas à moitié.

— Je ne vais pas épouser Merrick Lowell.

— Et il le sait !

Qu'attends-tu de moi ? Elle l'avait d'abord cru célibataire, terrorisé à l'idée de s'engager. Puis elle l'avait découvert marié. Maintenant séparé, il semblait trop déprimé pour qu'on évoque avec lui une nouvelle marche à l'autel. Ou alors se montrait-elle, encore une fois, trop naïve ?

— De toute façon, je ne me vois pas vivre avec lui, ajouta-t-elle.

— Certainement pas. Tu perds ton temps.

— Tu ne l'as rencontré qu'une fois…

Elle aurait préféré qu'Eden abandonne le sujet. Dansant d'un pied sur l'autre, elle s'évertuait à échapper aux dents scintillantes de Sweet Baby Jane.

— … il croit que tu en pinces pour lui.

— Darcie Elizabeth Baxter, c'est absurde ! J'ai deux fois son âge.

— Plus de deux fois, murmura-t-elle. Et Julio ?

Eden lissa ses cheveux couleur pomme marigold.

— Il est un peu plus âgé que Merrick.

— Quel âge ?

— Quarante et un, quarante-deux.

Elle mentait. Il devait être plus jeune.

— Mamie, tu as deux fois *son* âge.

— L'amour triomphe de tous les obstacles.

— Tu es *amoureuse* de Julio ?

Eden ne répondit pas.

— Je croyais qu'il n'était qu'un amant parmi d'autres. Attends que maman apprenne ça.

— Mes rapports avec Julio Perez sont mon affaire.

Eden ne souriait plus.

— Lui et moi nous entendons parfaitement – au lit et ailleurs. Ça nous regarde, et nous uniquement.

— Je suis on ne peut plus d'accord. Il en va de même de ma relation avec Merrick.

Mamie pinça les lèvres.

— J'ai passé depuis longtemps l'âge d'avoir des enfants. Que Julio et moi nous mariions ou couchions ensemble le reste de notre vie n'a aucune importance. Alors que, pour toi…

— Je ne suis pas prête à me marier. Avec personne.

Mamie soupira.

— Si tu n'avais pas repoussé ce bel Australien…

Mamie marquait un point. En plein dans le mille.

Darcie se raidit. Se disputer avec sa grand-mère la rendait malade mais…

— Je n'ai pas repoussé Dylan Rafferty. Il a dit qu'il rappellerait, mais ne l'a pas fait. C'est son choix. Je ne comprends pas comment j'aurais pu détruire une relation qui a) n'a jamais existé, b) ne me convient pas et c) représente probablement la pire erreur que j'aie commise de ma vie.

Même si ces deux semaines s'étaient révélées incroyablement agréables.

— Tu soupires après lui.

— Je ne « soupire » pas !

— Alors appelle-le. Tu vas sacrifier le cœur léger la chance de vivre une histoire d'amour ? Merrick n'aime que lui-même. Depuis la naissance. C'est un narcissique qui profite de toi, je ne te le répéterai pas.

— Tu viens juste de le faire.

— Il finira par te refaire du mal, dit Eden, exaspérée.

Elle replaça une mèche derrière l'oreille de Darcie.

— Tu affiches ton air rebelle, que tu as hérité de ta mère. Mais je suis sérieuse, chérie. Claire et moi, nous pensons que tu mérites mieux que Merrick Lowell. Pourquoi ne pas nous écouter ?

— Parce qu'il… il…

Elle ne savait comment le défendre, ni se défendre.

Eden prit l'air pensif, autre mauvais signe.

— Julio a un neveu adorable. Tu devrais le rencontrer. Il s'appelle Juan – Juanito pour les intimes – et il…

C'était bien sa chance. Avant qu'elle ne referme la porte sur elle et ne se dispense de la suite de la déclaration d'Eden, Sweet Baby Jane planta les dents dans sa cheville. Darcie espéra qu'elle ne regretterait pas ses paroles ni sa décision.

— Je crois que je vais chercher un appartement.

— Baby Jane est un inconvénient majeur à notre cohabitation.

Annie, elle aussi, avait trouvé un argument imparable, se dit Darcie pour la centième fois. Le même que Merrick, remarqua-t-elle, feuilletant le journal à la rubrique Locations quelques jours après cette scène.

— A quoi cela ressemble-t-il de vivre avec sa grand-mère de quatre-vingt-deux ans ?

Darcie coinça le téléphone contre son épaule.

— Le monde regorge de merveilles, continuait Annie dans le récepteur, il regorge de mecs. Tu connais la chanson : « les filles veulent s'amuser. »

Darcie soupira. Après avoir quitté l'appartement, la soirée passée avec Merrick ne s'était pas améliorée.

Oubliant Annie, Darcie plia son journal en quatre, comme si elle se trouvait sur un ferry bondé ou dans un train de banlieue, au coude à coude avec d'autres lecteurs. Citadins, occupez le moins d'espace possible. Dylan, lui, pouvait probablement déplier son journal sur des centaines d'hectares si l'envie lui en prenait. Alors que, ces derniers temps chez mamie, Darcie éprouvait la sensation d'être une intruse écoutant aux portes, malgré elle.

Elle était de trop.

Et que la vie sexuelle de mamie soit de loin plus active que la sienne, inexistante, n'arrangeait pas les choses.

Mais étaient-elles pour autant obligées de se disputer ?

Elles n'avaient pas échangé un mot depuis vingt-quatre heures. La faute de Darcie ? Le pauvre Julio jouait les messagers, ainsi que les interprètes, malgré son anglais hésitant. Si Eden attendait que Darcie s'excuse et retire sa menace de déménager du duplex, elle pouvait attendre jusqu'à ses cent soixante-quatre ans.

Darcie avait-elle dépassé la durée souhaitée de sa présence ?

Son doigt parcourut la colonne d'annonces – Meublés/East Side – et soupira. Soit le loyer semblait exorbitant (tous les loyers new-yorkais semblaient exorbitants), soit la description faisait peur. Parfois les deux.

— Darcie, geignit Annie dans son oreille.

— Je suis en train de lire.

— Tu as repéré un truc sympa ?

— Non. Et maman ne t'a pas autorisée à venir à New York.

— Elle faiblit. Cherche un appart assez grand pour nous deux. Oh : et pas d'immeubles anciens. Pas de quartiers dangereux.

Hum.

La perspective d'abandonner Annie à Cincinnati l'attirait de plus en plus.

— Exigences de maman ?

Son regard errait sur les pages Immobilier. Pourquoi même envisager cette solution ? Annie était une vraie souillon, alors que mamie était la personne la plus soignée, la plus raffinée qu'elle connaisse. Darcie regretta son accès de colère, et même sa menace. D'un autre côté, ne plus entendre les ébats passionnés de Julio et Eden ? Cesser de danser le tango autour de Sweet Baby Jane ? Décorer son propre chez soi… organiser des fêtes… aller au boulot à pied ? Elle ne serait plus jamais obligée de prendre le ferry. Sauf pour rendre visite à Eden.

Quand elles ne seraient plus fâchées.

Une vague de tristesse la traversa.

Peut-être était-il temps de vivre seule. Plus que temps. Eden serait heureuse de récupérer son duplex – et l'intimité de sa vie privée.

Et qui sait ? En ville, Darcie rencontrerait peut-être un homme très différent de Merrick – et de Dylan Rafferty.

Hé ! Matilda…

Le jeudi suivant, Claire Spencer, de retour chez elle, luttait pour garder son calme.

— Je suis désolée, Tildy, mais je dois mettre un terme à cette mascarade.

Etonnée, Tildy la regarda à travers son épaisse frange rousse.

— Mascarade ?

Claire se pencha sur le couffin dans lequel Samantha braillait, à la limite des décibels supportables par l'oreille humaine. Affolée, le cœur battant, Claire prit Samantha dans ses bras et la berça doucement, jusqu'à ce que le bébé cesse de trembler et que son corps raidi se relâche.

— Chuuut, maman est là. Tout va bien.

— Je ne l'ai posée qu'une minute, madame Spencer.

Claire fronça les sourcils.

— J'ai pénétré dans cet appartement depuis plus de *cinq* minutes. Personne ne m'a entendue – Sam pleurait trop fort. J'ai pris le temps de me déchausser, de passer un jean… et elle pleurait toujours.

— C'est bon pour ses poumons, tenta Tildy, lamentable, en repoussant une mèche de ses yeux.

— Mais pas pour les miens.

Le cœur de Claire se serra dans sa poitrine.

— Je vous paie la semaine en entier, mais je veux que vous partiez. Tout de suite.

— Et mes références…

— Tildy, à votre place, je suivrais des cours d'informatique. Ou de barmaid. N'importe quoi sauf de soins aux enfants, en particulier aux nouveau-nés.

Les lèvres minces de Tildy se figèrent.

— Les bébés se montrent parfois difficiles.

— Je sais. Les parents aussi, maugréa Claire en arrachant le manteau de Tildy du portemanteau jaune et corail en forme de girafe.

— J'ai besoin de travailler, madame Spencer.

Le ton plaintif de Tildy agaça Claire. Le regard dur de la baby-sitter l'effrayait un peu, mais elle ne le montra pas.

— Vous avez de la chance. Si je me laissais aller à mes pires instincts, je téléphonerais à l'agence. Je croyais avoir embauché une personne compétente et vigilante, grâce à qui je pourrais retravailler. Au lieu de quoi, j'ai consacré chaque seconde passée au bureau à me ronger les ongles et m'arracher les cheveux… tant je *me torturais* à l'idée que mon unique enfant soit victime d'un accident atroce.

La colère amplifiait la voix de Claire et le visage de Samantha se crispa de nouveau. Son petit corps frissonnait. Claire sortit en trombe de la chambre au décor chaleureux, retenant des hurlements. Si elle était restée, non seulement elle aurait communiqué davantage de stress à sa fille de neuf semaines, mais elle aurait risqué d'étrangler Tildy Lewis.

Claire gagna le salon, murmurant pour apaiser Sam, la berçant d'un bras et cherchant le chéquier de Peter de l'autre. Le cœur toujours battant, elle remplit un chèque qu'elle brandit sous le nez de Tildy.

— J'ai ajouté un petit bonus pour que vous teniez le coup jusqu'à votre prochain job. Je prie pour que ce ne soit pas un emploi de nounou.

A peine avait-elle refermé la porte sur Tildy – avec un frisson de soulagement – que la sonnette retentit. Dieu merci, Peter n'était pas rentré assez tôt pour la dissuader de virer cette fille. Jurant à voix basse, mais sans faire preuve de sa créativité habituelle par égard pour Samantha, elle rouvrit la porte à la volée.

Darcie se tenait sur le seuil, ébahie.

— Qui est la fille au visage écarlate que je viens de voir traverser le hall au pas de charge ?

— Mon ex-nounou.

— Elle semble à peine sortie des couches-culottes.

— Hum. C'est bien le problème.

Claire examina plus attentivement le visage de Darcie.

— Qu'est-ce qui ne va pas ?

— Rien, prétendit Darcie.

Mais quand elle se pencha pour embrasser Samantha, Claire distingua des larmes dans ses yeux. Samantha gloussa.

— Ma fille ne sait pas reconnaître une femme en détresse, mais moi, si. En fait, j'en suis une moi-même. Maintenant que j'ai viré la nounou, et avant que la culpabilité d'avoir bousillé sa vie ne me bouleverse, raconte-moi ta journée.

— Oh, Claire.

Claire porta le bébé dans son berceau, mit en marche le mobile avec les dauphins et écouta s'égrener la mélodie de la berceuse, « La toute petite petite araignée ». Puis elle se rendit dans la cuisine, sortit une demi-bouteille de merlot du réfrigérateur et remplit deux verres ballons.

— Voilà.

Elle tendit un verre à Darcie.

— Parle.

Le soupir de Darcie révéla la moitié du problème. Il concernait un homme, bien entendu. D'ailleurs, arrivait-il qu'il ne s'agisse pas d'un homme ? Claire loua l'institution du mariage. Elle offrait certains inconvénients, mais, pour la première fois depuis la naissance de Samantha, Claire se félicita d'en avoir fini avec les problèmes de célibataire.

Mais elle se trompait. Il ne s'agissait pas de Merrick, ni de l'Australien.

— Viens ici, ma grande, dit Claire, assise dans le sofa, quand Darcie eut achevé le récit de sa querelle avec Eden.

Elle serra son amie dans ses bras.

Darcie renifla.

— Peut-être devrais-je réfléchir – avant de commettre une erreur de plus – et m'excuser auprès de mamie, rester chez elle, *statu quo*. Pourquoi pas ?

Claire n'était pas d'accord. La voix de Darcie vibrait de courage, ce même courage qu'avait trouvé Claire pour renvoyer Tildy. Mais ce coup d'éclat n'avait résolu aucun de ses problèmes, et il en allait de même pour Darcie. Elle ne pouvait pas avancer d'un pas, puis reculer de trois.

— Non. Impossible. Tu devrais partir et habiter en ville. Au milieu de gens dont le mode de vie s'apparente au tien – je parle d'hommes – célibataires, certifiés *libres*, et cherchant la femme de leur vie. Pas des bluffeurs. Ça doit exister.

Claire aurait souhaité que Darcie rencontre un homme différent de Merrick Lowell, trop égocentrique, qui détruisait le peu de confiance en soi de Darcie.

— Je ne sais plus où j'en suis, avoua Darcie en s'emparant de la bouteille de merlot.

Tenant son verre à deux mains, elle en but une bonne lampée.

— Tu ne sais pas où tu en es…

Claire pensa à Tildy, son propre boulot, Peter, le bébé...

— ... Je pourrais écrire un livre sur le sujet.

Darcie s'éclaira.

— Hé! pourquoi pas?

Elle s'arracha un sourire, ravie de changer de sujet, même pour plaisanter.

— Tu connais ce guide qui vient de sortir? *La Femme*, ou *L'Epouse,* je ne sais plus, *sacrifiée*? Je me demande si l'auteur connaît l'existence de ce mec qui, il y a des années – c'est mamie qui m'en a parlé – prétendait que les femmes devraient accueillir leur mari tous les soirs nues et enveloppées dans du plastique transparent...

Darcie se tut une minute.

— ... Des poupées Barbie, acheva-t-elle, grandeur nature.

— *Et l'homme créa la femme II,* rit Claire.

— On dresserait le tableau réel, pas fantasmé, de l'existence des femmes d'aujourd'hui. Le chaos, la multitude d'obligations... les relations avec les hommes. Tu connais une fille qui a un vrai *petit ami*? Regarde-moi, même avec Merrick.

Elle s'était reprise et se sentait mieux.

— Et le mariage? L'horloge biologique. Les enfants. Plus une carrière à gérer... Comment nous y retrouver?

— Nous y parviendrons.

— Comment?

Les yeux de Darcie s'étaient éclairés. *Nous y parviendrons... Vraiment? Et comment?* s'interrogeait Claire. Elles s'exclamèrent en même temps.

— Je n'en ai aucune idée! dit Claire avec un grand sourire.

— Je n'en ai fichtrement aucune idée! dit Darcie en levant les bras au ciel.

10

Par ce beau samedi après-midi, Darcie remontait la 73e Rue Est, le poing serré sur une coupure de journal, Claire sur ses talons. Claire poussait Sam dans sa poussette de luxe – dont le prix avoisinait celui de la moins chère des Jaguar – et répétait tous les trois pas à Darcie de se détendre.

— Ne te décourage pas. Nous avons vécu ça auparavant.

Elle replaça la tétine de Samantha dans sa bouche.

— A SoHo, NoHo, Chelsea, Gramercy Park, Central Park ouest et sud, Yorkville…

Ces deux dernières semaines, les appartements visités les avaient amenées de déception en déception. Mais Claire avait soutenu Darcie sans faiblir, l'accompagnant dès qu'elle désirait visiter un appartement potentiel. Et, la plupart du temps, Samantha était de la partie.

— Aujourd'hui, j'ai un bon pressentiment.

Darcie jeta un coup d'œil à gauche, puis à droite. Comment ne pas avoir un bon pressentiment dans cette rue calme et bordée d'arbres de l'Upper East Side, flanquée de rangées d'exquis pavillons mitoyens ? Certains, aux immenses baies vitrées et portes chromées, avaient été rénovés de fond en comble et affichaient un look ultracontemporain, mais se mariaient sans problèmes à leurs voisins plus anciens aux façades de brique. Darcie croisa les doigts, espérant que l'adresse à laquelle elles se rendaient se révélerait la perle rare.

Mais son moral dégringola bientôt : Devant l'immeuble

ancien – oui, un vrai, pas une copie – un petit groupe d'autres locataires potentiels s'était amassé. Bon, qu'espérait-elle ? Le marché de l'immobilier était au beau fixe.

— Tu as autant de chances que les autres, murmura Claire à son oreille.

Elles se postèrent sur le côté, près du trottoir, et Claire fit les cent pas avec la poussette afin de distraire Samantha.

Quand celle-ci commença à geindre, Darcie lui tendit un hochet de couleur claire, pioché dans la minicollection de jouets entourant le bébé. Les doigts de Sam se refermèrent dessus avant de le lâcher. Elle ne parvenait pas encore à tenir les objets. Darcie agita distraitement un lion bleu.

Claire lui pressa l'épaule.

— Tu te transformes en vraie mère poule, dit Darcie. Si ta ressemblance avec Janet s'accentue encore, je ne réponds plus de mes actes.

Elle souriait mais le soutien de Claire l'émouvait.

— Et puis j'adore Samantha, mais tu ne crains pas qu'elle s'ennuie ? Nous l'avons traînée dans tous les appartements à louer de Manhattan.

— Elle deviendra peut-être agent immobilier lorsqu'elle sera grande.

— Puisque tu t'obstines à participer à mes démarches, tu devrais la laisser avec Peter le samedi.

— Peter devait travailler. Comme moi.

Elle se reprit aussitôt.

— Il ne s'agit pas d'un gros sacrifice.

— Mais tu as pris du retard dans ton boulot.

— Qui n'en a pas ?

— Exact.

Elle ne se sentait pas moins coupable d'interférer avec le travail et les responsabilités de Claire. Surtout après qu'elles eurent évoqué ensemble l'ampleur des obligations pesant sur les femmes. D'ailleurs ni l'une ni l'autre n'avait pris le temps d'écrire ce fameux livre.

— Et pourquoi pas une autre nounou ?

Claire hésita.

— Je ne sais pas… J'occupe un poste assez élevé pour être autorisée à emmener Samantha au bureau… Mais, bon sang, ce n'est pas ainsi que je rattraperai mon retard. Je me retrouve à travailler toute la nuit à la maison – une fois Sam enfin endormie –, ce qui énerve Peter.

— Walt ne fait preuve d'aucune patience concernant ma chasse à l'appartement, lâcha Darcie.

— Les hommes, maugréa Claire, ne comprennent rien.

— Il s'impatiente, même. Hier, j'ai ramé comme une folle pour boucler la présentation concernant Sydney.

— Greta devait être ravie.

Darcie fit la grimace.

— Elle a proposé de la terminer pour moi.

— Supersympa de sa part.

— Walt a failli accepter.

Darcie réfléchit un moment.

— Je me demande si je ne devrais pas expérimenter une approche différente avec elle.

— Cacher un serpent dans son bureau ? Non… Pourquoi ne pas fouiller ses affaires et lui rendre la monnaie de sa pièce ? Sans parler de ce que tu apprendrais peut-être…

Darcie fronça les sourcils et le visage de Samantha se crispa. Darcie s'adoucit aussitôt.

— Ne pleure pas. Tout va bien, mon cœur.

Elle tendit au bébé un cube de tissu tout mou à mordiller.

Je ne cesse de penser à toi avec un gros ventre, mûr à point, un bébé à l'intérieur de toi…

Claire sourit.

— Sam sait tout de Greta Hinckley.

— Son bureau est juste en face du mien. J'ai l'impression de vivre sous l'œil du KGB.

— Tu vis sous l'œil du KGB.

Darcie ravala sa réponse. Une femme en tailleur de tweed

s'était frayée un chemin parmi la masse compacte des aspirants au logement pour se camper sur les marches menant à la porte d'entrée.

— Désolée. L'appartement est loué.

Des commentaires contrariés s'élevèrent.

— Mais j'attends depuis...

— J'ai appelé...

Un homme en Burberry jura à voix basse. Une blonde du style fille-à-papa, jean de luxe, veste de cuir et bottes à talons hauts, partit d'un pas furieux.

Un jeune couple déçu lui aussi s'éloigna dans la rue.

La foule dispersée, l'agent immobilier disparut.

— Nous méritons un déjeuner tardif chez Phantasmagoria, décréta Darcie. Je t'invite.

— Impossible, Darce. Peter et moi dînons dehors ce soir...

— Alors je garde Samantha.

Samantha et elle liraient ensemble les petites annonces. Comme s'il existait à New York un appartement au loyer raisonnable qui n'attendait qu'elle.

— Merci. Mais nous avons réservé la baby-sitter.

A mi-chemin de leur restaurant préféré, Darcie se figea. La poussette Perego de Sam percuta ses talons mais Darcie ne pipa mot, habituée à Sweet Baby Jane.

— Regarde !

Elle désignait une pancarte accrochée à une fenêtre.

L'immeuble ancien en pierre paraissait moins chic que celui qui venait de lui passer sous le nez, plus proche de la Cinquième Avenue, mais décent. Aucun déchet ne jonchait le « jardin », une cour de béton clôturée d'un grillage où trônait une petite table de fer forgé, deux chaises et une plante verte luxuriante. Les fenêtres, du soupirail comme des étages supérieurs, étaient illuminées par la lumière du soleil.

A LOUER, proclamait la pancarte.

Claire toucha le bras de Darcie.

— Allons voir.

Une femme âgée répondit à leur coup de sonnette. Si rapidement que Darcie la soupçonna de les avoir guettées par la fenêtre.

Elle fit visiter l'appartement du rez-de-chaussée à Darcie – Samantha dans les bras – et Claire. La propreté des lieux et la lumière inondant chaque recoin surprirent Darcie.

— Je déménage, expliqua la femme. New York est devenu trop difficile à supporter. Le bruit, la circulation… Ma fille m'a convaincue de m'installer chez elle – et cet appartement est devenu un fardeau.

— C'est un bel endroit.

— Ça l'était pour moi aussi jusqu'à la mort de mon mari. Maintenant je ne m'y sens plus chez moi.

Mme Lang observa Darcie qui portait Samantha.

— Vous êtes mariée ?

— Non.

« Dommage », sembla penser la femme.

— Je vais vous faire visiter le reste.

Quand elles eurent achevé la visite de l'adorable cuisine – dotée d'une petite fenêtre –, des deux chambres et de la salle de bains, Darcie était amoureuse. Finies les histoires de mecs. Elle allait s'installer ici, organiser sa vie, travailler chez Wunderthings, grimper les échelons, et jouir de son appartement jusqu'au jour où elle devrait le quitter à son tour parce que… Non, elle n'aurait pas de fille, mais un jour Annie en aurait peut-être une. Ou alors Darcie imiterait mamie, toujours pleine de vie et prenant des amants à plus de quatre-vingts ans…

A supposer qu'un type pas trop mal existe.

— S'il est libre, je le prends.

Elle aimait le quartier, la disposition, l'espace et la lumière, les hauts plafonds. Bien sûr, il faudrait repeindre les murs. Mais elle s'était emballée un peu vite.

Mme Lang annonça le montant du loyer et le moral de Darcie sombra de nouveau.

Quand Claire et elle ressortirent, toutes deux abattues, la poussette hors de prix avait disparu.

Super.

Cet appartement n'était pas dans ses prix, et en plus elle devait une poussette à Claire.

— Claire ne veut pas en entendre parler, dit Darcie à sa mère au téléphone le soir même. Peter dit que leur assurance couvrira le vol. Mais je suis tout de même gênée.

— New York n'est pas un endroit pour de jeunes parents. Ni un endroit pour *toi*, répliqua Janet Baxter.

Darcie regrettait d'avoir évoqué le sujet.

— Ton père et moi souhaiterions te voir revenir à la maison.

— Je préférerais négocier un prêt.

Raison première de son coup de fil. Elle retint son souffle. Elle aimait se considérer comme une femme indépendante et détestait l'idée de solliciter ses parents. Mais elle avait versé un acompte pour réserver l'appartement. Il s'agissait d'une urgence.

La « découverte » de Darcie n'emballait pas Janet.

— Deux chambres – minuscules, c'est certain, comparées à ce que nous avons ici –, une salle de bains. *Une seule* salle de bains, Darcie ?

— Je vis seule.

Sa mère hésita.

— Impossible que la cuisine soit fonctionnelle.

— Les Lang ont vécu quarante ans dans cet appartement. D'ailleurs Mme Lang souhaiterait me vendre la table et les chaises du salon, quelques guéridons, les meubles de jardin…

— Il y a un réfrigérateur ?

— Oui, maman. Ainsi qu'un four et un lave-vaisselle – très étroit, mais s'insérant à la perfection sous le plan de travail.

A Cincinnati, Janet soupira dans le combiné.

— Ici, dans le quartier de Symmes, tu disposerais d'un joli

petit quatre pièces, avec une salle à manger, un garage même. Ou à Montgomery. A Landen. Le loyer se monte à combien, déjà ?

Darcie répéta le prix – à quatre chiffres et pas dans les plus bas – demandé par Mme Lang. Janet eut un hoquet.

— Nous sommes à New York, maman. La vie n'y est pas bon marché. Mais c'est là que j'ai envie de vivre.

— Et ton père et moi sommes censés sponsoriser cette aventure insensée ?

— J'ai mon boulot et des amis ici. Il ne me manque qu'un petit prêt – quelques mois de loyer, maman, c'est tout – pour jouir de mon propre appartement.

Darcie marqua un silence. Cet emprunt lui permettrait de se concentrer sur Wunderthings, d'éblouir Walt par ses suggestions concernant Sydney et de décrocher une augmentation conséquente.

— Tu veux me soustraire à l'influence de mamie, non ?

— Oui.

Janet réfléchit encore avant de répondre :

— Très bien.

Le cœur de Darcie cessa de battre dans sa poitrine.

— Tu vas m'envoyer l'argent ?

La victoire semblait presque trop facile.

— Inutile d'envoyer la totalité de la somme. Un versement mensuel serait génial. Dis à papa de calculer les intérêts de l'emprunt.

— Il n'est pas question d'emprunt, Darcie.

— Mais tu viens de dire que...

— Ton père et moi...

Une de ses phrases favorites.

— ... participerons au paiement du loyer. A une condition.

Oh, oh ! Janet se tut et Darcie comprit que la condition en question était celle qu'elle avait refusé d'envisager. Toute à son euphorie, elle avait oublié un léger détail. Elle retint son souffle, en proie à une soudaine appréhension.

— Que tu acceptes Annie comme coloc.

Darcie gémit.

— Oh! maman, non, je t'en prie.

— Nous avions évoqué le problème à New York. Hier soir, ton père a cédé. Le job d'Annie ici ne lui apporte rien. Et ce garçon avec qui elle sort – Cliff – non plus. Il n'a toujours pas terminé ses études. Peut-être qu'après tout ce changement de décor sera bénéfique à Annie.

Janet baissa la voix.

— Depuis que ta sœur a appris que j'en ai discuté avec toi, elle me rend folle. C'est la gamine de vingt-trois ans la plus entêtée que je connaisse. L'idée de vivre à New York l'obsède.

Darcie éprouva une vague de compassion inhabituelle envers sa sœur.

— Femme...

— Je te demande pardon ?

— Annie est une femme, maman, pas une gamine. Et moi non plus.

Même si elle avait besoin d'un prêt pour s'en sortir. Sa mère renifla.

— Annie a fait des progrès. Elle n'est plus aussi désordonnée que dans ton souvenir.

Ces paroles ne rassurèrent pas Darcie. Il était évident qu'Annie manipulait leurs parents, comme un virtuose un stradivarius, afin d'obtenir ce qu'elle désirait. Ranger sa chambre une fois ou deux avait dû lui paraître un sacrifice bien mince.

Le nouvel appartement de Darcie – et d'Annie – n'emballait pas Eden non plus.

Julio absent – il avait pris son service dans le hall –, elle était obligée de se passer d'intermédiaire. Le dos raidi, les mains nouées, elle regardait Darcie d'un œil désapprobateur.

— Tu disposes ici d'une vaste et jolie chambre, pour un loyer très bas, avec eau, gaz, électricité et téléphone gratuits. Pourquoi emprunter de l'argent à Hank et Janet ? Je ne comprends pas ton besoin de déménager.

Depuis leur dispute, c'était la première fois que mamie ne s'adressait pas à elle par monosyllabes ou par l'entremise de Julio. Inutile de la bouleverser une fois de plus. Mais, dès l'entretien téléphonique avec sa mère terminé, elle avait appelé Mme Lang. Elle signait le bail demain. Une drôle de sensation l'envahit. Impossible de revenir en arrière.

— Il ne s'agit pas d'un emprunt.

— Non, plutôt de céder un bras ou une jambe. Janet ne donne jamais rien sans contrepartie, tu viens de le comprendre. *As-tu envie* de cohabiter avec Annie ?

— Pas vraiment…

Mais, folle de joie à l'idée de disposer pour la première fois de son propre appartement, Darcie refusait d'y penser pour l'instant. Elle jeta un œil à Sweet Baby Jane somnolant sur le sofa.

— … Mais peut-être n'est-ce pas une si mauvaise idée.

Ne pas vivre seule représentait une sécurité.

— Nous nous tiendrons compagnie.

Et plus jamais – sauf quand Darcie viendrait en visite – le chat ne massacrerait ses chevilles. Autre raison de son départ qu'Eden refuserait d'entendre. Mamie pinça les lèvres et porta une main à son cœur.

— Il faut que je prenne ma digitaline. Ne dis pas que je ne t'ai pas prévenue. J'adore Annie mais elle te rendra folle. Je te donne un mois maximum.

— Dans ce cas, tu pourras dire : « Je te l'avais bien dit. »

Eden sourit, avec une pointe de tristesse.

— Si tu avais besoin d'un prêt, chérie, pourquoi ne pas me l'avoir demandé ?

— Claire m'a reproché la même chose.

— Et tu ne lui as pas demandé parce que… ?

— Pour la même raison que je ne t'ai pas demandé à toi.

Darcie n'avait pu s'y résoudre. Mamie et elle n'étaient pas dans les meilleurs termes, même en ce moment. Et puis, à quatre-vingt-deux ans, Eden avait besoin de son bas de laine. Plus qu'elle n'avait besoin d'un petit ami trop jeune.

— Garde tes sous, dit-elle gentiment. Je m'en tirerai.

Eden ébaucha un sourire, puis ses lèvres se pincèrent de nouveau.

— Ton départ… Ce n'est pas à cause de Julio, n'est-ce pas ?

— Jour J, maugréa Darcie. Ou plutôt D pour Déménagement.

Il existait des façons plus agréables de passer la journée, mais autant s'atteler à la tâche.

En montant les marches du perron chargée d'un carton bourré de bric-à-brac, elle percuta le derrière de Claire.

— Ouille ! s'exclamèrent-elles d'une même voix avant d'éclater de rire.

— Regarde-toi, lança Darcie.

Le sweat avachi de Claire, son jean usé, ses baskets en lambeaux ne correspondaient pas à son statut de vice-présidente, ni à celui d'épouse de Peter ou de maman de Samantha.

— On ne te reconnaît plus.

Elle souleva de nouveau son carton.

— Et moi non plus. Dommage que la météo refuse de coopérer.

— Je suis contente qu'il ne fasse pas beau.

— Je préfère ne pas demander pourquoi.

— C'est un bon présage. Il pleut toujours lors des déménagements.

— Il ne pleut pas encore.

— Il va pleuvoir. Demande à Peter.

— Me demander quoi ?

Surgi sur le seuil, Peter s'appuya contre la porte, une bière à la main. Juvénile, séduisant, il sourit à Claire.

— Si j'ai envie de faire crac-crac dans ce grand lit tout neuf que Darcie vient d'acheter ?

Il haussa les sourcils à l'intention de Claire.

— En ta compagnie bien sûr, mon amour.

— Il n'a pas encore été livré. Ne sois pas grossier.

Peter lança à Claire un regard impossible à déchiffrer, tout comme le carton de Darcie se révélait impossible à porter.

— Si vous régliez vos problèmes sans moi ? Si je ne pose pas ce truc à terre dans deux secondes, mes bras vont tomber.

— Et tu ne nous seras plus d'aucune utilité, dit Peter. Je t'aiderais bien, mais j'ai besoin de compenser la perte de mes précieux fluides corporels.

Nouveau regard appuyé en direction de Claire qui lui donna un coup dans les côtes en passant.

Dans la cuisine, Merrick déballait un carton de vaisselle que mamie avait insisté pour donner à Darcie. Darcie laissa tomber son carton à ses pieds et se massa les reins.

— Pas mal, dit-elle en regardant autour d'elle.

— Qui ça ? Moi ? dit Merrick.

Difficile pour lui de parler d'autre chose.

Darcie leva les yeux au ciel.

— Non, cet appartement.

Elle se demanda combien de bières les deux hommes avaient avalées tout en « l'aidant » à déménager. Mais il est vrai que ce genre de commentaire était courant de la part de Merrick.

— Il a belle allure.

Grâce à Mme Lang, le salon était meublé, et la cuisine serait bientôt assez équipée pour que Darcie puisse préparer des repas simples, les seuls qu'elle sache cuisiner. Et avec un peu de chance, son lit serait livré avant 17 heures.

— Qui va chercher des pizzas ? demanda-t-elle. J'ai faim.

— Transporte encore quelques cartons, suggéra Merrick, pendant ce temps j'y cours. Pepperoni ? Champignons ?

— Tout.

— Double fromage ! lança Claire. Sans anchois.

— Et de la bière, dit Peter. Attends, je t'accompagne.

Mais Claire lui barra le chemin.

— Non, tu ne l'accompagnes pas. Tu décharges le reste du camion pendant que Darcie et moi déballons les cartons.

Peter soupira à l'intention de Merrick.

— Ça valait le coup d'essayer.

— Donne-moi ton portefeuille, dit Claire.

— C'est du vol. Et ensuite ? Je reste sans un sou, à la merci de deux femmes.

— Je te promets de ne pas ouvrir la bière avant d'être revenu, dit Merrick.

— Brave homme.

Heureuse, Darcie sourit à ses amis. Elle consacrerait la semaine à tout ranger, bien avant l'arrivée d'Annie. Annie était restée à Cincinnati, même après que le chèque de leurs parents se fut envolé pour New York. Elle effectuait le préavis dû à son employeur – pas très long mais tout de même – et gérait Cliff, son petit ami mécontent. Ah, et puis elle devait boucler ses bagages. Darlie frémit intérieurement à l'idée du nombre de cartons qui allaient suivre.

Des heures plus tard, quand Claire et Peter partirent avec Samantha, ensommeillée, Darcie se sentait épuisée mais heureuse. Folle de joie en fait.

Elle dit au revoir à la famille Spencer, puis regagna le salon pour se glisser sur les genoux de Merrick, dans le grand fauteuil laissé par Mme Lang.

Merrick la repoussa gentiment.

— Je sens la transpiration ? dit Darcie, sourcils froncés. Merrick avait fermé les yeux.

— Je dois sentir mauvais. Heureusement qu'il ne faisait pas

trente degrés, et pas trop humide. Soulever tous ces cartons et déménager mon bureau était déjà assez pénible…

— Tu recommences à parler toute seule ?

— Non.

— De toute façon je n'écoute pas, je suis endormi.

Darcie ne se formalisa pas et glissa de ses genoux.

— Si je t'apporte une bière, tu te réveilleras ?

Merrick secoua la tête en riant.

— Darcie, relax, tu veux ?

— Il s'agit de ma première nuit dans mon premier chez-moi. *Mon* chez-moi. J'ai envie d'une belle soirée.

— Alors enfile une robe, une belle robe, et sortons dîner, boire quelques verres… Je t'offre le champagne.

Il émit un vague grognement.

— Le seul problème c'est que je ne peux pas bouger.

Sentait-elle *si* mauvais que ça ?

Elle n'avait pourtant pas trop mauvaise allure, à part son T-shirt usé et son jean déchiré. Mais elle venait de déménager, une des corvées les plus salissantes qui soit. Alors ? Incompréhensible.

— Dis-moi : Jacqueline te manque ?

— Après ce qu'elle a fait ?

Il eut un hoquet, comme si lui-même était blanc comme neige.

— Ça me servira de leçon. Si je me remarie jamais, nous établirons un contrat de mariage.

— Toi et moi ? dit Darcie. Je ne t'épouserai jamais.

Il sourit à demi.

— C'est une de tes qualités que j'apprécie. Tu es honnête.

— Quelles sont les autres ?

— Pardon ?

Soudain, la réponse paraissait très importante à Darcie.

— Cite-moi une autre chose que tu aimes chez moi.

L'hésitation de Merrick en disait davantage qu'elle n'avait envie d'en savoir. Mais elle avait posé la question.

— Ne joue pas les mégères ce soir, répondit Merrick.

Il partit dans la cuisine et éteignit la lumière du salon en sortant. Plongée dans le noir, Darcie fulminait.

Elle s'élança à sa suite.

— Pourquoi fais-tu ça ?

— Quoi ? demanda-t-il, étonné, se détournant du réfrigérateur dont il inspectait le contenu.

— Chaque fois que tu quittes une pièce, tu éteins la lumière. Et me laisses dans le noir.

Il soupira.

— Les riches ne font pas fortune en gaspillant l'argent. Nous éteignons les lumières, conduisons des voitures d'occasion…

— Je parie que tu n'as jamais conduit une voiture d'occasion de ta vie.

Merrick possédait une Lexus. Non, deux. Une version break, pour les week-ends, l'autre offrant tous les accessoires et gadgets connus. Darcie le croyait sur parole car elle ne les avait jamais vues. Ni son appartement – celui que sa femme avait gardé, supposait Darcie, avec tous les souvenirs de Merrick.

— Qu'est-ce que ça peut te faire que je gagne assez d'argent – même en ce moment où la Bourse est en chute libre – pour m'offrir quelques babioles ?

— Je n'ai jamais possédé de babioles, murmura Darcie. Pourquoi pas un bracelet en rubis et diamant… avec les boucles d'oreilles assorties pour mon anniversaire ? Quel est le jour de mon anniversaire, Merrick Lowell ?

Elle imita le tic tac de la pendule d'un célèbre jeu télévisé.

— Biiiip. C'est fini.

— Bon sang, tu m'en veux encore ?

— Désolée. Un seul de nous joue pour l'instant.

Il replongea dans le frigo et en sortit avec une bière. Une seule.

— Que crois-tu que je ressente depuis que Jackie m'a quitté en emmenant les enfants ?

Donc, il était capable de sentiments.

— Même si vous n'étiez pas parfaits l'un pour l'autre…

Elle pensa à Claire qui trouvait si difficile son rôle de mère. Mais Merrick, séparé de ses enfants la moitié du temps…

— … Ce n'est pas facile pour toi, je sais.

Ce soir, elle refusait de se mettre en colère. La dispute l'avait épuisée. Il se faisait tard. Dans plusieurs sens du terme. Allait-elle passer le reste de son existence à faire l'amour au téléphone et non pour de bon ? Le moment était-il venu de recoller les morceaux avec Merrick ? De faire l'impasse sur ses défauts ? D'apaiser leurs egos respectifs, l'espace d'un instant ?

— Tu veux un reste de pizza ? dit-il.

— Je croyais que nous allions dîner chez Luccio.

— La Pizza… Luccio… tout ça c'est italien.

— Appelons-les alors, ils livrent à domicile.

— Tu vois ? Le type bourré de fric dont tu rêves depuis toujours, c'est moi.

— Ce soir, j'étais plutôt branchée Pierce Brosnan. Brad Pitt. Ben Affleck… Ben, oui, ce serait bien.

Merrick esquissa un sourire. Mais il paraissait blessé. *Pas de sexe.* Avait-elle heurté à ce point sa fierté masculine ?

Compatissante, elle s'avança vers lui. En souvenir du bon vieux temps. Il leva sa bière pour avaler une gorgée, mais Darcie écarta la bouteille, plaqua Merrick contre le plan de travail et l'enlaça par le cou.

— Oublie le dîner. Si cette cuisine était un poil plus grande, ce plan de travail trente centimètres plus long, tu crierais pitié, monsieur Lowell.

Un bref instant, l'idée ne lui parut pas mauvaise. Puis des images de l'Australie défilèrent à toute vitesse dans la mémoire de Darcie, des images de Dylan. Merrick se raidit lui aussi.

Il détacha les doigts de Darcie de son cou.

— Je ne peux pas. Pas maintenant.

Dégrisée, Darcie recula d'un pas.

— Je devrais peut-être prendre une douche, proposa-t-elle.

Il bâilla.

— Je ferais mieux de partir. La journée a été longue.

Déçue, parce que cette soirée était importante pour elle, elle fit la moue. Et tenta un truc qui ne marchait jamais pour personne, sauf Annie.

— Tu peux rester, si tu veux. Juste pour dormir, ajouta-t-elle à la hâte.

— Dormir où ?

Ça *c'était* un problème. 20 heures. Et son lit n'avait pas été livré.

— Une autre fois.

Il se dirigea vers la porte d'entrée. Ce serait sympa qu'il ouvre les bras, l'invitant au moins à un bisou.

— Darcie, ce n'est pas ta faute.

Attention. Elle avait déjà entendu ça.

— Alors pourquoi ?

Il s'engouffra dans le couloir et disparut en un clin d'œil.

Bon. Pas de réponse. Pas une raison pour autant de se montrer collante, se dit Darcie.

Et aucune raison de se mettre en colère.

Elle avait un emploi décent – la majeure partie du temps –, de bons amis, si on oubliait sa dernière prise de bec avec mamie, et une famille à Cincinnati. Si elle n'assassinait pas Annie le jour de son arrivée à New York.

Et, par-dessus tout, cet appartement.

— Vive ton nouvel appartement, Darcie Elizabeth Baxter ! dit-elle à voix haute, levant la bière de Merrick.

Parce que, apparemment, personne d'autre ne prononcerait ces mots, or Darcie avait besoin de les entendre. Même de sa propre bouche.

A minuit, le téléphone la réveilla en sursaut de son sommeil agité sur le sofa du salon, blottie sous la couette. Elle bondit, le cœur battant. Une seconde, elle se demanda qui connaissait son nouveau numéro – ou qui était mort en pleine nuit.

— Matilda.

Au son de la voix profonde de Dylan, son rythme cardiaque passa à la vitesse supérieure. Juste au moment où elle venait de renoncer à lui. Pour de bon. A défaut d'autres qualités, les hommes de sa vie faisaient preuve de persistance. Et ne cessaient de la surprendre.

— Bonsoir.

Seul mot qu'elle soit parvenue à s'arracher, suivi de :

— Comment m'as-tu trouvée ?

— J'ai parlé à ta grand-mère au téléphone.

Oups. Darcie n'avait jamais précisé qu'elle habitait chez Eden.

— Enfin, après avoir parlé avec un nommé Julio. J'ignorais que ta famille était en partie hispanique.

— Elle ne l'est pas. Il s'agit de… l'ami de ma grand-mère.

— Il avait l'air endormi. Et je ne le comprenais pas très bien. Entre son mauvais anglais et mon accent australien…

— Crois-moi, il vaut mieux. La vie de ma grand-mère est un peu compliquée.

— Elle couche avec ce mec ?

Dylan semblait amusé.

— Oh ! oui.

Inutile de nier.

— En ce moment, c'est avec Julio.

Dylan éclata de rire.

— A quatre-vingt-deux ans, ma grand-mère fixait le vide dans son fauteuil à bascule en parlant toute seule.

— Mamie est différente.

« Et moi aussi, pensa-t-elle. Sauf que je parle toute seule, comme la grand-mère de Dylan. »

— Et elle t'a donné mon nouveau numéro ?

— « Avec plaisir. » C'est elle qui l'a dit, pas moi.

— Je viens juste de déménager, expliqua Darcie sans nécessité aucune.

— Je résume…

Elle entendait presque son froncement de sourcils.

— … Tu vivais dans le New Jersey avec ta grand-mère, à peu près en sécurité, et maintenant tu habites une immense métropole, seule.

Darcie sourit à demi.

— Ce soir, oui. Mais ma sœur va venir vivre avec moi.

— Deux femmes, marmonna-t-il, et une porte épaisse comme du papier à cigarette entre elles et n'importe quel *drongo* – barjot, fêlé, le choix ne manque pas – armé d'un couteau.

Elle parcourut des yeux l'appartement mal éclairé, puis les ténèbres derrière la fenêtre (elle n'avait pas encore suspendu de rideaux) et frissonna.

— Dylan, tu exagères.

« Ne me terrorise pas », voulait-elle dire.

— Je n'exagère pas. Tu aurais dû rester où tu étais.

Darcie tira la couette sur son corps soudain froid. Dylan était un homme superbe, mais leurs points de vue s'opposaient vraiment. Seule pour la première fois dans cet appartement, elle aurait préféré qu'on ne lui rappelle pas sa vulnérabilité.

— On peut changer de sujet, s'il te plaît ?

— D'accord. Que penses-tu de celui-ci : je t'en veux encore un peu – c'est l'une des raisons pour lesquelles je n'ai pas rappelée.

— C'est ta façon de t'excuser ? Parce qu'elle n'est pas terrible.

— Il ne s'agit pas d'excuses. Je *voulais* appeler, mais la situation ici est devenue délirante et, en plein chaos, j'ai compris que je t'en voulais encore assez pour repousser sans cesse le moment de t'appeler. Alors je ne l'ai pas fait.

— Quel chaos ?

— Tu te souviens du bélier que j'ai acheté pendant ton séjour à Sydney ?

— Oui.

Elle se souvenait aussi de cet agneau nommé Darcie.

— Le bélier se trouvait en Grande-Bretagne, où sévit en ce moment une maladie ovine, l'ecthyma contagieux. L'affaire a été anulée. J'ai tout repris à zéro et fini par trouver un bélier en Nouvelle-Zélande. Hier soir, j'ai conclu l'affaire avec ces sacrés Kiwis, comme on appelle les Néo-Zélandais ici. On me l'expédie demain.

Il semblait fatigué, mais toujours sur la brèche.

— Combien de moutons possèdes-tu ?

— Quelques-uns.

Plus que ça, elle l'aurait parié.

— De quelle taille est ta fer… ton élevage ?

— Assez grande.

Immense, traduisit Darcie, comme tout chez lui. Elle réprima un frisson de désir. Au contraire de Merrick, Dylan n'était pas enclin à se faire valoir.

— Pourquoi tant de modestie ?

— Nous autres Australiens n'aimons pas les grands coquelicots.

— Grands coquelicots ? Tu parles de fleurs ?

— Non, répondit-il en bâillant. On appelle ainsi ceux qui cherchent à se distinguer de la foule, persuadés qu'ils valent mieux que les autres. Concept très peu populaire par ici.

Dylan, lui, était attirant, adorable même. Et, de toute évidence, plus intelligent qu'elle ne l'avait pensé au début. Et il réussissait. Et toute cette testotérone, pensa-t-elle, gardée sous étroit contrôle… comme c'était excitant !

— Tu as été très occupé, murmura-t-elle.

La voix de Dylan se fit encore plus profonde.

— Pas assez pour cesser de penser à toi, Matilda.

Il semblait morose.

— Mon dernier coup de fil m'a soutenu une semaine ou deux…

— Six semaines ont passé.

La voix de Dylan se réchauffa.

— Tu as pensé à moi toi aussi ?

— De temps en temps.

Elle sourit à demi dans le combiné.

— Pensé à moi comment ?

— Nu, avoua-t-elle.

Inutile de mentir.

— Moi aussi, chérie. J'ai pensé à toi, nue.

Darcie s'étira sur le sofa et se pelotonna encore davantage sous la couette, un large sourire aux lèvres.

— Tu peux préciser ?

— Oh ! oui. Avec plaisir, dit-il, reprenant les mots de mamie.

Il entama une description torride, à demi murmurée, des gestes auxquels il aimerait se livrer sur elle, dans son lit ou dans le sien, peu importait.

— Dans le tien, murmura-t-elle. Je n'ai pas de lit ce soir.

Quand elle raccrocha, elle se sentait tout émoustillée. Son corps entier était enfiévré. A la pensée de Dylan Rafferty.

Il vivait à l'autre bout de la terre, mais ce soir, sans sa voix, elle aurait été totalement seule. Ce déménagement, que Dylan désapprouvait, l'avait coupée de la plupart de ses proches. Elle n'avait plus mamie pour coloc. Claire n'habitait plus deux étages plus bas. Avait-elle commis une erreur ? Elle ne savait plus.

Dylan lui chuchota « bonne nuit » à l'oreille et elle se blottit sous la couette.

— Tu sais, je crois que ça va marcher.

Elle ne s'interrogea pas pour savoir si elle parlait de son nouvel appartement ou de Dylan.

11

Annie Baxter observa avec un sourire le désordre de sa nouvelle chambre. En tant que benjamine de la famille, elle ne s'était jamais souciée de propreté – elle laissait ça à Darcie – ni, en fait, de ce que les autres pensaient d'elle.

Darcie, elle, s'en souciait bien trop.

— Je m'installe, l'informa Annie.

Annie se retenait de se pincer. Elle ne rêvait pas, n'est-ce pas ? En comparaison, sa chambre à Cincinnati n'existait même pas, et Annie avait des projets concernant celle-ci. Peut-être même qu'elle repeindrait les murs en noir.

Darcie se tenait sur le seuil, sourcils froncés.

— Tu t'installes depuis une semaine. Je ne remarque aucun progrès.

Annie ouvrit plusieurs tiroirs de sa nouvelle commode en pin aux poignées imitation rouille, très tendance, puis le placard et la valise vide posée sur le sol.

— Tu vois ?

— Deux jeans sur cintre. Trois chemises.

Darcie s'aventura dans la chambre pour inspecter les tiroirs de la commode.

— Tes sous-vêtements en boule. Où est passé le reste de tes affaires ?

— Je vais m'en occuper.

Darcie campa ses mains sur ses hanches (toujours mauvais

signe selon Annie) et souffla afin d'écarter une mèche de son visage.

— Nous allons devoir instaurer quelques règles.

— Les tiennes, j'imagine.

Parfois, Annie était tentée de détester sa grande sœur, mais elle détestait encore davantage gâcher son énergie. En général, elle admirait Darcie. Ce qui d'ailleurs avait toujours constitué un problème pour elle.

— Je n'aime pas les règles.

— Tant pis pour toi. Règle n° 1, dit Darcie, un doigt levé : ton bazar reste dans ta chambre – rangée ou pas, je m'en fiche. Mais le salon, la salle de bains et surtout ma chambre, je ne m'en fiche pas. 2 : tu laves ta vaisselle et les casseroles que tu utilises. Chaque fois. J'aime une cuisine propre, or hier soir tu as laissé de la sauce spaghettis brûlée dans la casserole.

Un troisième doigt vola rejoindre les deux premiers.

— Règle n° 3 : montre-toi prudente. Sincèrement, Annie. Nous ne sommes pas à Cincinnati. Tu ne peux pas engager la conversation avec le premier venu rencontré dans un magasin.

— Tu m'inquiètes, Darcie.

Annie hésita, ce que d'habitude elle ne se donnait pas la peine de faire. Depuis le jour où, âgée de trois ans, elle était devenue une légende familiale en s'échappant du square pour traverser une rue fréquentée afin de découvrir le monde, Annie considérait la vie comme un terrain de jeu.

— Tu pars au boulot – tous les matins à 8 h 05 précises –, tu rentres à 18 heures, prépares le dîner, regardes la télévision une heure – les infos, quelle détente ! – avant d'aller te coucher.

— A moins que je n'aie rendez-vous avec Merrick.

Darcie baissa les yeux. Annie lui jeta un regard perçant.

— Si tu n'es pas heureuse avec lui, trouve un autre mec, dit Annie en souriant. D'ailleurs je t'ai entendue au téléphone l'autre soir. Le bel Australien t'appelle encore ?

Darcie rougit.

— De temps à autre.

— Vous faites l'amour au téléphone, c'est ça ?

— Annie, ça ne te regarde pas.

— Vous *faites l'amour par téléphone.* C'est super, Darcie. A quoi ressemble-t-il ?

— Très créatif. Règle n° 4 : tu dois trouver un job.

Annie aurait dû s'en douter. Darcie n'était pas du style à oublier ce dernier point – pourvu qu'il s'agisse bien du dernier. Décidée à n'obéir à aucune de ces règles, Annie agirait à sa guise. Même sa mère n'osait plus se placer en travers de son chemin, enfin, plus souvent.

— Je dois d'abord trouver un boulot qui me plaise, dit-elle en tripotant l'une des quatre boucles d'oreilles de son oreille droite, pas un truc ennuyeux.

— As-tu appelé l'agence dont je t'ai parlé ?

— Celle qui t'a trouvé ton superjob chez Wunderthings ? ne put s'empêcher de rétorquer Annie en pouffant.

— Je gagne ma vie, Annie. C'est plus qu'on ne peut en dire de toi.

— Quelle histoire !

Excédée, Darcie tourna les talons en direction de sa propre chambre. Il était temps d'aller dormir. Peut-être attendait-elle un coup de fil de son Australien, espéra Annie. Elle tendrait l'oreille ce soir.

— Mamie m'avait prévenue, marmotta Darcie.

— Avoue : préfères-tu partager ce fabuleux appartement, situé en plein cœur de l'action, avec moi ? Ou rentrer tous les soirs dans le New Jersey pour regarder Julio faire le joli cœur auprès de notre grand-mère ?

— Je n'ai pas encore décidé.

Darcie avait répondu du tac au tac. Le moral d'Annie sombra, mais brièvement. Esprit libre, elle était habituée à provoquer la désapprobation, mais n'envisageait aucunement de modifier sa vision de l'existence.

— J'exige un rapport complet demain soir, déclara Darcie.

Annie crut la voir brandir un doigt en l'air, comme leur mère losqu'elle l'exhortait, elle aussi, à se comporter en personne responsable.

— Je compte sur au moins un entretien d'embauche, davantage de préférence.

— Qui es-tu ? La police de l'emploi obligatoire ?

Annie rejeta ses cheveux en arrière et plongea dans un autre des cartons emballés avec soin par sa mère. Elle lança une robe d'un bleu chatoyant en direction du placard ouvert, avant de la ramasser et de la plaquer contre elle, sur son T-shirt de la fac. Elle étudia son reflet dans le miroir. Hmm. La nouvelle nuance de ses cheveux ne lui plaisait plus.

Qu'est-ce que c'est que ça ? avait demandé Darcie. *Tu avais de si jolis cheveux châtains.*

Un henné nuance lever du soleil, avait répondu Annie, commençant à éprouver quelques doutes à propos de cette teinte vive. Un rapide passage chez Saks, demain matin, s'imposait peut-être. La fête qu'elle prévoyait d'organiser en l'honneur de sa nouvelle vie à New York – la vie qui lui correspondait vraiment – exigeait un look réellement hors du commun. En attendant…

— Relax, conseilla-t-elle à Darcie. Maman et papa paient la moitié du loyer.

Greta Hinckley croulait sous les factures. Elle avait besoin d'argent, se dit-elle ce lundi matin. Besoin du poste de Darcie Baxter. Mais elle ne l'obtiendrait pas de sitôt. Son collant pour cuisses fines n'avait pas convaincu Walt. En fait, il lui avait assené qu'elle était à côté de la plaque.

Greta ravalait sa honte et en voulait encore davantage à Darcie d'avoir eu raison. Si Greta avait écouté le conseil de Darcie, tentant de la dissuader de son projet… Evoquer le refus de Walt lui donnait la nausée. Si travailler à ses côtés devenait si pénible, elle devrait chercher un nouveau boulot. Ce qui ne serait pas facile, avec toutes ces jeunes diplômées aux longues jambes, tout juste sorties de la fac, qui envahissaient New York et s'adjugeaient tous les postes intéressants. Comme Darcie.

Greta fourra le sac en papier contenant son repas sans imagination dans le tiroir de son bureau.

Elle avait remarqué le repas de Darcie hier : thon blanc, tomate, pain complet, une pomme rouge. Un équilibre… parfait.

Si seulement elle était empoisonnée, comme la pomme de Blanche-Neige.

Et ce nouvel appartement dont Darcie ne cessait de parler…

Pour elle, pas d'interminables trajets quotidiens en métro jusqu'à Riverdale. Darcie n'habitait plus chez sa grand-mère – jusque-là, seule consolation à son sujet – mais avec sa sœur qui avait l'air bizarre. Greta ferait volontiers un échange. Sa jalousie croissante la désséchait, à l'image des plantes boudeuses de son appartement.

Quand les talons de Darcie claquèrent sur le sol dallé, Greta tourna le dos au couloir. Le poste de Darcie, son appartement, même son déjeuner soulignaient la nullité de sa propre existence. Et tous ces soupirants qui entouraient Darcie ! Merrick Lowell, ou encore le cow-boy australien que Darcie avait évoqué pas plus tard qu'hier.

Greta n'oubliait pas non plus le voyage de Darcie en Australie, en particulier son séjour à l'hôtel avec Walter. *Les pires soupçons se vérifient souvent.*

— Bonjour, Greta.

Darcie passa en coup de vent devant son box.

— Pas de problèmes de tiroirs aujourd'hui ? As-tu terminé le rapport demandé par Walt sur le centre commercial de Rochester ?

— Il l'aura en temps voulu.

Greta ne l'avait même pas commencé. Elle fouilla dans son tiroir à la recherche d'un chewing-gum qui améliorerait son moral.

— Je crois qu'il m'a complètement oubliée, tout comme le rapport.

— N'y compte pas. Walt paraît parfois indifférent, mais son esprit fonctionne avec une précision mécanique.

Greta leva les yeux. Plantée devant elle, bras croisés, Darcie semblait chercher le moyen d'aborder un autre sujet.

— Tu as besoin de quelque chose ?

La réponse de Darcie la surprit.

— Non. Je réfléchis. Nous sommes toutes deux parties du mauvais pied dès le début. Mais maintenant que nous sommes voisines, enfin, façon de parler, je…

Elle s'interrompit, comme si les mots suivants restaient coincés dans sa gorge.

— J'aimerais entendre tes conseils concernant le magasin de Sydney, ainsi que son inauguration.

— Tu *quoi* ?

— Tu as parfois de bonnes idées, Greta. Je ne parle pas de ce collant pour cuisses fines, mais parfois…

La voix de Darcie se fêla mais elle reprit :

— … Nous n'avons aucune raison de ne pas collaborer. Alors n'hésite pas à me faire part de tes suggestions. Je vais signaler à Walt que nous travaillons ensemble.

Greta fit de son mieux pour ne pas rester bouche bée. Que cherchait à obtenir Darcie Baxter ?

— Ce n'est pas tout, reprit celle-ci. J'ai décidé d'oser une suggestion personnelle qui pourrait se révéler utile.

Ça, ça m'étonnerait.

— Utile à qui ?

Darcie s'avança et se percha sur le coin du bureau de Greta.

— A toi, en échange de ton aide.

Puis elle sembla hésiter, s'emparant d'un coupe-papier en argent auquel Greta tenait beaucoup.

— C'est très beau. Où l'as-tu acheté ?

Acheté ? Certainement pas. Greta rougit et replongea dans son tiroir afin d'éviter le regard de Darcie. Elle ne tenait pas à expliquer l'origine réelle de cet objet scintillant, ni comment il avait atterri sur son bureau. *Ce ne sont pas tes oignons.*

— Il appartenait à… ma mère. Tu disais ?

— Oh.

Darcie reposa le coupe-papier en soupirant, comme pour réunir ses forces.

— Greta, peut-être est-il temps de… passer au stade supérieur, dirais-je.

Greta releva brutalement la tête du tiroir, sans avoir trouvé de chewing-gum, et replaça le coupe-papier parmi ses stylos.

— Stade supérieur ? Tu parles de quoi ?

De son job ? Elle était tout à fait d'accord.

— De ton apparence, dit Darcie d'une voix douce.

— S'il s'agit d'un coup tordu, Baxter…

Ce ne pouvait être que ça. Elle faisait mine de souhaiter sa collaboration afin de fouiner dans ses affaires et de mettre en place le piège réel. Mais Darcie s'était adressée à elle avec sérieux, prévenance même, et un vague embarras. Greta ne lui prêtait pas une intelligence démesurée, mais ses paroles l'interpellaient. Greta aurait voulu se prétendre insultée mais, comme tout le monde chez Wunderthings, elle savait que longues jambes et belle poitrine pouvaient suffire à assurer la réussite d'une femme. La révolution sexuelle n'y avait rien changé. Au contraire de Darcie Baxter, Greta ne possédait ni les unes ni l'autre. Darcie sous-entendait-elle qu'un relooking s'imposait ?

— Je… euh… vais pendre ma crémaillère. Tu es invitée. Ce serait le moment idéal. Rien de tel qu'un nouveau look pour remonter le moral d'une femme. Un nouveau style vestimentaire, une coupe de cheveux sympa…

— Mes cheveux posent problème ?

Darcie m'invite à sa fête ?

Semblant un peu mal à l'aise, Darcie ne répondit pas directement.

— Allons déjeuner. Je t'invite. Nous discuterons, peut-être

puis-je te donner quelques conseils – je ne suis pas une experte mais…

— Où est le piège ?

Darcie inspira profondément, comme pour se calmer.

— Greta, tu dois améliorer l'image que tu te fais de toi-même. Crois-moi, je sais de quoi je parle.

Greta ébaucha un sourire. Peut-être serait-ce intéressant. Ce déjeuner risquait de lui apporter quelques idées, peut-être aussi de lui révéler les points faibles de Darcie. Si elle visait un salaire plus élevé, un meilleur poste chez Wunderthings, une petite séance de shopping pouvait se révéler utile. Et si elle désirait l'attention de Walter… Il assisterait à la crémaillère, non ?

— Tu m'invites ? demanda-t-elle.

— Bien sûr, répondit Darcie.

Le samedi après-midi venu, Darcie se demandait si elle avait perdu la tête.

— Pourquoi ma vie n'est-elle que complications ?

Parcourant le magasin Macy's dans le sillage de Greta, Darcie grinçait des dents. A la fin de la journée, sa bouche ne compterait plus que des chicots.

Idéal, n'est-ce pas, pour séduire la flopée de jeunes célibataires qui, d'après Annie, allaient se ruer à leur pendaison de crémaillère ?

Oui, dans un moment de folie totale, Darcie avait invité Greta.

— Que penses-tu de ça ?

Greta s'était arrêtée devant une rangée de robes en jersey noires.

— Pas pour toi.

— Tu as dit la même chose de l'ensemble marron.

— Greta, il te faut des *couleurs.*

Déterminée à améliorer leurs relations, Darcie l'avait invitée à déjeuner au début de la semaine, avant de suggérer une séance de shopping aujourd'hui. Sur le moment, son raisonnement lui avait paru sensé. Greta avait besoin de vivre sa vie. La solliciter à propos de l'ouverture du magasin de Sydney l'empêcherait de voler celle de Darcie. Et chargée de nouvelles responsabilités, Greta se montrerait agréable au boulot. Les possibilités étaient infinies.

Avec l'aide de Darcie et ce « relooking », Greta serait bien capable de séduire un homme. Pas Walt, bien sûr. *C'est une vraie hyène,* avait-il dit. Mais, avec de la chance, Greta rencontrerait quelqu'un – peut-être même lors de la crémaillère. Darcie s'abandonna à sa rêverie. Greta tombait amoureuse, suivait son homme quelque part, quittait Wunderthings – peut-être même l'Etat de New York.

L'idée séduisait Darcie.

Mais cette orgie de shopping allait-elle fonctionner ? « On attrape plus de mouches avec du miel qu'avec du vinaigre », disait mamie. Mais Greta n'était pas une mouche. Elle semblait ne pas apprécier l'*aide* de Darcie et être peu portée à suivre ses conseils.

— Porter du rouge fait paraître mon teint… rose. Comme celui d'une alcoolique.

Darcie passa du jersey noir à une rangée de blouses imprimées jaunes et leurs jupes coordonnées.

— Voilà qui changerait. Essaie. Ce look est très printanier.

— Mon teint olivâtre m'interdit le jaune, rétorqua Greta, il me donne l'air malade.

Elle pivota, le regard perçant.

— Qu'est-ce qui se cache derrière tout ça ? Tu m'invites à déjeuner, puis à ta crémaillère, alors que nous n'avions jamais pris un café…

— D'accord.

Darcie rendit les armes.

— J'ai pensé que, si je t'aidais à changer de look, tu mènerais une existence plus sympa. Et cesserais de comploter afin de prendre ta revanche concernant le magasin de Sydney.

— Je mérite une revanche.

— De ton point de vue peut-être. Du mien, *non.*

Elles échangèrent des regards noirs, retrouvant un bref instant leur animosité habituelle.

— Rien ne nous empêche de travailler ensemble…

Darcie s'éloigna à grands pas avant de céder à l'impulsion de gifler Greta.

— … mais tu dois faire ton boulot toi-même !

Jamais Darcie ne s'était exprimée avec autant de dureté, mais elle ravala les mots suivants. Son regard venait de tomber sur de larges pantalons de soie assortis de tops sans manches et de vestes absolument éblouissantes aux motifs colorés.

— Greta, regarde. C'est ça. C'est *toi.*

Elle tâta l'étoffe soyeuse.

— Le noir t'aidera à te sentir… à l'aise, et les motifs brillants attireront l'œil du moindre mâle présent.

— Je n'irais pas si loin…

Greta la rejoignit à contrecœur et leurs mains s'effleurèrent sur la même veste brodée de perles. Vertes, argentées, transparentes. Darcie l'arracha du cintre pour la plaquer contre la robuste silhouette de Greta. Coupe amincissante. Parfait.

Darcie aimait la perfection.

— C'est… joli.

Les yeux pâles de Greta brillaient d'une convoitise typiquement féminine devant la tenue idéale.

— Joli ? Vert est la couleur qu'il te faut. Elle fait ressortir tes yeux et convient à tes cheveux. C'est une tenue sophistiquée, mais pas trop habillée. Tu ne passeras pas ta soirée à tirer sur une jupe trop serrée ou à remonter ton collant.

Greta fit la grimace.

— Infernal, n'est-ce pas ?

— C'est bien vrai.

Elles se turent un long moment, communiant dans la satisfaction d'une chasse au trésor réussie. Darcie observa le regard vibrant de Greta, souligné par ce vert si seyant. Merveilleux.

— Essaie-la. Vas-y.

Elle la poussa dans la cabine la plus proche.

Quand Greta ressortit, resplendissante dans le trois-pièces, elle gloussait.

Darcie recula d'un pas pour admirer son chef-d'œuvre.

Bien sûr, elle n'était pas folle.

Il existait des limites aux résultats qu'on pouvait obtenir avec Greta.

Pourtant…

— Tu vas te rendre chez mon coiffeur. Quelques mèches dorées, d'autres d'un brun plus clair… merveilleux. Viens.

Elle poussa Greta dans la cabine, puis l'entraîna à la caisse. Quand celle-ci eut réenfilé son ensemble marron, plus aucun doute ne fut permis. La tenue de soirée avait transformé Greta.

— Maintenant, le rayon parfumerie, lança Darcie. Un peu de maquillage et ton téléphone ne cessera plus de sonner.

Dans le regard de Greta brillait comme un espoir. Malgré les mots qu'elle prononça ensuite :

— Mon dernier rendez-vous date d'il y a dix ans. Avec le concierge de mon immeuble. Il ne m'a pas embrassée et n'a jamais rappelé. Il est mort maintenant.

Dylan Rafferty rappela ce soir-là.

Ce qui correspondait pour lui au milieu du jour suivant.

Comment pouvait-il parler d'une voix aussi sexy pendant sa pause-déjeuner – à moins qu'en Australie ce ne soit l'heure du thé ? Etendue en travers du lit, Darcie souriait dans le récepteur en détaillant sa journée avec Greta.

— Quand nous avons quitté le rayon parfumerie…

Munies de trois cents dollars de cosmétiques dans un sac minuscule, mais ravissant.

— … Greta rayonnait. Elle était *radieuse,* Dylan.

— Fais attention. J'ai cru comprendre qu'elle avait le nez collant.

— Le quoi ?

— C'est une fouineuse, elle fourre son nez là où elle ne devrait pas... Et *toi*, tu rayonnais ?

Oh, oh ! Sa voix avait baissé d'un ton, comme l'autre soir. Darcie comprit que la patience de Dylan concernant le shopping et Greta Hinckley s'était évaporée.

— Je rayonne en permanence.

— C'est bien mon avis.

— Flatteur.

Le corps de Darcie, lui aussi, réagit à la voix de Dylan : ses mamelons s'étaient durcis. Deux billes menaçaient de transpercer le coton usé de son T-shirt. Des billes grossissant au rythme de la voix rauque de Dylan.

— Tu te souviens de la nuit où nous sommes rentrés au Westin à pied... en nous arrêtant sans cesse le long du chemin ? De nos baisers sous le Coathanger – le pont du port – et à chaque coin de rue, chérie, quand nous sommes arrivés dans les *Rocks* ?

— Je me rappelle les bars où nous avons fait halte.

— Je suis rentré à l'hôtel ruiné, dit Dylan en riant.

Sa voix s'approfondit encore, comme si elle avait plongé du haut du pont.

— Tu t'es montrée gentille et nous...

Elle s'éclaircit la gorge, puis se laissa de nouveau emporter.

— Je me souviens, Dylan.

— ... lorsque nous nous sommes déshabillés avant de tomber sur le lit...

Darcie commença à haleter.

— Je m'en souviens parfaitement. Absolument.

Ses mamelons frottaient contre le tissu et elle roula sur le ventre.

— Je me souviens de ton goût. La douceur de tes lèvres, nos bouches l'une contre l'autre, lisses et...

L'amour par téléphone.

Elle ne résista pas au désir de jouer le jeu.

— Où te trouves-tu en ce moment ?

— Dans mon salon.

— Avec ta *mère* ?

Choquée, elle observa autour d'elle, s'assurant qu'Annie ne rôdait pas sur le pas de la porte de sa chambre.

— Elle est partie à Coowalla. Je suis seul, chérie.

Hum. Peut-être n'était-il pas aussi conventionnel qu'elle l'avait pensé.

— Pas d'agneaux à soigner ? Et ce fameux bélier ?

— Il est arrivé et il s'éclate comme jamais !

Sa voix était devenue rauque à l'extrême. Même ses moutons encourageaient leurs émois téléphoniques.

— L'appariement en vue de la reproduction a commencé ce matin. Où es-tu ? Dans ton lit j'espère.

— Dessus.

— J'aime quand tu es dessus.

Le sous-entendu lui mit le feu aux joues. Ses seins se tendirent, l'intérieur de ses cuisses se liquéfia. Elle se tortilla contre la couette.

— Comment es-tu habillée ? demanda-t-il.

— Un T-shirt. Un vieux jean. Rien d'excitant, crois-moi.

— Tu m'excites habillée n'importe comment… ou pas habillée du tout.

Elle l'entendit déglutir.

— Le soir dans mon lit, je reste étendu dans le noir, à me remémorer les moments avec toi, ce que tu portais, ou ne portais pas. Devine ce qui arrive ?

— Je, euh, tu dois…

Un bruit retentit dans le couloir. Elle s'interrompit. Si Annie espionnait leur conversation téléphonique, elle allait l'étrangler.

— Je deviens un véritable étalon. Darcie…

— Oooooh.

L'aveu érotique la fit gémir, en même temps que Dylan.

— Enlève ton T-shirt. J'enlève ma chemise.

Macho.

— Dans le salon ?

— *Enlève ton T-shirt.*

Elle obéit avec un sourire, se redressant pour ôter son vieux T-shirt jaune proclamant *Cincinnati, ville modèle.*

— Dis-moi : tu l'as enlevé ?

— Oui. Et toi ?

— Oh ! oui. Maintenant ôte ton jean. J'enlève le mien.

Darcie se rallongea et se trémoussa afin de glisser hors de son jean usé.

— Ton panty aussi…

Il voulait dire slip.

— De quelle couleur est-il ?

— Blanc. En coton.

Il émit un son rauque.

— Maintenant ton soutien-gorge. Blanc lui ausi ?

— Je ne… je n'ai pas mis de soutien-gorge.

— Dieu du ciel…

Il murmurait maintenant.

— … Caresse-toi.

Décontenancée, Darcie marqua un temps d'arrêt.

— Dylan, je crains que ma fouineuse de sœur ne nous écoute.

— Je m'en fiche.

Sa respiration, puissante et hachée, résonnait dans le récepteur.

— Je t'imagine. Je te vois, je te touche…

Elle gémit de nouveau et soudain les larmes lui brouillèrent la vue. Dylan, à l'autre bout du monde, gémissait lui aussi. Hors de portée. Seule sa voix était présente.

— Tu te souviens quand je t'ai dit que j'aimerais te voir enceinte ? Ton ventre enflé, tendu…

— Oui.

Elle devait reconnaître que ce fantasme fonctionnait en tant que piment érotique, surtout quand Dylan se trouvait à une distance supprimant tout danger.

Elle perçut son soupir troublé.

— Je caresserais ton corps entier… poserais ma joue sur toi… sentirais bouger le bébé…

S'il ne cessait pas, elle allait craquer.

— Arrête. Je t'en prie. Arrête.

Il avait dû entendre l'appel frénétique dans sa voix. Le regret.

Dylan était loin. Et comme le prouvait ce fantasme, professait des valeurs très différentes des siennes.

Mais il refusait de cesser.

— Tu serais belle. Encore plus belle.

— Je ne suis pas prête à avoir un bébé.

Il était entêté, elle le savait. Elle l'entendit reprendre sa respiration.

— Les douches froides ne marchaient pas. Mais tu viens de trouver une solution efficace. C'est la débandade.

— Dylan, je suis désolée. Mais je ne peux pas…

— Je dois raccrocher. A demain.

Qu'elle ait eu raison ou tort, elle n'avait aucune envie qu'il raccroche. *Non.*

— Une urgence soudaine, australuche ?

Le petit rire irrité de Dylan la transperça d'un nouveau frisson de désir.

— Bonne nuit, Matilda. Ne dors pas trop bien. Moi je ne dormirai pas.

12

Etendue dans sa chambre plongée dans le noir, Darcie fixait le plafond qu'elle avait décoré d'étoiles lumineuses. Ses constellations personnelles, dans son propre appartement. Comme l'amour au téléphone ou draguer Dylan dans un bar, il s'agissait d'une chose qu'elle n'avait jamais faite auparavant, et Annie se disait fière d'elle.

Mais Annie était en crise. La veille encore, elle était rentrée le nombril percé d'un nouveau trou, et la marque rouge dans sa narine gauche semblait toute récente.

Beurk.

Sans parler du tatouage à l'effigie d'une chouette – « un oiseau de nuit, comme moi », avait expliqué Annie – qui ornait maintenant son flanc droit.

— Attends que Hank et Janet voient ça, avait pensé Darcie. S'ils le voient jamais.

Les étoiles au plafond ne soutenaient pas la comparaison, mais hors de question qu'elle mutile son corps pour affirmer son indépendance. Elle détestait la vue du sang. Et plus encore la douleur.

Elle roula dans le lit en soupirant – et étouffa un cri. Derrière la fenêtre donnant sur l'échelle d'incendie, une ombre se dessinait. Une ombre immense, avec un torse imposant, de larges épaules et des cheveux en désordre. Elle la contempla avec horreur. Son cœur battait, pris de folie, et sa gorge s'était désséchée. Terrifiée à l'idée de tousser et d'avertir l'intrus de sa présence – ou du fait qu'elle était éveillée –, elle respira de façon saccadée, la bouche ouverte. *Mon Dieu, je vous en prie, faites qu'il s'en aille!*

Les avertissements de Dylan au sujet de deux femmes vivant seules trottaient dans son esprit soudain en éveil. Ainsi que des images de son possible cadavre. L'homme entendait-il les battements de son cœur?

Il cognait si fort dans sa poitrine qu'elle y porta une main, espérant que l'homme ne percevrait pas son geste.

La silhouette se pencha. Même penché, l'intrus paraissait grand, solide, musclé. Dangereux pour la santé.

Il força la fenêtre.

Darcie pressa une main contre sa bouche pour ne pas hurler.

S'il ignorait la présence d'Annie dans l'appartement, peut-être restait-il une chance. Sa sœur appellerait la police, qui arriverait en un clin d'œil. Elle croyait presque entendre leurs pas dans l'escalier…

— Zut, lâcha la silhouette.

En pénétrant dans la pièce, l'homme avait accroché sa veste à un clou ou à une écharde.

— Génial, marmonna-t-il.

Darcie n'osait plus respirer.

Si elle restait muette – chose déjà difficile pour elle d'ordinaire –, il se contenterait peut-être de cambrioler les lieux, avant de repartir sans remarquer sa présence.

Mais ce soir n'était pas son soir de chance.

D'abord Dylan Rafferty, d'une voix sexy où pointait un amusement irrité, l'avait renvoyée au royaume des fantasmes après leur conversation érotique avortée. Maintenant, un parfait étranger se tenait au centre de sa chambre, étudiant les lieux d'un œil apparemment exercé.

Son regard tomba sur la bosse sous les couvertures, sur Darcie.

Il avança d'un pas et elle cria pour de bon,

La main de l'homme couvrit la bouche de Darcie avant que

sa voix n'ait atteint sa puissance maximum. *Au secours!* Mais son fantasme concernant l'arrivée de renforts comportait un hic : Annie Kathryn Baxter jouissait d'un sommeil digne du sommeil éternel. Elle n'entendrait rien.

— *Mmpppfffff.*

Darcie luttait contre la main qui la bâillonnait.

Cette main sentait bon une luxueuse eau de toilette pour hommes.

— Du calme.

La pression se relâcha et Darcie se figea.

— Bon sang, je ne vous ferai pas de mal.

Minute. Le parfum attrayant, la veste de cuir de qualité, l'odeur de peau masculine soignée. Un cambrioleur/violeur grimpait-il aux fenêtres au milieu de la nuit habillé avec élégance? D'ailleurs quel cambrioleur possédait des vêtements élégants? Et choisirait-il un appartement habité par deux femmes qui ne possédaient quasiment rien?

Elles n'étaient pas dignes d'être cambriolées. Annie et elle ne devaient pas réunir plus de quarante dollars à deux.

Peu de temps auparavant, Darcie ne possédait même pas un lit.

— Je vais ôter ma main de votre bouche.

Elle avait détecté un léger accent du Sud.

— Ne criez plus, s'il vous plaît.

Un cambrioleur poli?

Dès qu'il l'eut relâchée, Darcie s'assit dans le lit, toute peur envolée.

— Qui êtes-vous?

— Chhhut, dit-il, un doigt sur la bouche. Tout va bien.

— Tout va bien? Merde alors.

Son vocabulaire laissait à désirer. Et l'épaule gauche du T-shirt qu'elle avait enfilé pour dormir glissait jusqu'à son biceps. Le regard de l'homme s'arrêta sur sa peau nue et s'y attarda.

— Je croyais que la peau nue luisant au clair de lune était une légende, dit-il.

Il secoua la tête.

— Etrange.

— Etrange ?

Darcie agita la main en direction de la fenêtre ouverte. Un souffle doux, mais glacial, filtrait à travers les minces rideaux incapables d'assurer sa sécurité. Demain elle ferait poser une grille derrière la vitre.

— Si dans deux secondes vous n'avez pas repassé cette fenêtre, en la refermant derrière vous, j'appelle la police.

— Bon sang ! Quelle journée !

Le courage de Darcie lui était revenu.

— Je suis chez *moi.* Si vous ne videz pas les lieux – à la minute –, votre casier s'agrémentera d'un nouveau méfait.

— Mon quoi ?

Il s'affala au bout de son lit, comme un vieux copain.

— Je me suis enfermé dehors, OK ?

Il la fusilla du regard dans le noir.

— D'abord, je laisse tomber mes clés dans une grille d'égout en rentrant chez moi, après le rendez-vous le plus nul de toute ma vie… Ensuite, je troue l'un de mes plus beaux pantalons au genou, j'accroche ma veste neuve à votre fenêtre… et, maintenant, je suis un repris de justice ?

Il passa une main dans ses épais cheveux clairs.

— Super.

— Chez vous ?

Elle avait relevé cette information en particulier parce qu'elle ne savait que penser des autres.

— Bonjour, voisine. J'habite au-dessus de chez vous.

— 2A. Pourquoi ne pas escalader votre propre fenêtre ?

— Parce que, expliqua-t-il avec patience, d'un ton doctoral, a) une voiture de police patrouillait devant l'immeuble, b) votre appartement est situé dans une zone sombre, au niveau le plus bas de l'échelle d'incendie et c) je prends mon pied à bousiller mes plus beaux vêtements, ceux que je comptais porter demain pour débuter dans mon nouvel emploi, et à faire mourir de peur les jeunes femmes au milieu de la nuit.

Prise de court, Darcie s'excusa.

— Je suis désolée.

— Non, ça c'est ma réplique.

Il se leva du lit, titubant un peu sur ses jambes.

— Désolé. Il faut que j'aille aux toilettes.

Il se dirigea sans hésiter vers la salle de bains. Son appartement devait être conçu sur le même modèle.

— Mais escalader ma fenêtre vous aide en quoi ?

Pas de réponse. Elle attendit qu'il réintègre la pièce. Annie dormait toujours, inconsciente de l'intrus qui avait pénétré chez elle en pleine nuit.

— Je pensais qu'une fois dans l'immeuble je parviendrais à trifouiller ma serrure et à gagner quelques heures de sommeil, avant de ficher ma vie en l'air demain – je n'ose même pas prononcer le mot carrière.

Il rongea une petite peau de son pouce.

— Carrière dans quoi ? interrogea-t-elle avec curiosité.

— Dans la pub. Ça ne se voit pas, hein ? Le secteur entier est plongé dans le marasme, mais comme si ça ne suffisait pas, la fille avec qui j'avais rendez-vous ce soir a filé avec un autre pendant que j'étais aux toilettes.

— Vous avez des problèmes de vessie ?

— Seulement lorsque je m'anesthésie avec six bières.

Elle alluma la lampe de chevet… et manqua de se remettre à hurler. L'homme qui, comme elle, clignait des yeux face à la lumière soudaine, devait être, après Dylan Rafferty et Merrick Lowell, l'un des plus beaux mecs qu'elle ait rencontrés. New York, comme Sydney, en regorgeait. Comment détester ces villes ?

Pas parfait, pensa-t-elle en le détaillant de plus près. Une légère bosse déformait son nez par ailleurs droit. Ancienne fracture, probablement. Son œil gauche paraissait un peu plus grand que l'autre… Pas si rare non plus. L'œil droit d'Annie semblait toujours un peu étonné. Et Greta Hinckley donnait l'impression à Darcie d'être une créature dont on avait mélangé les gènes lors de la conception. Ce mec portait bien ses légères imperfections, comme sa veste de cuir éraflée.

Beaucoup mieux que le type en blouson de cuir noir Harley Davidson qu'Annie avait ramené quelques jours plus tôt. Sur lui, le cuir n'avait rien de chic et branché.

Son visiteur la dévisagea à son tour. Malgré ses cheveux clairs, il ne ressemblait pas à un mannequin de *Vogue Homme*, comme Merrick, ni à la couverture de *Male International*, comme Dylan. Il se situait quelque part entre les deux. Une lueur d'intérêt brilla dans son regard gris avant de s'éteindre. Il ne semblait pas d'humeur pour une aventure. Et Darcie, dont le cœur battait encore à tout rompre, non plus.

— Vous voulez vous asseoir ?

Il jeta un œil autour de la pièce.

— Vous possédez autant de meubles que moi. Non merci, je ferais mieux de partir.

Elle eut une meilleure idée. Traversant le couloir sur la pointe des pieds, consciente du regard de l'intrus sur ses jambes nues, elle pénétra dans la chambre d'Annie et tira un sac à dos de sa commode. Annie ronflait, inconsciente des événements. Darcie revint dans sa chambre retrouver leur « voisin ».

— Ça va ?

— Oui. Et vous ? dit-il. Je ne voulais pas vous effrayer.

— Nan. Des hommes étranges escaladent ma fenêtre chaque nuit.

— Vous aimeriez bien, dit-il en souriant.

Darcie lui tendit le trousseau de clés d'Annie.

— Ma sœur possède toutes les clés possibles et imaginables. Elle les cisèle sur ces drôles de machines dans les magasins d'outillage et les collectionne. A la fac, elles lui servaient à rentrer dans les dortoirs après la fermeture… et à surveiller ses petits amis.

— Bizarre.

Exactement sa pensée.

— Vous devriez rencontrer Greta.

— C'est le nom de votre sœur ?

— Non, celui d'une collègue. Mais nous ne nous connaissons pas assez pour que je vous parle d'elle.

Il prit les clés.

— Merci. La nuit devrait me suffire à identifier la bonne. Vous vivez à New York depuis longtemps ? Vous faites facilement confiance.

— Depuis quelques années.

— Ce n'est pas suffisant.

— Je suis originaire de l'Ohio. Difficile d'aller contre ça.

Il tendit la main. Une belle main aux longs doigts.

— Je suis originaire de Georgie. Cutter Longridge.

— C'est le nom d'où vous venez ?

— Non, c'est mon nom, dit-il, souriant de nouveau. Nous autres dans le Sud avons de vrais noms de famille. Et vous ?

Son accent traînant et ses yeux gris l'hypnotisaient. Hors de question de réveiller Annie pour qu'elle en profite aussi.

— Darcie Baxter. Je suis dans… la lingerie.

Le regard de Cutter fixa son T-shirt et sa culotte.

— Wunderthings International, précisa-t-elle.

— Sans blague ?

Son sourire s'élargit.

— Si on organisait un défilé de mode privé un soir ?

— Vous pouvez rêver.

— Cette nuit, mes rêves risquent d'être courts – si je finis par me coucher – mais je vous assure qu'ils seront superbes.

Il sortit de sa chambre, après avoir fermé la fenêtre.

— Bonne nuit, Cutter.

— Je déposerai les clés demain matin.

Il lui adressa un salut du bout des doigts.

— Ravi de vous avoir rencontrée, Darcie.

— A plus.

Cutter parti, Darcie resta allongée dans son lit à contempler les étoiles de son plafond.

— Ouah ! dit-elle tout haut dans la chambre sombre. A New York, on n'est même pas obligée de sortir de chez soi pour rencontrer des hommes extraordinaires.

Claire fit irruption dans la cuisine, en collant (noir, bien sûr, pour ce soir), soutien-gorge assorti (Sexy Douceur, de chez Wunderthings, taille 90 B, vingt-quatre dollars quatre-vingt-quinze, acheté en ligne parce qu'elle manquait de temps pour faire du shopping) et jupe moulante noire dont elle n'avait pas remonté la fermeture mais que ses hanches étaient encore assez larges pour empêcher de tomber. Elle jeta un œil sur la dernière tournée de raviolis chinois avant de repartir en courant vers la nurserie.

Samantha hurlait.

— Que se passe-t-il, mon poussin ?

Elle glissa un doigt maladroit entre le ventre potelé de Sam et sa couche.

— Peter ! appela-t-elle sans se retourner.

— Je suis là.

Il jeta un coup d'œil dans le lit. Sam était passée du berceau au modèle supérieur. Elle se tortilla sous la main de Claire.

— Encore mouillée ?

— Trempée. Tu peux t'en occuper, s'il te plaît ? Sinon je ne parviendrai jamais à m'habiller.

Peter haussa les sourcils.

— Où est le problème ? Nous resterions à la maison…

— Pour gâcher la fête de Darcie ?

— Et voir de quoi nous sommes capables, seuls, livrés à nous-mêmes.

— Avec la baby-sitter dans la pièce voisine ?

Elle pivota pour éviter l'étreinte de Peter.

— D'ailleurs est-elle arrivée ?

— Ça ne saurait tarder, assura-t-il.

— J'espère qu'elle n'est pas accompagnée de son petit copain. Il ne m'inspire aucune confiance.

— Tu crains pour Danielle ou pour l'argenterie ?

— Les deux.

Claire regagna la chambre au pas de charge, laissant le problème de couche mouillée à Peter. Devenu expert en la matière, il ne gérait pourtant que les couches mouillées. Quant à elle, elle avait tout tenté, mais l'art d'ôter une couche, de talquer le bébé et de lui en remettre une lui échappait. Aucun progrès. Et elle occupait le poste de vice-présidente chez Heritage Insurance ? Les compétences exigées n'étaient pas les mêmes, se rassura-t-elle.

Peter appela de la nurserie, couvrant les pleurs de Sam.

— Es-tu consciente que nous avons fait l'amour pour la dernière fois l'année dernière ?

— N'exagère pas.

Il la rejoignit dans la chambre, Sam dans les bras, sèche, adorable et toute mignonne dans sa grenouillère propre imprimée de lapins lavande.

Claire cherchait frénétiquement le haut de sa tenue.

— Pourrait-on en discuter à un autre moment ? En privé ?

Elle regarda Sam qui lui répondit d'un grand sourire édenté et tendit les bras vers elle.

— Je ne peux pas te porter, chérie. Papa va jouer avec toi. Maman a perdu ses vêtements.

— Enfin mon vœu est exaucé. Approche-toi et mets fin à mon épreuve.

Le pouls de Claire accéléra soudainement.

Peter fit sautiller le bébé qui se mit à glousser.

— Sam veut que papa et maman… se fassent des câlins. Hier encore elle m'a demandé un petit frère ou une petite sœur pour Noël.

— Ça ne se fera pas. Nous sommes déjà en avril.

— Il ou elle pourrait être prématuré.

Il semblait sérieux. Le cœur de Claire se serra. Il se montrait pressant, comme le jour du déménagement de Darcie.

— Peter, je gère à peine Samantha. Des années vont s'écouler avant que je ne sois à l'aise dans mon rôle de mère. Je me déçois moi-même…

— Claire Spencer. Perfectionniste.

— Oui. Je ne peux pas m'en empêcher. D'habitude, ce que je fais, je le fais bien – quoi que ce soit.

— Sam t'adore. Moi aussi. Que désires-tu de plus ?

— Me montrer à la hauteur.

Il fronça les sourcils. En pantalon sombre et chemise sans col, ses cheveux cendrés brossés, il était si séduisant que Claire, presque tentée, eut soudain le souffle court. Rester à la maison, faire l'amour… elle se souvenait à peine de la sensation. Encore faudrait-il que son corps fonctionne après le passage de Samantha.

— Tu es à la hauteur, Claire. Pourquoi parles-tu ainsi ?

Il s'interrompit et contempla sa fille.

— Travailler trois jours par semaine n'a pas amélioré la situation ?

— Peter, je suis la risée du bureau. Téléphone en main, je soulève Sam d'un genou pour l'allaiter, et signe des lettres de l'autre main. Au bout du fil un type répète : « Quoi ? Je ne vous entends pas » parce que Sam pleure. Je me rappelle alors que je parle au P.-D.G. d'Heritage et que ma carrière s'effondre sous mes yeux.

Elle plongea dans un tiroir à la recherche de son haut. Il ne s'y trouvait pas. La moitié du temps, elle ne se souvenait plus de ce qu'elle était censée faire – ou avait fait durant les deux dernières minutes. Peter fit mine d'être d'accord.

— Tu as raison. Allons à la fête. Tu as besoin de sortir.

— Et de voir un psy, c'est ça ?

Peter s'approcha et posa un vêtement sur la commode.

— Ton chemisier. Il était posé sur le lit. *Au milieu* du lit. C'est drôle comme le rouge se remarque sur le blanc.

Elle se redressa avec un geste d'impuissance, toute velléité de bonne humeur anéantie.

— Bonne idée. Consulte, Claire. Tu ne t'en souviens peut-être pas, mais moi si. Nous avons fait l'amour pour la dernière fois le 24 décembre. Le problème ne concerne pas ton rôle de mère.

— *Où est passée Claire ?* Elle avait promis d'être à l'heure.

On sonna à la porte et Darcie bondit hors de sa chambre – scène de plus d'une visite nocturne de Cutter Longridge – pour ouvrir. Mais ne trouva ni Cutter ni Claire sur le seuil.

— Merrick.

— Je suis en avance ? dit-il, observant sans sourire le salon vide par-dessus l'épaule de Darcie. Tu avais dit 20 heures.

Merrick tenait à l'exactitude.

— L'exactitude n'est pas tendance, lui assura Darcie. As-tu apporté le scotch ?

Il exhiba une bouteille, sans mot dire.

— Pose-la dans la cuisine, tu veux ? J'y ai installé le bar. Sers toi un verre.

Apparemment, il en avait besoin.

— Et sors les bouchées du four, tu veux ? C'était le job d'Annie mais elle a disparu. Ils doivent être prêts.

Une minute plus tard, Merrick l'appelait d'une voix renfrognée.

— Ils sont brûlés.

Elle lissa la robe couleur bronze qu'elle avait choisie pour cette soirée et jura à voix basse. Merrick semblait mine d'être d'humeur difficile ce soir – comme tous les soirs depuis qu'elle avait déménagé. Et autant pour son séduisant cavalier, son élégante soirée – si élégante soirée était le terme qui convenait – et son appartement empli d'invités distingués. Annie surgit comme par enchantement de sa chambre, son mec, Harley, sur ses talons. Darcie râla intérieurement. Il n'avait pas ôté son blouson de cuir noir et un éclair d'argent scintillait à son oreille. Ses cheveux noirs lissés en arrière et ses yeux presque noirs la faisaient frissonner, mais Annie s'accrochait à lui telle une femme craignant pour sa vie à l'arrière d'une moto.

Tous deux titubaient un peu, des sourires niais plaqués sur leurs visages. Darcie s'alarma. Annie et Harley auraient-ils fumé de l'herbe ? A moins qu'ils ne se soient envoyés en l'air dans la chambre ?

— Tu as laissé brûler les bouchées. Envoie Harley à l'épicerie en acheter un nouveau paquet. Vite. Les invités ne vont pas tarder.

Du moins l'espérait-elle.

Et si personne ne venait ?

Elle les comprendrait. Un nuage de fumée flottait dans la pièce, brouillant la vue. Les bouchées étaient carbonisées, Claire manquait toujours à l'appel, et avec elle les raviolis chinois qui avaient autrefois fait sa célébrité. Et, pour une raison X, Merrick affichait l'amabilité d'un gardien de prison.

— Il ne s'appelle pas Harley, dit Annie en lissant son ultra-minijupe de cuir, mais Malcom.

— Alors envoie Malcom à l'épicerie.

Comme Annie s'apprêtait à lui emboîter le pas, Darcie ajouta :

— Toi tu restes ici. Ajoute un peu d'ail dans le guacamole.

— Darcie, il en contient déjà tant que nous n'allons pas nous supporter les uns les autres.

— Cela se révélera peut-être vrai de toute façon.

Elle disposa les réglisses rouges, sa friandise préférée, dans une soucoupe. *Zut, Claire.* Et puis pourquoi Merrick errait-il comme un animal échappé d'un zoo ? Elle commençait à souhaiter que quelqu'un fasse irruption par la fenêtre de sa chambre. Elle avait d'ailleurs renoncé à la grillager.

Mamie elle aussi aurait dû être arrivée.

— Je devrais me faire de nouveaux amis, dit-elle.

La majorité de ses invités étaient arrivés, elle en était persuadée.

— Faites connaissance, s'obstinait-elle à répéter.

Mais personne ne s'y risquait.

Dès son retour de l'épicerie, Harley – Malcom – s'écroula comme une poupée de chiffon dans un coin du salon, Annie sur les genoux. La majeure partie de l'assemblée les imita et s'assit par terre. Darcie désespérait. Janet avait tenté de lui enseigner l'art de recevoir : une soirée réussie était une soirée dont les invités restaient debout.

Au moins la nourriture abondait et la boisson coulait à flots. Merrick avait avalé quatre scotches, puis Darcie avait cessé de compter.

— Le copain d'Annie te choque ? lui demanda-t-elle, suivant son regard sur le couple dans son coin.

— Il me porte à m'interroger sur votre éducation dans l'Ohio – sinon, non. Je m'en moque. C'est une gamine. Renvoie-la chez papa-maman.

Il observa autour de lui. La voix de Britney Spears emplissait la pièce au maximum du volume de la stéréo.

— Qui sont ces gens ?

— Tu connais Eden. Et voici Julio.

Ce soir, Darcie ne s'étonnait plus de rien, mais mamie et son dernier amoureux en date se querellaient à voix basse.

— Excuse-moi, dit-elle à Merrick.

Elle traversa la pièce pour les rejoindre.

— Quel est le problème ?

— Julio a jeté un œil sur tes invités, puis sur moi, et a décrété qu'il était trop jeune.

Darcie fixa Julio.

— Je vous conseille de ne pas faire de mal à ma grand-mère.

— Merci de ton aide, dit Eden.

— Je suis toujours aussi attaché à toi, l'assura Julio, mais je ne veux pas passer pour un…

Il cherchait ses mots.

— Comment dit-on ? Rigolo.

— Gigolo ?

Mamie avait rougi.
— Sincèrement, Julio, si je t'ai jamais traité comme…
— Non, *mi corazón*. Mais je suis tellement plus jeune…
— Une des qualités que j'adore chez toi.
— Voilà qui est mieux, dit Darcie.
Elle planta un baiser sur la joue d'Eden et les laissa règler leur problème. Julio n'avait pas tort. Elle n'imaginait pas un avenir à leur liaison. Tôt ou tard, Julio quitterait mamie, même s'il ne voulait pas lui faire de mal. Ils étaient aussi différents l'un de l'autre qu'elle et Dylan. Troublée, Darcie glissa son bras sous celui de Merrick.
— Et voici Claire avec Peter ! Enfin… non, attends…
Elle éprouvait de nouveau la sensation de sombrer.
— … Ils ne se parlent pas. Tu vois comme Claire s'accroche à son verre ? Or elle allaite, et il ne contient qu'un soda décaféiné. Peter lui tourne le dos et s'adresse à Walt Corwin. Tu as déjà rencontré Walt…
Merrick regarda ailleurs, l'air désorienté.
— Viens, reprit-elle avec un soupir exaspéré. Je vais te présenter à Greta,
La tenue étincelante de Greta illuminait la pièce, Abandonnant Merrick en train de parler marché boursier dans les griffes de Greta, elle retraversa la pièce. Comme en réponse à ses prières, Cutter Longridge, tout juste descendu de l'échelle d'incendie, se tenait sur le seuil de sa chambre. Elle lui adressa un sourire lumineux.
— Cutter. Je suis tellement heureuse que tu aies pu venir.
— Inutile de sonner à la porte, dit-il en souriant.
Merrick les observait. Tentait-il d'évaluer Cutter ? Un rire retentit à l'autre bout de la pièce – Claire donnant dans le caustique ? Annie se moquant de Harley ? – et un nouveau CD emplit l'atmosphère. Alicia Keys.
— Tu es stupéfiante dans cette robe, dit Cutter.
Son regard descendit, puis remonta, avant de se fixer sur sa gorge exposée.

— Ce ton cuivré va à merveille avec tes yeux.

— Vraiment ?

Jamais encore il n'avait flirté ainsi avec elle.

— Mieux que le cuir noir sur Annie.

— C'est le blouson de Harley. Elle est dans sa phase motard. Ça lui passera. Enfin j'espère. Elle avait une robe superbe pour ce soir. Qu'est-elle devenue d'après toi ?

Cutter l'embrassa sur la joue, puis sur la bouche, et Darcie sentit son cœur s'arrêter. La soirée prenait des couleurs. Mais Cutter s'écarta d'elle avant même que la sensation du baiser ne l'ait envahie. A l'autre bout de la pièce, Merrick fronça les sourcils. Cutter s'éloigna pour chercher un verre et Merrick ne le lâcha pas du regard. Un bruit de verre brisé couvrit la musique et les rires. Alicia Keys entonnait « Pourquoi tu ne m'appelles pas ? » quand la sonnerie du téléphone retentit. Darcie se félicita de la diversion.

Dans le récepteur, la voix de Dylan surmonta le vacarme.

— La bataille fait rage chez toi. Je veux dire : « Tu fais la fête. »

— J'essaie de pendre ma crémaillère.

Elle regrettait qu'il ne soit pas là, une bière à la main, décontracté, serein… Lui à qui elle se confiait si facilement, malgré leurs différences.

— J'aurais été ravi de venir, mais impossible d'arriver avant la fin de la fête, n'est-ce pas ? Même si, le décalage horaire aidant, j'arriverais à l'heure à laquelle je serais parti.

Sa conversation avec Dylan terminée, Darcie aperçut la porte d'entrée qui se refermait, aussi silencieuse qu'une réprimande de sa mère. Cutter lui tendit un verre.

— Un type en costume Armani vient de s'éclipser, dit-il.

Merrick. Une vague de culpabilité submergea Darcie.

— Il avait l'air en colère ?

— Non. Troublé plutôt, dit Cutter en haussant les épaules.

Pourquoi Merrick était-il parti ?

Eden se matérialisa à leurs côtés, un verre dans une main, Julio à portée de l'autre.

— Quelqu'un *lui* a-t-il fait du mal, chérie ?

— Moi. Je suppose.

Mais elle ne savait pas comment.

— Ah, dit sa grand-mère, sans une nuance de reproche.

Mamie se tourna vers Cutter, attirant Julio vers elle.

— Nous ne nous sommes jamais rencontrés. Je suis Eden. Voici mon *inamorato*.

Julio et elle avaient dû résoudre leur problème, du moins pour le moment.

— Cutter Longridge, madame. Tout le plaisir est pour moi.

— Oh ! mon Dieu, cet accent du Sud…

Son regard luisait d'approbation.

— … Et lui au moins, tu l'as sous la main.

Mamie faisait allusion à Dylan.

— … Il faut que tu invites M. Longridge à dîner.

— Mam…

— Oublions Merrick. Ton goût s'améliore…

Là-dessus elle disparut avec Julio qui la dévorait d'un regard adorateur.

Bon, au moins, mamie lui adressait la parole.

Ça, c'était une amélioration. Quant à Merrick, pour l'instant, Darcie se fichait qu'il lui adresse la parole ou non.

Pour se distraire, elle aida Cutter à dérider Walt Corwin. Le temps qu'ils s'éloignent, elle remarqua, avec stupéfaction et un chouïa de regret, que Greta et Walt, tout près l'un de l'autre, se fixaient intensément. Puis un jeu de dés s'engagea sur la moquette du salon et les cris des joueurs détournèrent l'attention de Darcie. Un voisin tapait au mur quand Claire passa son bras sous le sien.

— Sa séparation n'a pas amélioré Merrick. Il est parti tôt. Enfin… Tant mieux.

Darcie comprit tout de suite.

— Tout va bien entre Peter et toi ?
— Quel Peter ?
— Claire !
— Ne pose pas de question. Amusons-nous,
Elles errèrent dans le salon bondé. Eden et Julio dansaient joue contre joue sur une samba de Ricky Martin. Quelqu'un éteignit les lumières. Annie gisait dans un coin, ventousée à Harley. Non. Malcom.
— Pourquoi ta sœur se met-elle seins nus ? demanda Claire.
— Mon Dieu. Elle ne va pas faire ça !
— J'ai l'impression que si.
Quand Annie commença à danser seins nus, le sentiment de catastrophe imminente qui avait taraudé Darcie toute la soirée s'accentua. La déception – envers Merrick, sa sœur, leur pendaison de crémaillère – la submergea.
Une minute avant que la police ne sonne à la porte.

13

— De justesse, marmonna Darcie.

Lundi matin, elle s'était glissée furtivement dans son bureau, certaine que le téléphone arabe avait diffusé le récit de sa crémaillère et de la quasi-arrestation d'Annie. Tous ses collègues, qui n'avaient pas été invités ou avaient choisi de ne pas venir, se régalaient d'anecdotes concernant l'escouade de policiers baraqués – le top de la police de New York, uniforme bleu marine et mine renfrognée – répondant à une plainte pour tapage nocturne.

Annie avait couvert sa poitrine juste à temps.

— Tu imagines ? murmura Darcie. Janet et Hank débarquant à New York pour faire nos valises, à Annie et moi, et nous mettre dans un avion pour Cincinnati ?

« Mener une existence tranquille », diraient-ils. Avant d'ajouter Darcie à la liste des mauvaises influences, juste après Eden.

Enième épisode des aventures de Darcie Baxter dans la ville maudite.

Darcie se figea. Elle avait failli ne pas reconnaître la personne assise à sa place.

Jupe droite noire très serrée. Chemisier de soie rouge. Comme Claire lors de la crémaillère.

— Je croyais que le rouge te faisait un teint d'alcoolique.

Greta Hinckley leva les yeux du mot qu'elle rédigeait.

— C'est la couleur préférée de Walter.

Elle s'interrompit.

— Un chemisier peut être porté une demi-douzaine de fois si on le défroisse chaque soir et qu'on laisse sécher la transpiration.

L'astuce du jour, révélée par Greta Hinckley.

— Oui, murmura Darcie, tentant de lire à l'envers. Question idiote : que fais-tu dans mon fauteuil ?

— Je t'écris un mot. Pour te remercier.

— J'en doute. Tu rédiges ma lettre de démission ?

Greta parut blessée.

Darcie la fixa silencieusement un moment, un peu honteuse. Les gens changent, se dit-elle. Pourquoi pas ?

— Excuse-moi. Tu es éblouissante. A ma crémaillère tu resplendissais, mais ce matin…

Son regard se fit plus percant.

— … Superbe couleur de cheveux.

La nuance châtaine, profonde et brillante, choisie chez le coiffeur de Darcie, s'était enrichie de mèches blondes, or et fauves, et scintillait à chaque pas de Greta.

Mais il ne s'agissait pas uniquement des cheveux.

— Je crois que Walter l'a remarquée.

Evidemment. Darcie n'avait pas prévu ça. Même Walt était un homme.

— J'ai vu la façon dont il t'a regardée toute la soirée.

Greta baissa les yeux sur le mot qu'elle griffonnait.

— Il m'a raccompagnée.

— Jusque dans le Bronx ?

— En taxi.

— Pas en métro ?

— Non.

Greta baissa la tête, et la voix.

— Puis il m'a demandé un rendez-vous.

— Tu plaisantes.

Ce n'était pas du tout le résultat qu'elle avait escompté.

— Nous avons dîné ensemble hier soir.

Greta agita le message destiné à Darcie.

Celle-ci le lui arracha pour le lire à toute vitesse, survolant les mots. *Tu as droit à ma gratitude éternelle. Sans toi, rien ne se serait jamais produit. Demande-moi ce que tu veux. Merci, Darcie. Merci.*

Les yeux de Darcie se mouillèrent.

— Greta, dit-elle, gorge serrée, tu es l'unique responsable. Garde-robe, cheveux, maquillage…

Remercions le ciel.

— … tu as créé une toute nouvelle Greta Hinckley.

Du moins Darcie le crut-elle jusqu'à ce que, plus tard dans l'après-midi, elle ne pénètre dans le bureau de Walt Corwin et ne découvre son sourire niais – et ne remarque qu'il lisait un mémo de Greta. Un regain de suspiscion l'envahit.

— De quoi s'agit-il ?

— Hein ? dit-il sans lever les yeux. Oh, juste un truc concernant Sydney.

— Rédigé par Greta Hinckley ?

— C'est brillant.

Il jeta un coup d'œil sur les documents, une fierté nouvelle dans la voix.

— Elle propose une animation, le jour de l'inauguration – petits-fours, boissons sans alcool, tirage au sort d'un week-end romantique au Novotel ou au Westin…

Darcie perdit pied. Après « Westin », elle n'avait plus rien entendu.

— Je peux voir ?

Les idées proposées n'étaient pas mauvaises.

Son moral sombra sous l'ampleur de la trahison. Greta avait endormi sa méfiance avec ses remerciements, puis – *Pan, dans le mille* – avait couru proposer « ses » idées à Walt. Qui les étudiait avec attention. Il s'agissait en fait des idées de Darcie, mais comment le lui dire sans paraître mesquine ? Elle avait tracé les grandes lignes du projet lors du déjeuner avec Greta. Plus naïve, c'est possible ?

— Tu as dîné avec Greta hier soir ?

— Elle te l'a dit ?

Il se frotta la nuque.

— J'ai toujours considéré Greta Hinckley comme… étrange, dit-il, le visage adouci. Mais nous avons plus en commun que je ne le pensais…

Il s'interrompit, comme s'il craignait de passer lui-même pour bizarre, ou bien de livrer son secret : *Walter Corwin a une vie privée.*

— Enfin, il s'agissait d'un simple dîner. En ce qui concerne Sydney…

Elle le regarda avec de grands yeux innocents.

— J'ai suggéré à Greta que nous travaillions ensemble sur le lancement du magasin de Sydney et je lui ai demandé son avis. Je suis heureuse qu'elle te l'ai déjà donné.

La tactique consistant à attraper les mouches avec du miel n'avait pas fonctionné comme elle l'avait espéré. Mais mamie n'avait pas totalement tort non plus. Son nouveau style vestimentaire avait conféré à Greta une image différente. Et s'il l'avait aussi gratifiée d'un début de conscience ? Darcie aurait-elle cette chance ?

— Je pense charger Hinckley de l'inauguration, dit Walt.

— Bien sûr. Super.

Il lui glissa un regard méfiant avant de passer une main dans sa maigre chevelure châtaine. Les cheveux de Walt eux aussi semblaient plus beaux ce matin. Combien de temps faudrait-il aux commères du bureau pour oublier sa crémaillère au profit d'un potin bien plus intéressant ?

— Elle m'a étonné, dit-il. Et toi, qu'as-tu à me proposer ?

— J'effectue des recherches.

— A quel sujet ?

Darcie retint des paroles d'humeur. A chaque mot de Walt,

elle sentait la situation lui échapper un peu plus. Et son mentor s'éloigner.

— C'est un secret. Je t'expliquerai. Demain.

— Tu m'expliqueras avant de partir ce soir. Greta, je veux dire Hinckley t'a-t-elle mise au courant ? Les commandes de meubles pour le magasin ont pris du retard. L'usine de Sydney nous a avertis que les éléments des rayons ne seront pas prêts pour l'inauguration.

— Si, ils le seront. Je vais m'en occuper. Personnellement.

Elle préférait qu'il n'offre pas cette opportunité à Greta.

Aurait-elle créé un monstre ? La revanche de Greta pourrait bien passer par Walter Corwin. Mais dès qu'il s'agissait de Greta, elle avait appris à réagir vite.

— Je te présente mes idées dans l'heure, quelques détails mis à part.

— Débrouille-toi. Parce que s'il s'agit encore d'une de tes idées qui ne tiennent pas debout...

— Tu vas adorer, je te le jure.

Paniquée, Darcie s'escrima sur son ordinateur. Elle lut d'abord ses mails – et découvrit un fichier envoyé par Dylan. La photo d'un mouton envahit son écran. Darcie II. Charmée de l'attention, elle prit un instant pour découvrir son homonyme, son air doux, son épaisse toison blanche et ses yeux bruns et pensifs... Puis elle reprit ses esprits.

— Je peux réussir.

Ce mouton portant son nom semblait un bon présage. De nouveau inspirée, elle fixa le globe tournoyant de l'icône internet avant de taper sur le clavier les mots clés.

Art aborigène.

Après un rapide coup d'œil alentour pour vérifier que Greta n'était pas en vue, Darcie survola le contenu du site apparu sur son écran.

Des dessins originaux, pleins d'imagination, avaient surgi.

Leurs coloris, riches et sombres, leurs contrastes prononcés, leurs motifs géométriques enflammèrent son imagination.

L'idée était tapie dans son esprit depuis que, à Sydney, Dylan l'avait emmenée dans la petite boutique de Crown Street.

L'Australie était dotée d'une forte et authentique tradition culturelle.

Elle passa en revue les motifs, mais aucun ne la satisfaisait. Elle désirait quelque chose de plus authentique. Elle voulait… des dessins exclusifs. Peints à la main, uniques, créés pour Wunderthings. Si elle remontait à la source et convainquait cette source de signer avec Wunderthings… Si elle trouvait le fabricant adéquat…

Darcie sortit son carnet d'adresses et composa le numéro du domicile de Dylan.

— « Hé ! Matilda », fredonna-t-elle pour elle-même.

Elle imaginait presque les billets d'avion dans sa main, le vol pour Sydney, Dylan l'accueillant à l'aéroport, la guidant à la rencontre des meilleurs artistes qu'il connaisse… l'entraînant vers son lit. Non seulement elle entendait sa voix à son oreille, mais elle sentait aussi ses mains sur son corps, sa bouche sur la sienne, ses…

« Bonjour, Dylan à l'appareil. Vous avez joint l'élevage Rafferty. Laissez votre message après le bip. Je vous rappellerai. »

— Darcie, j'ai besoin de ce mémo…

Walt se tenait appuyé contre le mur de son box.

— *Maintenant !*

Elle raccrocha sans laisser de message. Sa conversation avec Walt datait de moins d'une heure.

— J'ai rendez-vous avec le vice-président dans cinq minutes.

— Je t'apporte le mémo dans quatre.

Il n'avait pas tourné les talons que les doigts de Darcie volaient sur les touches.

Le bref mémo achevé, sa signature apposée au bas de la page imprimée, Darcie sourit jusqu'aux oreilles.

Des motifs jamais vus mais raffinés. Des tissus fins et soyeux. Une lingerie d'inspiration aborigène. Fabriquée en Australie.

La meilleure idée qu'elle ait eue en quatre ans.

— Et j'en suis le seul auteur.

Darcie rentra chez elle très tard. Soulagée de trouver l'appartement plongé dans le noir et dans le silence, elle gagna sa chambre sur la pointe des pieds, déposant au passage son sac dans le fauteuil crapaud acheté aux puces de SoHo le week-end dernier. Le caser dans le taxi s'était révélé un peu difficile, mais l'aide de Cutter Longridge (et sa séduction naturelle) avait fait de cette expérience une de celles qu'elle renouvellerait avec plaisir. Le week-end prochain, ils avaient prévu de louer un van et de se rendre en Pennsylvanie, où Cutter comptait dégoter une armoire rustique.

Il devait mieux gagner sa vie dans la pub qu'elle chez Wunderthings, et il ne s'agissait pas d'un rendez-vous amoureux mais…

Avec un soupir douloureux, elle s'écroula au pied de son lit pour ôter ses boots… et se figea.

Une voix ensommeillée à l'accent du Sud l'avait fait sursauter. Une voix familière.

— Doucement, mon cœur. J'essaie de dormir.

Elle examina l'ombre qui s'était redressée dans son lit. Une ombre imposante, de toute évidence masculine.

Si l'existence consiste à expérimenter des « premières fois », pourquoi mes « premières fois » sont-elles toujours bizarres ?

— Cutter, est-ce que tu as bu ?

— Des coups de marteau résonnent dans ma tête et mon estomac remonte dans ma gorge, grogna-t-il.

Darcie jeta un oreiller à la silhouette avachie sur ses couvertures.

— Vomis dans ce lit et ton estomac deviendra le moindre de tes soucis.

Elle renifla l'air vicié.

— Ça sent la bière !

Cutter frissonna.

— La bière brune, de la Stout. Un bar sympa a ouvert à NoHo – ils offraient deux bières pour le prix d'une.

— Une promo sur la bière ! Je regrette d'avoir raté ça.

Il s'arracha un sourire. Même ébouriffé et les yeux rouges, il restait un délice pour la vue. Une vue toujours bienvenue.

— Tu ne regrettes rien du tout, tu détestes la bière.

— Et tu tenais à me faire part de ton expérience… ?

Elle se demanda fugitivement si c'était elle qui l'avait invité. Sa présence lui remontait le moral.

— … ou bien existe-t-il une autre raison à ta visite ?

Il tenta de se remettre à la verticale.

— Je me suis enfermé dehors. Une fois de plus.

— Cutter, il faut que tu cesses d'escalader ma fenêtre.

Incapable de se mettre en colère pour de bon, elle quitta sa chambre pour passer dans le salon où elle s'affala dans le sofa. Cutter apparut une minute plus tard, en jogging et T-shirt déchiré. Son sourire aux dents très blanches faisait presque oublier son état d'ébriété évident.

— Je suis allé courir pour dessoûler. Pas de poches. J'ai oublié mes clés.

— Oui, c'est ça.

Le sourire de Cutter s'élargit.

— Je savais que tu serais chez toi à cette heure.

Cette remarque figea Darcie sur place.

— Comment le savais-tu ?

— Ta sœur est du genre à traîner dehors toute la nuit, pas toi. Tu te souviens de ces gants blancs que les filles portent pour les cours de danse de salon ?

— Non.

Jamais elle n'avouerait une chose pareille.

— Ma mère me forçait à y assister chaque semaine afin

d'« apprendre à me comporter en société ». Dans le Sud profond, dit-il en exagérant son accent, c'est très important.

— Tout ça pour me dire que… ?

— Je t'imagine avec un tiroir plein de ces gants blancs.

Darcie leva les yeux au ciel. Son look made in Cincinnati ne lui collait pas à la peau à ce point… si ? Cutter espérait-il coucher avec elle ?

Longtemps après que Cutter eut réintégré son propre appartement à pas de loup, Darcie resta étendue à contempler le plafond du salon.

Sa relation avec Cutter restait incompréhensible. Ce soir, il avait flirté avec elle ; l'autre soir à la fête, il l'avait embrassée. Pourtant…

Elle éprouvait plutôt la sensation d'être sa cousine d'Atlanta que sa petite amie potentielle.

— Bon, murmura-t-elle en s'emparant du téléphone sans fil posé sur le guéridon.

Elle n'avait pas réussi à joindre Dylan pour lui demander son aide cocernant les motifs aborigènes qu'elle désirait. Elle devait le joindre. Aucun délai ne lui serait accordé.

En Australie, c'était… la fin d'après-midi, le début de la soirée ? Demain ?

A moins que non.

— Et puis zut. Il ne m'a pas rappelée. Tant pis si je le réveille.

Darcie composa le numéro puis attendit, le cœur battant.

Jusqu'à ce que – quelle surprise, sa chance ce soir se situant en dessous de zéro – sa journée calamiteuse ne trouve un épilogue encore plus calamiteux.

— Elevage Rafferty, j'écoute, ronronna une voix féminine.

OK. Pas de panique. Il s'agissait peut-être de sa mère. Dans ce cas, pourquoi paraissait-elle si jeune ? Et si sexy ?

— Madame Rafferty ?

Un petit rire lui répondit.

— Pas encore. Que puis-je pour vous ?

— C'est… euh… dites à Dylan que Darcie Baxter a appelé.

Sa langue pesait une tonne, son cœur aussi. Elle raccrocha.

— Je ne comprends rien à Merrick, dit-elle tout haut, ni à Cutter, et alors ?

Le problème Dylan Rafferty, lui, semblait réglé.

14

— Encore une « première fois » tordue dans mon existence, marmonna Darcie.

Comment ne pas avoir envisagé qu'une femme à la voix voluptueuse, décidée à épouser Dylan, répondrait au téléphone ? Et rappellerait à Darcie de regarder la poutre dans son œil avant de regarder la paille dans celui de son voisin.

Vieux dicton de mamie, mais de circonstance.

Comment croire que Dylan lui resterait fidèle ? Alors qu'elle-même sortait avec Merrick Lowell. Au sens strict du terme. Et avec Cutter Longridge, lorsqu'il escaladait sa fenêtre.

Trois jours plus tard, elle attendait toujours une réponse en provenance d'Australie. Elle fixa son écran. Deux semaines à Sydney ne méritaient pas le nom de liaison, liaison que d'ailleurs elle avait refusée de poursuivre, n'est-ce pas ?

Peut-être devrait-elle renoncer aux hommes. Complètement. Leur utilité n'avait jamais été prouvée – la sienne non plus d'ailleurs.

C'est le moment que choisit Walt Corwin pour apparaître, tel un mauvais génie surgi d'une bouteille, l'air renfrogné. Darcie préférait encore son expression béate d'homme récemment infecté par le virus de l'amour. Heureusement, Greta s'était éloignée de son bureau.

— Qu'as-tu découvert concernant le retard de fournitures à Sydney ?

— Il serait préférable que tu ne le saches pas.

— Je veux savoir, Darcie.

Il pénétra dans son box. Ses yeux bleu pâle semblaient plus pâles qu'ils ne l'étaient A.G. Avant Greta. Et son humeur était d'autant plus morose.

— Ne me rédige pas un mémo pour demain matin, ni pour ce soir. Je veux savoir ce qu'il en est. Maintenant.

— Nouvelle réunion du conseil d'administration ?

— Non, mais j'ai un service à faire tourner. Avec ton aide, du moins je l'espère. Que se passe-t-il ? Tu es restée toute la semaine assise dans ton box – que tu détestes, je le sais – avec l'expression d'une ado que son petit ami n'a pas rappelée.

Comme il approchait un peu trop la vérité, elle se tut. D'ailleurs, on ne pouvait qualifier Dylan Rafferty de petit ami.

— Tu t'es disputée avec Lowell ? Allez, Baxter.

Il se tut un instant.

— Si tu as des problèmes, je peux t'aider.

Darcie laissa tomber son stylo sur son bureau. Walt n'était pas connu pour sa capacité d'écoute – ni pour sa compassion.

— Le problème c'est que Paramatta Design ne livrera les étagères des rayons que deux semaines après l'ouverture du magasin à Sydney.

— Et pourquoi ça ?

— Tu veux vraiment le savoir ? Je t'aurai prévenu.

De toute façon, Walt n'était pas un optimiste.

— Crache le morceau.

Un bref souvenir traversa l'esprit de Darcie. La salle de bains de Dylan au Westin de Sydney. Ses nausées. Beurk.

— Ça ne va pas te plaire.

— Fais-moi confiance. J'ai certainement entendu pire.

Darcie reprit sa respiration.

— Non. Tu n'as pas entendu pire. Greta a modifié la date de livraison sur le bon de commande.

Walt se contenta de la fixer.

— *Greta ?*

La douceur de la voix de Walt lui en apprit plus qu'elle

ne souhaitait. Walt sortait avec Greta – et n'apprécierait pas d'apprendre que l'objet de son amour était une menteuse et une voleuse. Darcie avait offert à Greta des conseils, que celle-ci ne lui avait jamais demandés, sur les vêtements et le maquillage. Et lui avait accordé une certaine confiance. Elle ne pouvait blâmer personne d'autre qu'elle-même.

Le superrelooking n'avait que trop réussi.

Au point qu'elle soupçonnait son mentor d'être en train de la lâcher. Allait-il croire Greta et non Darcie ?

— Tu veux dire que Greta Hinckley te déteste tant qu'elle aurait saboté l'inauguration du magasin de Sydney ?

— C'est toi qui l'as dit, pas moi.

— Pourquoi ferait-elle une chose pareille ?

— Pour se venger, comme elle avait menacé de le faire. Tu t'en souviens, Walt ?

— Alors que tu l'as associée au projet ? Je n'en crois rien.

Darcie s'enfonça dans sa chaise. Elle se faisait l'effet d'une chiffe molle. Méprisable. Elle allait se pendre avec son propre collant.

— Greta a contacté Paramatta Design. Tu peux vérifier par toi-même.

— Elle a dû mal déchiffrer la date que tu avais fixée.

— Je crains que ce ne soit Greta qui ait fixé la date erronée.

Walt passa la main dans ses maigres cheveux.

— Pourquoi aurait-elle choisi une date – de son propre chef – nous privant d'étagères, de vitrines, et de ces *fichues* chaises dans les cabines d'*essayage…*

Sa voix grimpait dans les aigus.

— … jusqu'à deux semaines après l'ouverture ?

— Je ne sais pas.

Walt tapa de la main sur le bureau de Darcie.

— Cette rivalité entre Greta et toi dure depuis quatre ans. Depuis le jour de ton embauche ici. Je commence à m'interroger sur la véritable responsable – Greta ou *toi* ?

Il la fixa droit dans les yeux, semblant attendre une confession.

— A qui appartiennent les mémos « volés » et les idées « empruntées » ?

A moi.

Mais elle ne dit rien. Il ne la croirait pas.

— Tu vas devoir répondre à cette question tout seul, Walt.

Elle reprit sa respiration.

— A propos de ma collection de lingerie aux motifs aborigènes…

Walt se caressa la nuque.

— Oui…

— Mon idée te plaît ?

Elle avait appuyé sur le *mon.*

Il grommela un instant entre ses dents.

— *Si* nous réussissons à lancer la fabrication avant l'inauguration, dit-il avec humeur. Où en es-tu au niveau des droits sur les motifs qui nous intéressent ?

— Je travaille à les obtenir.

— Ce qui signifie que tu n'as pas de réponse ferme, soupira-t-il.

— J'étudie plusieurs possibilités. J'attends d'en savoir plus. Dès que c'est fait, et que j'ai établi le budget, je…

— Fais-moi parvenir un mémo.

— Je te le remettrai en main propre…

Darcie souriait mais elle était loin de ressentir la confiance affichée. Les sites Internet qu'elle avait contactés avaient pris leur temps pour répondre et, bien sûr, Dylan n'avait pas rappelé. D'ailleurs, elle n'avait aucune envie qu'il rappelle. Pas maintenant.

— Je ne m'arrêterai même pas devant le bureau de Nancy. Qu'en dis-tu ? Je foncerai dans le tien déposer le mémo sous ton nez.

— Pas de mauvaise surprise, dit-il en se levant.

— Walt…

Elle aurait voulu paraître forte, maîtresse de la situation, mais sa voix trahissait sa panique.

— … Je vais assurer. Fais-moi confiance.

— Je te fais confiance… pour ne pas marcher sur Greta en chemin.

Le cœur de Darcie cessa de battre.

— C'est un avertissement ?

— Non. C'est une menace.

Elle ne put se retenir.

— Ce qui signifie que je joue mon job ?

— C'est toi qui l'as dit. Pas moi.

— Il parlait sérieusement ? demanda Cutter le soir même.

Tous deux s'étaient étendus en travers du lit de Darcie, en tout bien tout honneur. Elle tendait l'oreille, guettant le retour d'Annie – même si sa sœur ne rentrait pas toujours. Dans un tel silence, les visites de Cutter devenaient une nécessité.

— Walt parle toujours sérieusement.

— Il devrait se détendre.

Cutter l'attira contre lui et enfouit sa joue dans ses cheveux. Un léger frisson parcourut le dos de Darcie, mais elle tenta de l'ignorer. Merrick n'avait pas appelé. Ni Dylan, évidemment. Tous ces fantasmes au sujet d'une grossesse imaginaire, les conversations sexy à minuit depuis l'Australie appartenaient au passé. Comment entretenir même une simple amitié – si elle s'en contentait – avec un homme comme Dylan Rafferty, séparés par une telle distance ?

Cutter se recula.

— Sais-tu que, lorsque tu es énervée, tes yeux virent au brun ? Quand tu es heureuse ou que ton intérêt est éveillé, ils deviennent verts. Ton regard offre de multiples nuances et reflets. Comme ta personnalité.

— Vraiment ?

Intriguée, elle esquissa un sourire.

— Tu vois ? Là, tu te forces. Ce soir, tu n'es pas heureuse. Pourquoi ? Il ne s'agit pas que de Corwin.

Elle feignit une surprise exagérée.

— Je suis stupéfaite. Qu'ai-je fait pour te mériter ? Un homme sensible et réceptif… âgé de moins de quarante ans… avec un cœur en or, un corps hypersexy…

— Ne change pas de sujet.

L'accent de Cutter la faisait fondre.

— Je me demande parfois si tu es réel. Une nuit, un type a escaladé ma fenêtre, comme dans un rêve, et est devenu l'un de mes meilleurs amis. Mon confident. Mon… cousin.

— Ton cousin ?

— Le plus gentil, le plus attentionné dans quatre Etats à la ronde…

— Seulement quatre ?

Il sourit dans ses cheveux.

— Tu devrais m'épouser.

Le cœur de Darcie bondit.

— Mon Dieu ! un homme qui évoque le mariage…

Pas la grossesse.

— … Je suis cuite.

— Tu continues d'éviter le sujet.

— Quel est le sujet ? dit-elle pour gagner du temps.

— Tes yeux. Ta nature douce, bien élevée, honnête. Ta tendance à ne pas croire en toi-même, malgré les raisons évidentes que tu as de le faire. Ta…

— Naïveté.

— Naïve ? C'est vrai que tu l'es.

Il la serra contre lui.

— Tu peux tout me dire, puisque ce soir je tiens le rôle du cousin. Ce qui m'en apprend davantage sur moi que je ne le souhaitais.

Il s'interrompit un instant.

— Que se passe-t-il, Darcie ? Quelqu'un t'a brisé le cœur ?

— Mon cœur se brise constamment. Cela va avec la naïveté.

— Continue de parler. Je te ferai cracher le morceau tôt ou tard.

— Il n'y a rien à dire, soupira-t-elle.

Mais Cutter Longridge avait déclenché chez elle l'envie de se confier à bâtons rompus. La tête posée sur l'épaule de Cutter, elle lui parla de Merrick et Jacqueline, de Walt Corwin et de Greta Hinckley, de Dylan, jusqu'à ce qu'elle ait du mal à garder les yeux ouverts.

Cutter resta pensif un moment, lui caressant négligemment le dos.

— Je dirais que ton Australien s'ennuyait tant de toi qu'il est sorti – temporairement – avec une autre fille qui ne t'arrive pas à la cheville. Et qu'il va le regretter.

— De toute façon, je ne voulais pas de lui.

— Non ?

— Il est trop… rétrograde. Epoque victorienne, quasiment. Il est persuadé que les femmes doivent rester à la maison.

— Pieds nus et enceintes. Mon père pense la même chose.

— Mais pas toi.

— Je crois que « les femmes devraient devenir qui elles veulent devenir. »

Il sourit.

— … Ce sont les paroles de ma mère.

Cutter réfléchit encore.

— … Je dirais que Merrick Lowell a trop de choses en tête depuis son divorce. Cela doit le perturber.

Il ressassa ses dernières confidences.

— … Et je dirais que Walt pense avec ce qu'il a dans le slip, pas dans le crâne.

Darcie s'arracha un petit rire.

Cutter l'embrassa, avec douceur. Comme un ami. Sa bouche chaude et douce ressemblait à sa voix et son accent du Sud. Elle pensa combien il serait facile d'aimer cet homme, de s'abandonner, de le laisser lui apprendre qui elle était et ce dont elle avait besoin. Pour le restant de ses jours.

Oubliés Walt, Wunderthings. Et les culottes aborigènes.

Greta Hinckley ne serait plus que de l'histoire ancienne.

— Tu soupires encore, dit-il. Il y a autre chose ?

— Non. Tu m'as vue toute nue.

Cutter rit.

— J'aimerais beaucoup te voir toute nue, Darcie. Nous pourrions passer la nuit à nous explorer mutuellement…

Sa voix se fêla. Elle s'écarta. Parlait-il sérieusement ? Son visage arborait une expression perplexe, ressemblant à celle de Merrick.

— Quoi ?

— Pardon. Je ne parle jamais ainsi aux femmes que je respecte.

Il fit une légère grimace.

— Comment s'appelle ce qui existe entre nous ? Je ne me suis jamais remis de ce baiser échangé lors de ta crémaillère… mais je dois t'avouer une chose.

— Quoi ?

— Je ne suis pas doué pour jouer les doublures. Que ce soit celle de Rafferty ou de Lowell. J'ai l'impression que tu me vois comme un substitut, et non un de leurs rivaux dans ton cœur… ou dans ton lit.

Il engloba la pièce d'un geste.

— … Regarde-nous. D'après toi, combien de débauchés sudistes au sang chaud pourraient passer une soirée entière avec une femme aussi superbe que toi… et ne rien tenter d'un tant soit peu scandaleux ?

— Tu parles comme Rhett Butler.

— Je suis Rhett Butler.

Il sourit à demi, mais elle comprit qu'il était blessé.

— Ma maman a toujours prétendu élever ses fils pour qu'ils deviennent des gentlemen sudistes, scandaleux juste ce qu'il faut.

— Les meilleurs. Leur seul défaut est d'escalader ma fenêtre.

— Tu ne risques rien.

— Je n'en suis pas si sûre, dit-elle en souriant.

— Profite de ma compagnie tant que tu le peux. Tu ne me verras pas beaucoup dans les jours à venir.

Son sourire s'évanouit.

— ... J'ai un projet à terminer au boulot – le genre ça passe ou ça casse, si tu vois ce que je veux dire.

— Tu risques ton job ?

— On peut dire ça. Mon boss, lui, le dit sans hésiter.

— Cutter, je suis désolée. Mais tu vas t'en sortir, je le sais. Tu es même capable de décrocher une promotion.

Elle lui pressa le bras.

— J'adore tes visites – tu le sais, n'est-ce pas ? dit-elle d'un ton hésitant. Mais tu ne possèdes pas un portable ?

— Un téléphone portable ? Je viens d'en acheter un.

— Alors la prochaine fois que tu es à la porte, appelle-moi. J'irai t'ouvrir.

Il secoua la tête.

— Je l'ai perdu en me hissant sur l'échelle d'incendie ce soir. Je dois être abonné aux accidents.

Il ne semblait pas inquiet du tout. Incorrigible. Elle se sentit presque flattée.

— Comment formuler la chose, Cutter ?... Un soir, je pourrais ne pas être seule.

— Tu parles d'un autre mec ? Raison de plus. Tu as besoin de ma protection.

— C'est une possibilité. On ne sait jamais.

Il se rassit et l'enlaça d'un geste détaché. Elle se sentait mieux. Comme chaque fois que Cutter « passait la voir ».

— Alors...

Il souleva ses cheveux, jouant avec de ses longs doigts puissants, embrassa sa gorge, puis... sa bouche. Il avait le goût du soleil chaud et de la sécurité. Exactement le genre d'homme qu'elle devrait rechercher.

— Notre relation va-t-elle se transformer en grande passion ? Ou devrions-nous rester amis ?

Elle se pencha pour un nouveau baiser.

— Nous verrons bien, monsieur Butler.

— Je le suppose, mademoiselle Scarlett.

Annie avait l'impression de jouer les Cendrillon, une Cendrillon plaquée au bal par son prince – et sans personne pour la ramener à la maison. Sa clé glissa dans la serrure et elle pénétra dans l'appartement plongé dans le noir. Darcie l'attendait. Le choc. Perchée sur le canapé du salon, elle se pencha pour allumer la lampe. La lumière soudaine la fit cligner des yeux.

— Qu'est-ce qui se passe ? Cutter Longridge t'a sortie de ton lit ? demanda Annie.

Elle avait passé la soirée avec Malcom – Harley, comme l'appelait Darcie – et pas mal de ses copains à courir plusieurs lieux nocturnes dans Downtown. Elle plissa les yeux à la lumière, épuisée, encore un peu ivre de bière, et totalement dégoûtée par l'existence.

Darcie ignora la question. Mais en avait une à poser.

— Pourquoi rentres-tu si tard ?

— Je n'ai encore pas respecté le couvre-feu ? Colle-moi une amende. J'ai quitté Cincinnati pour éviter ce genre d'interrogatoire nocturne, mais, comparés à toi, maman et papa sont des amateurs.

Annie traversa la pièce.

— L'heure à laquelle je rentre me regarde.

— Pas dans une ville comme New York. Un matin, on pourrait retrouver ton corps dans l'East River, Annie. Et alors, que dirais-je à papa et maman ?

Annie sourit pour dissimuler sa tristesse.

— De cesser d'envoyer la moitié du loyer.

A qui manquerait-elle ?

— Quelle chose horrible à dire.

— Hé, ce n'est pas un secret. Tu ne veux pas de moi ici.

Darcie fronça les sourcils.

— Je voudrais de toi si tu rangeais ta chambre. Au lieu de quoi tu te montres impossible. Ce n'est pas normal que maman et papa financent tes lubies. Tu as vingt-trois ans. Il est temps que tu...

— Je t'en prie. Ecoute-toi : tu parles exactement comme eux.

Le pouls d'Annie s'accéléra. Elle ne tenait pas à avoir cette conversation, pour la énième fois. Surtout pas ce soir. Aucune envie d'affronter la désapprobation de Darcie, ni son blabla auquel elle avait droit environ trois fois par semaine.

— Laisse-moi souffler. J'ai fait des efforts, non ? Je suis allée à l'agence pour l'emploi de la fac. J'ai passé ces fichus entretiens pour être embauchée comme secrétaire ou stagiaire. C'est ma faute si personne ne me propose de job ?

— Elargis tes recherches. Postule ailleurs. Essaie une autre agence pour l'emploi. Tu es intelligente, Annie. Utilise ta matière grise pour réfléchir à autre chose que la meilleure façon d'ouvrir une bière ou de te coiffer.

Elle était donc si horrible ? Elle ne s'était jamais souciée de l'opinion des autres. Mais à Manhattan, comme à Cincinnati, Darcie avait toujours été là pour évacuer les problèmes d'une pichenette.

Darcie reprit plus gentiment :

— Tu dois te montrer persévérante.

— J'abandonne, c'est tout.

Alors pourquoi ne cessait-elle de penser à Cliff ces temps-ci ? Cliff qui, à Cincinnati, habitait quasiment la porte à côté. Cliff, calme et sérieux.

Darcie s'approcha d'Annie qui tanguait sur ses jambes, planta les deux mains sur les épaules de sa sœur et la regarda dans les yeux.

— Tu es une fille bien. Mais – pour employer une expression toute faite – ça ne peut pas durer ainsi.

— Qu'est-ce que *ça* veut dire ?

Le regard de Darcie se fit plus intense.

— Tes amis ne me plaisent pas. Je ne veux pas d'eux chez moi. Je n'aime pas tous ces trous dans ta peau, ni le tatouage sur tes fesses. Et le type que tu épouseras un jour n'aimera pas non plus. Que lui donneras-tu comme explication ?

Le regard chaleureux de Cliff, son sourire doux dansaient dans la mémoire d'Annie.

— Aucune. Je ne donne jamais d'explications. A personne. Pas même à toi, répliqua-t-elle, tentant de ne pas ciller. Ce n'est pas drôle pour moi non plus, Darcie. Je croyais que cela le serait. Je désirais tant venir vivre ici, déplier mes ailes et voler. Comme toi.

— Moi ?

Darcie s'arracha un rire.

— Tout va de travers à Sydney. Le jour de l'inauguration, je n'aurai peut-être plus de boulot... Je n'ai aucune idée de ce que je veux faire lorsque je serai grande...

— Tu ne sais pas ?

— Je ne sais pas quelle image tu as de moi, mais c'est une illusion. Ecoute bien ce que je te dis, Annie : trouve un travail.

Annie serra les lèvres et la regarda d'un air de défi.

— Sinon quoi ?

— Je te renvoie à la maison.

— Tu ne peux me renvoyer nulle part ! Je prends mes décisions toute seule.

— Alors comporte-toi en adulte.

— Si tu n'as aucune certitude te concernant, pourquoi en aurais-je ?

— Parce que nous sommes différentes.

Darcie marqua un silence.

— Et parce que je compte sur toi.

Annie fut stupéfaite.

— Ne me lâche pas, Darcie. Tu es mon idole.

L'atmosphère dans la pièce se figea. De même que Darcie. Les mots étaient dits – enfin. Annie s'en alarma, mais pas longtemps. Pourquoi pas ? Depuis son arrivée à New York, elle avait gardé son secret, le même que celui qu'elle taisait depuis la naissance. *Je fais de l'esbroufe. Toi seule assures, Darcie.*

— Quoi ?

— Je veux dire : comment veux-tu que je me mesure à toi ?

Même les mots *je veux dire* appartenaient à Darcie, et non à Annie elle-même. *Darcie est l'original et voici la copie.*

— Te mesurer à quel sujet ?

— Tout. *Toi.* Tu rencontres peut-être quelques problèmes, Darcie, mais tu as de vrais amis, comme Claire, un salaire, des mecs – même Merrick – qui ne t'obligent pas à tout payer pour eux, à parler mal et ne volent pas ton dernier dollar dans ton porte-monnaie…

— Ne me dis rien. Harley ?

— Malcom, corrigea Annie. J'ai dû rentrer à la maison à pied.

Annie ravala la grosse boule coincée dans sa gorge, aussi solide que l'avaient été ses résolutions de devenir comme Darcie.

— Tu n'es pas aussi naïve que les gens le croient. Tu l'as tout de suite percé à jour. Si j'avais compris… mais je ne comprends jamais rien.

— Non ? Mais tu n'es pas une mauviette, Annie. Et je t'admire pour ça.

— Si je ne suis pas une mauviette, pourquoi je pleure sur un pauvre abruti comme Malcom ?

Darcie glissa ses bras autour d'Annie.

— C'est un nul.

Darcie la serra très fort. La chaleur coula dans les veines d'Annie, euphorisant plus efficace que la bière.

— Je suis tellement en colère que je vais finir par cracher et siffler comme Sweet Baby Jane ! Comment a-t-il *osé* te traiter ainsi ? Lâcher Jane sur lui, toutes griffes acérées dehors…

Annie ne put retenir un éclat de rire. Toute leur vie, Darcie l'avait défendue, protégée, s'était battue pour elle. Mais c'était terminé.

Peut-être Darcie avait-elle raison. Peut-être était-il temps de grandir.

L'idée retourna l'estomac déjà barbouillé d'Annie, mais fit son chemin.

Peut-être devrait-elle même remercier Harley d'avoir joué les détonateurs. Elle se recula pour regarder sa grande sœur. Qui l'avait toujours défendue.

— Je t'aime, Darce.

— Moi aussi je t'aime, Annie.

Autant tout avouer maintenant.

— Toute ma vie j'ai désiré te ressembler, dit Annie. Mais j'ignore comment m'y prendre.

Elles restèrent un moment à se bercer dans les bras l'une de l'autre. Bien à l'abri.

— Tu sais quoi ? reprit Annie, brisant le silence. Je croyais que ce déménagement serait la plus grande aventure de toute ma vie. Puis j'ai rencontré Malcom… Bon sang, je ne connais même pas son nom de famille…

Le lui avait-il dit au moins ?

— … J'ai ce tatouage sur les fesses, un tatouage même pas vraiment cool…

Les yeux d'Annie s'emplirent de larmes.

— … Tous ces piercings.

Darcie essuya les larmes de sa sœur.

— Annie, arrête.

— Non… ce n'est pas le pire.

Elle hoquetait maintenant, sans savoir si elle riait d'elle-même ou pleurait parce que, en fait, elle n'était qu'une petite fille malheureuse.

— Je vis aux crochets de mes parents… et je… je…

— Dis-le.

Honteuse, Annie baissa la voix.

La vérité – que je me cachais à moi-même – apparaît enfin.

Incroyable.

— Je crois que la maison me manque, Darcie, murmura-t-elle.

15

Le lendemain soir, le téléphone sonna au moment même où Darcie rentrait chez elle. Le son de la voix masculine dont elle se souvenait si bien déclencha un frisson de désir – et de regret – dans tout son corps. Dylan Rafferty lui faisait chaque fois cet effet, du moins sa voix, à défaut de ses paroles.

— Elle me faisait penser à toi.

— Oh, toi… *espèce de…*

Le mensonge transparent de Dylan fit bondir le cœur de Darcie. La croyait-il naïve *à ce point*?

— Hé! dit-il, brisant le silence. Tu m'en veux?

Elle laissa échapper un soupir, vexée, un doigt posé sur la touche de déconnexion. Mais la voix de Dylan l'arrêta.

— Darcie, laisse-moi expliquer.

Elle prit un ton léger, comme si elle s'en moquait.

— Inutile. Nous sommes adultes. Libres. Tu as le droit de voir qui tu veux.

Elle marqua un silence.

— Nous n'avons aucun engagement l'un envers l'autre, Dylan. Je tente juste de clarifier la situation.

— Je vais la clarifier.

Il baissa la voix.

— Quels vêtements portes-tu?

— Une armure.

Dylan rit à demi.

— Sérieusement?

— Une armure intégrale. En acier trempé.

Elle avait conservé une voix calme mais avait conscience que sa situation empirait à vue d'œil. Les intonations séductrices de Dylan faisaient fondre ses résolutions avec la même efficacité que du chocolat chaud la glace à la vanille d'un banana split. Dans une minute, elle aurait tout oublié de la voix voluptueuse qui lui avait répondu. Appartenant à une femme s'attendant à devenir un jour Mme Rafferty. Mais ses défenses faiblissaient. Difficile de haïr cet homme et sa voix qui lui rappelait leurs ébats. Arracher à Dylan des informations sur l'art aborigène constituait son seul salut.

— Je t'appelle parce que…

Mais Dylan, borné comme peuvent parfois l'être les hommes, ne se laissa pas distraire de son objectif.

— Tu n'as pas besoin de raison pour m'appeler, chérie. Cette femme ne signifie rien pour moi.

— Comme c'est triste !

— Elle m'a dragué dans un bar à Sydney.

Il avait hésité, comme si un éclair de doute s'était insinué jusqu'à son cerveau ô combien masculin. Elle ramena la conversation sur le terrain boulot-boulot. Illico.

— Tiens donc, murmura-t-elle.

Puis elle exposa ses toutes dernières idées concernant Wunderthings et la nécessité de motifs authentiques. Quand elle eut fini, Dylan resta silencieux un long moment. Darcie s'éclaircit la voix.

— Oui, je connais quelqu'un, dit-il enfin. Henry Goolong. Il est d'origine aborigène et habite près d'ici. Son petit-fils et lui travaillent ensemble. Ils fabriquent des didjeridoos – les instruments de musique que je t'ai montrés sur Crown Street – mais je pense qu'il créerait de très jolies choses pour tes culottes… à un prix raisonnable.

Le désir que Darcie éprouvait pour Dylan céda la place au souci professionnel. Plus terre à terre et plus facile à maîtriser.

— Un contrat avec nous lui procurerait des revenus supplémentaires. A lui et à sa famille…

— Et tu obtiendrais ce dont tu as besoin sans ruiner ta boîte.

Elle reprit sa respiration.

— Tu peux me mettre en contact avec lui ?

— Oui.

— Tu vas le faire ?

— Bien sûr. Tu as un stylo ?

Il débita les numéros comme s'il comprenait – enfin – l'importance qu'elle attachait à sa carrière. Elle nota l'avalanche de chiffres nécessaires pour obtenir une communication transocéanique, tout en s'efforçant de faire abstraction du timbre riche et profond de la voix de Dylan, une voix qui envoyait ses sens sur orbite en un clin d'œil. « Plus jamais », se promit-elle.

Elle n'avait pas été très surprise d'entendre cette voix féminine au téléphone, ni d'apprendre que Dylan avait des relations sexuelles avec d'autres. Un homme aussi viril allait-il vivre dans l'abstinence en attendant l'hypothétique retour de Darcie ?

Le numéro noté, elle lui adressa un « merci » poli.

— De rien, répondit-il, un rien moqueur.

— Je lui passerai un coup de fil. A une heure raisonnable de la journée – heure locale.

— D'accord. Très bien.

Le doigt de Darcie survolait déjà le bouton coupant la communication.

— Merci de ton aide, dit-elle d'un ton très professionnel.

Mais elle ne put résister.

— Merci pour la photo. Salue Darcie II pour moi.

— Je le ferai, mais…

Il s'interrompit encore une fois.

— Matilda…

— Au revoir, Dylan.

Elle raccrocha. Le chagrin se répandit dans ses veines, non

comme du chocolat, chaud et épais, mais comme de la neige glacée fondue.

C'était fini. Finie cette liaison qui n'avait jamais vraiment commencé.

Peut-être devrait-elle envisager le célibat pour le restant de ses jours et cesser de se torturer au sujet d'un homme idéal – *pas* Dylan – qui n'existait pas. Et autant pour ses illusions concernant le bonheur.

Le lundi suivant, Darcie rendit visite à Claire, dans son bureau de Heritage Insurance. Dès son entrée, son expression pensive annonça à Claire, occupée à emballer ses affaires, un problème avec un homme. Se doutant que le problème serait évoqué bien assez tôt, Claire se pencha sur un carton à demi vide.

— Que se passe-t-il ? se renseigna Darcie. La direction t'a propulsée en haut de l'échelle ?

Elle agita la main en direction de Samantha babillant dans son parc.

— Je parie que cette fois tu as droit à un bureau d'angle, avec deux fenêtres surplombant la cathédrale Saint-Patrick.

— Je donne ma démission.

Darcie lui jeta un regard incrédule.

— Tu sembles toi-même en plein désastre personnel, dit Claire en lançant des presse-livres en bronze dans le carton. En ce qui me concerne, je te résume : homme égale amour égale mariage égale bébé. C'est là que tu découvres tes responsabilités.

Elle jeta un œil à Darcie par-dessus son épaule.

— Impossible de rester éveillée la moitié de la nuit à cause d'un bébé qui fait ses dents, puis de donner le meilleur de moi-même à Heritage Insurance, de cuisiner le dîner, faire la lessive et courir au boulot le lendemain matin après une nouvelle nuit sans sommeil… Bref, tu vois le tableau.

— *Tu quittes ton boulot ?*

— Ouais…

Claire repoussa les regrets qui affleuraient.

— Mais Heritage Insurance, c'est toi – et vice versa.

— Plus maintenant.

Le yeux humides, Claire sourit à Samantha qui agita un hochet dans sa direction.

— J'essaie de faire de mon mieux – vraiment de mon mieux – d'être une mère à peu près digne de ce nom pour cette adorable petite fille. Je n'ai pas d'autre choix que démissionner.

Chez Darcie, la curiosité semblait l'avoir emporté sur ses problèmes de mecs.

— Peter t'a posé un ultimatum ?

— Non. Je n'en peux plus, c'est tout. J'ai besoin de passer du temps avec Samantha, de temps pour récupérer mon énergie, de temps pour… *de temps.*

— Hum. J'ai toujours cru que tu ne quitterais ton bureau que pour la morgue, sur une civière, ton Palm Pilot toujours en main.

— Charmant.

— Non. Si tu continues d'accéder aux demandes de tout le monde, ta carrière, Peter, Sam… même moi… tu vas tomber raide morte à ton bureau.

— J'ai retrouvé la raison.

Darcie gazouilla avec le bébé, Samantha jeta son hochet et le regarda avec délices atterrir sur la tête de sa mère.

— Aïe. Flûte, mon bébé.

Claire se frotta la tempe.

— Pas de gros mots devant bébé. Ordre de Peter. Peter qui me soutient sans faillir. En paroles évidemment.

— Tu parles comme si tu lui en voulais.

— Tu trouves ?

Claire remplit le carton de papiers et le ferma avant de rapporter son hochet à Sam, qui le laissa retomber aussitôt.

— J'ai pris cette décision seule. Peter ne le sait même pas encore – mais sera certainement ravi de disposer d'une mère à plein temps pour son enfant. Bon sang, je me suis entretenue avec toutes les nounous dignes de ce nom des cinq comtés, et celles du New Jersey. Et on ne peut pas m'accuser d'avoir occulté le programme « Emmenez bébé au boulot. » J'ai bousillé jusqu'au dernier de mes tailleurs Donna Karan et la totalité de mes blouses Natori est éclaboussée de taches. Je jette l'éponge.

— Moi aussi.

Darcie s'affaissa dans le fauteuil face au bureau de Claire.

— D'accord. Quel est le problème ?

— D'abord Annie. La maison lui manque. Je crois que même nos parents lui manquent. Et, ce matin je l'ai surprise à soupirer devant la photo de son ex-petit ami. Photo soudain apparue la semaine dernière sur sa commode – au milieu de tout son bazar. J'aurais dû y voir un signe.

Elle soupira.

— Nous nous sommes disputées l'autre soir. Je pense qu'elle ne trouvera jamais un job et tu sais quoi ? Je me demande si elle désire vraiment en trouver un.

— Trouver un job à New York, fit remarquer Claire, l'obligerait à y rester.

— Exactement.

Darcie se força à sourire.

— Toi et moi formons une bonne équipe. Nos cerveaux fonctionnent super ensemble.

— Mais si Annie quitte New York, tu vas te retrouver coincée avec la totalité du loyer.

— Si tu me laissais Samantha en pension pour les dix-huit années à venir ? Je te ferais un prix.

Elle réfléchit un instant.

— Et alors plus besoin de trouver un mari... d'avoir des enfants. Je me contenterais d'élever Sam – évidemment il y a le problème du boulot...

— Ne me tente pas, dit Claire.

Mais elle contemplait sa fille avec tendresse.

— Voyons voir. Nous avons une sœur dysfonctionnelle qui

refuse de chercher un emploi, une amie dysfonctionnelle qui ne peut pas garder le sien…

— Il y a aussi mamie, ajouta Darcie. Julio et elle se sont encore querellés. Elle m'a appelée en larmes à 6 heures ce matin. Je ne sais pas quoi faire. Un peu de gêne subsiste encore entre nous. Et impossible de me précipiter chez elle, j'attends un appel d'Australie au bureau.

Claire haussa les sourcils.

— Pas de Dylan. Un appel professionnel. Je dois retourner au boulot fissa, mais il fallait que je te voie. Toi, la voix de la raison.

— Ah.

Claire plongea dans un nouveau carton, battant des paupières pour refouler ses larmes. Samantha avait dû percevoir son changement d'humeur et se mit à pleurer. A moins qu'elle ne soit frustrée que son hochet soit de nouveau tombé ? Claire ne déchiffrait toujours pas ses différents pleurs.

— Il semble que nous craquions toutes, du nourrisson à la mamie de quatre-vingt-deux ans. Aucune d'entre nous n'est donc capable de se débrouiller dans l'existence ?

— Et avec les hommes, murmura Darcie.

Claire émergea du carton.

— Je le savais. Je savais que c'était la raison de ta venue.

— J'ai eu des nouvelles de Dylan.

— Mon Dieu ! Il s'est excusé, n'est-ce pas ? La femme au téléphone était sa mère… Non. Elle a dit ne pas s'appeler Mme Rafferty. Sa sœur ? Sa cousine ?

— Pas du tout. Elle était exactement ce qu'elle semblait être.

— Il a une autre petite amie ?

— Claire, je n'ai jamais été sa petite amie. Nous avons passé deux charmantes semaines à Sydney…

— Darcie, je connais cette chanson. J'ai le regret de te dire qu'elle n'a aucune chance d'entrer au Top 50.

Les pleurs de Samantha redoublèrent. Culpabilisée, Claire la prit dans ses bras pour la bercer, sans quitter Darcie des yeux. Il était évident que Darcie elle aussi était sur le point de fondre en larmes.

— Il ne s'est pas excusé ?

— Il a essayé mais je ne voyais pas l'intérêt.

Elle soupira, le menton tremblant.

— C'était une histoire purement sexuelle, voilà tout.

— Moi ça m'irait. Enfin, si j'avais la moindre libido.

Majeure partie de ses problèmes.

— Tu allaites. J'ai lu que l'allaitement peut supprimer l'appétit sexuel – un genre de contraception naturelle, quoi.

— Tu pourrais venir à la maison expliquer ça à Peter ?

— Si tu cuisines le dîner, pas de problème. J'adore ton poulet à la florentine.

— D'accord. Si tu gardes Samantha, le temps que j'emmène Peter boire un verre pour lui apprendre ma démission. Il est en déplacement professionnel à San Francisco jusqu'à vendredi.

Le visage de Darcie s'éclaira.

— Je comprends tout. Samantha fait ses dents et, au milieu de la nuit, tu t'es écroulée. Elle hurlait dans tes oreilles et tu as craqué.

Claire retourna à son carton, Sam dans les bras.

— C'était un moment de faiblesse, je l'admets, mais qui couvait depuis longtemps. Je recommencerai à travailler lorsque Samantha entrera à l'école. J'ai tout le temps. J'expérimente un phénomène contemporain en plein essor chez les femmes carriéristes : l'effet boomerang.

— Tes compétences pourraient diminuer, Claire. Tu risques de ne plus être au top.

— J'ai cessé d'être au top lorsque la sage-femme a crié : « la tête est sortie ». Mais ce n'est pas grave. J'adore Samantha, n'est-ce pas, ma chérie ?

Elle enfouit son nez dans le cou du bébé. Les pleurs de Samantha se transformèrent en gazouillis.

— Oui, maman t'adore. Tout ira bien. Toutes les deux ensemble.

Darcie gloussa.

Claire croisa mentalement les doigts.

— Je vais adorer promener Sam au parc dans sa poussette, rencontrer d'autres mères, pique-niquer le midi, regarder Sam jouer dans le bac à sable.

— Je ne te donne pas deux semaines pour te ronger les ongles au sang.

— Je mets ma main à couper que non, Darcie.

— Inutile de te couper la main, tu l'auras déjà arrachée à coups de dents.

— Et toi, mademoiselle je-suis-une-femme indépendante qui n'a pas besoin d'homme ? Miss les femmes doivent choisir leur vie ? se moqua Claire. Pour quelqu'un décidée à rester célibataire, tu sembles plutôt malheureuse ce matin.

Claire se tut un moment.

— Je crois que tu soupires encore après Rafferty.

— Soupirer est une chose. Ça ne signifie pas qu'il est l'homme qu'il me faut. D'ailleurs, ça te va bien de parler ainsi…

Darcie agita la main en direction des cartons encombrant le bureau.

— … toi qui renonces à ce qui te fait vibrer, avec succès, dois-je reconnaître, depuis que je te connais.

— Regarde les choses en face. Nous ne tournons pas rond. Toi, moi, Annie, et même Eden, qui pourtant en sait plus concernant la vie et les hommes que nous toutes réunies.

— Exactement ce que j'ai dit à maman.

— Et n'oublie pas Greta.

Claire embrassa les boucles humides de Sam avant de la reposer dans son parc, puis leva un regard encore embué de larmes.

— Quelle pagaille ! Et je ne parle pas de mon bureau.

— Nous faisons du mieux que nous pouvons.

Insuffisant, pensa Claire. Ce matin, débarquant au pas de charge dans le bureau du P.-D.G., puis à la Direction des ressources humaines, elle avait confiance en elle, se sentait… libre, certaine d'avoir raison de tout laisser tomber.

Maintenant, elle n'en était plus si sûre. Et sa meilleure amie non plus.

— Darcie, ton optimisme te perdra.

Plus tard dans la journée, Darcie reconnut que Claire avait peut-être raison. En arrivant au bureau le matin – avec une heure de retard –, elle avait trouvé Greta en pleine tentative de sabotage des négociations avec Henry Goolong en Australie. L'expérience ne lui servirait donc jamais à rien ? Elle n'aurait jamais dû faire confiance à cette femme.

— Tu m'as court-circuitée à propos de Henry Goolong ?

— Nous formons équipe maintenant, Baxter. Comme tu étais absente, j'ai supposé que c'était à moi de m'en occuper.

— Quand il gèlera en enfer, oui.

Génial, le soutien de Greta.

Heureusement, aucun dommage réel n'avait été causé. Henry et Darcie décidèrent par téléphone de la livraison de quatre motifs de style aborigène destinés à Wunderthings, dès la signature du contrat. Il lui faudrait s'assurer que Greta ne massacre pas les détails. Et planifier en hâte la fabrication des modèles, à temps pour l'inauguration de Sydney.

— Et si Goolong ne signe pas ? s'enquit Greta, comme si elle espérait des problèmes.

C'était d'ailleurs un risque. Des problèmes que Greta créérait elle-même. Qu'elle et Walt soient devenus inséparables ne suffisait pas à Greta ? *J'ai créé un monstre.*

— Henry signera. Les choses sont beaucoup plus simples là-bas.

Dommage qu'elle ne puisse en dire autant pour elle-même.

Elle quitta le bureau, toujours furieuse contre Greta. Merrick avait téléphoné trois fois dans l'après-midi mais, trop occupée, elle n'avait pas répondu. Maintenant, elle ne parvenait plus à le joindre, au bureau comme sur son portable, et son domicile sonnait occupé. Peu de temps auparavant, elle lui avait enfin arraché son adresse. Elle décida de passer chez lui. Ils pourraient se faire livrer des pizzas ou un plat chinois. Se détendre. Parler avec sincérité… de leur « relation », peut-être même de Greta. Darcie fulminait encore à son sujet.

Dehors, Darcie héla un taxi. Il passa en trombe devant elle, sans même ralentir. Frustrée, elle recommença à parler toute seule.

— Je ne sais pas si je suis plus en colère après Greta Hinckley au sujet de Henry Goolong (pourquoi Walt ne se rend-il compte de rien ?) ou après moi-même. Sans cette halte chez Heritage pour voir Claire, qui avait besoin de moi, je serais arrivée à l'heure au boulot.

Mais peut-être devrait-elle se sentir soulagée ? Depuis son voyage au Australie, elle s'attendait à ce que Greta la mette au défi.

Elle se pencha pour héler un nouveau taxi, imitant les silhouettes de bronze semées sur les trottoirs de la ville et dans les parcs. Fantaisistes, tellement urbaines. Sourdes à ses craintes croissantes, au contraire des nuages s'amoncelant au-dessus de sa tête.

Elle aurait dû choisir de prendre le ferry et se rendre chez mamie. Elles se seraient mutuellement réconfortées, peut-être autour d'une assiette de bouillon de poule maison accompagnée de cherry. La querelle de mamie avec Julio et celle de Darcie avec Greta se seraient transformées en incidents mineurs et sans conséquence.

Un taxi s'arrêta dans un crissement de pneus sous le nez de Darcie. Elle y monta avec reconnaissance.

— A l'angle de la 78e et de Park, s'il vous plaît.

Aucun commentaire. Peut-être que le chauffeur ne parlait pas anglais. Darcie regrettait l'époque, qu'elle n'avait pas connue, où les taxis new-yorkais n'étaient que trop désireux de faire profiter leurs passagers de leur sagesse et de leur bon sens. Eden prétendait que leur éloquence avait largement contribué à son éducation.

Darcie s'absorba dans la contemplation des lumières et des vitrines, résistant à l'envie de s'accrocher au siège défoncé chaque fois que le taxi changeait de file.

Dans l'entrée de l'immeuble de Merrick, le portier l'annonça dans l'Interphone.

Elle perçut le murmure d'une conversation, puis la voix de Merrick.

— Faites-la monter.

Et s'il avait déjà des invités ? Elle n'y avait pas pensé. Peut-être recevait-il des amis, avec qui il jouait au poker et buvait des bières. En jurant et racontant des histoires drôles. Une soirée entre mecs. Non, ça, c'était plutôt le genre de Dylan.

Et si Merrick se trouvait avec une autre – et que Darcie s'apprête à passer pour une idiote, comme chez FAO Schwarz ?

Elle préférait encore la première hypothèse. Parce qu'une mauvaise surprise signifierait la fin de leur relation.

Depuis sa conversation avec Dylan, elle doutait des hommes en général. Elle quitta l'ascenseur au deuxième étage. Merrick allait l'inviter à entrer, lui tendrait un plateau garni de sandwichs au pastrami sur pain de seigle, lui offrirait une bière. Peut-être joueraient-ils au poker. Pas au strip-poker bien sûr, puisqu'ils ne seraient pas seuls, mais…

La porte s'ouvrit avant qu'elle ne l'ait atteinte. Il avait dû la guetter à travers l'œilleton. Elle plaqua un grand sourire sur son visage et s'exhorta à l'optimisme.

— Que fais-tu ici, Darcie ? lança Merrick depuis le seuil.

— Tu as téléphoné. Comme nous n'avions pas rendez-vous ce soir, j'ai…

Elle jeta un coup d'œil derrière lui.

— Je peux entrer ?

Il n'avait manifestement pas l'intention de l'y inviter.

— … Je voudrais te parler.

— Ça ne peut pas attendre ? On peut se voir demain, dit-il sans reculer d'un pouce… De quoi s'agit-il ?

— D'une visite inopportune, apparemment. Je t'ai appelé, ajouta-t-elle à la hâte, mais sans succès. J'ai quitté le bureau en colère contre Greta, et, presque sans m'en rendre compte… je me suis retrouvée ici.

Il croisa les bras sur sa poitrine.

Elle nota alors qu'il portait un T-shirt moulant chaque millimètre de ses muscles dessinés à la perfection. Elle ne l'avait jamais vu en tenue décontractée. Les muscles de ses bras saillaient. Elle se souvint des qualités premières qui l'avaient attirée chez Merrick.

— Tu faisais ta gym ?

Non, ce ne devait pas être ça.

— … je veux dire, à la salle de gym ?

— Non.

Avec un soupir de défaite, Merrick se décida à reculer. Il pivota sur le seuil et un deuxième homme s'avanca en souriant. Grand et blond lui aussi. Et vêtu d'un T-shirt moulant et d'un jean serré. Merrick et lui auraient pu être jumeaux.

Merrick n° 2 avait ceint un tablier, imprimé : « Super Cuistot ». Un jeu télévisé que Darcie avait regardé une fois avec mamie. Elle-même cuisinait peu et le débitage à grande vitesse de fines lamelles d'ingrédients exotiques, dont aucun ne lui faisait envie, l'avait laissée froide.

Numéro deux lui tendit un plateau. Curieuse, elle s'avanca sur la pointe des pieds et découvrit des sushis, disposés en un éventail ravissant, aussi parfaits que ceux en plastique dans les vitrines des restaurants japonais. Elle frissonna. Le poisson cru n'était pas son plat favori.

— Non merci.

— Je m'appelle Geoffrey.

— Bonjour, dit-elle en lui tendant la main. Darcie.

Ils échangèrent une poignée de main.

Merrick manqua de s'étrangler et s'adressa à Darcie.

— Tout ceci est ridicule. Nous parlerons *demain*.

Le cœur de Darcie battit plus fort. Elle éprouvait un sentiment étrange.

On n'entendait aucun murmure féminin à l'intérieur. Ni sandwichs pastrami-pain de seigle, ni bière n'apparaissaient sur la table. Pas de jeu de cartes. Rien d'autre ne s'offrait à la vue de Darcie qu'une scène familière – on s'apprêtait à passer à table –, une table qui ressemblait à celle de la salle à manger de Hank et Janet. Merrick s'éclaircit la voix.

— Geoffrey est mon…

— … compagnon, acheva Geoffrey, posant son plat.

Il lui adressa un nouveau sourire amical et glissa sa main dans celle de Merrick.

Le regard de Merrick la suppliait de ne pas réagir. *Pas de FAO Shwarz, je t'en prie.*

Mais Darcie ne trouvait rien à répondre. La situation était claire.

Claire comme de l'eau de roche. Ou du verre. Elle imagina un bruit de verre brisé.

Et moi alors ? Elle ne crierait pas, ne pleurerait même pas. En dehors du fait qu'ils avaient été amants, quel genre *d'être humain* était Merrick pour l'avoir tenue dans l'ignorance ?

Merrick murmura quelques mots à son « compagnon », puis s'avança dans le couloir, refermant la porte derrière lui. Il fixait Darcie, ne sachant que dire. Elle ne savait pas non plus. Elle n'avait jamais vécu cette situation.

— Geoff semble très sympathique.

Merrick s'adossa à la porte d'un air renfrogné, les bras croisés sur sa poitrine moulée dans son T-shirt.

— Je ne voulais pas te blesser. Rien ne nous empêche de continuer à nous voir.

— Bien sûr, pourquoi pas ?

Le cœur de Darcie menaçait de bondir hors de sa poitrine.

— Durant des années, tu m'as vue en secret. Je ne savais même pas où tu habitais, ni avec qui… L'existence de Jacqueline s'est révélée une surprise pour moi. Et je n'avais aucune idée que tu avais deux enfants que notre « arrangement » risquait de blesser. Et maintenant Geoffrey.

— Tu tombes dans le mélo.

Elle tripota la lanière de son sac sur son épaule, comme un doudou en cuir.

— J'ai été ta maîtresse, bon sang. Découvrir au milieu de chez FAO Schwarz que tu avais une femme et des enfants n'était pas assez humiliant, il a fallu que je me traîne sur le pas de ta porte et que je fasse connaissance avec celui qui prépare le dîner à ma place. Je me fiche de tes préférences sexuelles, Merrick, je te souhaite d'être heureux, mais merde, pourquoi ne m'avoir rien dit et me mentir, une fois de plus ?

Merrick se redressa.

— On ne peut pas passer à autre chose ? S'il te plaît ?

— Non. On ne peut pas. J'ai été trompée. Deux fois. Cela n'arrivera plus.

Elle fit mine de partir mais il la rattrapa par le poignet.

— Qu'y a-t-il à ajouter ? demanda-t-elle, exaspérée.

— J'ai besoin de ton aide.

Elle laissa échapper un hoquet.

— Tu quoi ?

— Geoff me plaît. Beaucoup, dit-il en baissant la voix. Mais je ne suis pas prêt à… à m'engager. Jackie vient juste de me quitter avec les enfants – je ne suis pas encore habitué. Et la réaction de mon fils et de ma fille découvrant que je vis avec un homme m'inquiète. Ils ne s'y attendent pas du tout. Mais je ne veux pas blesser Geoff non plus. Que crois-tu que je doive faire ?

Le rythme cardiaque de Darcie s'emballait. Incroyable. Pire que Greta. Pire que… toutes ses nuits avec Merrick.

— La vie est étrange. Je suis venue ce soir parce que j'ai cru que tes appels signifiaient que tu souhaitais me voir. Alors que tu ne désirais que des conseils gratuits ? Une consultation de spécialiste du courrier du cœur ?

Sa voix grimpait d'un cran à chaque mot.

— Darcie.

Tout s'éclairait. Ses humeurs, son expression indéchiffrable.

— C'est pourquoi tu semblais si… troublé lors de ma crémaillère ? Je comprends. Tu ne jaugeais pas ma relation avec Cutter. Tu le jaugeais lui ! Incroyable ! Je m'en vais. Quelqu'un m'attend chez moi, mentit-elle. Dieu merci.

Merrick plissa le regard.

— L'Australien ? Ça ne marchera jamais.

— Merci. Cette soirée atteint la perfection. Quoi d'autre ?

— Il est à New York ?

Elle ne répondit pas. Remontant son sac sur son épaule, elle se dirigea à grands pas vers l'ascenseur. Sous le choc, certes. Mais elle ne le jugeait pas et tenta de ravaler sa colère.

Avec Merrick Lowell, la colère était gâchée. Il ne se rendait compte de rien.

— On se voit lundi prochain ? lui cria-t-il.

16

— Le moment de vérité entre Merrick et moi, murmura Darcie en se dirigeant vers son immeuble.

La soirée avait viré à la pluie. Mamie avait raison. Merrick Lowell était le pire des égocentriques. Il ne voyait le monde que de son point de vue.

Arrivée sur le trottoir en face de chez elle, elle se pétrifia. Mais non, le choc de son entrevue avec Merrick n'avait pas provoqué d'hallucinations. Il ne s'agissait pas d'un mirage. Planté sous la pluie, Dylan était assis au milieu de son escalier. Avec son Akubra, sa chemise en chambray, son jean, sa veste… et son megasourire australien. Zut, elle se haïssait de réagir ainsi, mais son cœur s'emballa.

Mais le sourire de Dylan était-il si lumineux ce soir ?

Non. Il semblait… éberlué. Autant qu'elle-même faisant la connaissance du petit copain de Merrick. Elle se rappela que le visage de Dylan affichait la moindre nuance de ses émotions. Elle se campa devant lui, poings sur les hanches.

— Tu es perdu ? Ce n'est pas ton chemin.

— J'ai assisté à un salon agricole à Kansas City. Comme j'étais dans le coin, j'ai décidé de faire un saut pour te voir.

Non, elle ne sourirait *pas*. Non.

— Dylan, Kansas City est à deux mille kilomètres d'ici.

— Nous autres Australiens habitons un vaste pays. Les distances n'ont pas la même signification pour nous.

Il n'avait pas bougé. Elle se demanda s'il craignait de se lever pour lui faire face et risquer un direct dans la figure.

— Tu vas être trempé, fit-elle remarquer.

Elle rassembla sa dignité, passa devant lui et ouvrit la porte de l'immeuble, s'efforçant de lui cacher sa main tremblante. Elle avait hâte de se réfugier à l'intérieur, à l'abri de toute surprise supplémentaire, déplaisante ou pas.

Quelle naïve elle faisait ! Elle aurait mérité un trophée.

Dylan l'avait suivie.

— Tu es trop en colère pour dire bonjour ?

— Salut, dit-elle sans se retourner.

Derrière elle, sur le perron, il hésitait.

— Ça signifie que je peux entrer ?

— Fais ce que tu veux. Je suis seule…

Ces mots prêtaient à confusion. La lueur intense des yeux sombres de Dylan trahissait des projets qu'elle n'envisageait même pas d'accepter.

— … Reste sous la pluie si tu veux. Mais, dans tous les cas, abstiens-toi de me toucher.

— Tu es toujours en colère.

Peut-être, lorsqu'elle atteindrait l'âge de mamie, déciderait-elle de lui pardonner, et ils reprendraient alors les choses à zéro. Se vautreraient dans un lit. Feraient l'amour comme des fous. Ou bien à devenir fous ?

Les mots ne semblaient pas le souci de Dylan.

— Donc il y a de l'espoir, trancha-t-il à voix haute.

Elle avait à peine refermé la porte sur eux qu'il l'enlaça. Elle se tortilla, afin de se glisser hors de son trench trempé et de cesser de frissonner. Mais loin de garder ses distances comme elle le lui avait demandé, Dylan la serrait contre lui.

— Tu m'as manqué. Bon sang, tu n'imagines pas comme tu m'as manqué.

Elle cessa de se débattre et resta silencieuse. Silence absolu, méthode favorite de Janet. Elle avait plus d'une fois été témoin de son efficacité, même si elle nétait pas fière de l'utiliser à son tour. Elle s'entêta à rester immobile jusqu'à ce que le visage de Dylan s'écarte de son cou, où il avait peut-être eu l'intention de planter un baiser humide. La chaleur de sa bouche frôla sa peau. Dylan baissa la voix.

— Je t'ai menti.

Surprise ! La sincérité était en solde ce soir ? Ou bien tous les mecs avaient suivi un cours accéléré d'éthique ?

Tous les mecs ?

Dylan la lâcha et elle fit glisser son imper trempé avant de passer devant lui pour gagner sa chambre. *Non, n'entre pas dans ta chambre.* S'il l'y suivait, elle finirait par oublier qu'elle lui en voulait à mort et lui sauterait dessus.

Elle préféra s'affaler dans le sofa, drapée dans un plaid.

Même ainsi, elle tremblait toujours. Merrick, Dylan… Comparée à eux, Greta Hinckley était un amateur.

— Tu as froid, constata Dylan.

Il se balançait sur les talons de ses bottes, les mains au fond des poches arrière de son jean. Jean mouillé, remarqua-t-elle. Comment ses doigts parvenaient-ils à se glisser dans un jean aussi serré ?

— Laisse-moi te réchauffer, chérie.

Il s'assit près d'elle mais elle se faufila sur le côté.

Les nuits passées à faire l'amour au téléphone traversèrent son esprit. Suivies de l'appel auquel une femme avait répondu. Dyan n'avait été qu'un aimable passe-temps. Comme Darcie l'avait été pour lui.

Si elle le répétait assez souvent, elle finirait par y croire.

— A quel propos as-tu menti ? demanda-t-elle.

— Je vais d'abord te sécher. Nous parlerons ensuite.

— Parle pendant que nous nous séchons tous les deux.

Il la regarda.

— Je ne peux faire qu'une seule chose à la fois, d'accord ?

— Je voulais dire : nous sécher chacun de notre côté.

Dylan était venu la retouver. Elle devait en tenir compte. C'était un *homme*… et elle était heureuse de sa présence.

Malgré ses mensonges et la soi-disant fin de leur pseudo-liaison.

Gare à la naïveté, Si elle n'y prenait garde, elle retomberait dans les bras de Dylan. Et pour combien de temps cette fois ?

Il lui frictionna les bras avec le plaid. La chair de poule, due au froid autant qu'au désir, parcourut sa peau, puis son corps entier. Elle arrêta la main de Dylan qui venait d'effleurer son sein.

— Je me charge de cette partie.

— Tu peux te charger de toutes mes parties, si tu veux.

Elle se rejeta en arrière.

— Dylan, qu'es-tu venu faire ici ? Personne, même en Australie, ne parcourt la moitié de la terre en avion pour retrouver une femme rencontrée dans un bar.

— C'est à son sujet que je t'ai menti… *elle*, pas toi.

Dylan l'installa dans les coussins, sans cesser de l'enlacer, le plaid légèrement humide réchauffant leur peau. Elle cessa de trembler.

— Je n'ai pas rencontré Deirdre dans un bar. Elle vit dans l'élevage voisin du mien.

Sa *voisine* ?

— Elle est jolie ?

Embarrassée, elle se demanda comment cette question lui avait échappé. Mais, comme toute femme à sa place, elle voulait connaître la réponse, qu'elle la blesse ou non.

— Oui. Très jolie. De longs cheveux noirs, de grands yeux bruns. Une silhouette qui…

— Epargne-moi les détails, dit-elle avec humeur.

— Elle passe me voir de temps en temps. Quand nos besoins hormonaux nous chatouillent tous deux.

— Un arrangement bien pratique.

— Oui.

Aïe. Et où était passée sa mère pendant ce temps ?

— Donc vous vous êtes retrouvés au lit. C'est censé me remonter le moral ?

— Ça marche ?

Elle se redressa et sonda les yeux bruns de Dylan. Elle préféra nier le trouble qu'elle y lisait. De même que le sien.

— Pourquoi ne l'épouses-tu pas ?

— Je ne l'aime pas. Et elle ne m'aime pas.

— Tu te trompes. Elle a l'intention de devenir Mme Dylan Rafferty. Un jour.

Dylan sursauta à cette nouvelle.

— Deirdre ? Qu'est-ce qui te fait penser une chose pareille ?

— Elle me l'a dit. Pas en ces mots, mais il aurait fallu être sourde pour ne pas comprendre le message.

— Oh. Je comprends maintenant, dit Dylan en souriant. Deirdre s'est amusée. Elle aime la plaisanterie. Je lui ai parlé de toi et elle a dû deviner qui appelait.

— Superhistoire à raconter à mes petits-enfants.

— Il ne s'agit pas d'une histoire, Darcie, mais de la vérité.

— Dylan, cette fille fiche en l'air notre « relation » et tu admires son sens de l'humour ?

Il se renfrogna une fois de plus.

— Tu ne comprends pas comment nous fonctionnons en Australie.

— Tu as raison. Je ne comprends pas.

Elle ne comprenait rien aux hommes.

Elle jaillit du sofa et fila vers sa chambre, sans se soucier davantage que Dylan la suive ou non. Des vêtements secs s'imposaient. Ainsi qu'une certaine distance. A peine avait-elle ôté sa blouse et dégraffé son soutien-gorge que Dylan apparaissait sur le pas de la porte.

— Cela t'ennuierait de sortir ?

Dylan écarquilla les yeux.

— Beaucoup.

Il traquait chaque parcelle de son corps du regard.

— Continue, chérie. Tu arrives au moment le plus intéressant.

Darcie lui tourna le dos.

Il la rejoignit en trois enjambées et se pressa contre son dos. Il enserra sa taille, nouant ses mains puissantes sur son ventre. Darcie baissa le regard sur sa chevalière en or et de minuscules cicatrices sur son poignet attirèrent son attention. Dylan suivit son regard.

— Des barbelés, murmura-t-il.

Il laissa courir sa bouche à la naissance de son cou, puis sur son épaule.

— J'ai aussi une morsure de border collie au mollet.

Les lèvres de Dylan effleurèrent sa peau nue. Elle avala sa salive et le désir jaillit, directement de son cerveau au centre de son corps, avant de se répandre dans toutes les zones érogènes rencontrées en route.

— Un mouton m'a envoyé un coup de pied, juste là où ça fait mal.

— Pauvre homme…

Il grignota le lobe de son oreile et elle gémit.

— … pauvre homme blessé…

La bouche de Dylan vagabondait.

— As-tu déjà envisagé de devenir infirmière ?

— Pas jusqu'à aujourd'hui.

— Tu sais qui m'a donné un coup de pied ?

Ses lèvres erraient maintenant sur ses épaules. Il se pressa contre ses seins et elle sourit à son contact.

— Darcie II, murmura-t-il. Elle tient de sa « marraine »

Elle gigota pour se libérer.

— J'essaie d'être en colère contre toi.

— Cesse d'essayer. Pourquoi es-tu en colère ? Parce que j'ai surgi sous la pluie ? Sans prévenir ? Tu vas continuer de me jeter Deirdre à la figure jusqu'à mon départ ? Pourquoi gâcher de précieux moments et non profiter l'un de l'autre ?

Dylan effleura ses seins d'un geste léger et elle sentit ses genoux mollir. Quand il joua avec la pointe de ses seins, elle faillit gémir.

— Etant donné le prix d'un billet d'avion, ce serait idiot.

— Absolument.

— Nous pourrions… faire meilleur usage de cette opportunité, avoua-t-elle.

— Et comment !

Il lui ôta sa jupe, ainsi que son collant froid et humide et fit voler le tout sur la moquette. Son panty suivit. Nue, Darcie pivota à l'intérieur de ses bras et posa ses mains, comme aimantées, sur la boucle de sa ceinture. Dylan étouffa un gémissement.

— Tu vois ? Toi aussi tu sais faire mal.

— Bonne idée. Je vais me venger – imiter Greta – pour une durée déterminée. Comme une peine de prison.

— Je me constitue prisonnier – consentant.

— Pour combien de temps ? Une heure ?

Il réfléchit.

— Je suis vraiment un vilain garçon.

— Si je me souviens du Westin, je dirais oui.

Elle sourit, soutenant son regard, maintenant chaleureux.

— Plus d'une heure alors.

Serrés l'un contre l'autre, ils titubèrent vers le lit. Heureusement, elle l'avait choisi grand. Assez pour ce qu'elle avait en tête.

Quelle journée atroce ! se dit-elle. Elle avait gagné le droit de faire souffrir Dylan…

Evidemment, cela impliquait se « punir » elle-même…

Ils s'écroulèrent sur le lit, Dylan couvrant à demi le corps de Darcie dont les bras enlaçaient son cou, musclé et bronzé. La chevalière de Dylan tinta contre la tête de lit.

— Toute la nuit, murmura-t-elle. Et cela ne suffira peut-être pas.

— Pas de remise de peine pour bonne conduite ?

Elle s'arqua contre lui.

— Peine incompressible.

— Condamnation à mort ? dit-il, faussement effrayé.

— Je n'irai pas aussi loin. Mais presque.

Elle avait oublié combien il était beau. Les larmes lui montèrent aux yeux. Il était étrange mais sage à sa manière terre à terre.

Dans ses bras, elle grimpait au paradis. D'ailleurs, avec sa peau bronzée et ses yeux, sombres et malicieux, il évoquait un dieu grec.

— Dylan Rafferty, tu es un vaurien.

— Ce qui m'a permis de retrouver le chemin de ton lit,

Ses lèvres effleurèrent les siennes, puis sa gorge. Il eut un petit rire, bas, sexy et viril.

Comme Errol Flynn.

— Ai-je bien compris ? dit-elle, tentant de garder l'air sévère.

La bouche de Dylan parcourait sa peau de signaux érotiques.

— Tu profites de la situation – dans ce cas précis, d'une situation à caractère sexuel.

— Je saisis ma chance, rectifia-t-il. Et tu fais de même, Matilda.

— Exact. Maintenant que tu es là…

Elle attira sa bouche contre la sienne.

Il se hissa sur les coudes et plongea dans son regard. Pour lui sourire. Satané soleil. Il portait toujours son chapeau. Quand Dylan l'embrassa, l'Akubra glissa sur leurs visages. Puis le corps de Dylan se fondit avec le sien et il se glissa en elle, comme Errol Flynn. Darcie gémit. Ses pectoraux se pressaient contre ses seins, ses hanches contre les siennes, et elle s'abandonna à sa puissance sauvage.

— Dis-le, chérie, dit-il d'une voix émue. Tu sais que tu en as envie.

— C'est… bon de te voir. Toi aussi tu m'as manqué.

— Et tu me pardonnes.

Il commença à bouger un peu plus vite, plus fort.

— Oui. Je… oooh.

Comme la première fois au Westin, en mieux. Ni l'un ni l'autre ne résistèrent longtemps. En quelques minutes, ou secondes, ils perdirent tout contrôle et éructèrent de plaisir.

En chœur.

Elle était si heureuse qu'il soit venu.

Le problème Dylan avait pris des proportions sérieuses, mais elle s'en fichait.

— Moment de vérité, souffla Darcie dans son cou.

Darcie raccrochait à peine d'une communication avec Walt Corwin et Henry Goolong, tous deux à Sydney – consciente que Greta Hinckley tendait l'oreille – que Walt rappela. En solo cette fois.

— J'ai dû reprendre l'avion pour l'Australie…

Sa voix résonnait aussi fort que s'il se trouvait dans la pièce. Darcie s'enfonça dans son siège, les pieds sur son bureau.

— … pour découvir une fois sur place que l'ameublement commandé sera livré en temps et en heure.

Super. Les plaidoyers de Darcie s'étaient révélés efficaces.

— Walt… il s'agit d'une bonne nouvelle, et non d'une mauvaise.

— Attends la suite, on va voir ce que tu en penses.

Darcie se redressa et reposa les pieds par terre.

— Grâce à nos récriminations, la commande est arrivée hier. Ou aujourd'hui ? Flûte, je ne sais jamais quel jour nous sommes.

Jusqu'à aujourd'hui, Darcie avait été dans le même cas. Surtout depuis que Dylan Rafferty avait élu domicile dans son appartement, et dans son lit, une semaine auparavant. D'ailleurs elle trépignait sur place, pressée de rentrer le retrouver. Mais aujourd'hui elle consulta sa montre, offerte la veille par Dylan – une montre en argent, très chic, à double cadran. Greta Hinckley aurait apprécié. Mais pas question que Darcie se sépare de cette montre qui lui permit d'informer Walt de l'heure de Sydney, comme de celle de New York.

— Depuis quand es-tu aussi douée ? demanda-t-il, peu impressionné.

— J'ai des amis haut placés.

Comme Dylan, qui la nuit dernière avait trouvé sans hésitation son point G au moins trois fois. Darcie sourit à Greta, puis dans le récepteur, tentant de se concentrer sur les paroles de Walt.

— Hier soir, nous avons déballé les éléments des rayonnages. Ecoute ça : ils sont en bois de pécan et non de noyer. Et les vitres en verre gravé au lieu de verre dépoli.

Le cœur de Darcie remonta dans sa gorge.

— A quoi ça ressemble ?

— A des armoires en bois de pécan aux vitrines de verre gravé.

— Bon, dit-elle, éternelle optimiste, nous ferons avec. Le verre gravé permettra d'exposer les modèles portes fermées, alors que le verre dépoli obligerait à les garder ouvertes. Je n'avais pas réfléchi à cela.

— Tu préfères conserver le bois de pécan ?

Elle n'irait pas aussi loin.

— Il n'est pas assorti au décor. Je préfère le noyer.

— Moi aussi. Voyons ce que je peux faire.

— Le mieux, suggéra-t-elle, serait d'utiliser le pécan pour l'inauguration du magasin, puis de l'échanger contre le noyer dès qu'il sera disponible…

Elle se tut un instant.

— … en exigeant évidemment une remise conséquente étant donné les inconvénients subis.

— Baxter, tu es géniale.

— N'oublie pas mon augmentation, sourit-elle. Généreuse. Plus deux semaines de vacances.

En ce moment, avec Dylan à New York, cela aurait été idéal.

— Pas de précipitation, soupira Walt. Ce n'est pas fini.

— Ne me dis rien. Les mannequins ont été livrés sans bras ni jambes.

De l'autre côté du couloir, Greta se pencha encore davantage en direction du bureau de Darcie. Celle-ci lui tourna le dos. Elle ne lui avait pas pardonné l'incident Henry Goolong. Son cerveau fonctionnait à toute vitesse. En cas de problème, ils utiliseraient les torses seuls. Avec un peu d'ingéniosité, elle créerait un étalage innovant qui ferait des mannequins manchots et culs-de-jatte le dernier cri en matière de vitrine. Depuis l'apparition surprise de Dylan sur le pas de sa porte, elle se sentait capable de tout. Orgasmes multiples ? simultanés ? Sa spécialité. Celle de Dylan aussi apparemment.

— Le papier peint, reprit Walter.

— Pardon ?

Walt venait d'interrompre son rêve éveillé concernant Dylan, ses pectoraux impressionnants sous leur toison lisse et brillante, les muscles de son ventre dur comme du bois…

— Tu m'écoutes ? *Le papier peint.* Il est posé. Mais ce n'est pas le bon. Quels crétins !

Elle se figea. Les livraisons retardées, une erreur d'étagères… elle pouvait gérer. Mais avec le papier peint elle risquait l'explosion.

— Ils ont posé le mauvais *papier ?*

— Tu avais commandé Rayures Régence, n'est-ce pas ?

— Oui, or sur un or plus pâle. Très subtil. Très classe.

— Nous avons écopé de rayures, noir sur blanc. Le magasin ressmble à un troupeau de zèbres.

— Si nous étions en Afrique…

— Nous ne sommes pas en Afrique. Tu n'as pas épuisé ta capacité à l'optimisme ? C'est une course contre la montre. Les dessins de Goolong partent à la production la semaine prochaine, impossible avant. Les premiers modèles seront *peut-être* disponibles à temps. Qu'as-tu prévu ensuite ?

Pincée par la critique de Walt concernant son optimisme, Darcie garda le silence un moment.

— Henry Goolong a approuvé le contrat, finit-elle par dire. Nous avons reçu ses dessins – superbes, exactement ce que je désirais. Même ses fax sont magnifiques. Vérifie que tout fonctionne à la production, je gère le papier peint.

— Comment ?

Elle leva les bras au ciel.

— Je l'ignore, Walt. Peut-être aurais-je dû t'accompagner en Australie.

Sauf qu'alors elle aurait manqué Dylan. Avec qui elle ne connaîtrait peut-être jamais plus que ces quelques jours ensemble à New York…

— OK, Walt. Arrache ce papier de tes mains nues si nécessaire. Je vais passer des coups de fil, chercher où nous procurer du Rayures Régence. La semaine prochaine, l'incident ne sera plus qu'un mauvais rêve.

La voix guillerette de Darcie éveilla la suspiscion de Walt. Ainsi que celle de Greta de l'autre côté de l'allée.

— Qu'est-ce qui provoque chez toi cette humeur d'héroïne de Walt Disney ?

— *Qui*, corrigea Darcie, pas *que*. Je te rappelle dès que possible.

— Rafferty ?

Mais elle raccrocha sans répondre. Rien ne gâcherait sa journée, pas même un désastre chez Wunderthings à Sydney. Optimiste et naïve peut-être, mais elle assurait.

Galvanisée à l'idée que Dylan l'attendait, elle passa plusieurs coups de fil et, une demi-heure plus tard, plusieurs rouleaux de Rayures Régence quittaient un entrepôt de la 34e Rue à Manhattan en direction du centre commercial Queen Victoria de Sydney. Quand Greta fit enfin mine de quitter son bureau, Darcie, impatiente, s'empara de son sac et se leva. Elle imaginait Dylan l'attendant sur son lit, torse nu…

— Je pars tôt.

Elle barrait le chemin de Greta, éprouvant pour une fois la sensation d'être forte, de décider.

— Restes-en là, Greta. Si tu tentes encore de saboter ce projet, je t'arrache moi-même les yeux.

Greta émit un son outré.

— Je ne cherche qu'à me rendre utile.

— C'est ce que devait dire Mme de Farge en regardant rouler

les têtes sous la guillotine à Paris. Imite-la et continue de tricoter. Si on me cherche, je suis chez moi.

La durée du séjour de Dylan à New York n'avait jamais été évoquée. Darcie s'était promis de profiter au maximum de sa présence, sans espérer davantage.

Les filles veulent juste s'amuser. Parole d'Annie.

17

Quand Darcie pénétra chez elle, agacée à la pensée de Greta, un bruit de conversation lui parvint de la cuisine où elle découvrit Annie, préparant le dîner en compagnie de Dylan.

Le cœur de Darcie s'affola.

La main de Dylan était posée sur celle de sa sœur qui tenait la poignée d'une casserole. Une odeur d'aromates, la plupart inconnus à Darcie, flottait dans l'air. De l'huile grésillait dans une poêle et la lumière du four clignotait, indiquant la cuisson d'un plat.

— Que se passe-t-il ?

Ils levèrent tous deux les yeux, l'air coupable, trouva Darcie. Comme Julio et mamie.

Puis Annie gloussa et regarda Dylan. Après un bref coup d'œil à Darcie, celui-ci guida la main d'Annie afin de remuer le contenu de la caserole. Annie portait un top en Lycra moulant s'arrêtant au-dessus du nombril et un pantalon corsaire taille basse, lui aussi moulant, dessinant chaque millimètre de ses longues jambes. Darcie se rappela que sa sœur avait dédié à Dylan un peu trop de regards appréciateurs depuis son arrivée chez elles. Annie sourit à Darcie.

— Incroyable, j'apprends à faire de la cuisine australienne.

— C'est-à-dire ?

L'inquiétude de Darcie se doubla de désespoir. Tous deux se tenaient trop près l'un de l'autre. Et Dylan portait son Akubra, signal érotique pour Darcie. Elle s'exhorta à penser à autre chose.

A Sydney, elle avait expérimenté la cuisine internationale avec Walt et – avec Dylan – les plats australiens traditionnels. Sa silhouette ne s'était pas encore remise des *meat pies*, feuilletés de solides portions de bœuf agrémentés d'une sauce riche. Or jamais auparavant elle n'avait remarqué combien sa sœur était menue.

Un souvenir traversa son esprit : Annie, habillée pour le bal de fin d'année du lycée à Cincinnati, laissant son cavalier piquer une fleur à son corsage. Les doigts du jeune homme avaient effleuré la poitrine d'Annie, au-dessus du décolleté de sa robe. Il avait été auparavant le petit ami de Darcie et était trop âgé pour Annie, mais cet « emprunt » n'avait pas semblé la gêner, ni lui non plus d'ailleurs.

Dylan adressa à Darcie un sourire indéchiffrable, puis passa un bras autour de l'épaule d'Annie. En T-shirt sombre et jean usé, il mettait l'eau à la bouche de Darcie – et la faim n'y était pour rien.

— Ce soir c'est *fish and chips* – frites-poisson. Tu es en retard.

— Je nettoierai la cuisine, promit Annie.

Et te piquerai Dylan en même temps ? La scène paraissait trop intime au goût de Darcie. A quel jeu jouaient-ils avant qu'elle n'arrive ? Elle s'approcha du four. Des gouttes d'huile l'éclaboussèrent et elle fit un bond en arrière. Reculant prudemment, elle aperçut des morceaux de poisson enduits de pâte flottant dans la friture au milieu de tranches de pommes de terre. La situation était catstrophique.

— Ouvre la fenêtre, s'il te plaît, ou nous allons mourir étouffés.

Dylan libéra Annie et examina le contenu, invisible, du four. Sa chevalière en or tinta sur le côté de la casserole.

— *Damper,* expliqua-t-il.

Il se redressa, avec le même mouvement que le cavalier d'Annie après qu'il eut épinglé la fleur à son décolleté.

Elle se sentait nauséeuse.

— Et le *damper* c'est… ?

— Du pain sans levain.

Consistant, d'après Darcie.

— D'ordinaire on le fait cuire dans les cendres du feu de camp, mais ici, dans cette grande ville dangereuse, vous les filles ne possédez même pas un *barbie*.

— Tu veux dire un barbecue ? dit Darcie, peu désireuse de mordre à l'hameçon. Notre proprio l'interdit.

— L'immeuble est trop ancien, intervint Annie. Il suffirait d'une étincelle pour que tout ce que nous possédons parte en fumée. Après une belle flambée.

— Vous voyez ? dit Dylan. Vous vivez dans une ville dangereuse.

Darcie se renfrogna.

— Moi j'aime New York. Si toi tu n'es pas heureux ici…

Il lui lança un regard de reproche.

— Autrefois, les habitants du bush australien mangeaient le *damper* pour apaiser leur faim.

— Je suis certaine que c'était efficace.

Il lui faudrait des semaines pour digérer un tel repas.

— Allez, Darcie, tenta Annie. C'est génial que Dylan nous fasse une démonstration de la cuisine de son pays.

Annie s'empara de l'Akubra et le planta sur sa chevelure rousse.

— Peut-être lui rendrai-je visite un jour.

— Viens en septembre. Tu m'aideras à l'élevage. Tu tondras les moutons.

Annie fit la moue.

— Ça ne leur fait pas mal ?

— Non. Sauf si tu les blesses par mégarde.

Il attira de nouveau Annie vers lui.

— Viens avec elle, Matilda. Je te laisserai tondre Darcie II.

Darcie préféra quitter la pièce.

— Je n'ai plus faim, lança-t-elle.

Ses yeux la piquaient – à cause de la friture, se dit-elle –, et elle voyait trouble. Elle pénétra dans sa chambre d'un pas vif, lança son sac contre le mur et battit furieusement des paupières. Quelle idiote ! Elle n'allait quand même pas pleurer. Pourquoi pleurerait-elle ?

Ainsi sa petite sœur plaisait à Dylan Rafferty. Annie était mignonne et ne souffrait pas des inhibitions de Darcie, ni de ses angoisses existentielles. Annie avait le cafard de se trouver loin de chez elle et ne travaillait toujours pas. Et rien ne changerait tant que Hank et Janet paieraient son loyer. Darcie pouvait témoigner de sa liberté de mœurs avec Harley… entre autres.

Mais Darcie ne finirait pas comme Greta Hinckley, à envier les autres de leur bonne fortune.

— Chérie…

La voix de Dylan l'appelant depuis le seuil emplit ses yeux de larmes.

— Va-t'en.

Il s'appuya d'une épaule dans l'encadrement. Darcie l'apercevait du coin de l'œil mais ne se retourna pas.

— Annie sert le poisson et les frites. Nous avons même trouvé un journal – le *New York Times*, tout à fait ton truc – pour l'envelopper. Comme le font les vendeurs. Et le *damper* est sorti du four.

Il lui parlait comme à une enfant.

— Lave-toi les mains et viens à table. Tout est prêt.

— Laisse-moi tranquille.

— Hé, tu crois que je…

— Laisse-moi. Rejoins Annie. Et bon appétit.

— Tu te conduis comme une gamine. Quel est le problème ?

— Je suis en proie au syndrome prémenstruel. Tu es prévenu.

Dylan ne bougea pas mais sa voix s'adoucit.

— Tes seins sont douloureux ?

Elle se retourna brusquement, les joues brûlantes.

— *Quoi ?*

— Ton ventre est enflé, tendu ?

— Tu joues avec le feu, Rafferty – et pas celui du barbecue.

— Tu es d'humeur volcanique ?

Il reprit le chemin du couloir.

— … d'accord, dit-il, rejoignant la cuisine.

Et Annie.

— Deux partout, dit Darcie, clignant de nouveau des yeux. Egalité.

Claire Spencer se demanda si elle ne souffrait pas de tendances autodestructrices. Elle avait quitté son boulot, et maintenant, assise à la table de sa salle à manger, elle picorait son repas. Au moins, elle perdait du poids. Sam était couchée.

— Tu ne manges pas, remarqua Peter, avalant sa bouchée de salade Caesar.

— Je n'ai pas faim.

— Après une journée au parc avec Sam ?

— Elle ne marche pas encore, ça va.

— Alors, que faites-vous ? Des pâtés dans le bac à sable ?

— De la balançoire.

Il ébaucha un sourire.

— J'aime les femmes qui se balancent. Chacune votre tour ?

Elle ne put s'empêcher de rire.

— Non, je pousse Samantha et je discute avec les autres mamans.

— Je me félicite que tu fasses des rencontres. Quand tu as quitté Heritage, je me suis demandé combien de temps s'écoulerait avant que tu ne découvres que les interactions quotidiennes avec tes collègues te sont nécessaires.

Claire récita sa litanie habituelle.

— C'est important. Mais Samantha l'est encore plus.

— Top des priorités, je suis d'accord.

Mais ce n'était pas Peter qui avait poussé cette balançoire à en avoir mal aux bras. Peter ne prenait pas un congé le samedi – un seul jour par semaine lui faciliterait la tâche – pour lui lire des histoires. Ce n'était pas Peter qui éprouvait une profonde sensation d'incompétence au milieu des autres mamans, expertes dans l'art d'allaiter leur bébé en public ou d'apaiser ses pleurs. Claire aurait parfois voulu creuser un trou dans le bac à sable et y enterrer sa tête d'empotée.

— Tu ne t'es pas maquillée aujourd'hui.

— Samantha se moque que je colore mes lèvres en Desert Mocha ou Sunset Peach. L'autre jour encore, elle me disait combien elle détestait le mascara… Et l'eye-liner ? Pire.

Peter prit un autre morceau de pain français.

— Samantha ne parle pas encore. Claire, tu perds les pédales, je te le dis.

— Je perds du poids en tout cas. Déjà trois kilos. L'été prochain, je serai le portrait craché de Naomi Campbell.

— Donc, dit-il en souriant et en se reculant sur sa chaise, tu as presque perdu tes kilos de grossesse. Tu te consacres à Samantha. Tu vois même un psy. Alors pourquoi cette mine éternellement triste ?

— Aucune idée.

Ça se voyait donc tant que cela ?

— Le médecin t'a donné, *nous* a donné, le feu vert depuis longtemps. Tu as cicatrisé et tu peux faire ce que tu veux. Comme reprendre une activité sexuelle…

— Je sais.

Le cœur de Claire battait soudain très fort.

Peter se leva, ramassa son assiette et désigna celle de Claire en évitant son regard.

— Tu as fini ?

— Oui. Merci.

Il disparut dans la cuisine. Ses cheveux blond cendré brillaient à la lumière, son pantalon sur mesure dessinait ses superbes fesses. La bouche de Claire devint sèche.

Et encore plus sèche lorsqu'il revint avec une bouteille de vin.

Il se taisait toujours.

Claire le suivit des yeux lorsqu'il s'approcha d'elle, puis le perdit de vue quand il passa derrière elle. Son pouls s'accéléra encore. Peter se pencha au-dessus d'elle, brandissant la bouteille.

— Quelle quantité de poésie est requise pour que je te séduise ? Là maintenant, dit-il. Je me souviens de *La charge de la brigade légère* et de quelques strophes de *L'assassinat de Dan McGrew.*

Elle ne parvint pas à sourire.

— Samantha…, commença-t-elle.

— … dort. Grâce à l'air printanier, ces jours-ci, enfin ces nuits-ci, elle s'endort à une heure raisonnable. Alors, qu'en penses-tu ? Ici, ou dans la chambre. Le canapé du salon, si tu préfères. Tu choisis.

— Peter, et si je n'arrive pas à…

Mais soudain elle comprit. Ses obsessions à propos de Samantha, de son job, étaient son problème – un problème qu'elle n'avait pas partagé avec Peter. Elle lut l'irritation – et le chagrin – sur le visage de Peter et sut qu'elle devait cesser de ressasser ses obsessions. Sinon elle le perdrait. Or elle l'aimait par-dessus tout. Dès qu'elle eut décidé de rouvrir le dialogue entre eux, Peter vola à sa rescousse, comme s'il avait tout compris.

Il piqueta sa gorge de baisers, puis lui mordilla l'oreille. Claire frissonna et tendit les bras derrière elle, enlaçant le cou de Peter. Elle renversa la tête en arrière. Le visage de Peter apparut et ils s'embrassèrent. D'abord doucement, les lèvres de Peter effleurant à peine les siennes, jusqu'à ce que la bouche de Claire s'engourdisse, que son souffle raccourcisse et que le désir se fraie un chemin à travers son corps. Elle ne se souvenait plus quand ils s'étaient sentis si proches pour la dernière fois. Elle ouvrit sa bouche contre la sienne. Et ils échangèrent un vrai baiser.

Peter gémit.

— Je vais te briser le cou, dit Claire.

— C'est bon. Continue.

La bouteille frappa la table d'un bruit sourd. Peter glissa ses bras autour de Claire. Il la regarda longuement, au fond des yeux, et glissa à genoux devant elle. Il haletait lui aussi et ce visage qu'elle aimait arborait maintenant une expression déterminée, concentrée. Sexuelle.

— Je te veux, Claire. Ne refuse pas cette fois.

C'était un premier pas, se dit-elle, vers un retour de leur intimité. Il enfouit sa joue dans ses genoux, à la jonction de ses cuisses.

A travers le jean, le contact de Peter la brûla. L'enflamma.

Bon sang, elle n'avait rien ressenti d'aussi délicieux depuis longtemps.

— Peter…

Il l'embrassa à travers le jean.

— S'il te plaît, enlève ça.

— Tu crois vraiment que nous devrions… ?

— Question inutile.

— J'ai peur.

— Tout ira bien. Tu verras, Claire.

Il lui murmura à l'oreille quelques vers de *Dan McGrew* parlant d'or et de l'Alaska, mais la poésie se révéla inutile. Pour lui, et pour elle. Une main dans les cheveux soyeux de Peter, elle le regarda ôter ses baskets et ses chaussettes. Il déboutonna le jean de Claire, en fit glisser la fermeture Eclair, et elle souleva les hanches pour lui faciliter la tâche. D'abord le jean Ralph Lauren, puis son slip Bikini. Dieu merci, elle l'avait repêché dans un tiroir aujourd'hui – et il lui allait de nouveau. Puis elle se retrouva nue. Et, en moins d'une minute, lui aussi.

Le regard rivé au sien, Peter la fit glisser de sa chaise sur la moquette.

— Ici, dit-il, ne brisons pas le charme.

Claire était d'accord. Plus tard, elle lui parlerait de son besoin d'être seule, parfois. De son chagrin d'avoir quitté Heritage. De son sentiment, qu'il connaissait déjà, de ne pas être à la hauteur.

Mais dans les bras de Peter, dont le corps était suspendu au-dessus du sien, Claire repoussa ces pensées. Etait-ce ce qui lui avait manqué ? Son mari. Son couple. Sa sexualité se confondant si intimement avec celle de Peter ?

— Je ne vais pas tenir longtemps, l'avertit Peter. Depuis un moment, ma vie sexuelle se résume à un désert.

— Ne m'attends pas.

Il embrassa son sein, le droit, sur le mamelon, celui qui était sensible au toucher. Et quand il chercha le gauche, celui encore engourdi, le corps entier de Claire revint à la vie.

Elle était capable d'éprouver des *sensations.*

Il commença à la pénétrer, doucement, puis s'immobilisa.

Le corps de Claire se raidit. Son cœur battait la chamade. Peter lui sourit.

— Ça va ? Ou bien c'est trop ?

— Délicieux.

Et, à son grand émerveillement, ça l'était. Il acheva de la pénétrer, centimètre par centimètre, s'interrompant parfois pour s'assurer qu'elle se sentait bien. Comme chaque fois entre eux, depuis la toute première fois, le corps de Claire se liquéfia, se fit doux et accueillant jusqu'à ce que – miracle qu'elle avait cessé d'espérer – Peter soit en elle. Totalement. Au début il bougea lentement, puis au rythme des gémissements de Claire, plus vite et plus fort. Leurs corps se cambrèrent de plaisir en même temps. Peter jouit dans la minute et Claire le suivit. Elle aussi.

Secouée de tremblements, Claire l'agrippa avec force, la tête contre la sienne, leurs corps pressés l'un contre l'autre, humides et en sueur. Revenus à la maison.

— Pardon, murmura Claire, des larmes dans les yeux. J'ai attendu trop longtemps.

— Ne t'excuse pas. Tout va bien. Je te l'avais dit.

Il l'attira plus près de lui.

— Je t'aime, Claire.
— Peter, je t'aime.

Etendue dans le noir, seule, Darcie se maudissait. Elle s'enfonça encore plus profondément dans son coussin, l'oreille tendue en direction du salon. Elle avait dîné en silence, seule, tandis que les éclats de rire de Dylan et Annie trouaient sa peau comme un tire-bouchon. Elle avait détesté chaque bouchée du délicieux poisson-frites croquant de Dylan. Quant au *damper*, elle l'avait oublié à côté de son assiette.

Et s'ils se plaisaient pour de bon et qu'au printemps prochain Darcie doive assister au mariage de sa sœur avec Dylan Rafferty ?

Elle s'empara d'un autre morceau du succulent poisson frit.

Ridicule.

Il ne pouvait pas lui faire l'amour de cette façon – de toutes ces façons – puis sortir avec Annie parce qu'elle aimait sa cuisine.

N'est-ce pas ?

— Je vais fermer les yeux et essayer de dormir, se dit-elle.

Mais le murmure de la voix de Dylan lui parvenant depuis le salon la fit changer d'avis. Elle se dressa sur un coude, à l'écoute de chacun des battements de son cœur. Ils résonnaient jusque dans ses oreilles. Annie se trouvait-elle encore avec lui ? Darcie tendit l'oreille mais ne perçut que la voix de Dylan.

Et s'il n'était pas seul ? Pire, s'il était en train de séduire Annie sur le sofa ? Et, qu'ensorcelée par sa voix profonde, ses mains savantes et sa bouche trop douée, Annie reste muette ?

Darcie sauta du lit et tomba sur le plancher, emmêlée dans les couvertures.

— De mieux en mieux.

Elle se releva en jurant, arracha le drap du lit pour s'en envelopper et fila en direction du salon.

Si elle trouvait Dylan sur Annie, elle les jetterait à la rue tous les deux.

Quelle était l'origine de cet instinct primitif la poussant à défendre son territoire ?

Elle ne ralentit pas pour creuser la question et jeta un coup d'œil par la porte du salon.

Dylan parlait au téléphone. A son grand soulagement, Annie n'était nulle part en vue.

Peut-être était-elle sortie.

— Charlie va bien ? disait Dylan dans le récepteur.

Darcie observa sa longue et mince silhouette étendue sur le sofa et retint un soupir. Dieu ! qu'il était beau ! Quel dommage qu'il ait souri ainsi à Annie !

— Tu n'es pas de taille avec ce nouveau bélier, reprit-il avec un petit rire. Non, je suis sérieux, laisse ça aux hommes. Je les paie pour ça. Ils sauront s'occuper de Charlie, ils comprennent ses besoins.

Il se tut pour écouter la réponse et Darcie l'observa jusqu'à plus soif. Quelles épaules magnifiques, assorties de trapèzes bien développés ! pensa-t-elle, s'efforçant à l'objectivité. Ses biceps tendaient les manches de son T-shirt et son ventre plat, ses hanches minces, ses jambes, longues et musclées dans son jean usé accéléraient son rythme cardiaque. Dommage qu'il ait des tendances homme de Cro-Magnon.

Malgré son irritation, elle fondait à vue d'œil, envahie par le désir.

Question d'hormones ? Ou plus ?

— C'est la saison morte, mais tout va bien, tu en es sûre ? disait Dylan, l'air contrarié. Je ne vais pas trouver un désastre à mon retour ?

A l'autre bout de la pièce, Darcie entendit la voix féminine outragée au bout du fil. Dylan sourit.

— D'accord. D'accord. Je comprends. Bien, madame.

Une protestation encore plus aiguë résonna à travers le récepteur.

— Je me souviendrai des bonnes manières à partir de maintenant. Je le jure. A demain. Bonsoir, maman. Je t'aime.

Darcie l'entendit raccrocher. Enroulée dans son drap, elle s'appuya dans l'embrasure de la porte. Dylan croisa son regard, souriant toujours. Elle haussa un sourcil.

— Ta mère ?

— Elle s'occupe de l'élevage en mon absence. Nous sommes en période creuse, mais si je ne la conseille pas…

— Elle se débrouillera très bien toute seule.

— Qu'en sais-tu ?

Dylan lui tendit la main et elle le rejoignit sur le sofa.

— Je suis une femme moi aussi.

— Pas de contestation sur le sujet, sourit-il.

Toujours agacée de son comportement avec Annie, elle maintint une légère distance entre eux.

— Les femmes ne sont pas de pauvres êtres sans défense, incapables de prendre une décision sans homme pour les guider.

Dylan haussa les épaules.

— Mon père est mort il y a cinq ans. Jusque-là, ma mère nous avait élevés, nous les enfants, tout en s'occupant de la maison. Elle soignait les agneaux malades comme Darcie II, et les orphelins, mais mon père prenait les décisions. Depuis qu'il est décédé, ces décisions m'incombent. Et j'en assume les conséquences.

— Alors pourquoi avoir confié la responsabilité de l'élevage à ta mère en ton absence ?

— Parce que, admit-il à contrecœur, au cours de ces cinq dernières années, elle s'est petit à petit investie dans la gestion de la ferme. Et parce qu'il n'y a personne d'autre.

— Et le personnel ?

Son sourire s'évanouit.

— Oui, bien sûr. Mais quand un employé prend une mauvaise décision, ce n'est pas sa ferme qui plonge. C'est la mienne. Et celle de ma mère.

— Ah, ah ! dit Darcie, s'asseyant plus près de lui.

— Quoi ?

— Tu admets que la ferme appartient aussi à ta mère ?

Dylan détourna le regard.

— Dans le sens où elle y vit. L'élevage est son foyer depuis quarante ans. J'espère qu'il le sera jusqu'à sa mort. C'est à moi de le préserver. Pour elle et pour ma femme et mes enfants. Un jour.

— Et tu l'appelles, chaque soir, pour t'assurer qu'elle n'a pas fait de bêtise ?

— Je me dois de le faire.

— Elle doit apprécier, grinça Darcie. Je me mets à sa place.

— Ce qui signifie ?

— Ta mère a élevé son fils, et en a fait un type super, même si je ne suis pas toujours très objective à son sujet. Que crois-tu qu'elle ressente lorsque tu traques ainsi ses moindres faits et gestes ? Et sous-entends qu'elle risque de ruiner un endroit que manifestement elle adore ?

Dylan se tut un long moment.

— Tu crois que c'est pour cela qu'elle m'a crié dessus ?

Darcie leva les yeux au ciel.

— C'est fort probable.

Il soupira et étendit un bras sur le dossier du canapé. Sa main se rapprocha peu à peu, jusqu'à effleurer la naissance du cou de Darcie. Elle frissonna à son contact.

— Dylan, comment peux-tu te montrer si obtus sur le sujet ? Deirdre et toi, par exemple. Il est évident qu'il s'agit d'une fille intelligente, indépendante et forte. Elle dirige son propre élevage juste à côté du tien…

L'expression entêtée de Dylan réapparut.

— Il s'agit de l'élevage de son père.

— Impossible que tu raisonnes ainsi. Rideaux de vichy rouge et bébés, contre étables, moutons et tracteurs… ?

Elle renifla avec dédain.

— … Affaires d'hommes contre trucs de nanas ? Je rêve.

Dylan ébaucha un sourire, mais son regard restait sérieux.

— Sommes-nous obligés d'aborder le sujet maintenant ? Je préférerais de loin t'emmener au lit et me faire pardonner pour je ne sais trop quoi ayant trait au dîner de ce soir.

Elle frotta sa joue contre la main de Dylan, mais n'abandonna pas le sujet.

— J'aime les hommes qui expriment leurs opinions, même rétrogrades. Tu vois les choses ainsi pour Deirdre ?

— C'est différent.

— Comment ça, Dylan ?

Il serra les mâchoires.

— Deirdre est fille unique. Elle héritera de l'élevage seulement parce qu'il n'y a pas d'autre héritier.

Dieu du ciel, on nage en plein XIXe siècle !

— Donc elle dirige cet élevage, avec succès je présume, uniquement par défaut ?

— Son père et elle le dirigent. Pour l'instant.

— Et c'est lui qui détient le vote décisif.

Les doigts de Dylan avaient cessé de parcourir sa peau.

— Je me demande si c'est une bonne idée pour une femme de faire des études.

— Oh !

Darcie avait bondi du sofa.

— Tous les mecs que je connais pensent la même chose.

— Tu vois ? C'est exactement la raison pour laquelle nous aurions dû mettre un point final à ce... cette histoire lorsque j'ai quitté Sydney. Sexuellement c'était super, mais...

— Sexuellement *c'est* super. D'ailleurs nous devrions recommencer. Tout de suite.

— C'est ainsi que tu fonctionnes ? En manipulant les autres ?

Les mains plantées sur les hanches, elle le toisait.

— ... parce que, ce soir, tu fais preuve d'un certain toupet.

Il haussa les sourcils.

— Et comment !

Sa voix rauque n'adoucit ni Darcie ni ses hormones, malgré le désir qu'elle lisait dans ses yeux.

— Je refuse de te rejoindre au lit après une dispute.

— Pourquoi pas ?

Le regard lourd, Dylan prit sa main et la dirigea là où son jean avait durci. Les doigts de Darcie se contractèrent sur le denim.

— Je ne suis pas d'humeur, mentit-elle.

— Si. Avec moi tu es toujours d'humeur.

Il avait raison. Zut. Ces derniers jours avaient été les meilleurs de sa vie.

Mais où cela les mènerait-il ? Il incarnait carrément les années 50. Pourtant…

— Les temps changent, Dylan. Même dans ton pays. Je l'ai constaté à Sydney. Le salaire de ton épouse n'aiderait-il pas l'élevage Rafferty ?

— Je ne veux pas que ma femme travaille. Je gagne ma vie, assez pour nous deux.

« C'est pas vrai. »

Elle qui croyait qu'après l'avoir aidée avec Henry Goolong il avait compris l'importance de son job. Darcie laissa échapper un soupir défaitiste. Comme Dylan, son père Hank n'entendait jamais ce qu'il ne voulait pas entendre. Elle refusait de se laisser entraîner dans une relation avec un homme à l'image de Hank Baxter. Durant un moment atroce, l'image de sa mère s'imprima derrière ses paupières fermées.

Elle les rouvrit. Dylan la regardait, sérieux, déterminé et très, très sexy. Il l'attira contre lui.

— Tu as raison, je suis un homme des cavernes.

Ses yeux s'assombrirent encore.

— Je n'ai jamais dit…

— Et j'ai aussi envie de faire l'amour, dit-il.

Le sourire de Darcie ne s'était pas effacé que la bouche de Dylan couvrait la sienne. Leurs dents s'entrechoquèrent, mais

Dylan reprit sa bouche et, cette fois, ce fut parfait. Mon Dieu, vraiment parfait, même si Dylan n'était pas parfait.

Avant qu'elle n'ait pu réagir, Dylan la souleva dans ses bras.

— Tu vas te casser le dos, l'avertit-elle, ravie de sentir sa force.

— Tu es aussi légère qu'un *lamington*.

— C'est un compliment ?

— Et aussi délicieuse. Le *lamington* est un gâteau, un genre de génoise, expliqua-t-il. Mon préféré, fourré à la confiture de framboise, glacé au chocolat et à la noix de coco.

L'eau était revenue à la bouche de Darcie. A l'évocation du *lamington* et à la vue de Dylan. Elle traversa l'appartement dans ses bras jusqu'à sa chambre… Il l'allongea sur les draps en désordre, la rejoignit dans le lit et l'embrassa.

— Clarifions la situation. Pourquoi crois-tu que je me suis tenu si près d'Annie dans la cuisine ? Que je l'ai taquinée pendant tout le dîner ? Je voulais te prouver – exactement comme ma mère tient à me prouver ce dont elle est capable – qu'il est normal d'être jalouse. D'Annie. Ou de Deirdre. Ou de n'importe quelle autre femme.

— C'était pour ça ?

Elle ne doutait pas de la réponse.

— Et aussi pour ça.

Dylan lui donna un baiser brûlant, explosif. Ses mains parcoururent son corps, et sa peau – cet organe sensible entre tous – revint brutalement à la vie.

— Matilda, tes instincts sont aussi primitifs que les miens.

Le corps de Darcie picotait de partout. Sans le vouloir, elle offrit sa bouche à celle de Dylan, cherchant sa langue de la sienne. Elle gémit.

— C'est vrai.

Ils se peletonnèrent l'un contre l'autre dans son lit chaud et douillet. Dehors, une sirène hurla. La benne des éboueurs descendit la rue, s'arrêtant tous les quelques mètres pour avaler les ordures dans un bruit à réveiller les morts. Les effluves du fleuve leur parvenaient à travers la fenêtre entrouverte, de même que cette odeur évoquant le métro et que Darcie identifierait toujours à New York – et à cette nuit. Pourtant, elle essaya une fois de plus.

— Dylan, nous ne sommes pas faits l'un pour l'autre.

— C'est ce que tu crois.

L'une de ses jambes musclées couvrait à demi Darcie. Le contact de cette peau masculine, si fraîche, revigora sa chair déjà en éveil. La bouche de Dylan descendit le long de son corps, centimètre par centimètre, depuis les épaules, le cou, les seins jusqu'à sa taille, jamais assez mince au goût de Darcie, son ventre, légèrement ballonné, ses hanches.

Dylan posa sa joue sur son ventre douloureux.

— Quand ton ventre fait mal, que tes seins sont douloureux et que tu exploses à la moindre contrariété, tu sais quoi, Matilda ? Je peux t'aider.

Sa main joua dans les boucles entre les cuisses de Darcie jusqu'à ce qu'il trouve leur centre. Elle gémit de plaisir.

— Dylan !

— Tu vois ? Nous sommes faits l'un pour l'autre… absolument.

Il la pénétra en un long mouvement, doux et élégant. Et elle perdit toute notion du vrai et du faux. Du présent et de l'avenir. Du masculin et du féminin. Du temps, du lieu. Le grondement de la benne à ordures s'éloignait, au coin de Madison… Leurs différences avaient cessé d'exister.

L'Australie. New York.

Fille des villes. Homme des bois.

Tradition. Féminisme.

Pour l'instant, Darcie se fondait dans son étreinte, dans son corps, et se laissait emporter. Rien à démontrer, Se contenter d'exister. Ensemble. Ensemble et si proches qu'ils auraient pu ne faire qu'un.

Il l'agaçait, elle l'irritait, mais, jusqu'à demain, leurs différences n'avaient pas d'importance.

Peut-être, pensait-elle, peut-être…

Peut-être était-il possible d'éduquer Dylan Rafferty.

18

— Si seulement j'avais cinquante ans de moins…

La réaction de sa grand-mère à la vue de Dylan ne surprit pas Darcie. Elle avait délibérément attendu la dernière soirée de Dylan aux Etats-Unis pour les présenter l'un à l'autre. Voir Eden sortir le grand jeu en l'honneur de Dylan ne correspondait pas à l'idée qu'elle se faisait d'une bonne soirée. Les questions Deirdre et Annie réglées, Darcie restait à fleur de peau niveau rivalité féminine. La veille, Dylan avait subjugué la totalité du personel féminin de Wunderthings, encore qu'elle l'ait tenu à distance de Greta. Ce soir, Eden arborait ses peintures de guerre et un pyjama d'intérieur, saphir, fluide et diaphane.

— Mamie, je te sais capable de le séduire – de le débaucher même.

Dylan souleva son Akubra « Enchanté de faire votre connaissance, madame ». Eden porta une main à son cœur. L'autre continuait d'étreindre fermement la large poigne de Dylan.

— Matilda – Darcie – m'a tout raconté à votre sujet.

Eden arqua un fin sourcil à l'intention de sa petite-fille.

— Je préfère croire qu'elle a brossé un portrait positif?

— Superbe, répondit Dylan avec un clin d'œil.

Mamie finit par arracher sa main de celle de Dylan avec un sourire coquet pour reculer et les faire entrer.

L'odeur d'un rôti et de pommes de terre brunies au four, cuites juste à point, accueillit Darcie qui frétilla de plaisir.

— Ah! tu as cuisiné mon repas préféré!

— Du bœuf, dit Dylan, reniflant en connaisseur. Ma viande préférée à moi aussi.

— Je croyais que c'était l'agneau, lança Darcie.

Il tiqua.

— Ça me poserait un problème. Je me félicite de diriger un élevage orienté sur la laine, et non sur la boucherie.

Heureuse de l'entendre, se dit Darcie – elle n'avait jamais osé poser la question, de peur d'apprendre que son homonyme était destinée à finir dans une marmite. Elle entraîna Dylan dans le salon, cherchant d'un rapide coup d'œil à localiser Sweet Baby Jane. Elle n'avait aucune envie que Dylan affronte une attaque, surtout vêtu de son plus beau pantalon noir et d'une chemise blanche qui n'aurait plus la même allure ensanglantée. La voie était libre. Elle l'entraîna jusqu'au sofa.

— Asseyez-vous. Détendez-vous. Que désirez-vous boire ? demanda Eden.

Juste au moment où on sonnait à la porte.

— Oh, c'est drôle. C'est Julio.

Dylan sourit à Darcie. Il connaissait l'existence du petit ami de mamie.

Les deux hommes sympathisèrent en un clin d'œil, discutant de la coupe du monde de football comme de vieilles connaissances. Peut-être leurs accents respectifs créaient-ils un lien. Darcie était soulagée. Elle avait redouté une longue soirée à la conversation pénible, rythmée par ses efforts maladroits pour détendre l'atmosphère. La pendaison de sa crémaillère n'était que trop présente dans sa mémoire.

Sa présence devenue inutile, elle s'éclipsa dans la cuisine.

— Je peux t'aider, mamie ?

Eden l'étreignit de toutes ses forces, une manique imprimée de coqs à chaque main, comme des pattes maladroites. La sentant fragile entre ses bras, Darcie fronça les sourcils malgré sa voix pleine d'entrain.

— Je suis contente que tu sois venue. Quant à ce jeune *homme…*

Ses sourcils se haussèrent.

— Si tu te lasses de lui, je peux t'en débarrasser, pendant que je suis encore « disponible ».

— Tu peux rêver. Qu'entends-tu par « disponible » ?

— Tu comprendras tout à l'heure. Son chapeau y fait beaucoup, je te l'accorde. Mais en dessous, sincèrement, c'est du premier choix. Cet homme est un canon…

— Il ne s'agit pas d'un morceau de viande pour ton rôti.

— N'en sois pas si sûre. Même Janet ne trouverait rien à redire.

— Maman n'en aura pas l'occasion…

Le sourire de Darcie disparut.

— … Dylan part demain.

Darcie ne s'habituait pas à l'idée.

Eden pinça les lèvres, ce soir d'un mauve brillant. Darcie lui trouva les joues pâles. Mamie s'inquiétait-elle à son sujet ?

— Par pitié, ne me dis pas que tu vas le laisser partir ! Vous auriez des enfants magnifiques, ma chérie. Pendant que je suis encore assez jeune pour en profiter.

— Evitons le sujet… ou nous finirons par nous disputer.

Darcie s'empara des maniques et sortit le rôti du four.

— Sers à boire, je m'occupe du rôti. Tu veux que je fasse une sauce ?

— Mon rôti serait-il mon rôti sans une sauce ?

— Non, bien sûr que non. Que je suis bête !

Elle éteignit le feu sous les petits pois frémissants.

Eden s'affaira, préparant le manhattan de Julio – avec deux grosses cerises au marasquin – puis décapsulant une bière pour Dylan. Elle poussa un verre de vin blanc sur le plan de travail en direction de Darcie et posa son propre verre de vin rouge.

— Je reviens de suite papoter avec toi.

— Mamie…

Mais elle était déjà partie. Darcie prépara la sauce, mélangeant eau et farine au jus du rôti, sortit le plus beau plat, en porcelaine de Limoges, et y versa les petits pois, avant de se mettre en quête du couteau électrique pour découper la viande.

Elle faisait tout ce qui était en son pouvoir pour oublier, pour s'empêcher de penser au départ de Dylan. Serait-ce plus facile s'ils ne dormaient pas ensemble ce soir ? Afin de se réhabituer à un lit vide ? Ou bien devrait-elle lui sauter dessus dès leur retour à la maison, et se créer des souvenirs rivalisant avec ceux de son voyage à Sydney ?

Sa décision fut vite prise.

— Laisse-moi faire.

Dylan venait de surgir. Il lui prit le couteau des mains et découpa le rôti avec art. Après chaque tranche, il se penchait pour embrasser Darcie. Sous ses baisers de plus en plus longs et passionnés, le souffle commença à manquer à Darcie.

— Garde tes forces, souffla-t-elle. J'ai des projets pour toi.

— J'espère que ce sont les mêmes que les miens pour toi.

Elle allait le lui assurer quand un éclair de douleur transperça sa cheville. Elle cria et baissa le regard sur Sweet Baby Jane, dont les petites dents pointues étaient plantées dans sa peau. Dylan se baissa pour écarter le chat avec douceur et le soulever de terre.

— Déménager s'est révélé une des meilleures décisions de ma vie. Le mot *tuer* traverse mon esprit, murmura Darcie.

— Cet adorable petit chat ? Il t'a à peine égratignée.

Il leva Jane à la hauteur de son visage. Darcie s'attendait à ce que le monstre lui arrache un œil, mais Jane ronronna avant de se pelotonner contre la poitrine de Dylan.

— Elle t'a mordue parce qu'elle craignait que tu ne lui marches dessus, dit-il. Il suffit de savoir comment la traiter.

Darcie restait sceptique.

— Oh, bien sûr. C'était donc ça le problème ?

Dylan reposa Jane sur le sol et lui glissa un morceau de rôti. Puis, une SBJ toute dévouée sur les talons, il porta le plateau dans la salle à manger, laissant Darcie sans voix. Mamie avait dressé la table de sa plus belle porcelaine, accompagnée de verres en cristal de Waterford, sur la nappe de dentelle héritée de sa propre grand-mère. *Je renverse de la sauce là-dessus,* se dit Darcie, *et je meurs sur place.*

Au lieu de mourir d'une nouvelle attaque de Sweet Baby Jane – ou du départ de Dylan.

Pour lutter contre la déprime, elle mangea trop. Pourquoi pas ? Elle avait faim, et, passé ce soir, plus personne ne se préoccuperait de sa silhouette. « Comme s'il était sain de me définir par rapport à Dylan, ou n'importe qui d'autre », se reprocha Darcie. Un deuxième verre de chardonnay s'imposait pour avaler toute cette nourriture et noyer son chagrin. Dieu merci, la conversation ne manquait pas d'animation. Au dessert, Darcie avait l'impression d'être un clown mécanique échappé de chez FAO Schwarz. Un clown éméché.

Comment pouvait-elle en même temps goûter la soirée et prier pour qu'elle se termine ?

— J'ai la grande nouvelle à annoncer, déclara Julio dans son anglais prudent, avant que Darcie n'ait entamé son flan à la noix de coco. Votre attention, s'il vous plaît.

Il tapota son verre de sa fourchette et le cristal ancien tinta.

— Julio, gronda gentiment mamie.

Mais il ne sembla pas entendre.

Le Waterford chantait encore. Julio s'éclaircit la voix.

— *Señora* Eden est ma…

— … sa fiancée, termina mamie.

Ses joues pâles s'embrasèrent soudain.

Dylan fut le premier à réagir.

— Adorable, dit-il.

— Je… Je…

Darcie s'y reprit à deux fois, sans succès.

Le visage d'Eden s'assombrit.

— Tu n'es pas contente, chérie ?

— Eh bien, je…

Sa grand-mère de quatre-vingt-deux ans en jeune mariée ? Au bras d'un époux de la moitié de son âge ? Non que ce détail soit censé être important…

Dylan enlaça Darcie d'un bras.

— Matilda est simplement surprise. C'est une bonne nouvelle, n'est-ce pas, chérie ?

Il lui pressait l'épaule afin de lui arracher une réponse.

— C'est… merveilleux. Oui.

Sans savoir comment, elle s'était levée. Les jambes raides, elle s'approcha de sa grand-mère et se pencha pour l'embrasser. Elle serra les mains d'Eden entre les siennes. Elles étaient glacées.

— Tous mes vœux, mamie.

— Tu n'es pas choquée ?

— Seulement un peu. Je ne m'y attendais pas, c'est tout.

— Ton père et ta mère vont être mortifiés.

— C'est leur problème.

Darcie se tourna pour serrer la main de Julio. Puis Dylan attira Julio dans une de ces étreintes masculines qui semblaient toujours embarrasser les deux hommes concernés, et leur briser les os au passage. L'étreinte de Dylan manqua de broyer Julio.

— Bravo, mec ! Alors te voilà bon pour problèmes et bagarres, ajouta Dylan avec un sourire. C'est ainsi qu'on appelle le mariage en argot australien. Félicitations.

Le dernier mot semblait suivi d'un point d'interrogation, comme chaque fin de phrase de Dylan, mais cette fois Darcie jugea l'ambiguïté adaptée.

— L'occasion mérite d'être fêtée.

Eden se leva de table. La couleur avait déserté ses joues et Darcie la trouva livide. Avait-elle craint sa réaction – et celle de Janet ? Cela ne lui ressemblait pas.

— Je vais chercher le champagne.

— Non, j'y vais moi. Assieds-toi, mamie.

Evitant les dents de SBJ en chemin, Darcie gagna la cuisine. Elle avait gagné un peu de temps. Elle sortit les flûtes à champagne du placard et, jonglant avec quatre verres et une bouteille glacée de piper-heidsieck, revint dans la salle à manger, le cœur battant.

Eden et elle avaient été bonnes copines, d'âges très différents, mais proches tout de même.

En dehors de Claire, elle serait la première des amies de Darcie à se marier. Elle ne comptait pas ses cousines. Etait-elle jalouse ? Encore ? La veille même du départ de Dylan ?

— Force-toi à sourire, s'exhorta-t-elle.

Parce qu'une part d'elle-même voulait partager la joie d'Eden. Et celle de Julio.

Le reste d'elle-même avait envie de vomir.

Et la minuscule partie restante avait envie de se gifler.

— Quelle égoïste je fais ! maugréa-t-telle.

Elle allait perdre une amie, mais gagner un nouveau… quoi ? Grand-père ? Ce petit brun de quarante et quelques années – tout le contraire de son grand-père, qui était aussi grand que Dylan – ne correspondait pas au rôle. Et il se dresserait entre elle et mamie, même sans le vouloir. Comme cela s'était déjà produit une fois.

A peine réconciliée de leur dispute au sujet de Julio et de l'appartement… voilà.

Darcie se débattit avec le bouchon de la bouteille jusqu'à ce que Dylan pose une main sur la sienne. Elle réclama son aide d'un sourire. *Aide-moi.*

— Tu cherches un prétexte pour un autre baiser, murmura-t-elle.

— Excellente idée.

Il s'empressa de l'embrasser sur la bouche, puis sur chaque joue, séchant les larmes jumelles qui y coulaient. Le bouchon sauta et les bulles débordèrent le long de la bouteille.

Darcie avala sa salive.

— Je propose un toast.

Darcie n'y voyait pas à deux centimètres mais réussit à verser le vin dans les quatre verres.

Buvons à cette occasion.

— A mamie, Eden Marie Baxter, et Julio…

Elle ignorait son nom complet et bafouilla.

— … Martin Perez, intervint-il.

— … et Julio Martin Perez… longue vie et tous nos vœux de bonheur !

— Merci, chérie.

Eden leva sa flûte jusqu'à ses lèvres mauves et porta sa main libre à sa gorge. Ses joues devinrent d'une pâleur virginale.

— Avec votre bénédiction, nous allons nous marier.

Puis elle glissa sur le sol, inconsciente.

— Excès d'excitation, expliqua Darcie à Dylan. C'est tout.

Ils revenaient de l'hôpital où mamie était « en observation » selon la formule consacrée.

— Je suis certain que, demain, les examens se révéleront normaux, dit Dylan. Comme son électrocardiogramme tout à l'heure.

— Ses fiançailles l'ont bouleversée. Tu as vu comme Julio a été merveilleux avec elle aux urgences ? Son attitude m'a rassurée. Ils seront heureux ensemble, il prendra soin d'elle.

Dès que la porte de l'appartement fut refermée, Dylan l'attira contre lui.

— Tu parlais d'excitation…

Dans le vestibule plongé dans le noir, il enfouit son visage dans le cou de Darcie, puis l'embrassa, glissant ses mains sous son pull pour enserrer ses seins.

Elle gémit.

— Tu n'étais pas obligé de repousser ton retour, haleta-t-elle. Tu dois t'occuper de l'élevage. Toutes ces décisions à prendre…

— J'ai décidé de rester. Jusqu'à ce qu'Eden sorte de l'hôpital, tu as besoin de t'appuyer sur quelqu'un.

Elle ouvrit la bouche mais il posa un doigt sur ses lèvres.

— Ne proteste pas, Matilda. Il n'y a aucune honte à avoir besoin de quelqu'un…

Darcie battit des paupières, ce qu'elle n'avait cessé de faire de la soirée. Elle avait arpenté la salle d'attente de l'hôpital en tous sens, inquiète, refoulant ses larmes d'angoisse. Comment imaginer Eden malade ? C'était l'une des femmes les plus résistantes de sa connaissance. Janet gagnait son lit au moindre rhume, mais Eden traversait l'existence tel un bulldozer sans jamais se plaindre. Mais si son cœur ne fonctionnait plus correctement…

— Elle souffre du cœur depuis des années… Que deviendrais-je sans elle ? murmura Darcie. Et sans toi ?

— Heureusement, tu n'auras à affronter aucun de ces cas de figure demain.

Il la suivit dans sa chambre, dont Darcie n'imagina même pas lui refuser l'accès. Elle avait promis à Dylan – et s'était promis à elle-même – une dernière nuit inoubliable. Comment renier cette promesse, même son départ repoussé ?

Epuisée par la tension nerveuse et l'inquiétude, Darcie ôta ses chaussures, puis sa jupe et son pull.

— Tu es un homme précieux à avoir à ses côtés. Merci de ton soutien ce soir.

Dylan approcha derrière elle et plaqua son torse nu contre son dos. Il se pencha pour embrasser son épaule gauche, puis la droite.

— Ne me remercie pas encore. Je n'ai pas commencé.

— C'est justement le propos des préliminaires…

Les lèvres de Dylan effleurèrent la naissance de son cou, zone érogène qu'elle ignorait avant de le rencontrer, et elle frissonna.

— Tu appelles ça des préliminaires… ?

Son sourire chatouilla le cou de Darcie.

— J'éprouve la même sensation qu'un condamné à mort recevant la grâce du gouverneur. Deux minutes avant que le bourreau n'appuie sur le bouton.

— Tu appelles ça des préliminaires ? répondit Darcie en écho.

Mais elle souriait, elle aussi.

Cette nuit s'annonçait gaie et légère, pensa-t-elle. Nulles larmes à refouler, finalement, et inutile de faire le plein de bons souvenirs. Jusqu'au retour de mamie chez elle, Dylan resterait. Dans le lit de Darcie.

Elle s'immobilisa sous ses mains vagabondes.

Cela suffisait donc ? Dylan appelant une ambulance…, tenant la main de mamie aux urgences, tout en serrant Darcie contre lui, expédiant la paperasse au guichet de la réception, apaisant Julio, apportant du café à tous ? Il avait raison : il savait prendre des décisions et passer à l'action. Il y avait pire que placer sa confiance en un homme tel que lui.

Darcie pivota à l'intérieur de ses bras.

— C'est affreux, mais je souhaite presque que mamie reste à l'hopital quelques jours. Le temps de s'assurer qu'elle va bien.

Dylan se recula et lui sourit.

— J'ai pris mon temps mais je vais devoir rentrer chez moi. Pourquoi ne pas m'accompagner, Matilda ? Passer quelques semaines à l'élevage Rafferty ?…

La voix de Dylan devint rauque, son regard sérieux.

— … On ne sait jamais à quoi cela pourrait mener.

L'équilibre de Darcie vacilla, dans tous les sens du terme, et Dylan en profita pour la faire basculer sur le lit. Darcie ne l'en empêcha pas. Pourquoi l'aurait-elle fait ? Elle se souvenait de tous les regards posés sur eux, hier, lorsqu'elle était entrée à son bras chez Wunderthings. Elle avait fait naître l'envie chez toutes les femmes du bureau. Darcie enroula ses bras autour de son cou et s'y suspendit. A ce moment, elle s'enviait elle-même.

Elle couvrit la bouche de Dylan de la sienne, trouva son chemin à l'intérieur, titilla sa langue jusqu'à ce qu'il gémisse, et elle aussi.

— Si tu avais vu ton visage quand Eden s'est écroulée sur le sol…, dit-il d'une voix rauque.

— J'ai eu si peur. Je ne veux pas penser à ça maintenant. Fais-moi l'amour, Dylan.

Ils s'embrassèrent avant qu'il ne réponde :

— Et comment !

Quand il pénétra en elle, d'un long mouvement puissant,

ses bras serrés autour d'elle, Darcie se demanda comment elle pourrait jamais lui dire adieu.

Comme s'il éprouvait la même chose, il se hissa sur ses coudes et enserra le visage de Darcie entre ses mains. Son regard soutint le sien. Ses yeux sombres contenaient tout un monde, un monde qu'elle désirait et redoutait en même temps, tout aussi férocement. Peut-être était-il possible de changer Dylan – *peut-être* – mais leurs différences existaient bel et bien.

Elle ignorait toujours comment les gérer. La distance. Le mode de vie. Les opinions.

Et pourtant, ce soir, une fois de plus…

La respiration de Dylan devint hachée.

— Je ne peux pas attendre, Matilda.

— Alors n'attends pas.

Elle le serra contre elle, savourant le mouvement de son corps dans le sien, plus profond, plus fort, plus rapide. Puis le corps de Dylan s'immobilisa, se raidit, trembla…

Dehors, l'échelle d'incendie vibra sous un bruit de pas. Les yeux écarquillés, Darcie vit apparaître un visage sombre derrière la vitre, par-dessus les épaules soudain rigides de Dylan. La fenêtre s'ouvrit et un homme pénétra dans la chambre.

« Oh, oh ! » pensa-t-elle.

Trop tard.

Dylan se redressa avec un cri rauque et, avant qu'elle n'ait pu ouvrir la bouche, s'était jeté sur l'intrus… et l'avait plaqué contre la moquette. Un cri retentit.

— Aïe ! Bon sang. Qu'est-ce que… ?

Il était dangereux, se dit Darcie, toujours dans le lit, d'interrompre un mâle – surtout Dylan Rafferty – au sommet d'un orgasme.

Les mains de Dylan serraient une gorge, son genou s'enfonçait dans un dos revêtu d'un polo.

— *Je te tiens.* Darcie, vite, appelle la police !

19

— Dylan, lâche-le. Je le connais.

Abasourdi, Dylan la regarda avec des yeux ronds.

— Mais il…

— C'est mon voisin.

Elle lui avait parlé de Cutter mais Dylan avait dû l'oublier. Même maintenant, son souvenir semblait vague.

Etendu à plat ventre sur le sol, en pantalon de toile et pull marine, Cutter émit un son étranglé. Dylan serrait toujours sa gorge, à califourchon sur son corps.

Dylan lança un regard de doute à Darcie.

— Tu veux que je le laisse se relever ?

— Oui.

Cutter se redressa avec prudence, secouant la tête. Son visage exprimait l'incompréhension. Darcie réalisa un peu tard qu'elle était nue, comme Dylan. Inutile de chercher une excuse idiote à la présence de Dylan dans son lit. Elle ne devait aucune explication à Cutter.

Darcie s'empara aussi discrètement que possible d'une chemise de Dylan posée sur une chaise et l'enfila. Puis elle lui lança son jean.

Cutter dévisageait Dylan avec une suspiscion évidente.

— Qui diable êtes-vous ?

Ses poings serrés, sa position jambes écartées, encore que chancelante, trahissaient un désir d'en découdre.

— C'est *moi* qui vais appeler le 911 et vous faire arrêter pour agression.

— M'arrêter moi ? s'exclama Dylan.

Il remonta la fermeture de son pantalon, apparemment peu gêné d'avoir été surpris sans. La culture australienne, pensa Darcie. Comme le *lamington,* la bière et le *damper* qui lui était resté sur l'estomac.

— Si vous croyez que je vais m'excuser, vous êtes *bronzo* – fou. Vous enjambez la fenêtre d'une femme au milieu de la nuit et vous avez le culot de vous plaindre ?

Dylan lanca un regard noir à Darcie.

— Tu *connais* ce mec ? Et tu *l'autorises* à entrer chez toi par la fenêtre ?

Darcie s'empressa de les présenter l'un à l'autre, avant qu'ils ne s'entretuent.

— Tu te souviens de ce que je t'ai expliqué ? Cutter oublie parfois ses clés.

— Ah oui, c'est vrai, marmonna Dylan.

— J'habite l'apartement au-dessus, dit Cutter, une pointe de défi dans la voix. L'appartement de Darcie est facile à atteindre par l'échelle d'incendie.

— Pourquoi ne pas grimper jusqu'à votre propre fenêtre ?

— Parce que la mienne est grillagée.

Dylan adressa à Darcie un regard lourd de reproches.

— Deux femmes seules à New York. Au rez-de-chaussée, bon sang, où n'importe qui peut entrer. S'il ne tenait qu'à moi, Darcie vivrait à Cincinnati – ou dans n'importe quel endroit sans danger.

Nouveau coup d'œil de Dylan.

— … Mais c'est un problème que nous n'avons pas encore résolu. Donc, n'imaginez même pas réutiliser cette fenêtre la prochaine fois que…

— Qui est ce mec ? demanda Cutter.

Il ne semblait pas parler de l'état civil de Dylan.

Dylan avança d'un pas, une lueur meurtrière dans le regard.

Darcie posa une main apaisante sur son bras. Ses muscles s'étaient durcis comme la pierre et elle entendait presque grincer ses dents.

— Laisse-moi m'occuper de lui, dit Dylan.

— Vous allez *arrêter*, tous les deux ?

L'atmosphère était chargée d'une telle quantité de testostérone que Darcie peinait à respirer. Eden aurait peut-être trouvé plaisir à ce que deux hommes se battent pour elle, mais, à 3 heures du matin, Darcie voyait les choses différemment. Si elle n'intervenait pas, ils allaient s'entretuer – ou du moins essayer. Entre moutons et ballots de foin australiens, la forme physique de Dylan n'était pas un problème. Mais elle n'en était pas aussi certaine au sujet de Cutter. Elle n'avait aucune envie qu'ils s'étripent, et surtout pas pour elle.

Le regard, tout aussi peu amène, de Cutter transperça Dylan, depuis ses cheveux bruns jusqu'à ses larges épaules et son jean serré.

— Désolé d'avoir interrompu vos amusements.

Puis il se tourna vers Darcie.

— Je peux te parler, Darcie ? En privé ?

Dylan se tendit mais elle relâcha son bras.

— Attends-moi ici. J'en ai pour un instant.

— Je laisse la porte ouverte, leur lança Dylan.

Abandonnant Dylan et son regard noir comme le tréfonds de l'enfer, Darcie entraîna Cutter dans le salon. Elle lui désigna le sofa avant de s'asseoir dans un fauteuil. Le moment était mal choisi pour les démonstrations d'intimité avec Cutter Longridge – intimité réduite par ailleurs. Excepté quelques baisers, il ne l'avait jamais touchée. Alors pourquoi cette jalousie envers Dylan ?

Elle croisa les bras.

— Maintenant que vous en avez terminé tous les deux, cela t'ennuierait-il de m'expliquer ta visite de ce soir ?

— Rien de nouveau…

Mais il fuyait son regard. Les mains jointes, il s'absorba dans la contemplation de ses doigts entrelacés. Une épaisse mèche de cheveux s'échappa sur son front.

— Enfin presque, ajouta-t-il.

Son accent du Sud s'était accentué.

— Crache le morceau.

— Hier, je me suis fait virer, soupira-t-il. Tu te souviens de ce projet « Ça passe ou ça casse » ? Je suis allé prendre un verre ou deux. Ça s'est terminé en beuverie, puis je suis rentré avec une nana de mon boulot – mon ex-boulot –, une fille que je ne peux même pas supporter. J'aurais mieux fait de venir ici…

Sa voix se fêla.

— … Non. J'aurais alors eu le plaisir douteux de rencontrer – zut, ce mec ressemble à un mélange de Keanu Reeves et de *Crocodile Dundee*. En plus grand et plus jeune. C'est ton Australien ?

— Bien bâti, hein ?

Il secoua la tête.

— Cette ville est dingue. Elle m'a rendu dingue.

— New York n'est pas pour tout le monde, acquiesça Darcie.

Elle-même s'y sentait un peu perdue. Claire et elle avaient déjà évoqué le sujet.

Le cœur de Darcie s'emballa. Cutter était devenu un ami, un ami peu banal et surtout nocturne. Mais il ne lui avait pas rendu visite depuis un moment et, depuis l'arrivée de Dylan à New York, elle n'avait même pas pensé à lui.

— Ça c'était hier, dit-elle. Que s'est-il passé aujourd'hui ?

— Comment as-tu deviné ?

Darcie sourit.

— Tu n'as pas l'air en forme, Cutter. Tes cheveux se dressent sur ta tête… et tes yeux sont injectés de sang.

— J'ai bu. C'est marrant, quand je prends des claques, j'ai des problèmes d'alcool… Ce soir je suis sorti avec d'autres mecs. Nous avons beaucoup bu. Je suis le seul qui ait réussi à rentrer.

Les autres sont restés squatter chez le type qui habitait le plus près du dernier bar.

— Tu as de la chance que Dylan ne t'ait pas cassé les dents. Il a raison. Tu dois cesser d'entrer par ma fenêtre.

Cutter haussa les épaules.

— Comme si cela avait de l'importance ! La suite est pire.

Darcie retint son souffle.

— … Mon père a appris que j'avais perdu mon emploi. Il m'offre un poste dans sa banque. A Atlanta. C'est une offre que je ne peux pas refuser.

— Une réplique du *Parrain*, hein ?

— Et je vais vivre sous le toit de ma mère.

Il se passa une main dans les cheveux.

— Je vais résilier mon bail, faire ma valise, et en route pour le Sud. Juste au moment où la météo va virer au chaud et à l'humide. Je hais l'été à Atlanta.

— Tu pourrais rester ici, Cutter. Je parle de New York, pas de chez moi.

— C'est clair.

Il jeta un bref regard vers sa chambre.

La porte était vraiment restée ouverte. Darcie imagina Dylan, dans la chambre, en train d'épier sa conversation avec Cutter Longridge. Attitude qu'elle appréciait modérément.

— Je suis chez moi, dit-elle, autant pour informer Dylan que pour se rassurer elle-même. Et Dylan Rafferty est mon invité.

Cutter renifla.

— Comme si j'étais aveugle. J'imagine que je ne peux pas le blâmer de m'avoir agressé.

Il se releva, en titubant un peu, mais resta à la verticale.

— Je ferais mieux de rentrer. Tu as toujours la clé de secours que je t'ai laissée ?

— Je vais la chercher.

Darcie alla chercher la clé, accrochée dans la cuisine.

— Quand quittes-tu New York, Cutter ?

— Dès que possible. Dès l'arrêt de mon salaire, les ennuis

vont commencer. J'ai besoin de ce job à Atlanta. Et aussi de la cuisine de ma mère… pour un temps.

Cutter ne semblait pas gai. Elle non plus. Elle éprouvait la même tristesse que si elle aussi avait perdu son job et devait rentrer à Cincinnati.

— Ne commets pas une erreur, dit-elle. Tu pourrais chercher un nouveau job ici. Je suis sûre que tu trouverais.

— Tu sais quoi, Darcie ? Je ne suis pas doué pour la pub. Même sans la crise dans ce secteur, on ne me trouverait pas bon. Comparé à ceux de mes collègues, mon book ressemble à celui d'un gamin. Comparé à ceux de mes collègues précédents aussi. Non, autant l'admettre : ni New York, ni la pub ne sont pour moi.

— Je suis désolée, Cutter.

Dans l'entrée, il hésita. Son regard s'adoucit et il prit le visage de Darcie entre ses mains.

— Moi aussi.

Il jeta un coup d'œil en direction de Dylan, debout sur le seuil de la chambre, mais Darcie refusa de se retourner. Il s'agissait de sa vie à elle, d'un moment personnel.

— J'ai cru que toi et moi… enfin… qu'il pourrait y avoir quelque chose entre nous.

— Je l'ai pensé aussi, au début. Mais je crois que nous ferons de meilleurs amis que…

Il se pencha plus près pour murmurer contre sa bouche.

— … qu'amants.

Et il l'embrassa. Gentiment, doucement, tendrement.

Darcie ne ressentit que de l'amitié.

Dylan le comprit parce qu'il ne bougea pas d'un pouce dans l'embrasure de la porte.

— Donne de tes nouvelles.

Elle étreignit Cutter.

— Appelle-moi. Et laisse-moi ton numéro à Atlanta, je t'appellerai. Promis.

— Je l'espère. On se verra avant mon départ.

Il ouvrit la porte, sortit dans le couloir et se retourna pour lui sourire, le regard trouble, comme s'il peinait déjà à reconnaître la silhouette de Darcie.

— Sois heureuse.

— Toi aussi, Cutter Longridge.

Annie atteignit le haut des marches juste à temps pour entendre Darcie claquer la porte de l'appartement. Après le flirt d'Annie avec Dylan la semaine dernière, il n'y aurait rien eu d'étonnant à ce qu'elle la lui claque au nez. Fatiguée et un peu soûle, elle refusa de réfléchir davantage à la décision qu'elle venait de prendre. Vacillant sur le palier, elle se raccrocha à Cutter.

— Oups.

— Tiens-toi droite, Annie.

Il la redressa, puis l'embrassa sur la joue, si vite qu'Annie se demanda si elle avait rêvé. Pourquoi pensa-t-elle immédiatemet à un baiser d'adieu ? Peut-être parce qu'elle était elle-même sur cette longueur d'onde. Cutter monta à l'étage supérieur. Annie entendit la porte de son voisin se refermer, puis pénétra dans son propre appartement.

— Ce soir, cet appartement vaut tous les aéroports de New York, Newark, LaGuardia et JFK à lui tout seul, remarqua Darcie.

Annie lança son sac sur le sofa et se laissa tomber à côté. Elle étira ses jambes, que pour l'instant elle sentait à peine.

— Atterrissages, décollages, retards…

Annie regarda autour d'ele.

— … Où est passé Dylan ?

Appuyé dans l'encadrement de la porte, Dylan croisa les bras sur sa poitrine.

— Tu as raté la majeure partie de l'action.

— Comment ça ? dit Annie.

Une certaine tension flottait dans l'atmosphère. Mais elle avait bu assez de bière pour ne pas en éprouver les effets.

Darcie fronça les ourcils.

— Défaite par forfait de Cutter Longridge. Tu rentres bien tard ce soir.

— Pardon, maman, je n'ai pas vu passer le temps.

— Ne plaisante pas. Janet se trouve peut-être en ce moment même dans un avion pour New York.

— Mon Dieu ! Pourquoi ?

Darcie lui apprit « l'incident » dont avait été victime Eden. Le malaise d'Annie augmenta.

— Mamie se porte probablement comme un charme, mais nous n'en serons certains que demain. Julio est resté à son côté.

— Toute la nuit ?

— A son chevet dans une chaise longue de l'hôpital.

Annie sourit. L'humour était parvenu à se frayer un chemin dans son cerveau embrumé par l'alcool.

— Tu parles ! Je parie qu'à l'heure qu'il est, Julio l'a rejointe entre les draps. Tu connais mamie. Elle préférerait s'éteindre en prenant du bon temps plutôt qu'écouter les médecins.

Darcie haussa les sourcils. Difficile de la contredire.

— Où étais-tu, Annie ?

— Ici et là. Partout. Nous avons fini dans Chelsea…

Elle fit un geste vague. Peu importait l'endroit.

Dès demain, plus rien de tout cela n'aurait la moindre importance.

Annie avait échoué. Et elle le savait.

— Tu vas bien ? demanda Darcie d'une voix adoucie.

Elle s'assit près d'Annie sur le sofa. Dylan s'éclipsa dans la chambre, les laissant en privé.

— J'ai avalé entre huit et dix bières, fait pipi mille fois dans les toilettes minables de ce bar pourri, j'ai compris que j'étais une ratée totale… Mais je vais bien, merci.

— Tu as bu trop de bière. Va te coucher.

— Non, ça va. Je vais bien *et* je suis une ratée. Toi-même tu me le répètes depuis des semaines. « Trouve un job, Annie » ou bien « Change d'amis, Annie », le message a fini par passer.

— Que t'est-il arrivé ce soir ?

Elle la regardait dans les yeux. Annie soutint son regard, incapable de se détourner. Sœurs, elles devinaient toujours la vérité avant que l'autre n'ait parlé.

— Des types m'ont abordée aux toilettes. Enfin, dans le couloir qui y menait.

— *Ils t'ont fait du mal ?*

— Non, mais ils ne lâchaient pas prise. Un des types avec qui j'étais venue a entendu du bruit – il m'a entendue hurler – et a accouru. Des chaises ont volé, des bouteilles ont été brisées, plusieurs personnes amochées. Bref la police est arrivée.

— Pas ça, gémit Darcie.

— C'était différent de la crémaillère, cette fois, j'étais habillée. Mais deux personnes ont été arrêtées et nous devrons payer les dégâts. Maman va encore piquer une crise.

— Annie, cette situation doit cesser. Tu ne peux pas…

— Oui, je sais.

Elle inspira à fond, sans parvenir à éclaircir ses idées ni à soulager son malaise.

— Je croyais qu'il me suffirait de vivre à New York pour que tout se mette en place. Pour qu'une fois dans ma vie *je* sois celle qui réussit. Mais ça ne marchera jamais, et je sais même pourquoi. Je l'ai compris ce soir, après que ces salauds m'ont plaquée au mur.

— Je t'écoute.

— Je ne peux pas être toi. Je dois être moi, Annie Baxter, nana paumée de Cincinnati.

A sa grande horreur, Annie sentit ses yeux se remplir de larmes.

— Je ne suis pas à ma place ici, Darcie.

— D'abord Cutter, maintenant toi. C'est la nuit des confessions…

— Tu sais où se trouve ma place ?

— Je crois que je devine.

— A Cincinnati, avec papa et maman, dans la maison où

j'ai grandi, la chambre que je chéris encore. C'est pour ça que je ressens une telle nostalgie. Je ne suis pas prête à vivre seule – pas vraiment. Et si je reste à New York, je vais me créer de sérieux problèmes.

— Fort possible, acquiesça Darcie.

— Alors tu ne seras pas en colère si je pars ?

— Tu vas me manquer.

A la voix sourde de sa sœur, Annie comprit que celle-ci ne la méprisait pas.

— Tu devrais dormir un peu et réfléchir à tout ça demain.

— Non, je suis sûre de moi. Cliff aussi me manque. Après chacun de ses coups de fil, je pleure. Idiot, non ? Hier soir, j'ai compris combien il était stupide de m'entêter à rester, alors que Cliff me manque, et que moi je lui manque, là-bas, dans notre bonne vieille Porkopolis.

Entendre le surnom de la ville fit sourire Darcie.

— Tu n'as pas tort.

— Je sors avec lui depuis le lycée. Il est peut-être tout simplement l'amour de ma vie. Nous habitions si près l'un de l'autre que je me suis persuadée qu'il ne pouvait pas s'agir de véritable amour. Trop facile… trop banal… trop commode… Mais c'est faux. Peut-être Cliff est-il l'homme de ma vie *parce que* nous partageons le même passé, les mêmes goûts, les mêmes souvenirs. Regardons les choses en face : qu'ai-je en commun avec Malcom, ou les autres mecs que j'ai rencontrés ici ?

— Les tatouages ? Tu n'as pas fréquenté le haut du pannier, Annie.

— Peut-être pas. Mais peut-être avais-je une raison.

— Laquelle ?

— Je ne *voulais* pas trouver l'homme de mes rêves à New York. Je ne désirais que Cliff.

— Peut-être.

Darcie ouvrit les bras et Annie s'y blottit, avec un sourire embué de larmes qui n'appartenait qu'à elle. Et un hoquet dû à un excès de houblon, malt et levure.

— Fini les tatouages ? demanda-t-elle en effleurant les cheveux rouge brique d'Annie. Et les teintures écarlates ?

— Tu n'auras plus à te sentir responsable de moi.

— Je serai toujours responsable de toi. Tu es ma petite sœur.

Avec un soupir de gratitude, Annie se lova dans les bras de Darcie, jusqu'à ce que sa tristesse s'évanouisse, que l'effet de la bière s'évapore et que sa décision de quitter New York lui semble la meilleure possible.

Après avoir bordé Annie dans son lit, Darcie retrouva sa chambre, vide. Où était passé Dylan ? Curieuse, elle s'aventura dans le salon et le découvrit dans l'entrée en train d'examiner la serrure.

— Il te faut un nouveau cadenas. Et une grille. Je vais rester un jour ou deux, j'installerai ça demain.

— Dylan, ce n'est pas nécessaire.

Elle se tenait derrière lui, admirant la longue courbe de son dos sous le T-shirt uni blanc – un T-shirt qu'ils avaient lavé ensemble, la veille, dans la buanderie du sous-sol. Le caleçon de Dylan, les slip et soutiens-gorge de Darcie… cette intimité au quotidien, ce court passé commun, allaient être brisés net. Difficile de ne pas se laisser déprimer par cette idée.

— Annie s'en va, dit-elle.

— Maintenant ? L'aube approche. Elle ne dort jamais ?

— Non je veux dire : *elle part.* Comme Cutter. Il rentre à Atlanta. Tu n'as donc aucune raison de changer mes serrures.

— Il ne part pas aujourd'hui ? Si ?

— Non, mais…

— Alors tu as besoin de nouvelles serrures. Parce que, si ce mec grimpe encore par la fenêtre de ta chambre avant mon départ, mon séjour va se prolonger. Indéfiniment. A… comment s'appelle votre superprison ?

— Sing Sing.

Dylan se releva et se retourna lentement, le regard lourd de sous-entendus. Le cœur de Darcie palpita.

— Tu n'as pas envie de me rendre visite en prison, n'est-ce pas ?

Le petit jeu érotique auquel ils s'étaient livrés au sujet de la condamnation imaginaire de Dylan lui revint à l'esprit.

— Non. Mais pourquoi la violence ? Cutter est inoffensif.

Dylan n'en paraissait pas convaincu.

— Dis-moi que Longridge ne signifie rien pour toi.

— C'est un ami.

— Quand il t'a détaillée des pieds à la tête tandis que tu étais nue, il avait l'air de plus qu'un ami.

— Un simple représentant du sexe masculin. Il a le sang chaud, j'imagine.

Elle ne se considérait pas vraiment comme une femme fatale à qui les hommes ne pouvaient résister…

— Tant que je suis là, dit Dylan, je ne veux pas de lui dans les parages.

Darcie planta ses deux mains sur ses hanches.

— Es-tu macho à ce point ? Ou fatigué et grognon ?

— Grognon et possessif, dit-il avec un demi-sourire. Je n'aime pas partager.

— Et Deirdre alors ? Si moi je dois partager, toi aussi.

Dylan se rapprocha pour scruter son visage.

— Le spectre de la jalousie se cacherait-il derrière cette désinvolture apparente ?

— Tu es libre d'agir comme tu l'entends,

— Ça c'est ce que tu prétends.

Le sourire de Dylan s'élargit de satisfaction.

— Quant à toi, ce numéro dans ma chambre était déplacé. Une réaction franchement exagérée.

— *Je suis* jaloux…, reconnut Dylan.

Il se rapprocha encore.

Darcie fixa son regard, de plus en plus suggestif.

— … et encore excité. Longridge n'aurait pas pu mieux – non, *plus mal* – choisir son moment.

— Pauvre Dylan.

Darcie l'enlaça par le cou.

— Tu es frustrée toi aussi ?

— Désespérée.

Il se pencha sur elle et les muscles durs de ses épaules jouèrent sous les doigts de Darcie. Il l'attira contre lui, effleurant sa bouche. A son contact, toutes ses angoisses de la soirée s'envolèrent. Mamie allait guérir. Cutter quittait New York, Annie aussi, mais elle parviendrait à payer la totalité du loyer. Sa langue se mêla à celle de Dylan, et tristesse, colère et inquiétude disparurent. Dylan était là. Il la désirait toujours. Et ils n'avaient pas terminé ce qu'ils avaient commencé.

— Retournons au lit, murmura-t-elle contre sa bouche.

— Restons ici.

Il la plaqua contre le mur de l'entrée plongée dans le noir, aussi loin que possible de la chambre d'Annie. Elle ne résista pas. Elle avait compris pourquoi Dylan préférait cet endroit à son lit, chaud et douillet. C'était là qu'elle avait dit au revoir à Cutter. En mâle typique, Dylan désirait marquer son territoire, et lui faire l'amour exactement au même endroit.

— C'est puéril et indigne d'un homme aussi séduisant que toi, Dylan Rafferty.

Il semait des baisers le long de sa gorge, de ses épaules, de ses seins pigeonnants – pour autant qu'ils puissent pigeonner sans soutien-gorge.

— Je m'en moque.

Les mains de Dylan se glissèrent sous la chemise de Darcie (qui en fait appartenait à Dylan), cherchant la pointe de ses seins. Il releva la chemise pour les couvrir de sa bouche, d'abord l'un, puis l'autre, rituel possessif qui faisait frissonner Darcie de plaisir, et non d'horreur.

Dylan tomba à genoux devant elle. Ses baisers coururent sur tout le haut de son corps, jusqu'à atteindre sa taille, puis ses hanches. Il enfouit son visage entre ses cuisses et elle manqua exploser de plaisir.

— Pas encore. Pas encore, dit-il.

Il laissa alors libre cours à ses instincts diaboliques, avec un tel talent que bientôt Darcie, incapable de parler, se contenta de haleter.

— Dylan…

— Là c'est *toi*, Darcie.

Il la mena à la limite de l'extase, avant d'arracher sa bouche de son corps.

Gémissante, Darcie se tordait sous ses mains, cherchant à diriger la bouche de Dylan là où elle voulait qu'il la transporte encore plus haut, toujours plus haut… Elle s'entendit le supplier.

— S'il te plaît, Dylan.

— Toi…, répéta-t-il en se relevant.

Elle perçut le glissement d'une fermeture Eclair, puis le froissement d'un jean tombant à terre. Dessous, il était nu. Quand Cutter avait fait irruption par la fenêtre, Dylan ne s'était pas soucié de son caleçon. Son membre durci glissa entre les cuisses nues, lisses, chaudes et soyeuses de Darcie, et son désir en fut décuplé.

— … Et là c'est *moi*.

Avant que Darcie n'ait repris son souffle, haletante, la bouche enflée et brûlante, les seins douloureux, les cuisses tremblantes, Dylan la souleva et la positionna à l'endroit exact de l'effet recherché.

— Enroule tes jambes autour de moi.

Il se glissa en elle, jusqu'au plus profond d'elle-même. Ensuite elle ne fut plus consciente de rien, de rien que du flux et du reflux du corps de Dylan dans le sien, de leurs rythmes parfaitement synchronisés, de leurs bouches soudées l'une à l'autre, de ses jambes autour de Dylan, Dylan qui la maintenait contre le mur de tout son poids, et de leurs cris, étouffés mais passionnés, qui résonnaient dans l'entrée de son appartement.

Ils parvinrent à l'orgasme en même temps. Un orgasme violent, long, interminable.

Frissonnant encore, Dylan posa sa tête près de la sienne contre le mur.

— Oh, Matilda.

— C'était… vraiment bon.

Son cœur cognait dans sa poitrine.

— Vraiment bon ?

Il resta silencieux un moment avant d'ajouter :

— … Extraordinaire, oui.

Elle embrassa sa tempe humide.

— Tu te sens mieux maintenant ?

— Vidé de mes forces, comme Samson sans sa chevelure et tondu comme un mouton. Il va me falloir plusieurs mois pour récupérer.

— Je voulais dire mieux en ce qui concerne Cutter Longridge.

Dylan se recula.

— Tu es vraiment douée pour casser l'ambiance. Mais puisque tu y tiens…

Il s'interrompit.

— … à moins que ce ne soit ta façon de te protéger ?

Elle dénoua ses bras de son cou, relâcha ses jambes et se laissa glisser pieds au sol, lentement, tout le long du corps de Dylan afin de lui démontrer qu'elle n'avait pas oublié l'ambiance en question.

— Me protéger ?

Il passa un bras autour de son cou et l'entraîna vers la chambre.

— Tu fais ça tout le temps, répondit-il en bâillant.

La lumière gris perle de l'aube se levait déjà.

Son cœur cessa de battre. Elle n'aimait pas la direction que prenait cette conversation. La nuit s'était révélée suffisamment difficile comme ça. Et elle ne parlait pas de la partie passée dans les bras de Dylan.

— Ça ne peut pas attendre ? Remettons cette conversation à plus tard.

Dans la chambre, Dylan la porta dans le lit et la borda près de lui sous les couvertures.

— Plus tard, il y aura les examens d'Eden, le déménagement de ta sœur et ces nouvelles serrures à poser. Et nous n'aborderons jamais le sujet. J'ai des choses à dire, et je veux que tu les écoutes.

Elle n'était pas prête. Mais il pouvait se montrer têtu… et persuasif. Elle aurait eu besoin de se préparer. S'il s'agissait d'autoprotection, tant mieux.

S'il s'apprêtait à la plaquer… après la façon extraordinaire dont ils venaient de faire l'amour dans le couloir…

— Je suis vraiment fatiguée, Dylan. Je travaille ce matin.

— Alors nous nous coucherons de bonne heure demain soir…

Il haussa un sourcil.

— … pour dormir, entre autres, ajouta-t-il avec un demi-sourire qui s'évanouit aussitôt.

— Je ne sais pas si ça va me plaire.

Elle s'était hissée sur un coude et le détaillait dans la lumière de l'aube. Magnifique. Cheveux foncés, yeux sombres. Une large étendue de peau halée au soleil. *Que détester dans tout ça ?* La crainte la submergea.

Dylan prit une longue inspiration.

— Je possède un grand nombre de moutons, avoua-t-il. Chaque printemps – printemps pour moi, automne pour toi – naît une foule de petits agneaux. La première saison, ils folâtrent, gambadent, sautent et courent partout.

— Tu deviens poétique.

Il lui caressa la joue et reprit, comme s'il ne l'avait pas entendue :

— Puis ils grandissent. Les petites agnelles sont adorables. Très fières. Et soudain, un jour, elles sont prêtes.

— Prêtes ?

— A s'accoupler. C'est le but de leur existence, Darcie. Et aussi le nôtre.

Elle tenta de se soulever.

— Tu as vécu trop longtemps dans cette ferme.

Dylan la força à se rallonger.

— Peut-être devrais-tu voir par toi-même, dit-il.

— Tu m'invites à te rendre visite ?

— Non, à rester.

Son cœur s'arrêta dans sa poitrine.

— Tu veux dire vivre là-bas ? Chez toi, avec ta mère ?

— Elle t'adorerait.

— Moi ? Une fille qui t'a dragué au bar du Westin ? Dylan, je ne suis pas à ma place en Australie.

Après sa conversation avec Annie, elle était particulièrement sensible sur le sujet.

— Ma sœur qui a « oublié » de chercher un job à New York retrouve sa place à Cincinnati, et toi ta place est à l'élevage Rafferty. Tu *es* l'élevage Rafferty.

— Pas en ce moment, protesta-t-il.

— Je parle sérieusement. Ma place est ici. Tu devrais épouser Deirdre.

— Je ne veux pas épouser Deirdre, dit-il la bouche durcie.

Mais pour Darcie, c'était la logique même.

— Vous êtes voisins. Comme Cliff et Annie. Vous réuniriez les deux élevages. Vous vous comprenez, vivez de la même façon. Vous vous entendez au lit…

— Incroyable. Je suis avec une femme qui me pousse dans les bras d'une autre.

A chaque mot qu'elle prononçait, elle se sentait plus mal. Et se confortait dans la certitude d'avoir raison.

— Deirdre te convient. Pas moi.

— Qu'en sais-tu ? Tu ne l'as même jamais vue.

Dylan soutint son regard.

— D'après toi, que faisais-je seul au bar du Westin ce soir-là ?

— Tu buvais une bière, courais les filles.

— Faux – sauf en ce qui concerne la bière. Tu sais pourquoi je suis descendu au bar ? J'avais eu une journée pourrie. J'étais en ville pour affaires : acheter du bétail de qualité en vue de développer la reproduction dans mon élevage. Ça ne se passait pas bien. J'étais fatigué, énervé après mon intermédiaire, dégoûté. Alors je me suis dit : « Je vais boire quelques bières, m'écrouler dans mon lit et tout reprendre à zéro demain matin. » Quand je viens en ville, c'est-à-dire rarement, je ne pars pas tant que je n'ai pas conclu mes affaires.

Il se tut un instant.

— C'est alors que j'ai levé les yeux… et que je t'ai vue.

Son regard devint plus intense.

— Je suis heureux d'avoir passé ces deux semaines avec toi. Je ne suis plus le même depuis.

Elle ne savait que répondre, alors elle se tut.

Il l'attira dans ses bras. Elle ne résista pas, elle en était incapable. Donc, il ne la plaquait pas. Et ne la laisserait pas le quitter, comme si elle en était capable. Son cœur palpitait, excité ou alarmé, impossible de faire la distinction.

— Je ne te fais pas de sermon, je t'explique qu'il y a une saison pour tout, reprit-il. Pour les humains comme pour les moutons. Pourquoi la nature dote-t-elle les jeunes femmes de cheveux brillants…

La voix rauque, il plongea les mains dans sa crinière.

— … d'une bouche pulpeuse…

Il effleura ses lèvres d'un doigt.

— … de beaux seins, d'une taille fine, de hanches rondes…

— Dylan…

S'il ne cessait pas, elle allait craquer.

— Pourquoi crois-tu que les hommes ont de larges épaules, des muscles durs, une barbe rude, des bras et des cuisses puissants ?

Elle rougit.

— Pour attirer un partenaire sexuel, acheva-t-il.

— Je t'ai demandé une leçon de biologie ?

C'est toi. C'est moi.

— Ecoute. J'ai trente-quatre ans. Je n'ai pas le temps de traîner les bars à la recherche d'une femme. Je viens en ville deux, peut-être trois fois par an. Zut, là où je vis, choisir une femme par correspondance est la meilleure solution pour un homme.

— Ou alors Deirdre.

Il s'écarta.

— Cesse de me jeter Deirdre à la figure.

— Mais comprends-tu ce que *je* veux dire ? Nous avons lavé nos sous-vêtements ensemble, certes, mais je *vis* à Manhattan. J'*adore* Manhattan. Pour moi il ne s'agit pas d'une ville atroce, mais excitante, le cœur du commerce et de la civilisation. Tu vis dans le désert australien, l'une des contrées les plus reculées du monde. Comment être plus différents que nous le sommes ?

La mâchoire de Dylan se durcit.

— Les opposés s'attirent. Comme mâle et femelle.

— Oui, et je ne changerais pas une minute de ces dernières semaines… ou de ce que nous avons vécu à Sydney… mais tu ne comprends pas, Dylan ? Nous avons vécu un fantasme. J'ai survolé du regard le bar du Westin et suis tombée sur ce type superbe, coiffé d'un Akubra – après que mamie m'a dit : « Ramènes-en un pour moi aussi »…

— Super. Merci.

— … et j'ai fait un truc que je n'avais encore jamais fait. J'ai pris un risque et je t'ai dragué d'un sourire. Et tu t'es approché.

— Avec plaisir. Grand plaisir…

Mais le sourire de Dylan se crispa.

— Je n'ai pas le temps de jouer à des jeux sophistiqués, Darcie. Je veux me marier bientôt, avoir des bébés…

Elle acquiesça.

— Tu veux des fils pour reprendre l'élevage.

— Je suis prêt à me ranger.

— Pas moi.

— Et pourquoi ?

Son cœur palpitait. Est-ce qu'à sa façon Dylan lui demandait de *l'épouser* ? De vivre dans une *ferme* ? Tout dans son attitude, sa possessivité la convainquait, une fois de plus, qu'il ressemblait bien trop à ses parents.

— Je dois penser à l'inauguration de Wunderthings… à mamie… à ma famille ici aux Etats-Unis, à mon job…

— Cutter Longridge, jeta Dylan d'une voix amère, Merrick Lowell, ils te rendent heureuse ?

Dylan l'attira contre lui, la caressant de sa main rude et pourtant douce, et enfouit son visage dans son cou, lui arrachant un gémissement. *Lui* la rendait heureuse. Mais il était le contraire de l'homme qu'il lui fallait, même si elle se surprenait parfois à souhaiter le contraire, qu'il soit l'homme parfait pour elle. N'était-ce pas ce qu'il tentait de prouver avec sa théorie de l'attirance entre homme et femme ?

— La vie se résume à ça, Matilda, insista-t-il. Se trouver, procréer.

Comme elle ne répondait pas, il soupira et posa sa tête près de la sienne, sur le même oreiller.

— Peut-être que je ne m'exprime pas bien, murmura-t-il.

— Peut-être que si.

Ce qui l'effrayait.

Longtemps après, Dylan s'endormit enfin. Son souffle, régulier et profond résonnait dans la chambre silencieuse. Elle resta étendue, les yeux rivés sur les étoiles qui scintillaient au plafond. D'habitude, elle s'endormait ainsi. Mais quand les rayons roses de l'aube se répandirent sur les murs, elle n'avait toujours pas trouvé de réponse.

Il n'avait pas dit qu'il l'aimait.

Mais, mon Dieu, comment supporterait-elle de le perdre ? Comment le garder ?

Elle se souvint de ce qu'il avait dit : « Nous trouverons une solution, Matilda. C'est possible. »

20

Elle allait s'en sortir, lui assura Eden le lendemain. Dylan était sorti pour se procurer café et beignets à la cafétéria – violant les toutes récentes restrictions alimentaires de mamie. « Mais on ne vit qu'une fois », avait décrété Eden – et les deux femmes se trouvaient seules. Opportunité à saisir car, entre Julio et Dylan, elles se retrouvaient rarement en tête à tête. Mamie vérifia que personne ne s'approchait avant d'aller au cœur du sujet qui l'intéressait.

— Ne laisse *pas* échapper ce mec.

— A moins que tu ne simules une nouvelle crise cardiaque avant demain, je n'ai pas le choix.

Devant le regard de reproche d'Eden, elle ajouta :

— Que puis-je faire d'autre ? Mon job est ici.

— Alors pourquoi ne te trouves-tu pas dans les bureaux de Wunderthings en ce moment même ?

Darcie sourit. Il n'était que 15 heures. Elle avait abandonné Walt, qui avait souhaité un bon rétablissement à Eden, tout en fulminant sur un rapport, et Greta, toujours occupée à comploter contre elle, parce qu'il y avait plus important.

— Parce que ma grand-mère préférée est couchée sur un lit de cette saleté d'hôpital et que je veux m'assurer qu'elle va bien.

Eden se saisit d'un miroir sur sa table de chevet et examina son visage.

— Les résultats de mes examens ne révèlent aucune anomalie. Mon taux de cholestérol est un peu élevé, mais le médecin m'a prescrit un nouveau médicament, sans effets secondaires. En un rien de temps, je serai redevenue une innocente jeune fille de vingt ans.

— Ça m'étonnerait, dit Darcie en souriant. Et je ne parle pas d'avoir vingt ans.

Eden sourit, narquoise. Ses cheveux auburn se dressaient sur sa tête, plus en désordre que Darcie ne les avait jamais vus. Elle soupçonnait que ce n'était pas l'œuvre de la maladie. Eden se débattit un moment avec sa chevelure.

— Ce matin j'ai envoyé Julio nourrir Jane, mais avant nous avons passé un délicieux moment ensemble.

— Moi aussi, avoua-t-elle.

Dans l'entrée, debout contre le mur puis ce matin dans le lit, le poids de Dylan contre mon dos…

— Nous sommes des filles qui avons beaucoup de chance.

— Des femmes, la corrigea-t-elle, comme elle le faisait toujours avec Janet.

— A mon âge, parler de moi comme d'une fille fait merveille pour mes rides.

Eden étala une lotion sur son visage, avant d'épaissir ses sourcils avec un crayon de couleur sombre.

— Alors dans ce cas, mamie…

— Maquillage complet. Hier sans mon maquillage, j'arborais une mine catastrophique. Qu'ont dû penser ces beaux secouristes musclés lorsqu'ils m'ont hissée dans la civière ? A propos…

Le sourire d'Eden s'évanouit.

— Depuis que tu vis à New York, j'ai rencontré nombre de tes conquêtes. Dylan est de loin le plus attirant, même comparé à Cutter Longridge. Dylan est honnête, direct, aussi sexy qu'un stripteaser des Chippendales…

— Encore plus sexy, attesta Darcie.

— Et quand il porte cet Akubra, il pourrait provoquer une crise cardiaque chez une femme âgée. Pas moi, bien entendu.

Elle étala une ombre à paupières bleue sur ses yeux.

— Dylan Rafferty éprouve des sentiments profonds pour toi, chérie. On le lit dans ses yeux, et dans sa façon de te traiter.

— Tu as rédigé une thèse sur le sujet ? Il aime les beignets, c'est tout.

— Non, il pense à toi avant lui-même.

Elle pinça ses lèvres couleur corail.

— Comme Julio. Dois-je te rappeler Merrick Lowell ?

Darcie se pencha par-dessus l'étalage de pots, fioles et tubes d'Eden pour l'étreindre.

— Merrick s'obstine à appeler mais je ne rappelle pas. Ses choix paraissent clairs. Je ne vais pas me comporter comme une idiote pour la troisième fois. Je te souhaite d'être heureuse avec Julio. Je sais qu'au début j'ai manqué d'enthousiasme, mais finalement il est parfait pour toi.

— Notre différence d'âge ne te gêne pas ?

— Que sont quatre décennies quand on a trouvé l'amour véritable ? déclara-t-elle avec un sourire éclatant.

— Adorable enfant.

Mamie l'étreignit très fort. Quand elle s'écarta, ses yeux brillaient.

— Que feras-tu lorsque Dylan sera parti, ainsi qu'Annie ? Je n'aime pas savoir que tu vis seule.

— Tu parles comme Dylan.

— Il a raison. Il reste de la place chez moi. Julio t'aime beaucoup. Il t'appelle ma *niña linda*. Ma jolie petite fille.

— Je ne suis plus une petite fille, mamie.

L'expression de mamie s'adoucit encore.

— Comme tu ne cesses de me le rappeler mais tu as tort. Pour moi, tu seras toujours une petite fille, comme pour Hank et Janet. Un jour tu comprendras comme c'est bon… de partager des souvenirs avec des gens qui t'ont toujours connue. Telle que tu es.

Darcie cligna des paupières.

— Tu essaies de me faire pleurer ?

— J'essaie de m'assurer que tu fais le bon choix.

— Dylan ?

— S'il te rend heureuse. Ne réfléchis pas trop. Prends ton bonheur là où tu le trouves. La vie est courte, ma chérie.

Le discours de Dylan la veille, celui de mamie aujourd'hui la mettaient mal à l'aise. Elle se recula. Le moment venu, les choix s'imposeraient d'eux-mêmes.

— N'insiste pas.

Elle s'affaira à lisser les couvertures d'Eden, à aligner ses produits de maquillage en rangées bien droites, comme pour imposer de la logique dans sa propre vie.

— Désolé, mesdames, pas de blanc.

Dylan avait fait irruption dans la chambre, muni d'un plateau portant des tasses et des beignets à la crème. Le sourire qu'il lui dédia fit mollir ses jambes.

— Du blanc ? s'étonna Eden.

— Argot australien, expliqua-t-elle. En d'autres mots, de la crème.

Elle prépara le café de sa grand-mère comme elle l'aimait, puis lui tendit une assiette avec un demi-beignet.

— Un demi suffira, même avec ton nouveau médicament.

— Je n'insiste pas, si tu ne fais pas d'histoires.

Une tasse dans une main, Dylan enlaça Darcie de l'autre. Il semblait incapable de cesser de la toucher, comme s'il savait que le lendemain, et tous les jours qui suivraient, cela lui serait impossible.

— J'ai raté un épisode ?

— Des histoires de filles, dit Eden.

— De femmes, corrigea Darcie.

Dylan lui décocha un regard lourd. Apparemment, la toucher ne lui suffisait pas.

— Nous devrions rentrer. Je dois faire mes bagages.

Mamie s'empressa d'acquiescer.

— Vous avez besoin de vous retrouver seuls. Julio et moi passons autant de temps ensemble que possible. Evidemment, lui habite à New York, dans mon propre duplex…

— Julio a emménagé chez toi ?

— La semaine dernière. Ce qui a peut-être déclenché l'excès d'excitation expliquant l'« incident » d'hier.

— J'en doute, dit Dylan avec un grand sourire. Vous êtes de taille à nous en remontrer.

— Avec plaisir. Quand vous voulez. Il vous suffit de me passer un coup de fil…

— La prochaine fois que je viens aux Etats-Unis.

— Ah, dit Eden, l'air ravi, et vous reviendriez quand ?

— Quand Darcie m'y invitera.

S'il voulait jouer à ce petit jeu…

Elle se dirigea vers la porte d'un pas vif.

— Je m'en vais avant que cette conspiration ne prenne de l'ampleur. Mamie, sois sage. Transmets mon… affection à Julio.

Elle fit signe à Dylan qui s'était penché pour embrasser Eden. Celle-ci lui murmura quelques mots inaudibles, puis il se redressa et rejoignit Darcie.

— Je t'appellerai demain, mamie. Repose-toi avant de rentrer chez toi.

Dylan souleva son Akubra à l'intention d'Eden et ils partirent.

— Quelle mouche t'a piquée ? demanda Dylan dans le couloir.

— Devine.

— Eden pense que tu devrais m'accompagner en Australie, te rendre compte que tu aimes Rafferty…

— Il me plaît beaucoup.

— Je parlais de la ferme, Matilda.

Il s'arrêta pour lui voler un baiser.

— Eden pense que tu devrais émigrer. Vivre avec moi. Envisager des bébés…

Il lui donna un nouveau baiser, langoureux et sensuel, auquel elle ne put résister.

— … et je suis d'accord avec elle, souffla-t-il contre ses lèvres.

— Je suis KO, se dit Darcie le lendemain matin, observant Dylan ranger ses sous-vêtements dans son sac.

Il n'était pas aussi rétrograde qu'elle l'avait cru un jour, mais il avait encore un long chemin à parcourir en ce qui concernait les rapports homme-femme. Comme Hank avec Janet. Elle devait garder ce fait à l'esprit, sinon elle allait glisser à genoux et le supplier de rester.

Dylan fixa sa valise.

— Je peux encore t'acheter un billet.

— Au dernier moment ? Il coûterait une fortune. Il ne me resterait même plus de quoi payer mon loyer.

Elle n'avait pas de quoi le payer de toute façon.

— *J'achèterais* le billet.

La bouche de Dylan s'était durcie.

— Si tu venais avec moi, tu n'aurais pas à payer de loyer. La ferme m'appartient.

— Et ta mère et moi pouvons rester aussi longtemps que nous le désirons ?

Dylan ferma sa valise avec un claquement sec.

— Aussi longtemps que *tu* le désires ? ajouta-t-elle.

— Que veux-tu dire ?

Elle aussi pouvait se montrer têtue.

— Je veux dire que je ne suis pas prête à bouleverser mon existence pour vivre dans le désert australien avec un homme persuadé que je devrais marcher trois pas derrière lui.

Il lui fit face, le regard encore plus sombre.

— Je n'ai jamais dit une chose pareille.

— Ça revient au même, Dylan. Je finirais par ressembler à ma propre mère – et j'ignore même ce que tu me proposes.

— Un voyage gratuit en Australie, dit-il, entêté.

Il était très doué pour l'entêtement et elle avait conscience de se heurter à un mur de pierre.

— Ensuite, nous verrons.

— Et si ça ne marche pas ? Je reprends l'avion pour New York où je n'aurais plus ni job, ni appart…

Elle hésita.

— … Je ne sais même pas si, comme toi, je désire une famille traditionnelle, comme celle créée par mes parents.

— C'est mal ?

— Non, mais ce n'est pas pour moi. Pas maintenant. Je l'ai clairement exprimé, dès le début.

— Et rien n'a changé depuis que nous nous sommes rencontrés dans ce bar ?

Elle se souvint des paroles de Dylan, l'autre soir. *Nous trouverons une solution.* Et son propre espoir que, peut-être, ils trouveraient un compromis. Mais Dylan entendait mener le jeu, diriger les opérations. Retour à la case départ.

— Je ne crois pas.

— Faux. Tu n'es pas naïve à ce point.

Il secouait la tête, évitant son regard.

— Nous nous disputons mais…

Dylan descendit le sac du lit et la regarda intensément.

— … Tu sais ce que je crois ?

Elle craignait la réponse et sa gorge n'émit pas un son. Elle craignait aussi qu'il la touche. S'il la touchait, elle rendrait les armes.

— Je crois que la vie – et l'amour – t'effraie terriblement. Défier tes parents t'importe tant ? Renier ton éducation, le mode de vie de ta mère ? Au point de risquer ton propre bonheur ? Avec moi, ou n'importe qui d'autre ?

— Dylan…

Il se dirigea vers la porte.

— Impossible de battre Buckley.

— Qu'est-ce que *ça* peut bien vouloir dire ?

Même l'argot soulignait leurs différences.

— Que je n'ai pas la moindre chance de gagner la partie, Matilda.

Le surnom faillit la faire craquer. Et si elle ne l'entendait plus jamais ? Elle tendit une main vers lui, mais il se trouvait déjà dans le couloir, à mi-chemin de la porte. A mi-chemin hors de sa vie. Etait-ce ce qu'elle désirait ?

Même en perdant Dylan, elle ne parvenait toujours pas à déterminer quel tour devait prendre son existence. Le bonheur entre deux personnes distinctes existait-il vraiment ?

— Tu es injuste, dit-elle, se lançant à sa poursuite, sachant qu'elle ne devrait pas.

Sa voix résonna, enjouée, à ses propres oreilles.

— Dylan, attends ! Tu ne peux pas t'attendre à ce que…

Il se retourna pour jeter quelques mots par-dessus son épaule.

— Si tu veux me parler, tu sais où me trouver.

Quand Claire vit Darcie se frayer un chemin chez Phantasmagoria parmi la foule du déjeuner, sa bouche s'affaissa. Oh, oh ! Mauvais signe. Baignant dans le bonheur, d'humeur positive et pas obsessionnelle pour deux sous, Claire ne savait plus que dire. Elle souligna l'évidence.

— Tu as l'air déprimée.

— Moi ?

Darcie prit un ton enjoué.

— Je vais bien. Je ne me suis jamais sentie mieux…

Elle affichait un sourire à l'éclat inquiétant.

— C'est le premier jour du reste de ma vie, et cætera…

Claire fouilla dans son sac à la recherche d'un Kleenex. Au cas où.

— Je vais faire imprimer ce message sur un T-shirt.

— Dylan est rentré chez lui, comprit Claire.

Darcie s'écroula sur une chaise. Jusqu'à cet instant, Claire avait cru de nouveau tout maîtriser dans sa vie.

— Tu me sembles dans un sale état.

Darcie s'empara du menu.

— Non, vraiment, je vais très bien.

Elle s'absorba dans la lecture de la première page, une page blanche.

— Nous avons passé un moment super, je ne vais pas le nier. Mais ça s'arrête là. Il est monté dans son taxi pour l'aéroport JFK. C'est mieux pour nous deux.

— C'est ce que tu lui as dit.

— Plusieurs fois.

— Darcie Baxter, tu es une idiote. A quelle heure décolle son avion ?

Inutile de consulter sa montre.

— Il a décollé il y a vingt minutes. Il doit voler au-dessus de nos têtes en ce moment même.

Elle tendit l'oreille une seconde.

— Non. Aucun 747 vrombissant au-dessus des nuages. A l'heure qu'il est, il doit se diriger vers Cincinnati.

— Il y fait escale ? Tu pourrais attraper un vol intérieur et le retrouver. Et le présenter à tes parents par la même occasion.

Elle baissa la tête.

— Mes parents viennent à New York chercher Annie. Nous ne sommes pas dans un film genre *Officier et gentleman* avec un happy end idiot.

— Dans *Officier et gentleman*, Richard Gere vient chercher Debra Winger et l'enlève quasiment.

— Toi, tu as loué pas mal de films ces temps-ci.

— Tous les soirs. C'est-à-dire, quand Peter n'est pas là…

Claire ne pouvait pas s'en empêcher. Elle sourit jusqu'aux oreilles, en partie pour faire diversion.

Darcie poussa un cri perturbant les conversations alentour.

— Ça y est ? *Tu as couché avec Peter ?*

Toute la salle se tourna vers elles, bouche bée. Claire posa une main sur la bouche de Darcie.

— Chut, tu vas nous faire virer d'ici ! Or je meurs de faim.

Commandons d'abord. Je te donnerai les détails croustillants quand tu auras la bouche pleine de salade avocat-crevettes.

— Je ne peux pas croire que tu aies réussi.

— Tu devrais voir son sourire. Tu n'aurais aucun doute.

Darcie serra la main de Claire posée sur la table.

— Claire, je suis tellement heureuse pour vous. J'ai eu peur que la maternité ne fiche tout en l'air entre Peter et toi.

— C'est tout le contraire. Nous avons de nouveau fait l'amour comme si c'était la première fois.

Darcie gloussa. Au moins, elle n'arborait plus cette expression de chiot abandonné.

— Tu arrives encore à tenir debout ?

— A peine !

Darcie éclata de rire et les regards se tournèrent une fois de plus dans leur direction.

— Nous avons parlé, dit Claire,

Par égard pour le cœur brisé de Darcie, elle avait gardé son secret aussi longtemps qu'elle l'avait pu.

— Je vais reprendre mon boulot.

— Chez Heritage ? Et Samantha ?

— En ce moment même, Peter et elle se promènent autour du lac de Central Park et jouent avec un bateau télécommandé. Enfin, lui fait naviguer le bateau, elle le regarde depuis sa poussette. Après le déjeuner, je ferai quelques courses, puis je les retrouverai pour dîner et reprendre le ferry. Aujourd'hui, c'est Peter qui s'occupe de Samantha. Nous avons décidé qu'il n'était pas juste qu'il poursuive sa carrière tandis que je sacrifiais la mienne. Comprends-moi bien, rester à la maison me plaît…

Claire hésita.

— … Et ce n'est pas juste que Samantha passe de longues journées à la crèche. Mais j'ai découvert quelque chose, Darcie. Tu avais raison. J'ai *besoin* de travailler.

— Qu'a dit Peter ?

Claire se recula sur sa chaise, plus comblée qu'elle ne l'avait été depuis des mois – depuis qu'elle avait donné naissance au bébé – excepté, bien sûr, les heures partagées avec Peter l'autre soir.

— Il a répondu que c'était son tour. Nous aménagerons nos horaires, jusqu'à l'entrée de Sam en maternelle. Il dit que nous trouverons une solution.

Darcie cilla.

— C'est ce que dit… disait… Dylan.

— Il disait ça ?

Mais Claire tenait à terminer son histoire d'abord.

— Quand j'ai enfin réussi à déballer mes problèmes – et à me détendre –, Peter a très vite été d'accord avec moi.

— Que lui as-tu dit ?

— Que j'avais besoin d'être moi, pas seulement sa femme et la mère de Samantha.

— Tu parles comme Annie. Elle a renoncé à jouer les doublures de sa grande sœur, c'est-à-dire moi. Mon Dieu, quel modèle je fais ! Elle rentre à la maison pour retrouver sa vraie place. Etre Annie.

— Elle a raison. Ne pas renoncer à m'épanouir aidera Sam à devenir un être indépendant et fort en grandissant. Peter s'occupera d'elle quand je travaillerai, et vice versa. Je sais qu'avec ce nouvel arrangement je vais m'éclater. Trois jours par semaine chez Heritage, je retrouve mon poste et mon bureau, qu'à partir de maintenant je vais partager.

— Avec qui ?

— Une autre femme qui vient d'avoir un bébé. A nous deux, nous assurerons un plein-temps.

Claire héla la serveuse et commanda deux plats du jour.

— … et deux verres de chardonnay, s'il vous plaît.

— Californien ou australien ?

— Oh ! c'est pas vrai.

Darcie baissa les yeux sur la nappe, battant des paupières pour refouler ses larmes. De toutes ses forces. Claire se serait giflée. Darcie avait retrouvé son visage à fendre l'âme.

— Australien, répondit Claire à sa place.

Espérant qu'il était corsé, comme Dylan. Fort et avec du corps. Et lui ferait retrouver la raison. Comme ça, avec l'aide de Claire, Darcie se retrouverait dans le prochain avion pour…

— Tu as dit qu'il s'envolait pour où ?

— L.A. Puis Sydney. Je savais qu'il devait partir, s'empressa-t-elle d'ajouter. Nous le savions depuis le début. Il doit être comlètement cinglé pour penser que je vais tout plaquer ici…

Une minute. Qu'est-ce que je viens d'entendre ?

— Dylan t'a demandé de l'épouser ?

— Je ne sais pas.

— Darcie, soit il a dit « Veux-tu m'épouser ? », soit il ne l'a pas dit.

Darcie se mordilla la lèvre et attendit que la serveuse ait posé leurs assiettes devant elles. Puis elle s'empara de son verre et en avala la moitié.

— Il ne l'a pas dit. Il m'a invitée à venir le voir dans sa ferme. Faire la connaissance de l'agneau qui porte le même nom que moi. Et a ajouté que sa mère m'adorerait. Il a dit aussi : « Faisons des bébés. »

Claire la fixa un instant.

— Bon. C'est une demande en mariage assez inhabituelle, mais quelle autre signification ces mots auraient-ils ?

— Dylan n'est pas très doué avec les mots, reconnut-elle. Il s'exprime de cette façon laconique…

— Il est à tomber. Et tu le sais.

Claire se pencha plus près.

— Je sais que, depuis la naissance de Samantha, je suis devenue la dernière personne à qui demander conseil dans tout New York. Mais je vais beaucoup mieux, je te le jure. Alors voilà : vous êtes dingues l'un de l'autre, alors ne laisse pas quelques kilomètres, sa conviction que tu devrais te promener pieds nus et enceinte ou l'ascension de ta carrière chez Wunderthings détruire tes chances de bonheur. Il est temps, Darcie.

— Et s'il me menait en bateau – comme l'ont fait tant d'autres ? Et que je me rendais jusqu'en Australie, dans l'idée de rejouer *Officier et gentleman* à l'envers ? Et l'enlever en pleine tonte des moutons pour qu'il me réponde : « Tu n'as donc pas compris que je me suis servi de toi ? »

— Il ne s'appelle pas Merrick Lowell. Dylan est génial. Je peux être demoiselle d'honneur à ton mariage ?

Darcie renifla.

— C'est vrai qu'il est assez génial.

— Il t'a aidée lors du malaise d'Eden, non ? Il est resté à tes côtés et s'est occupé de tout. Il a fait sa conquête. Elle me l'a avoué. Quant à Annie, elle trouve qu'il serait l'homme idéal, s'il n'était pas déjà avec toi.

— Annie retourne vers Cliff. Et il n'y a plus rien entre Dylan et moi.

— Darcie Baxter, à qui essaies-tu de faire croire ça ?

Affalée dans son siège, elle tripota sa salade de crevettes dans son écorce d'avocat et finit par reposer sa fourchette sur la table en signe de défaite. Sans la présence des autres clients, Claire aurait hurlé : « Hourra ! »

— Tu *peux* tout avoir, dit Claire, simplement pas de la façon que tu avais – que *nous* avions – prévue.

Claire observa avec satisfaction la lèvre supérieure de Darcie se mettre à trembler, juste avant que son visage entier ne se chiffonne.

— Je suis complètement paumée. Une loque totale, complète, absolue.

— Enfin nous avançons. Que comptes-tu faire pour y remédier ?

Le soir même, toujours obsédée par Dylan, Darcie s'assit seule dans la suite du Grand Hyatt qu'elle avait partagée avec Merrick plus souvent qu'elle n'aimait se l'avouer. Cette fois, le lieu semblait approprié. Même mamie n'aurait pu trouver à redire. Darcie avait choisi l'endroit et attendait Merrick, tout en zappant avec la télécommande. Cette rencontre lui avait semblé nécessaire avant de passer à autre chose.

Mais quand la clé magnétique glissa dans la serrure, elle ne put s'empêcher de sursauter.

Elle lâcha la télécommande et bondit sur ses pieds. Elle avait beaucoup progressé en quelques mois. Etait devenue moins naïve, moins crédule et plus méfiante, mais continuait de redouter les confrontations.

— Tu es arrivée la première, constata-t-il.

Il l'embrassa sur la joue, le regard ailleurs. Elle l'observa longuement. Ce soir, il semblait différent. Ses cheveux blonds et lisses, ses yeux bleus restaient les mêmes, de même que son costume impeccable, mais son humeur… Elle ne parvenait pas à l'analyser. A moins que…

— Relax, Merrick. Je ne t'ai pas fait venir pour faire l'amour.

Il rougit et la regarda enfin en face. Et sourit. Soulagé, c'était évident.

— Geoff et moi avons eu une petite altercation avant que je ne quitte l'apartement.

— Il est jaloux ?

Elle ramassa la télécommande et éteignit la télé avant de se rasseoir. La vie était parfois plus bizarre qu'une sitcom.

— Pas vraiment jaloux. Peu sûr de lui plutôt.

— Et toi, ta présence ici te pose un problème ?

— Plus maintenant, dit-il, calme et souriant.

C'était ça, comprit-elle. Elle ne l'avait pas revu depuis le soir où elle l'avait trouvé avec Geoff, mais il semblait en paix avec lui-même. Depuis sa séparation d'avec Jacqueline, le visage de Merrick paraissait apaisé. Assise dans le sofa, elle le regarda s'approcher du minibar et en extraire une flasque de scotch pour lui, une petite bouteille de vin blanc pour elle. Qu'il ait pensé à elle était stupéfiant.

— Quelle est la raison de notre rencontre ? Je croyais que tu m'en voulais encore.

Merrick versa des glaçons dans son verre, puis de l'eau minérale et enfin le scotch. Il préparait sa boisson avant celle de Darcie. Elle retint un sourire. Certaines choses ne changeraient jamais. Mais elle n'était pas prête à répondre à la question de Merrick.

Il ouvrit le vin, emplit un verre à pied et porta les boissons dans le coin-salon où il servit Darcie. Il avala une solide gorgée de son scotch avant de reprendre la parole.

— J'ai réfléchi. Je réfléchis beaucoup ces temps-ci. J'ai aussi des flash-backs, dit-il en se laissant tomber à côté d'elle dans le sofa.

Elle emplit ses poumons de son parfum, une odeur de savon subtilement épicée et d'un après-rasage de luxe qu'elle n'avait jamais réussi à identifier. Elle préférait une peau propre, avec parfois une pointe de transpiration masculine, comme celle de Dylan. Elle s'enfonça dans les coussins et sirota son vin dans l'espoir de s'anesthésier. Elle n'avait pas envie de parler de ses problèmes. Qu'il n'aurait d'ailleurs pas écoutés.

— Et tes pensées t'ont amené à quelles conclusions ?

— Que j'avais tout faux.

Merrick étendit les jambes, lissant les plis parfaits de son pantalon à pinces, et passa la main dans son impeccable chevelure.

— J'ai passé la majeure partie de ma vie à faire ce qu'il fallait… Intégrer les écoles qu'il fallait, les clubs qu'il fallait, décrocher le job qu'il fallait… même la femme qu'il fallait. Je t'ai déjà expliqué que Jackie et moi n'avons jamais été des amants passionnés.

Il lui glissa un regard en coin, l'air coupable.

— Peut-être est-ce pour cela que je me suis tourné vers toi. Pour me prouver que c'était elle qui avait un problème. Jackie et moi sommes restés ensemble pour les enfants, concept méritant un roman à lui seul, je m'en rends compte, mais nous sommes tous deux aussi conservateurs que nos familles respectives. Bon sang, comme je détestais ces dîners dominicaux collet monté dans ma belle-famille à Greenwich.

Elle reprit une gorgée de vin, tentant de ne pas s'étouffer.

Une maîtresse s'insérait parfaitement dans le style de vie qu'il décrivait. Elle était venue effectuer une démarche importante pour elle, mais, comme elle aurait dû le prévoir, Merrick ne pensait qu'à lui.

— Je crois que je le savais, dit-il, depuis longtemps. Depuis mon séjour en pensionnat. Cette pensée me torturait, je m'interrogeais sur ma véritable personnalité, mais, à l'époque, je ne pouvais répondre à cette question. Alors j'ai continué de faire ce que mes parents attendaient de moi, puis ce que Jackie attendait de moi. Et je suis devenu de plus en plus perturbé.

Il se tourna vers elle.

— Il faut que je t'avoue à quel point je regrette, Darcie. Je me suis servi de toi…

— Moi aussi.

Une relation purement sexuelle, arrangeant tout le monde…

— Je parle émotionellement. J'ai cru que si je te retrouvais ici, tous les lundis soir… tout irait bien. Selon les traditions, les critères de la société… de la classe sociale dans laquelle je suis né.

Il avala ce qui restait de son scotch.

— Mais ça ne marche pas ainsi.

— Qu'est-ce qui ne marche pas ainsi ?

— Le bonheur.

Merrick fixa son verre vide.

— Tu te souviens quand tu es revenue de Sydney ? Quand tu m'en voulais encore à propos de Jackie, après notre rencontre chez FAO ? Que tu ne voulais plus me voir ?

Darcie acquiesça. Elle avait été tellement blessée… C'était il y a bien longtemps, lui semblait-il. Et il lui semblait aussi que cela n'avait plus autant d'importance.

— Tu t'accrochais.

— Je t'ai retrouvée dans le hall de Wunderthings – deux fois – puis nous avons échangé un baiser, chez Zoé. En compagnie de cette jolie femme avec qui j'avais été intime, j'espérais que…

j'ai cru que nous pourrions constituer une solution l'un pour l'autre, bâtir quelque chose et que tout irait bien. Ce n'était pas si délirant. A l'époque tu t'efforçais d'oublier ton Australien…

— Reviens à maintenant.

Elle ne savait pas trop ce qu'elle entendait par là.

— D'accord. Mais tu comprends ? Nous n'étions qu'un réconfort l'un pour l'autre.

— Cela n'a pas duré longtemps.

Elle se redressa pour le regarder. Il semblait éprouver… du regret. Jamais auparavant elle ne l'avait vu désolé. Mais il semblait toujours aussi content de lui-même.

— C'est pour cette raison que tu fuyais tout « rapprochement » le soir de mon déménagement. Je ne le désirais pas vraiment non plus, mais tu semblais… paumé, Merrick.

— Je l'étais. Et désespéré aussi.

— Ensuite, à ma crémaillère, tu es parti tôt et j'ai cru t'avoir heurté.

Il eut un petit sourire.

— J'avais rencontré Geoff la semaine précédente. Et ne comprenais pas pourquoi cette rencontre m'avait tant affecté, dès le premier regard. Quand je t'ai vue avec ton ami…

— Cutter Longridge… Il a dû te faire davantage d'effet que moi, ne put-elle s'empêcher d'ajouter.

— Non. Seulement un effet différent.

Merrick s'agita sur le sofa.

— J'ai quitté la soirée dans le brouillard, mais je n'étais plus paumé. J'avais compris que, depuis le début, le problème c'était moi, pas Jackie, toi ou même ma famille. Je suis bisexuel, Darcie. Je suis rentré et j'ai appelé Geoff.

Il soupira.

— C'est… arrivé. C'était le point de non-retour. Tu sais pourquoi ?

— Non.

Depuis le départ de Dylan, elle ne savait plus rien.

— Parce que j'ai compris que j'avais vécu selon les règles des autres. Geoff m'a poussé à vivre pour moi-même.

« Tu parles d'un changement », pensa-t-elle.

— Il avait raison, reprit Merrick.

Il se leva pour se servir un autre verre. Près du minibar, il se retourna et lui sourit.

— Je ne veux pas te blesser, mais je ne me suis jamais senti aussi heureux.

Elle lui retourna son sourire. Il n'avait pas offert de la resservir mais, pour une fois, elle ne s'en formalisa pas.

— Ça se voit.

Merrick la rejoignit sur le sofa et l'enlaca. Elle ne s'écarta pas. Depuis des années, ils goûtaient la compagnie l'un de l'autre. Mais pas ces dernières semaines… Non, pas depuis son voyage à Sydney. Petit à petit, ils étaient devenus amis. Un drôle de couple, un peu comme elle et mamie cohabitant, mamie et Julio… ou elle-même et Dylan, mais amis tout de même.

La gorge soudain serrée, elle se tut, fixant le fond de son verre. *Tu as peur*, avait dit Dylan.

— D'accord. Voyons de quoi il retourne, dit Merrick, resserrant son étreinte. Laisse-moi deviner. D'après ton expression abattue, et tes yeux qui ont foncé, je dirais que l'Australien est rentré chez lui.

— Tu m'avais bien dit que ça ne marcherait pas.

— Pire, il t'a plaquée.

— Encore pire, il veut m'épouser… enfin je crois.

Merrick se recula, les yeux écarquillés.

— Sans rire ?

— J'en ai peur.

Quand elle lui eut tout raconté, Merrick s'exclama :

— Je ne comprends pas le problème. Il ne s'agit pas de Wunderthings, n'est-ce pas ? Parce que tu pourrais déménager à Sydney – diriger les opérations sur place, les étendre dans tout le pays, attaquer le marché asiatique. Réaliser ton potentiel de star.

Il ne parlait pas cinéma.

— Tu crois ?

Merrick lui ébourriffa les cheveux.

— Ouvre les yeux, Darcie. Habiter aux deux extrémités de la planète n'est pas un problème insurmontable, pas à notre époque. Tu pourrais même vivre à cheval sur les deux continents.

Il s'interrompit.

— C'est ta grand-mère qui te retient ? Ou bien Annie ?

Elle attendit un peu, à l'écoute de son propre pouls.

— Non, plutôt les convictions de Dylan. D'après lui, la place d'une femme est au foyer.

— Quel homme ne le pense pas au fin fond de lui-même ? Il te voudrait rien qu'à lui…

— Il est… macho.

Elle repensa à son altercation avec Cutter. D'un autre côté, il l'avait soutenue quand mamie avait fait un malaise. A sa surprise, Merrick prit encore le parti de Dylan.

— Si c'étaient tes parents, le vrai problème ? Tes parents qui – comme les miens – attendent de leur enfant des choses que celui-ci ne souhaite pas leur donner ? Ne devrait pas être obligé de leur donner ? J'en ai assez entendu au sujet de Janet et de Hank pour penser que j'ai raison.

— Tu écoutais ce que je racontais ?

— Assez souvent.

Il n'en admettrait pas davantage. Typique de lui.

— Merrick, tu es vraiment un salaud.

Les mots ne semblèrent pas le troubler. Rien ne semblait pouvoir le troubler ce soir. Elle aimait le voir ainsi.

Il contempla le liquide ambré dans son verre.

— La vraie question est : vas-tu continuer à te plier aux désirs de ta famille au lieu des tiens ?

Elle sourit.

— Mais un salaud plus sympa que je ne l'avais cru.

Il rougit.

— Je ne dis pas que tu devrais épouser ce mec…

Il posa son verre pour prendre le visage de Darcie entre ses mains.

— Darcie, as-tu le courage de prendre tes propres décisions ? De suivre ton chemin à toi ?

— Je ne sais pas.

Merrick l'attira contre lui et elle posa la tête sur son épaule. Il n'était pas l'homme de sa vie – ne l'avait jamais été – mais pas pour la raison qu'elle avait crue. Finalement, il ne ressemblait pas à ses parents. Ils restèrent un long moment à siroter leurs verres, heureux d'être ensemble. Cette soirée se révélait la meilleure qu'elle ait jamais passée avec lui. Merrick effleura ses cheveux de ses lèvres.

— Je te souhaite de trouver ce courage, dit-il.

21

Merrick avait davantage foi en Darcie que Darcie elle-même, problème qu'elle connaissait bien. Darcie observait Annie fourrant des sous-vêtements dans un sac de voyage, comme Dylan peu auparavant, sauf que, dans le cas de sa sœur, aucune trace d'organisation n'apparaissait. Mais Annie retournait à Cincinnati – et à Cliff – avec une connaissance d'elle-même nouvelle. Plus important encore : sa sœur avait pris une décision et s'y tenait depuis deux semaines entières.

Janet et Hank triant les ustensiles dans la cuisine, Darcie avait battu en retraite dans la chambre d'Annie. Moins dangereux que d'écouter son père et sa mère débiter un long sermon concernant son avenir. Le sujet fatiguait Darcie.

Tout la fatiguait ces temps-ci.

— Tu n'es pas toi-même, Darcie, fit remarquer Annie.

— Je le sens. Je me traîne au boulot le matin et rentre sur les rotules le soir, dit-elle, étendue en travers du lit d'Annie. Je ne sais pas plus ce que je veux faire de ma vie qu'avant ton arrivée, non… que lorsque j'ai emménagé chez mamie il y a quatre ans.

Avant Merrick. Avant Dylan.

Et bien avant Cutter.

Elle n'avait reçu aucunes nouvelles d'eux. Quand elle avait appelé Cutter à Atlanta, sa mère lui avait répondu qu'« il recentrait ses énergies », ce qui signifiait probablement *ne rappelez pas, il en a fini avec vous.* Darcie s'en moquait, n'ayant aucune vue amoureuse sur Cutter, mais avait peu apprécié la rebuffade. Cutter savait l'écouter et l'aurait conseillée.

Encore qu'elle n'ait pas fait grand cas de la sagesse que mamie, Claire, Merrick et même Dylan avaient tenté de lui inculquer.

Trouillarde.

Peut-être Dylan avait-il raison. Peut-être avait-elle peur, peur de s'engager sous quelque forme que ce soit, plus peur encore que Merrick avant qu'il ne rencontre Geoff.

— Tu l'as appelé ?

— Merrick ?

— Non, Dylan. Ne me raconte pas d'histoires, Darcie. C'est Dylan qui te met dans cet état. Toutes les nuits, tu te retournes dans ton lit en soupirant. Il est *sexy*, impossible de le contester, et en plus supersympa. Prends le taureau, ou le bélier, par les cornes.

— Je ne sais pas ce que je dois faire.

— Quoi ? Ce type t'a suppliée de l'accompagner…

— Comme un chien fidèle.

— Non, comme la femme avec qui il veut partager sa vie.

— Rien ne vaut une nouvelle convertie au romantisme.

— D'accord, j'ai grandi pratiquement à côté de Cliff, qui s'avère être mon âme sœur – alors que tu as rencontré Dylan à l'autre bout du monde. Cela ne signifie pas pour autant que tout est impossible entre vous.

— Rien ne vaut une nouvelle convertie à la philosophie.

Annie se renfrogna.

— Je ne t'ai jamais vue aussi malheureuse, et, crois-moi, je t'ai déjà vue malheureuse.

Darcie plia un amas de soutiens-gorge qu'Annie avait jetés dans son sac.

— Désolée, je ne voulais pas me montrer désagréable.

Ces temps-ci, sa mauvaise humeur empirait.

— Je suis heureuse que Cliff et toi soyez réunis, et que tu aies décroché un job chez Lazarus.

Il fallait avouer que lorsque Annie avait pris une décision, elle ne perdait pas de temps. Peut-être allait-elle rencontrer le succès dans ce grand magasin haut de gamme qui l'avait embauchée.

— Je crois être faite pour les relations publiques, tu ne penses pas ?

— Absolument. Tu as un bon contact avec les gens.

Annie esquissa un sourire.

— Je m'abstiendrai de faire allusion à mes tatouages. Tu as remarqué ? J'ai ôté mes anneaux.

Ceux qui perçaient son nez, un de ses sourcils et trois de ses quatre boucles d'oreilles. Toute à sa tristesse, Darcie n'avait rien remarqué, mais aujourd'hui, en jean et chemisier, Annie offrait une apparence normale. Saine. Très Cincinnati. Darcie en fut presque apaisée.

— J'ai hâte d'être de retour à la maison, mais je m'inquiète à ton sujet.

Surprenante nouvelle. Annie aurait-elle enfin grandi, penserait-elle enfin à quelqu'un d'autre qu'elle-même ?

— Impressionnant. Tant de changements d'un seul coup…

La voix de Darcie se fêla. Elle aussi venait de vivre de nombreux changements, mais pas positifs. Janet et Hank surgirent sur le seuil alors qu'elle se levait à peine. « Piégée », pensa-t-elle.

Sa mère ne perdit pas de temps. Elle se lanca dans son seul sujet de conversation depuis que Hank et elle étaient arrivés de l'Ohio, vingt-quatre heures auparavant.

— Darcie, si tu t'es décidée à…

— Je me suis décidée. Je reste ici.

Janet lissa sa chevelure pourtant coiffée à la perfection. Elle portait ses escarpins habituels (inutile de demander pourquoi) et une robe. Tenue parfaite pour un déménagement.

— En deux heures, ton père et moi emballerions tes affaires. Tu trouverais à sous-louer l'appartement.

— Je commence par le salon. Tous ces livres t'appartiennent, Darcie ?

Son père était apparu, en pantalon de toile et chaussures de bateau, tiré à quatre épingles, si l'on exceptait la tache de graisse s'étalant sur une de ses joues et qui manqua de faire sourire Darcie.

Mon existence se réduit donc à une douzaine de cartons et un tas de sacs poubelle. Evidemment, Janet avait protesté contre l'utilisation de sacs poubelle. Les vêtements se transportaient dans des casiers spéciaux. Dommage qu'Annie et elle n'en possèdent aucun. Darcie croisa les bras.

— Je n'envisage pas de rentrer à Cincinnati. Tu as pensé à mon job ?

— Walter Corwin embauchera quelqu'un d'autre, rétorqua Janet. Il donnera une promotion à cette horrible Greta Hinckley, l'enverra en Australie.

Greta ? Après tout le travail effectué par Darcie ?

— C'est bourré de gauchistes là-bas, murmura Hank.

— Nous voyons la vie différemment, reprit Janet. Rien ne nous rendrait plus heureux que d'avoir de nouveau nos filles à la maison.

Hank passa un bras autour de Darcie, maladroit mais ferme.

— Nous t'aimons, chérie.

Sa gorge se serra et elle s'appuya contre son père. La nostalgie l'étreignait. Elle se sentait seule, et même, oui, un peu effrayée. Ses parents avaient leurs défauts, certes, comme tout le monde, mais ils n'étaient pas de mauvais parents. En fait, c'était de très bons parents.

Qu'avait dit mamie ? *Un jour tu comprendras comme il est doux de partager des souvenirs avec des personnes qui t'ont connue toute ta vie. Telle que tu es.*

Un court instant, elle fut tentée de les accompagner et de rester chez eux pour toujours. Mais non. Impossible.

— Moi aussi je vous aime…

Discuter davantage aurait été futile.

— … Mais j'ai un projet auquel je tiens, dit-elle en passant la porte.

Elle avait pris une décision. Il ne restait qu'à convaincre Walt.

Le lendemain matin, Annie prenait la route de Cincinnati en compagnie de Hank et Janet. Darcie avait récupéré la totalité de l'appartement, ainsi que la totalité du loyer, et retournait au bureau. Avant de débiter son petit discours à l'intention de Walt, elle laissa un mot à Greta sur son bureau. Cherchant un stylo, elle renversa le porte-crayons. Crayons, gommes et un objet argenté s'éparpillèrent sur le bureau. Elle griffonnait un message pour demander à Greta de vérifier où en étaient les dessins de Goolong et de surveiller – *et seulement surveiller* – la production, quand Nancy Braddock, qui effectuait son circuit matinal, passa à proximité et s'arrêta net. Le regard figé, elle s'empara de l'objet en argent.

— As-tu trouvé ceci où je pense que tu l'as trouvé ?

— Dans le porte-crayons de Greta.

— Comme par hasard.

C'est le moment que choisit Greta en personne pour apparaître, la mine renfrognée, son habituel sac de pâtisseries à la main.

— C'est marrant, Braddock et Baxter, je croyais que ce box était le mien.

Nancy agita le mince objet en argent.

— Qu'est-ce que c'est ? demanda Darcie.

L'objet ressemblait à un stylet mais, toute à sa rencontre prochaine avec Walt, elle y prêta à peine attention.

— Walt a offert ce coupe-papier à sa femme à Taos. Lors d'un voyage pour fêter leur anniversaire de mariage – leurs vingt ans de mariage – juste avant qu'elle ne tombe malade. Elle aimait le travail de l'artisan…

Darcie examina de plus près le motif d'argent repoussé.

— Walt te l'a donné, Greta ?

Nancy frémit.

— *Jamais* il ne s'en séparerait. Il ne l'offrirait certainement pas à Greta… quoi qu'elle lui offre *elle.*

Elle s'arrêta pour reprendre son souffle. Darcie se souvint alors avoir déjà vu ce coupe-papier. *Il appartenait à ma mère*, avait prétendu Greta.

— Incroyable que Greta appartienne encore à l'entreprise, continuait Nancy. Si j'avais touché un dollar chaque fois que je l'ai surprise en train de voler…

Bouleversée à l'excès, Nancy ne semblait pas en état de faire face à la situation. Darcie ôta doucement le coupe-papier de ses doigts tremblants.

— Je me rendais justement dans le bureau de Walt. Je lui poserai la question.

— C'est tout vu. Greta est une *voleuse*! Tu devrais le savoir, Darcie. *Dis-le-lui.*

Darcie préférait éviter les confrontations, surtout concernant Greta, et surtout depuis que celle-ci sortait avec Walt. Mais pour Nancy Braddock, la coupe était pleine.

— Je ne sais pas si Walt me croirait, dit Darcie.

Nancy décocha un regard noir à Greta.

— Il te croira, dit-elle à Darcie Et il me croira moi aussi.

Greta leur emboîta le pas.

— Walt me croira *moi.*

Elle avait sûrement raison, soupçonna Darcie. Ces temps-ci son mentor semblait avoir autre chose que son travail en tête – principalement Greta. Darcie pénétra d'un pas assuré dans le bureau de Walt, sans frapper, Greta dans son sillage. Elle garda le coupe-papier en argent caché derrière son dos. Elle l'évoquerait plus tard, une fois qu'elle aurait exposé son projet. Comme elle avait manqué de temps pour préparer son discours, elle fonça droit au but. *Réalise ton potentiel de star*, avait dit Merrick.

— Walt, il faut que je te parle. Envoie-moi à Sydney.

Il leva les yeux et son regard se posa tout de suite sur Greta, qui lui sourit. Elle aurait certainement désiré s'asseoir sur les genoux de Walt, pensa Darcie, mais elle se contenta de prendre place au côté de Darcie sur l'une des chaises jumelles face au bureau de Walt. Nancy resta debout derrière elles.

Darcie nota le regard sombre de Walt et se tint sur ses gardes. Avait-il entendu la scène dans le couloir ? Des problèmes avaient-ils surgi entre Greta et lui ?

Greta souriait toujours, mais son regard s'était durci.

— Emmène-moi avec toi, Walter…, dit-elle d'une voix suggestive.

Walt fouilla dans la pile de papiers sur son bureau.

— Je t'aiderai. Je sais que des problèmes se posent.

Dont certains créés par elle, mais Darcie ne voulait pas risquer de tout compromettre en le soulignant. Ou en évoquant dès maintenant le coupe-papier.

— J'ai étudié ces problèmes, coupa Darcie, et réglé ceux concernant les fournitures, les retards…

Elle regarda Greta.

— … et les ennuis avec le personnel ces deux dernières semaines. Maintenant, je suis certaine que Wunderthings préférera économiser de l'argent plutôt qu'en dépenser encore davantage.

Walt pinça les lèvres.

— Au fait, Baxter.

Espérant ne pas paraître aux abois, Darcie reprit son plaidoyer.

— Je peux organiser l'inauguration seule. Un seul billet d'avion, une seule chambre d'hôtel, une seule note de frais. Tu resterais ici pour gérer le service.

« Et Greta », ajouta-t-elle mentalement.

Greta se tourna vers elle.

— Tu as commis erreur sur erreur concernant ce projet. Pourquoi t'enverrait-il ? Si Walter m'avait écoutée, tout se déroulerait à la perfection. Si je n'avais pas traité avec Henry Goolong…

C'est là que Darcie changea d'avis. Dommage pour Greta

qu'elle n'ait pas choisi de se taire. Maintenant, Darcie ne tairait plus leur rivalité. Nancy avait raison.

— Tu as outrepassé tes responsablités, dit-elle, le poing serré sur le coupe-papier. Et si tu n'avais pas volé mes autres idées…

— Tu n'as jamais eu une bonne idée de toute ton existence, répliqua Greta. Il est surprenant que Walter ne t'ait pas encore virée. Tu profites depuis trop longtemps de ma propre créativité…

— Greta, intervint Walt.

Il avait l'air de moins en moins commode.

Darcie observa Greta un instant, scrutant son nouveau maquillage, ses cheveux plus brillants, son tailleur sombre, à la coupe simple mais flatteuse. Même ses chaussures, talons larges et ligne épurée, étaient du dernier cri. Elle ne serait jamais une beauté, mais Walt non plus. Et Greta l'attirait vraiment. Alors qu'est-ce qui était allé de travers ? Darcie avait tenté d'aider Greta, mais ses efforts s'étaient retournés contre elle. Elle n'avait plus d'autre choix que de se défendre.

Sur la chaise voisine, Greta regardait Darcie l'air alarmé, les paumes moites. Elle se tourna vers Walt, espérant qu'il tourne le regard et y lise son amour pour elle.

— Walt, je sais que Greta et toi entretenez une relation personnelle…

Le coupe-papier en argent jaillit de derrière son dos.

— Mas je suis désolée de t'apprendre que j'ai trouvé ceci…

Elle n'avait pas fini que Walter s'était emparé du coupe-papier.

— … sur le bureau de Greta.

La consternation accéléra le pouls de Greta. Elle avait oublié le trésor volé dans ce même bureau des semaines auparavant, avant que Walt ne la regarde et ne la voie vraiment. Elle préféra oublier que c'était grâce à Darcie qu'elle avait capté son attention. Walt contemplait le précieux objet trouvé sur son bureau.

— Nancy était présente, reprit Darcie. Elle m'a expliqué d'où provenait cet objet. As-tu donné à Greta… ?

Walter retournait le coupe-papier entre ses mains en secouant la tête. La lame lisse refléta un rayon du soleil printanier. Il serra les lèvres et, ignorant Greta ratatinée sur sa chaise, fixa Darcie. Ses paroles crevèrent la bulle de bonheur dans laquelle s'était récemment installée Greta.

— Tu es prête à partir pour Sydney ?

Il ne s'adressait pas à Greta.

— Oui… bien sûr. Quand tu veux, répondit Darcie.

— Nous irons tous les deux, trancha-t-il.

— Mais, Walter…, protesta Greta.

Elle s'était levée d'un bond, les yeux brûlants.

— Darcie, Nancy, je vous présente mes excuses, reprit Walt avec un signe de tête à l'intention de son assistante qui se tordait les mains. J'ai mis trop longtemps à admettre la vérité, alors qu'elle me sautait aux yeux.

Evitant toujours le regard de Greta, il réarrangea la pile de papiers devant lui avant d'y déposer le coupe-papier. « Fin » semblaient marteler les battements du cœur de Greta. Que pouvait-elle faire ?

— Walter…, tenta-t-elle d'une voix pressante.

— Tu t'es acharnée contre Nancy pour la dernière fois. Hier, elle a menacé de donner sa démission, or je ne peux pas me permettre de la perdre. Je vous ai entendues dans le couloir. Je t'ai entendue la harceler au téléphone, parler à Darcie dans son bureau… J'ai tenté d'ignorer tout ça parce que toi et moi…

Il s'interrompit un instant avant de reprendre :

— Mais je t'ai surprise en train de fouiller dans mes papiers, dans mon courrier personnel.

Greta porta une main à son cœur.

— Seulement pour t'aider…

— Non, dit-il, pour réunir des informations utiles.

Il souleva le coupe-papier comme s'il ne pouvait s'empêcher de le toucher.

— Je ne te donnerai pas l'opportunité de saboter ma carrière à moi aussi, un jour. Pas après ça.

Il tenait l'objet argenté dans ses mains, comme pour puiser de la force dans ses souvenirs.

— Il appartenait à ma femme. C'est la goutte d'eau, Greta. Ta journée est finie. Rentre chez toi. Nous discuterons demain de ton avenir chez Wunderthings.

A condition qu'elle en ait un, pensa Greta, craignant que Walt n'entende battre son cœur.

— Ne fais rien que tu regretterais, Walter. Souviens-toi de ce que nous avons signifié l'un pour l'autre, cette *nouvelle* chance que nous avons découverte…

Les quelques baisers échangés, les effleurements… mais il n'était jamais allé assez loin au goût de Greta.

Et il n'irait jamais plus loin. Elle fixa le doigt de Walter, suspendu au-dessus du bouton grâce auquel il pouvait appeler la sécurité, puis pivota face à Darcie, qui paraissait ébahie.

— Tout ça est ta faute, Baxter ! dit Greta.

Elle tournoya pour faire face à Walt.

— Et toi… Je t'ai offert mon amour et tu t'es servi de moi !

Légère exagération. Elle avait en tête une bonne douzaine de menaces, mais, sous le regard impavide de Walt, l'énergie consacrée à cracher sa colère et sa souffrance s'évapora. Il ne restait que le chagrin.

Walter ne prononça pas un mot et Darcie elle non plus ne rompit pas le long silence. Nancy finit par tourner les talons et passer dans son bureau, en laissant la porte ouverte.

— S'il te plaît, occupe-toi de nos réservations, lui cria Walt. Darcie et moi partons dès que possible. Merci, Nancy.

Il ne la remerciait pas seulement de son travail d'assistante.

— Merci à toi aussi, Baxter.

Greta lança un regard dur à Darcie.

— Je dois… euh…

Nul besoin pour Darcie d'ajouter quoi que ce soit. Elle s'éclipsa elle aussi avec un geste vague.

Laissant Greta seule avec Walter Corwin.

Walter laissa courir un doigt le long de la lame du coupe-papier, lui remémorant des souvenirs que, de toute évidence, il préférait à Greta. Pour la première fois de sa vie, elle ne trouvait rien à dire, même pour sa défense, alors qu'on lui en offrait la possibilité. Cette pensée acheva de l'abattre.

Sans un mot, elle emboîta le pas à Darcie et gagna furtivement son box, emportant avec elle son amour et ses obsessions, tête basse en symbole de son échec.

Trois jours plus tard, Darcie s'installait confortablement dans sa chaise au bar du Westin Sydney, « le lieu du crime », pensa-t-elle. Tandis que Walt avalait son second Rob Roy, à base de scotch, elle prit une gorgée de son Perrier-citron.

Cela ne soulagea pas son estomac, irrité par le long vol New York-Los Angeles-Sydney et le décalage horaire. Le Perrier n'apaisa pas non plus son sentiment de culpabilité. Pas plus que le paquet de réglisses rouges grignoté.

Elle ne cessait de ruminer au sujet de Greta. Et de la situation actuelle. Le budget de Walt – et de Wunderthings – ne devait pas être si serré. A moins que Walt n'ait pas eu confiance dans ses capacités à tout organiser toute seule ?

Et il ne s'agissait là que de sa vie professionnelle. Si elle n'avait jamais dragué Dylan…

Mais elle l'avait dragué, en chantant *Matilda*, carrément. Elle l'avait rencontré ici même, alors qu'il parlait à ce même barman, une bière en main, et elle l'avait désiré près d'elle.

Depuis, je ne suis plus le même, avait-il dit.

Elle non plus. Après Dylan, elle ne serait plus jamais la même.

Elle se redressa sur sa chaise et caressa l'idée folle de l'appeler ce soir. Elle demanderait au serveur de lui apporter un téléphone – son portable ne fonctionnait pas aussi loin de chez elle – et transférerait le fardeau sur les larges épaules de Dylan. *Espèce d'idiot, je suis tombée amoureuse de toi, et maintenant…*

Cela ne marcherait pas. Pour l'instant, elle ferait aussi bien de se préoccuper du magasin.

Walter paraissait anxieux, ou bien déprimé. Pensait-il à l'inauguration ? Ou bien à Greta ?

Darcie posa sa main sur celle de Walt.

— Ça va ?

— Bien sûr. Pourquoi ça n'irait pas ?

Il avala le reste de son verre. Darcie piocha une autre réglisse.

— Eh bien, je sais que Greta et toi…

— Ça n'a pas marché. Je l'ai chargée d'une autre mission. Le magasin d'Albany rencontre des problèmes. Quand elle cherche elle-même des idées, elle en trouve. Elle va déménager là-bas. Peut-être que ce nouveau départ l'aidera.

— Et qu'elle surmontera ses problèmes. Je l'espère.

Walt haussa les épaules en signe d'incertitude. Elle ne l'avait pas vu appeler le serveur, mais un nouveau Rob Roy atterrit devant lui et il en avala une longue gorgée. La main toujours posée sur la sienne, elle lui tendit une réglisse rouge en guise de réconfort.

— J'ai vraiment cru, reprit-il, que nous… et puis zut, j'aurais dû le savoir. Tu m'avais mis en garde. Nancy aussi. Je suppose qu'il fallait que je m'en rende compte par moi-même. J'ai toujours su qu'il ne fallait pas mêler plaisir et travail.

Un éclair de culpabilité traversa Darcie. Elle suivit le regard de Walt qui errait dans la salle, comme en adieu à une dernière chance de bonheur – à moins qu'il ne cherche, comme elle, Dylan au bar afin de rappeler à Darcie de ne pas commettre la même erreur que lui. Walt retourna sa main pour étreindre celle de Darcie dont la surprise se mua en compassion.

— A propos de mêler plaisir et travail, que devient ton Australien ?

Etonnée, elle dut reconnaître :

— Je ne sais pas quoi faire, Walt.

Il serra sa main.

— Mais c'est mon problème, assura-t-elle. Je suis ici pour travailler.

— Nous sommes là pour ça, effectivement…

Il se recula dans son siège en lui tapotant une dernière fois la main.

— … et c'est ce que nous allons faire, Baxter.

Quelques minutes plus tard, il regagna sa chambre tandis que Darcie s'attardait pour siroter son eau minérale et finir ses réglisses rouges.

— Je ne parviendrai pas à dormir, déclara-t-elle à son verre. J'ai trop de peine pour Walt, et pour moi-même, pour tout dire.

Elle repoussa son verre.

— Que va-t-il t'arriver maintenant, Darcie Elizabeth Baxter, toi qui vas bientôt avoir trente ans ?

Un rire masculin retentit à l'autre bout de la salle, lui rappelant celui de Dylan. Elle leva les yeux, le cœur soudain battant.

A la simple évocation de son nom, elle se sentait mollir.

Et si l'homme riait d'elle parce qu'elle parlait toute seule ? Elle s'en fichait.

« Hé, je suis là. Je suis revenue. »

Pour travailler, avait-elle promis à Walt.

— Mais ensuite, *quoi* ? s'interrogea-t-elle à voix haute. Le chagrin, j'ai déjà donné. Même Annie s'en est rendu compte. Mamie et Claire aussi. Et Merrick. Même maman et papa. Quand ils sont partis, leur van rempli des cartons d'Annie, ils m'ont dit : « Si tu as besoin de nous, Darcie… pour quoi que ce soit… appelle. »

Elle toussota, essaya d'ignorer les regards de curiosité des autres clients du bar. Qu'ils la regardent : Qu'ils l'écoutent :

Marmonner pour elle-même l'aidait. Elle posa un billet de dix dollars australiens sur la table, pour payer son eau minérale, et repoussa sa chaise.

— Je vais imiter Walt et aller me coucher, sans Dylan cette fois, et réfléchir à mon avenir pendant la nuit.

Ne pas avoir bu de bière, ne pas avoir fait l'amour devrait

simplifier les choses. Demain matin, malgré ses craintes, elle saurait quoi faire.

— Pour la première fois dans ma vie, murmura-t-elle. Tout va se mettre en place.

Du moins l'espérait-elle.

— Non, ne me dis pas ça.

Darcie s'adressait à Rachel, son assistante récemment embauchée, la veille de l'inauguration de Wunderthings Sydney. *Le reste du personnel de vente ne s'est pas présenté ?*

— Elles ne viendront pas, mademoiselle Baxter… Darcie.

— Alors elles sont virées.

— Elles ont déjà démissionné. Salaire trop bas.

Walter – à moins qu'il ne s'agisse de Greta ? – avait encore frappé.

— Trouve-moi de nouvelles candidates.

Les boucles sombres de Rachel s'agitèrent, au rythme de sa petite poitrine pointue. Elle jeta un regard autour d'elle, comme pour s'assurer que Walt était occupé ailleurs.

— Désolée, mais nous n'en trouvons aucune. M. Corwin nous a demandé de passer une petite annonce dans le journal. Nous avons aussi collé une affiche sur la porte mais…

— Ne me dis rien…

Agacée, elle gagna le bureau à l'arrière du magasin, ferma la porte et prit appui dessus. Puis elle compta jusqu'à cinquante. Pas suffisant. Elle comptait encore lorsque le téléphone sonna.

Qui était-elle pour critiquer Walter ? Elle n'avait toujours rien décidé au sujet de Dylan.

— Darcie Baxter à l'appareil.

La gérance de l'immeuble. Le ton rude et les mots mordants de son interlocuteur déplurent à Darcie.

— Evidemment que nous avons l'intention de payer notre loyer, dit-elle, les sourcils froncés. Je me renseigne et je vous rappelle immédiatement.

Tous ces ennuis portaient la marque de fabrique de Greta. Darcie reprit le téléphone.

Au bout du fil, une Greta sombre, émergeant de son sommeil, prétendit n'avoir pas connaissance de cette anomalie. A minuit – que tous les dieux soient loués ! –, Nancy Braddock réussit à virer les fonds nécessaires, la direction du Queen Victoria Building retrouva le sourire et Darcie osa envisager qu'on ne la virerait pas à son retour à New York – pour peu que le lancement du magasin de Sydney se déroule à la perfection, ce qui n'était pas encore gagné.

Prenons par exemple la décoration des vitrines.

Darcie sortit les examiner de l'extérieur. Vu de près, l'assortiment de mannequins féminins vêtus de soutiens-gorge, slips et déshabillés vaporeux de chez Wunderthings – une idée de Walt – fit tiquer Darcie.

— Banal, n'est-ce pas ? dit Rachel apparue à son côté.

— Ce pauvre Walt doit... Bon, peu importe. Notre but est d'attirer les gens dans ce magasin, pas de les faire fuir à l'autre bout du centre commercial. Il n'y a rien à tirer de cette vitrine. Enlève tout.

Elle réfléchit – *pria* serait plus juste – tout en battant le sol du pied. La crainte d'échouer, de rater la chance de sa vie de faire ses preuves, envers Walt mais surtout envers la direction de Wunderthings, déclencha dans ses neurones une activité digne de l'ordinateur central d'une multinationale. Si seulement Walter n'avait pas économisé sur l'emploi d'un étalagiste professionnel...

Une idée lumineuse la traversa. Pas besoin d'engager un pro. Ce qu'il leur fallait, c'était du sexy.

Son premier souvenir de Dylan Rafferty s'imposa à elle. A ce moment déjà, elle avait imaginé ce fantasme. *Dylan dans une vitrine.*

— Trouve-moi d'autres mannequins. Masculins.

Le regard de Rachel s'illumina. Se sachant partie dans la même direction, Darcie ajouta :

— Aussi grands, bronzés, baraqués, canon que possible. Il nous les faut pour demain, avant 8 heures.

— C'est court comme délai.

— C'est suffisant.

Elle rentra dans la boutique pour fouiller dans les cartons.

— Où est stockée la nouvelle collection Aborigène ?

Rachel cilla.

— Je ne savais pas qu'elle avait été livrée.

A bout de patience, Darcie fonça dans King Street. Elle s'empara une fois de plus du téléphone. Quand, après une douzaine de coups de fil, la livraison finit par arriver, elle reprit sa respiration, qui depuis le début de la journée semblait bloquée. D'ici le jour de l'ouverture du magasin, doté d'un nouveau contingent de vendeuses, et de plusieurs vendeurs, elle allait faire avoir une crise de spasmophilie. En attendant, Rachel et elle déballèrent les articles imprimés en provenance directe de l'usine de Canberra. Tout semblait enfin en bonne voie.

Du moins en ce qui concernait Wunderthing Sydney. Son œuvre.

Les couleurs fortes et sombres et les motifs classiques créés par Henry Goolong et son fils ressortaient à merveille sur les modèles de soie, de même que sur ceux en microfibre. Ils respiraient la douceur et la sensualité. Darcie espérait qu'ils rencontreraient le succès. Il le fallait.

Inspirée, elle éprouva le regain d'énergie du coureur en fin de marathon. Aidée de Rachel, elle consacra le reste de la soirée à disposer slips et bustiers, organiser nuisettes et chemises de nuit sur les étagères, harmoniser teddies, corsets et minimiseurs de poitrine, ainsi que le fleuron de la dernière collection de Wunderthings : des soutiens-gorge push-up garnis de gel et d'eau en guise de coussinets.

Elle gagnait du temps.

Après l'inauguration, pensa-t-elle. Après l'inauguration, elle affronterait Dylan.

Le lendemain matin, Darcie se leva avant la sonnerie du réveil et l'appel de la réception du Westin. Titubant hors du lit, elle se précipita dans la douche.

Les vitres dépolies vertes et le chrome de la salle de bains évoquaient des souvenirs magnifiques. Mais, au lieu d'abandonner ces souvenirs chambre 3101, elle leur avait donné une suite à New York. Résultat : elle ne savait plus où elle en était.

Sortie de la douche, elle enfila son tailleur le plus chic et ses escarpins les plus chers. Elle se sentit mieux.

Quand Walt et elle arrivèrent au Queen Victoria Building, elle était prête.

Rachel les accueillit avec du café.

— Bonne nouvelle : les mannequins sont arrivés. Vous avez cinq minutes.

— Ouf! Apporte-les. Nous ouvrons dans une heure.

Darcie s'empara de plusieurs modèles de la collection Aborigène et se dirigea vers la vitrine.

Même elle fut surprise de l'effet produit.

— Tu avais raison, dit Walt d'un ton approbateur.

Les mannequins masculins, constellés de lingerie transparente, étaient la perfection même. Darcie chassa une fugitive sensation de tristesse. Ce n'était pas le moment de ruminer sur sa vie personnelle alors que son avenir professionnel était en jeu. Pourtant…

— Ah! dit-elle.

Occupée à suspendre un soutien-gorge de dentelle à la main d'un mannequin, Rachel sursauta.

— Il nous faut des chapeaux.

— Des chapeaux?

— Des Akubra. Ça doit bien se trouver dans ce centre commercial?

— Le magasin n'ouvre pas avant 10 heures.

— Vas-y à 10 heures tapantes. Achète quatre Akubra. De couleurs différentes.

— Assorties à la lingerie Aborigène.

— Excellente idée, dit Darcie.

Son cœur battait d'excitation… et de terreur. A 10 heures précises, elle aida Walt à ouvrir les portes du magasin. Puis, avec son aide et celle de Rachel, elle disposa devant l'entrée les pancartes annonçant cette journée spéciale d'ouverture et sa promotion « Deux pour le prix d'un » sur certains articles – pas sur la collection Aborigène –, vérifia encore une fois les petits-fours, les boissons et le bol de réglisses rouges, respira à fond… puis attendit.

La journée passa en un clin d'œil.

La vue des mannequins coiffés d'Akubra, torses nus et musclés interpellait les passants. La lingerie drapée autour de leurs cous, sur leurs épaules, coincée dans la ceinture de leurs jeans et sous leurs bretelles faisait sourire la clientèle branchée tandis que la lingerie aborigène l'attirait dans le magasin. Les meubles rutilants choisis par Darcie, même en pécan, le papier peint Rayures Régence et les tapis orientaux apportaient la touche finale.

A 16 heures, elle était épuisée. Du moins elle l'aurait été si elle avait eu le temps de s'en rendre compte. Toute la journée, elle avait enregistré des ventes à la caisse, aidé des clientes à trouver leur taille, réassorti les rayons, sans s'arrêter.

— Tu vas voir le total des ventes ! murmura Rachel qui passait devant elle pour présenter un bustier dernier cri à une matrone d'âge mur.

— J'ai hâte. Je suis folle de joie.

Rachel lui jeta un coup d'œil, rapide mais suffisant.

— Pour quelqu'un qui se sent aussi bien, tu as une sale mine. Fais une pause. Les vendeurs et moi nous débrouillerons sans problème. Tu l'as bien mérité. Va prendre un verre. Au cas où, Walt peut répondre aux questions.

La tension relâchée, Darcie frissonna de fatigue. Elle se dirigea vers un restaurant italien et choisit une table à l'extérieur, placée à un angle d'où elle pouvait observer les passants ainsi que les entrées chez Wunderthings.

Une femme s'assit à son côté. Elle se lança dans l'éloge du

magasin. Intarissable, elle noya Darcie de félicitations, Darcie irradiait de satisfaction. Ça allait marcher.

Peut-être pas avec Dylan, mais au moins pour sa carrière.

Cela lui suffirait-il ? Elle ne s'était jamais posé la question auparavant.

Darcie remercia la cliente et reprit le chemin du magasin, le cœur lourd maintenant qu'elle pensait davantage à Dylan qu'au magasin. Même le succès avait perdu son attrait.

Mamie était avec Julio.

Claire avec Peter. Quand elle n'était pas au bureau.

Merrick était en paix avec Geoffrey.

Annie à la maison, en compagnie de Cliff.

Même Cutter avait entamé une liaison, comme il le lui avait appris lui-même lors de son unique coup de fil.

Quant à elle…

Sortie de sa rêverie, Darcie s'arrêta net dans l'allée. Une foule – encore plus nombreuse que celle qui avait afflué toute la journée – s'était amassée devant la vitrine de Wunderthings. Son cœur battit à tout rompre. Quel était le problème ?

S'attendant à un désastre, elle se fraya un chemin dans la cohue. Les spectateurs murmuraient entre eux, l'air plutôt contents, remarqua-t-elle. Quelques-uns riaient, certains gloussaient, et plusieurs doigts désignaient la vitrine.

Darcie comprit pourquoi.

Au centre de la vitrine, au milieu des mannequins qui tout l'après-midi s'étaient taillé un franc succès, se tenait un homme en chair et en os, vêtu d'un jean étroit et d'une chemise en chambray. Un homme aux larges épaules, aux yeux sombres et cheveux noirs, coiffé d'un Akubra gris-vert. Pas l'un de ceux achetés par Rachel.

Il tenait entre ses doigts de la lingerie en dentelle. Des slips aux motifs aborigènes pendaient à chacune de ses épaules. Le soutien-gorge assorti était accroché à son index.

Dylan Rafferty.

Il souriait, parlait, taquinait les clientes à travers la vitre, les attirant à l'intérieur.

Elles envahirent le magasin. Walt et Rachel s'affairaient aux côtés des vendeurs. La marchandise – enfin, ce qu'il en restait – volait directement des rayons à la caisse. La file d'attente serpentait maintenant tout autour du magasin. Une femme tenta de monter dans la vitrine pour rejoindre Dylan, mais Darcie lui barra le chemin.

— Désolée, réservé au personnel.

A moi exclusivement.

Qu'était-il venu faire ? Elle n'en avait aucune idée. Le cœur battant, elle monta dans la vitrine, écarta un mannequin et tapa sur l'épaule de Dylan.

— *Matilda…*, fredonna-t-il avant même de se retourner.

Puis il lui fit face. Un sourire dansait dans ses yeux sombres brillant comme deux opales noires. Il tendit ses bras chargés de lingerie et son sourire se transforma en rire.

Darcie rit aussi, jusqu'à ce que des larmes coulent sur ses joues.

Et elle rit et rit encore.

Et elle sut.

— Je *sais.*

Elle passa ses bras autour du cou de Dylan et escalada son long corps mince, comme s'il était le fameux Ayers Rock, son rocher sacré personnel. Ses yeux noisette plongèrent dans les yeux de jais de Dylan. Ils restèrent ainsi, silencieux, inconscients de la foule envieuse autour d'eux, inconscients du reste du monde.

Dylan fut le premier à se reprendre.

— Hé ! Matilda.

Une fois de plus, il s'arrêta à ces mots.

Darcie plissa les yeux.

— Walt Corwin t'a téléphoné ?

— Non.

Dylan s'éclaircit la voix.

— Je croyais y parvenir, ne plus insister, mais j'ai été fatigué d'attendre que tu viennes me chercher.

— Tu es venu à Sydney pour rien, je t'aurais débusqué chez toi dès demain.

— Aujourd'hui te pose un problème ?

— Absolument pas.

Il la fit virevolter dans ses bras. Son Akubra s'envola tandis que les slips glissaient de ses épaules et qu'un soutien-gorge s'accrochait à sa ceinture. Il l'embrassa. Son baiser doux, puis plus exigeant, la saveur de sa bouche mêlés au mouvement lui tournèrent la tête.

— Pose-moi.

— Sinon quoi ?

Il la laissa glisser tout le long de son corps et la déposa à terre avant de croiser les bras sur son torse impressionnant.

— Je sais que tu as des décisions à prendre…

— Je viens juste d'en prendre une.

Quelqu'un lui tendit l'Akubra qu'il enfonça sur sa tête. Il observa la foule qui grouillait autour d'eux. La cloche annonçant la fermeture retentit et les clients refluèrent dans les allées en direction des sorties.

Darcie ne voyait rien, ni la foule, ni Walt et Rachel dirigeant les clients vers l'extérieur. Immobile, elle attendit que la boutique se vide.

Suis ta voie, Darcie, lui avait dit Merrick.

Tu peux obtenir tout ce que tu veux, mais peut-être d'une façon autre que celle que tu – que nous *– avions imaginée,* avait dit Claire.

Ames sœurs, avait dit Annie. *La porte à côté ou à l'autre bout de la planète.*

Et que lui avait conseillé mamie ? *Prends le bonheur là où tu le trouves. La vie est courte.* Des mois auparavant, elle lui avait donné un autre conseil, mais Darcie ne parvint pas à se rappeler lequel.

— Ton magasin…

Dylan observait les étagères, vides pour la plupart, le comptoir maintenant déserté, le bol de réglisses rouges et les carafes vidés de leur contenu, les miettes de gâteaux.

— C'est super. Tu as fait un boulot d'enfer.

— D'enfer ?

Il avait exagéré son accent et elle n'était pas certaine d'avoir compris.

— D'enfer, répéta-t-il.

Darcie sourit.

— Je ne parlerai peut-être jamais ta langue correctement.

— Oh, tu parles très bien ma langue.

Le regard soudain plus profond de Dylan accéléra les battements de son cœur. Que voulait-il lui faire comprendre ? Qu'il reconnaissait son besoin de mener sa propre carrière, de s'épanouir ? Elle déglutit, avec dificulté. Maintenant, elle se sentait capable de lui dire les mots qu'elle lui avait toujours refusés. La raison – la raison majeure – de son retour en Australie. Vers lui.

— Je t'aime, Dylan.

Surpris, il recula d'un pas avant de se rapprocher et de l'enlacer à l'étouffer.

— Moi aussi je t'aime, Matilda.

Il l'embrassa, avançant d'un pas, puis d'un autre, la forçant à reculer, comme s'ils dansaient joue contre joue.

— Où allons-nous ?

— Dans un endroit discret.

Elle regarda autour d'elle.

— Nous sommes dans un magasin.

— Il est fermé.

Il tourna la tête vers la caisse.

— Merci, Rachel, lança-t-il, je te remercie de ton aide. Si tu as encore besoin d'un mannequin pour ta vitrine, n'hésite pas à m'appeler.

Rachel pouffa et prit congé d'un geste de la main avant de passer la porte.

— Avec plaisir.

Elle traînait Walt dans son sillage, ce qui fit sourire Darcie.

— Venez, insistait Rachel. Je vous offre un verre.

Puis elle s'adressa à Darcie.

— Il faut fêter ça. Le jour de l'ouverture, nous sommes en tête des ventes de tous les magasins de la chaîne.

Darcie s'en réjouit, mais seulement en partie – une part d'elle-même s'en moquait. Pour l'instant en tout cas. L'important était d'être avec Dylan. Où que ce soit. Elle ne comprenait pas pourquoi, mais était-ce nécessaire de comprendre ?

Dylan plaqua Darcie contre le miroir de la cabine d'essayage la plus proche.

— Ce miroir évoque un souvenir cher à ma mémoire, murmura-t-il à son oreille. Notre première nuit au Westin.

Comment aurait-elle pu oublier ? Et si finalement les convictions de Dylan n'étaient pas si proches de celles de ses parents, et si elles ne représentaient pas un obstacle insurmontable ? Peut-être était-il inutile de combattre son éducation avec tant d'ardeur. En même temps que le bonheur qui jusqu'à aujourd'hui lui avait échappé.

L'amour n'est pas logique. La vie n'est pas rationnelle. Ils ne sont pas censés l'être.

Soudain, Darcie se souvint du conseil de mamie. Mamie avait raison. Il fallait partager sa vie avec un homme capable de vous faire rire à en pleurer, à en avoir mal aux côtes, jusqu'à ce que votre cœur tressaute.

Darcie ignorait s'ils parviendraient un jour à résoudre leurs problèmes, mais elle n'avait plus la naïveté de croire que les choses restaient figées pour l'éternité. Et ne ressentait plus aucune incertitude quant à sa place dans l'existence. Elle ferait des concessions, et elle soupçonnait que Dylan aussi. Aujourd'hui, pour elle, il était le seul, l'unique. Cette certitude s'ancra profondément dans le cœur de Darcie.

— Dylan, il faut que nous parlions.

— D'abord, on fait l'amour, murmura-t-il contre sa bouche.

Darcie se laissa aller dans ses bras.

— Ensuite, on négocie.

Également ce mois-ci

RED DRESS INK®

La collection des citadines branchées

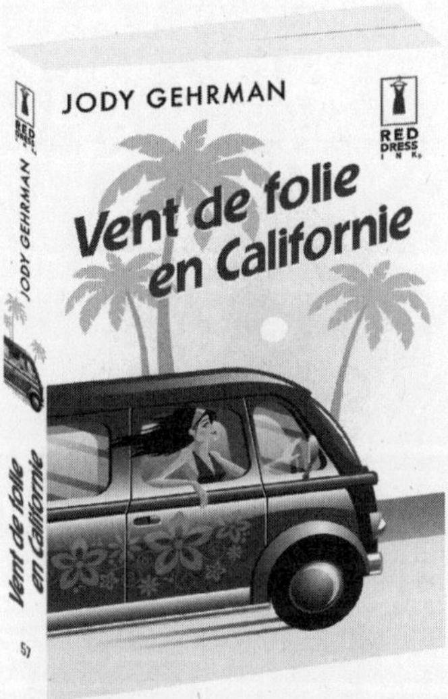

J'ai presque 30 ans et je viens de me faire plaquer pour une nymphette ! Aux grands maux, les grands remèdes : j'ai décidé de reprendre ma vie en main. Et j'ai adopté quelques bonnes résolutions…

1. Voler le van de mon ex, embarquer mon chat et quitter le Texas.
2. Rouler jusqu'en Californie, où m'attend un contrat d'un an à la fac de Santa Cruz.
3. Dédramatiser mes relations avec les mecs.
4. Être une prof respectable et respectée.

Bilan de l'opération : le van a explosé à quelques kilomètres du but. J'ai passé la journée – et la nuit – avec un motard super sexy. Et je me suis pointée en retard à mon premier cours. Conclusion : je renonce aux résolutions 3 et 4. Et j'attends la semaine prochaine avec impatience…

Dès le 1er août

Un conseil, une commande : 01 45 82 47 47

www.harlequin.fr

Également ce mois-ci

RED DRESS INK®

La collection des citadines branchées

Vous connaissez l'adage : un malheur n'arrive jamais seul ? Eh bien, j'en suis la preuve vivante ! D'abord, j'ai loupé l'audition du siècle, un rôle qui aurait fait de moi la nouvelle Scarlett Johansson. Ensuite, j'ai été injustement virée de mon job. Et, pour couronner le tout, Sam, mon petit-ami, s'est volatilisé quand il a cru que j'étais enceinte, sans même me laisser le temps de le détromper – fausse alerte ! Quand je vous disais que j'avais la poisse! C'est aussi ce que je pensais jusqu'à ce que ma sœur Amy vole à mon secours, que ma copine Becca me prête son superbe appartement dans West Village et que je décroche un nouveau job dans un petit restaurant italien. Un restaurant où, croyez-moi ou non, Timothy, le chef, est beau comme un dieu...Bref, je ne sais pas ce que vous en pensez mais moi, je crois que ma chance vient de tourner. Il ne me reste plus qu'à décrocher mon étoile sur Hollywood Boulevard pour devenir... Miss Veinarde !

Dès le 1er août

Un conseil, une commande : 01 45 82 47 47

www.harlequin.fr

DANS LA MÊME COLLECTION
par ordre alphabétique d'auteur

LAUREN BARATZ-LOGSTED	*Un très gros mensonge*
LAUREN BARATZ-LOGSTED	*Dans la peau d'une autre*
LAUREN BARATZ-LOGSTED	*Un très gros changement*
DEBORAH BLUMENTHAL	*Big Love*
DEBORAH BLUMENTHAL	*Mon meilleur ennemi*
BETSY BURKE	*Lucy, un peu... beaucoup... à la folie*
BETSY BURKE	*Journal d'une apprentie séductrice*
LAURA CALDWELL	*People attitude*
LAURA CALDWELL	*Méfiez-vous de vos vœux...*
YVONNE COLLINS & SANDY RIDEOUT	*Mariée, moi ?... Jamais !*
YVONNE COLLINS & SANDY RIDEOUT	*Promotion canapé*
LYNDA CURNYN	*Confessions d'une ex*
LYNDA CURNYN	*Opération bague au doigt*
LYNDA CURNYN	*Cherche prince charmant désespérément*
LYNDA CURNYN	*Petits meurtres en Bikini*
LYNDA CURNYN	*Les petits secrets de Carly******
KYRA DAVIS	*Sexe, meurtres et cappuccino*
KYRA DAVIS	*Crimes, passion et talons aiguilles*
KYRA DAVIS	*Séduction, meurtres et chocolat noir*
KYRA DAVIS	*Rupture et conséquences*******
KYRA DAVIS	*Coups de foudre, crimes et rouge à lèvres*
JODY GEHRMAN	*Vent de folie en Californie****
JODY GEHRMAN	*Bons baisers de Californie*****
KELLY HARTE	*Ma rivale et moi*
KELLY HARTE	*Coup de folie sur la City*
SUSAN HUBBARD	*Petites confidences entre amies*
SUSAN HUBBARD	*Miss London emménage***
HOLLY JACOBS	*Opération Cupidon****
HOLLY JACOBS	*Un scénario diabolique*****
BRENDA JANOWITZ	*Comment j'ai survécu au mariage de mon ex*
BRENDA JANOWITZ	*Mon fiancé, sa mère et moi*

... / ...

DANS LA MÊME COLLECTION
par ordre alphabétique d'auteur

KYRA DAVIS	*Sexe, mensonges et petite robe noire*
JODY GEHRMAN	*Vent de folie en Californie*
JODY GEHRMAN	*Bons baisers de Californie****
KELLY HARTE	*Ma rivale et moi*
KELLY HARTE	*Coup de folie sur la City*
BRENDA JANOWITZ	*Mon fiancé, sa mère et moi*
MINDY KLASKY	*Comment je suis devenue irrésistible !*
MINDY KLASKY	*Comment trouver (rapidement !) l'homme idéal ?*
MINDY KLASKY	*Jane, l'amour, la vie… et les hommes !*
MINDY KLASKY	*A quoi rêvent les filles ?*
MINDY KLASKY	*Coup de folie sur Manhattan !*
MINDY KLASKY	*Petit guide de survie pour New-Yorkaise en déroute*
COURTNEY LITZ	*Ça n'arrive que dans les films !*
LIBBY MALIN	*Il m'aime… un peu… beaucoup ?*
WENDY MARKHAM	*Vous avez dit célibataires ?*
WENDY MARKHAM	*Ex in the City*
WENDY MARKHAM	*A quand le grand saut ?*
WENDY MARKHAM	*Moi & mon secret*
WENDY MARKHAM	*Mon fiancé, mon ex et moi*
WENDY MARKHAM	*Talons aiguilles et peinture fraîche*
LYNN MESSINA	*Fashion Victim*
LYNN MESSINA	*Made in New York*
LYNN MESSINA	*Héritière malgré moi*
SARAH MLYNOWSKI	*City Girl*
SARAH MLYNOWSKI	*Trois filles en folie*
SARAH MLYNOWSKI	*Télémania*
SARAH MLYNOWSKI	*Hommes, femmes : mode d'emploi*
SARAH MLYNOWSKI	*Moi & Moi, Vice Versa*
MELANIE MURRAY	*Miss Bubbles vole la vedette*
MELANIE MURRAY	*Un Noël (presque) parfait !***
MELANIE MURRAY	*Confessions d'une it-girl*
LEE NICHOLS	*Eleanor débarque !*
LEE NICHOLS	*Un fiancé qui a du chien*
LEE NICHOLS	*Eleanor s'en mêle !*

… / …

DANS LA MÊME COLLECTION
par ordre alphabétique d'auteur

LEE NICHOLS	*Drôle de tandem*
TYNE O'CONNELL	*Absolutely fantastic*
TYNE O'CONNELL	*Lola et ses ex*
ERICA ORLOFF	*Diva attitude**
ARIELLA PAPA	*Manhattan et moi*
ARIELLA PAPA	*Pas de répit pour Rebecca******
ARIELLA PAPA	*Au secours, ma meilleure amie est enceinte !*
ARIELLA PAPA	*New York, l'amour, les hommes… et moi !*
LEIGH RIKER	*Ce que veulent les filles…*
WENDY ROBERTS	*Crimes et cocktails en série*
JACKIE ROSE	*Au secours, il m'aime !*
JACKIE ROSE	*Comment j'ai trouvé le prince charmant…*
ALLISON RUSHBY	*Apprentie fermière*
ALLISON RUSHBY	*Je hais la Saint-Valentin*
MELISSA SENATE	*Célibataire à New York*
MELISSA SENATE	*Trois sœurs à New York*
MELISSA SENATE	*J-30*
MELISSA SENATE	*4 amis à Manhattan*
MELISSA SENATE	*La revanche d'une brune*
MELISSA SENATE	*Quinze questions à se poser avant de l'épouser*****
MELISSA SENATE	*Miss Yorkville******
POONAM SHARMA	*Bientôt 30 ans, toujours célibataire !*
POONAM SHARMA	*Une célibataire à Los Angeles*
JANE SIGALOFF	*Lizzie dans tous ses états*
JANE SIGALOFF	*Personnel et Confidentiel*
JANE SIGALOFF	*Pour le meilleur et pour le pire*
JANE SIGALOFF	*Telle mère, telle fille*
JANE SIGALOFF	*Chassé-croisé à Notting Hill*
JANE SIGALOFF	*Mister Mariage******
JANE SIGALOFF	*Toute la vérité******
P. JACQUELINE DE SOIGNÉE	*Princesse attitude**
JENNIFER STURMAN	*Le pacte*

… / …

DANS LA MÊME COLLECTION
par ordre alphabétique d'auteur

JENNIFER STURMAN	*Miss Malchance mène l'enquête*
JENNIFER STURMAN	*Micmacs à Manhattan*
JENNIFER STURMAN	*Mystère à San Francisco*
KAREN TEMPLETON	*Moi, l'amour et autres catastrophes*
CATHY YARDLEY	*Aller simple pour Los Angeles*

* titres réunis dans un volume double
** titres réunis dans un volume double
*** titres réunis dans un volume double
**** titres réunis dans un volume double
***** titres réunis dans un volume de cinq nouvelles : *Cinq citadines branchées*